한국의  민담

# 한국의 민담

이강래 엮음

문지사

# 차 례

# 상사촌

"아득한 옛날 신라 때 솔거率居라는 화공이 절간 벽에 어찌나 소나무를 잘 그렸든 지 새들이 날아와 앉으려다가 부딪쳐 떨어졌다지만, 우리 마을 연수年秀도 솔거 못지 않지. 안 그런가?"

"암, 그렇구 말구. 병풍에 그려놓은 산수화는 정말 명필이야."

"산수화보다는 또 초상화는 어떻고…"

"이웃 마을 김생원, 황진사 어른의 얼굴은 씌운 듯이 그렸더군."

동네 사람들은 연수에 대해서 이렇게들 칭찬했다.

연수는 그런 칭찬에는 관심이 없다는 듯 늘 그림만 그릴 뿐이었다.

고향 마을 도화촌桃花村 인근의 아름다운 경치나 나무, 바위에 이르기까지 한두 번씩 안 그린 것이 없었다. 한편 동네 노인들은 쌀 닷말의 가격이나 곡물로 주고 초상화를 그렸다. 이렇듯 소문에 소문이 이어 멀리 오십 리 백 리씩 떨어진 고을에서도 찾아오는가 하면 특별히 청해 가기도 했다.

그런데 연수가 돌연 청이 들어오는 그림을 거절하기에 이르렀다. 까닭은 잘 알 수 없지만 화필을 놓는 날이 늘어갔다.

"심신이 괴로워서 화필을 들 마음이 우러나지 않습니다."

하는 것이 그의 이유였다. 그러나 그렇다고 아주 화필을 놓은 것은 아니었다. 가끔씩 물감을 사들이는 것을 보면 그가 무엇인가를 그리고 있는 것은 분명한데 부모도 그가 무엇을 그리는지 모른다는 사실이었다.

연수가 방을 비운 뒤에 들어가 보면, 그린 것이 없고 기름이 많이 닳은 것으로 보아 밤에 그림을 그리는 모양인데, 작업이 끝나면 꼭꼭 말아서 치워놓는 바람에 알 수가 없었다. 부모이지만 보자고 할 수도 없고 아들 연수가 벌어들이는 돈으로 논도 두서너 마지기 샀으므로 집안 살림을 돕고 있는 애를 서운하게 할 수도 없는 노릇이어서 옆에서 지켜볼 따름이었다.

바로 그 도화촌에 황진사댁이 있었다. 황진사는 연수가 그린 초상화에 막대한 재산, 그리고 유서 있는 종가의 문벌을 남겨 놓고 세상을 떠났지만, 그 때까지도 동네에서는 늘 황진사집이라고 불렀다.

황진사에게 아들이 있었는데 나이가 스무 살이었다. 황진사가 늘그막에 두었으므로 맏아들이었는데, 얼굴이 후처인 어머니를 닮아서 아주 잘생겼다. 몸집도 사나이답게 벌어져서 장사壯士라고 할 수 있는 용모의 소유자였다.

그 황봉재黃鳳才가 마름, 머슴 종년에 이르기까지 하인들을 거느리고 살고 있었으므로 사실 황진사와 비슷한 인근 고을의 딸을 둔 집안들은 모두들 혼인을 맺었으면 하고 바랬다.

무엇보다도 격에 맞는 집안의 딸이든, 전연 비교가 될 수 없는 집안의 딸이든 어쩌다 황봉재를 한 번 본 규수들은 저마다 가슴이 울렁거렸다.

어느 낭자라도 마음이 쏠리지 않았다고 한다면 거짓말일 것이다.

그런데 그 중에서도 순녀順女라는 양씨댁의 외동딸은 거의 상사병이 걸릴 지경에 이르렀다.

'난 죽으면 죽었지 황진사댁 아들이 아니면 시집을 안 갈 테야. 집안 이야 우리집이 떨어지지만, 그렇다고 혼인을 못할 정도는 아니잖아. 만일 안 된다면 그냥 죽지 뭐. 평생을 혼자 그 이를 사모하면서 살다가 죽지, 뭘….'

순녀는 봉재를 짝사랑하면서 그를 위하는 것이 사는 보람이었다. 이런 딸의 용태가 좀 여윈 것을 보자 부모는 어디가 아프냐고 물었으나 순녀가 그런 자신의 마음을 말로 할 수 없는 노릇이었다.

순녀는 황진사댁 아들이 아니면 시집을 안 가겠다고 마음속으로 몇 천만 번 맹세를 했지만, 아무리 그렇더라도 그런 말을 꺼낸다면 부모로부터 "올라가지도 못할 나무는 쳐다보지도 말라."는 핀잔을 듣는 것은 뻔한 일이라 아예 꺼내지도 않았다.

순녀가 아무리 혼인 못할 정도의 집안 딸이 아니더라도 지체에 큰 차이가 있었다.

의젓한 집안의 꽃같이 아름다운 미모를 겸비한 규수들이 침을 삼키므로 순녀도 얼굴만큼은 빠지지 않는 측이지만, 비유하자면 두 다리를 가진 사람에 비해 왼쪽 다리밖에 없는 격이라 아예 단념을 해야 했다.

그러나 혼인을 단념하는 것과 사모하는 것과는 순녀의 한결같은 마음은 그녀 자신이 황진사댁 종으로 들어가서라도 봉재 곁에 있고 싶고 그러지 못할 바엔 차라리 죽고 싶다는 정도의 무서운 짝사랑이었다.

날이 갈수록 이상스럽게도 순녀의 얼굴은 핼쑥해지니 그 까만 눈동자가 더 예뻐 보였다.

봉재에게 사방에서 중매가 들어온다는 소문이 들릴 때마다 순녀는 미칠 것 같았다. 어느 계집이 그의 웃음 띤 얼굴을 항상 곁에서 보며 사랑을 받을 것인가, 생각만 해도 가슴이 무너져내리는 것 같아 홀로 자기 방에 드러누워서는 엉엉 울기까지 했다.

연수가 그림 그리기를 전폐하다시피 하고 틀어박혀 버린 것은 그 해 봄이었는데, 그러니까 연수가 초상화를 그리러 집집마다 초청을 받아 다니기도 할 무렵이었다.

"집안에만 틀어박혀 있지 말고 바깥바람이라도 좀 쐬어보려무나. 봄나물이 한창이니 들이나 산에 갔다 오너라."

하고 어머니가 말하자, 이에 순녀도 선뜻 응하고 집을 나섰다.

먼 산마루에 아지랑이가 아롱아롱 피어오르고 햇볕은 따뜻하게 살에 와 닿았다. 모든 것이 날아오를 것만 같은 화창한 봄날이었다.

순녀는 나물바구니를 들고 뒷산으로 올라가면서도 역시 황진사댁 아들 생각뿐이었다.

"그 이가, 단 한 번만이라도 손만 잡아주어도 소원이 없겠어."

산에서 나물을 뜯으며 비탈길을 오르는 동안에도 순녀의 머릿속은 이룰 수 없는 사랑의 꿈을 그리고 있었다.

환상 속의 봉재가 그녀의 손을 잡고, 다정하게 속삭인다.

"순녀, 난 정말 네가 좋아. 온 세상이 무너져도 좋은 사람은 좋은 거야. 알겠어? 나하고 같이 살자. 그까짓, 좋으면 되는 거지 가문이나 집안은 따져 뭘 해. 옛날 어떤 공주는 마를 캐는 총각을 따라 가지 않았다느냐. 하지만 나중에 왕이 되었다는 얘기 말야."

순녀는 부끄러운 듯이 손만 내밀고 가쁜 숨을 몰아쉰다. 그러면 살그머니 자기를 끌어당겨 안는 봉재, 그녀는 수줍은 듯이 그 품에 안긴다. 그리고 봉재는 자기의 가슴을 어루만져 준다. 이런 생각을 떠올리자, 순녀의 몸은 불기둥처럼 타올랐다.

순녀도 나이가 찬 처녀였다. 마음의 사랑이 안타까운 육체의 욕구를 수반했다고 하더라도 나무랄 수 없는 일이다. 더구나 유부녀도, 처녀도, 과부도 바람이 난다는 봄철이 아닌가.

그런데 나물을 뜯으면서 정신없이 봉재의 생각에 빠져 있다가 잠깐 고개를 드니 바위 벼랑에 하얀 것이 앉아 있었다. 누군가 싶어 자세히 보았더니 그림쟁이 연수였다. 소나무에 하얀 학이 몇 마리 앉아 있었는데, 그는 노송에 앉은 학을 열심히 바라다보고 있는 중이었다.

기이하게 생긴 노송의 가지 위에 목과 다리가 긴 하얀 학이 알맞게 푸른 하늘을 배경으로 앉아 있는 모양은 한 폭의 명화였다. 언젠가 송학도 松鶴圖란 그림을 보았는데, 그 따위 그림과는 댈 것도 아니었다.

그때 갑자기 학이 날아올랐다. 그러자 그 모양에 취했던 연수도 바위 위에서 벌떡 일어나면서,

"어! 어!"

하고 손으로 붙잡기나 하려는 듯이 손을 쳐들고 앞으로 두어 발자국 쫓아갔다. 그러나 벼랑 끝인지라 그만,

"앗."

하고 외마디 소리를 한 마디 남긴 채 아래로 떨어지고 말았다. 연수의 모습은 보이지 않았지만 돌과 흙이 굴러 떨어지는 소리가 들려왔다.

"어머나!"

순녀는 자기도 모르게 나물바구니를 그 자리에 놓은 채 달려갔다. 벼랑 위에서 내려다보니 연수는 벼랑 밑으로 떨어져서 다리를 잔뜩 움켜진 채 앉아 있었다. 흰 무명 바지 무릎께에 피가 벌겋게 번져 나왔고 발등에도 긁힌 자국에서 핏방울이 솟아나고 있는가 하면 광대뼈를 심하게 다친 듯 싶었다.

벼랑이 높지 않았기에 다행이지 높았더라면 큰일 날 사고였다.

순녀는 황급히 달려 내려가서,

"아아, 어쩌다가… 어서 동여매야 해요. 이런 묶을 천도 없고…."

하더니,

"수건 주세요."

했다. 연수가 마침 이마에 수건을 동여매고 있었던 것이다.

수건을 벗겨주자, 그 옥같이 보드라운 손으로 바지를 걷어올리고서 상처의 피를 말끔히 씻어내고 옆에 있는 잡초를 뜯어 돌로 짓이겨 나뭇잎에 발라서 다친 환부에 붙이고는 수건으로 칭칭 감아 동여맸다.

"그 놈의 학이 앉아 있는 모습이 너무 아름다워 눈에 떠오르도록 담아두려다가 날아가는 바람에 어찌나 안타까운 지 그만 정신을 잃고…"

연수는 변명처럼 말했다. 그런데 연수의 목소리는 가늘게 떨리고 있었다. 상처의 아픔보다도, 학의 아름다움보다도 지금 자기의 다리를 간호하고 있는 순녀의 보드라운 살결의 감촉에 취해 버린 것이다.

순녀의 검은 머리, 귀, 뺨이 그리고 앵두 같은 입, 하얀 목덜미가 바로 자기의 코 앞에서 숨을 쉬고 있었다. 그리고 나이가 차서 부풀대로 부푼 그녀의 가슴이 옆으로 드러나보였다.

상처 같은 것은 아무래도 좋았다.

"순녀!"

상처를 손질하고 났을 때 연수는 뜨거운 목소리로 불렀다. 입에서는 말이 아니라 불길이 나오는 것 같았다.

"응?"

대답하던 순녀는 남자의 이글거리는 눈을 보고 얼굴이 금새 굳어지고 말았다.

"나는 네가 좋아. 언제부터 좋아졌는지 몰라. 하지만 언제나 네 생각 뿐이었어. 순녀! 나한테 시집 와 줘. 응? 시집 와 주겠지?

연수는 참기 어렵다는 듯 순녀의 손을 잡았다. 그러나 순녀는 날쌔게 그 손을 잡아뺐다.

'안 돼. 절대로 안 돼. 내 손을 아무에게도 쥐어서는 안 된다. 황진사댁 도련님을 빼고서는 ─'

"순녀!"

"아이, 난 몰라. 안 돼. 안 돼."

"순녀!"

연수는 다시 그녀의 손을 잡았다. 순녀는 뺐다.

"난. 내 마음에 있는 사람한테 시집 가기로 했어. 그러니까 내 생각은 말아줘."

"뭐? 네 마음에 있는 사람한테? 그 놈이 누구야? 응?"

연수의 눈에 핏발이 섰다.

"그건 알아서 뭣해?"

"말해 봐. 너 때문에 미칠 것 같은 내 마음을 모르고…."

연수는 두어 발 뒤쫓아 갔다. 그러나 발목을 삐었는지 시큰거러서 더 이상 걸을 수가 없었다.

"난 마음에 있는 사람이 따로 있으니까, 내 생각은 말아줘."

순녀는 이 말만을 남기고 노루새끼처럼 뛰어서 나물바구니를 둔 곳으로 달아났다.

"순녀, 거기 있어. 꼭 할 말이 있어."

연수는 안타까운 듯이 손짓을 하면서 외쳤으나 순녀는 들은 척 만 척이었다.

연수가 그날 산에서 들려준 한 마디는 꼭 순녀를 아내로 맞이하고야 말겠다, 부모님에게 순녀를 얻어 달라고 벼르던 연수에게는 청천벽력과도 같았다. 그 순녀가 다른 사나이를 마음에 두고 있다는 것은 생각만 해도 미칠 것 같았다.

순녀의 그 부드러운 살결이, 부풀은 가슴이 다른 사나의의 품에 안겨져서 달콤한 목소리로 사랑을 속삭이는 모습만 상상해도 숨이 멈쳐지는 듯한 고통이 엄습해 왔다. 밤마다 잠을 못 이루고 한숨을 쉬며 이리저리 뒤척거렸다.

'내 생각은 말아줘. 나는 마음에 있는 사람이 따로 있으니까.'

순녀의 말이 양쪽 귀에서 울려올 때면 두 귀를 막고 방안을 뒹굴었다. 순녀의 그 말이 환청으로 되살아나서 밤마다 괴롭혔다. 순녀 나이 열 서너 살이 될 때부터 늘 가슴 속에 그녀의 모습을 안고 지내온 연수였다.

때가 이르면 순녀에게 꼭 청혼을 하리라, 순녀는 내 여자이다, 평생을 나와 해로할 내 짝이다. 스스로 이렇게 생각해 온 연수의 마음 속에서 그녀는 이미 정이 들대로 들어버린 아내와 다름없었다.

그러니 미칠 것 같은 심사는 너무나 당연한 일이었다. 그 때부터 연수는 방안에 틀어박혀 그림을 그리러 다니지 않았던 것이다.

"순녀를 괴롭혀서는 안 돼. 내가 진정 그녀를 사랑한다면 좋아하는 사람한테 시집 가도록 냐둬야 해. 마음에 있는 사람한테 시집 가서 오순도순 살도록 해 줘야만 해. 그것이 진정한 사랑일 거야. 순녀의 행복을 빌어 줘야 해. 어느 놈이든지 순녀의 마음을 아프게 하면 절대로 용서치 않을 테야."

연수는 순녀로 하여 자기의 가슴이 터질 것 같고 오장육부가 녹아 흐를 것 같은 순간마다 이렇게 자신에게 타이르곤 했다.


한편 순녀는 날마다 황도령의 환영을 안고 몸부림치며 괴로운 밤을 보내야 했다.

"아아, 황도령이 내 손을 한 번만 꼭 쥐어준다면 나는 여한이 없을 거야…."

기어이 순녀는 상사병에 걸려서 자리에 눕고 말았다. 얼굴은 여월대로 여위어 갔다.

"안 되겠다. 큰집에 가서 약수를 먹으면서 쉬었다 오너라."

큰집은 그 곳에서 멀지 않은 오리재五里岾 너머에 있었다. 큰집 뒷산에 약수가 있어 인근에는 그 약수가 좋다고 해서 휴양객들이 끊이지 않았다.

"싫어요, 내가 뭐 어때서요?"

순녀는 부모의 말에 고집을 피웠다. 황도령이 살고 있는 이 도화촌에서 단 한 발자국도 밖으로 나가기가 싫었던 것이다. 밤이면 문밖으로 나가 멀리 황도령집에서 불이 반짝이는 것을 바라보며 가슴을 태우는 일만이라도 하고 싶었기 때문이었다.

　그러나 부모도 완강했다. 아버지는 강제로 딸을 끌고 가 큰집에 신신
당부를 하며 맡겨놓고 돌아왔다.

　그렇다고 순녀가 가만히 있을 턱이 없었다. 황도령이 있는 마을로 돌
아가고 싶은 미칠 것 같은 마음은 사흘만에 큰댁에서 말도 없이 떠나게
끔 만들었다.

　오리재에 이르렀을 때였다. 저쪽에서 나귀등에 올라앉은 구종에게 고
삐를 잡히고 고개를 넘어오는 사람을 본 순녀는 처음엔 눈이 커지고 다
음엔 숨이 칵 막혀 버렸다.

　바로 황도령이었던 것이다.

　황도령의 그 준수한 얼굴의 까만 눈동자도 순녀를 보았다. 이때 순녀
는 그 시선을 느끼자, 왜 그런지 울음이 복받쳐 올랐다. 밤이면 밤마다
사무치게 그리워하던 사람의 얼굴을 가까이에서 보았기 때문일까, 아니
면 그 까만 시선이 자기에게 정을 담뿍 보내고 있는 것 같았기 때문일까.

　순녀의 가슴 속이 훈훈하고 뭉클해지면서 방망이질을 치기 시작하자
흑! 하고 울음을 터뜨리면서 두 손으로 얼굴을 가리고 그 자리에 주저앉
아 버렸다. 어깨를 들먹거리면서 소리 내어 울었다.

　"아니, 양씨네 낭자 아닌가."

　황도령은 급히 나귀를 몰게 하여 옆으로 오더니 훌쩍 뛰어내렸다.

　"낭자, 왜 그러오?"

　"……"

　순녀는 흐느끼기만 할 뿐이었다. 목이 메었다. 그녀 스스로도 어떻다
고 설명할 수 없는 심정이었다.

"왜 그러오? 말을 해보오. 허어. 딱한 노릇이군…."

황도령은 다시 물었으나 여자의 울음소리만이 커질 뿐이었다.

"어디가 아프시오?"

"예에!"

순녀는 모기소리로 대답했다. 자기도 모르게 얼떨결에 나온 핑계였다.

"어디가?"

황도령의 말은 근심스러웠고 사뭇 은근스러웠다.

"배가, 배가…"

얼굴을 두 손으로 가리고 쪼그리고 앉아 울면서 엉뚱하게 배가 아프다는 대답이 나왔다.

"배가? 이를 어쩌지…."

"쇤네가 빨리 마을 의원댁에 가서 약을 지어 가지고 오던가, 아니면 의원을 데리고 옵죠."

구종이 자청했다.

"그래 주겠느냐? 나귀를 타고 어서 갔다 오너라."

"배가, 아이구 배가!"

엉뚱한 핑계를 대고나서 순녀는 몸을 틀었다. 갑자기 격해진 마음 속에서 대담한 생각이 고개를 처든 것이다. 황도령의 손길을 단 한 번이라도 자기의 몸으로 느끼고 싶었던 것이다. 두 번 다시 이런 기회는 없을 것 같았다.

그리고 자기는 황도령의 아내가 될 수가 없을 것은 뻔한 일이 아닌가.

단 한 번만이라도 사랑하는 사람의 손길을 느끼고서 그것을 죽을 때까지 혼자 간직하고 살아가리라. 하늘이 주신 기회라는 생각이 든 것이다.

"어디요?"

"배가…"

순녀는 얼굴을 가렸던 손을 배로 가져 갔다.

"좀 쓰다듬어 드릴까요?"

황도령도 목석이 아닌 혈기 왕성한 대장부다. 눈앞에 있는 여자의 독특한 머리칼 냄새와 자극적인 살냄새를 맡고 처녀의 필대로 편 몸을 보는 황도령의 마음이 야릇하게 움직인 것도 나무랄 수 없는 일이다. 그런데 순녀는 대담하게 쓰다듬어 달라고까지 하지 않는가.

그녀에게 황도령과의 만남은 평생에 단 한 번밖에 없는 기회라고 느꼈기 때문이다. 이에 황도령도 망설이지 않았다. 아랫배의 탄력을 느끼면서 몇 번 어루만지는 동안에 황도령의 마음은 자연스럽게 여체를 탐내게 됐고, 그것은 짐승의 수욕과는 다른 자연스런 요구였다.

"낭자…"

"아! 배가 나았어요. 배가!"

순녀는 누가 들어도 배가 아프다는 것이 핑계라는 것을 깨달을 정도로 말을 바꾸었다. 순녀는 황도령의 손길을 몸에 느끼자 아주 대담해졌다.

힘껏 고개를 들어 황도령의 쳐다보는 순녀의 눈물에 젖은 얼굴은 빨갛게 달아올라 있었고, 검은 두 눈은 불꽃이 되어 간절하게 남자를 원하고 있었다.

"낭자…"

황도령의 말도 뜨거웠다.

"사모했어요. 그리워 죽을 것처럼…"

순녀는 대담스러운 말까지 입에 담았다.

"낭자!"

황도령은 힘껏 순녀를 끌어안았다. 순녀는 기다렸다는 듯이 그 품 안으로 몸을 던졌다. 황도령이 선비 같지만 그래도 사나이인지라 억센 팔이 연약한 여자의 어깨를 힘껏 얼싸안았다. 입술과 입술이 어느쪽에서부터인지 모르게 닿았다.

잠시 후 황도령은 순녀를 끌고 숲 속으로 들어갔고, 순녀 역시 조금도 주저없이 뒤따라 갔다.

'난 평생 이 사람만을 생각하면서 살아갈 테야. 나의 낭군은 이 분 뿐이야.'

숲 속으로 들어가자 서로를 끌어안으면서 풀 위에 쓰러졌다. 순녀는 사모하는 사람의 품에 안긴 그 순간부터 이미 제정신이 아니었다. 온몸이 불덩어리였다. 순녀는 주위의 풀까지도 자기의 체온으로 불사르면서 사나이의 아픈 힘을 온몸으로 느꼈다. 그리고 환희와 고통이 뒤섞인 소리를 지르면서 어깨를 으스러져라 껴안았다. 온 세상이 텅 비어 버린 것 같은 순간이 이어졌다.

구종이 돌아왔을 때 이미 그 곳에 아픈 사람은 없었다. 대신,

"갑내골은 다음날 가련다. 오늘은 너 먼저 돌아가거라."

하는 말을 황도령에게서 들을 수 있었을 뿐이었다. 그날 두 사람은 밤이 어두울 때까지 타올랐다.

"내 아내가 돼줘. 순녀, 평생 순녀를 그 누구에게도 안 주고 내 곁에 있게 할 거야. 아, 순녀!"

"도련님…."

"내가 먼저 중신 말을 넣을게. 꼭 집에다 중신 말을 넣을게."

순녀도 꿈이 아닌가 싶었다. 세상이 온통 분홍빛 꽃동산으로 변한 것 같았다. 비단옷을 입은 동남동녀들이 너울너울 자기 주변에서 춤을 추면서 돌아가는 것 같은 감동을 맛보았다.

"도련님!"

그 말을 태산처럼 믿으면서 힘있게 다시 황도령을 안았다.

그러나 순녀의 기대는 이루어지지 않았다. 황도령의 어머니는 펄쩍 뛰면서 반대를 했다.

"이 에미를 죽여 놓고 그런 집 딸을 데리고 오너라."

어쨌든 황도령은 효자였다. 일찍이 그런 가르침을 받아왔고, 그런 집 안에서 자라왔다. 부모가 병이 들면 자기의 다리라도 잘라서 약을 써드려야 한다고 생각해 온 젊은이였다.

"어머님 말씀이라면…."

하고 어머니의 뜻을 받아들였고 중신아비도 보내지 않고 말았다.

그러는 동안 박생원朴生員이라는 이웃 마을 토호의 딸과 정혼이 맺어졌다.

사실은 바라지 않던 아름다운 꿈이 현실로 다가와 온 세상이 제 것인 것 같던 순녀는 그 소식을 듣는 순간 천 길 나락으로 떨어지는 것 같았다. 눈앞이 캄캄해졌다. 이렇게 될 바에는 황도령의 모습을 가슴에 묻고서 평생 혼자 살아가리라고 마음먹었건만, 그런 오랫동안의 결심과는 달리 죽고 싶었다.

식음을 전폐하고 방안에 틀어박혀서 부모가 걱정스러이 묻는 말에는 대답도 않은 채 그저 모진 생각만을 했다.

'물에 빠져 죽을까, 나무에 목을 매고 죽을까, 약을 마실까….'

그러나 끔찍한 일 같았다.

황도령의 혼례식날은 추석 닷새 전으로 정해졌다. 그 날까지 한 달이 남아 있었다. 그러던 어느날, 홀연히 순녀가 사라져 버렸다.

아침에 미음을 끓여서 들고 들어간 순녀 어머니는 이부자리가 단정히 개어져 방구석에 있고, 딸의 소지품이 말끔히 정리되어 있는 것을 보았다. 머리빗을 보니 아침에 빗은 머리칼이 몇 올 그 사이에 끼어 있었다.

가슴이 철렁하여 사방으로 찾아보았으나 행방이 묘연했다. 어디로 가는 것을 보았다는 동네 사람도 없었다. 가까운 산으로 달려가 찾아보았으나 발견되지 않았고, 오 리 밖을 흐르는 큰 내를 십 리 아래까지 찾아 내려갔으나 여자의 시체가 떠오르는 것을 본 사람은 없었다.

순녀네 집은 초상집이 되었다.

연수는 그 소식을 듣자,

'그랬구나. 순녀가 마음에 두었다는 자가 바로 황도령이었구나!'

하는 것을 비로소 깨달았다.

황도령의 혼사말이 나오자, 순녀는 식음을 전폐하다시피 두문불출했고 혼례식이 한 달 앞으로 닥쳐오자 행방불명이 돼버린 것이었다.

연수는 순녀의 말을 듣는 순간, 당장 죽어버리고 싶은 마음이었던 것이 떠올랐고, 그리고 왜 그런지 자꾸자꾸 깊은 산속으로 들어가고 싶다는 기억이 되살아나 서둘러 골짜기를 향해 달려갔다. 인적이 하나도 없는 원시림 그대로의 골짜기를 이십 리 가량 들어가야 비로소 산의 주봉에 오를 수 있는 산비탈이 나타나는 것이었다.

무슨 계시일까. 연수는 미친 듯이 그 골짜기를 더듬어 올라갔다. 그리고 연수의 생각이 들어맞았던 것이다. 마을 사람들 누구나 순녀 혼자서는 골짜기로 들어갔으리라고는 생각지도 않았는데, 순녀가 바위 위에 덩그라니 앉아 있었던 것이다. 죽은 사람처럼 정신이 나간 멍청한 눈동자로 턱을 고이고 걸터앉아 무성한 숲 사이로 푸른 동전을 뿌린 듯이 내려다보이는 하늘을 올려다보고 있었다.

"순녀!"

감격에 겨워 부르자, 비로소 순녀의 눈동자가 놀람의 빛으로 살아났다. 연수를 보더니 홀쩍 일어나서 달려가기 시작했다.

"순녀!"

연수도 부르면서 뒤쫓아 갔다. 이내 연수의 팔에 잡힌 순녀는 무섭게 몸부림쳤다.

"놔! 놔!"

"순녀, 알았어. 이제야 알았어. 마음에 있는 사람이 누구라는 것을. 그러나 나를 위해 살아줘. 죽지 말아줘. 나도 몇 번이나 죽으려고 했지만 그래도 살아왔어. 살아줘, 제발…."

"놔, 놔!"

"한 번 먹은 마음을 단념할 수 없다는 것은 내가 누구보다도 잘 알아. 그렇지만 순녀를 위해서라면 무엇이든지 바치겠다는 내가 있지 않아. 살아있어 줘. 내가 있다는 것을 생각하고…."

"나를 위해서 무엇이든지 바치겠다면 나를 놔줘."

"성급한 마음을 먹어서는 안 돼."

"난, 난 그 이에게 모든 것을 바쳤어. 몸도 마음도… 그 이 탓은 아냐. 내 탓이야. 그러니까 나 같은 것은 잊어줘!"

연수는 자신의 온몸이 사방으로 조각조각 떨어져 나가는 것 같았다.

'그 황도령놈. 이렇게 아름다운 순녀의 몸까지 망쳐놓고 다른 계집을 맞아들여? 죽일 놈 같으니!'

순녀가 당한 일이 마치 자기가 당한 일처럼 여겨져 원한으로 이가 갈렸다.

'용서할 수 없다. 용서할 수 없어.'

속으로 몇 번이나 되풀이하면서 버둥거리는 순녀를 억지로 끌고 마을로 내려왔다.

그 다음부터 순녀의 부모는 감시를 철저히 했으나 이번에는 한밤중에 또 행방불명이 돼버렸다. 온동네 사람이 산으로 퍼져서 찾아보았으나 순녀의 모습은 온데간데 없었다.

한편 황도령은 혼례식을 치렀고, 첫날밤 순녀만큼이나 곱게 생긴 신부의 몸에 취해 간간히 떠오르던 순녀의 생각은 깨끗이 잊고 말았다.


추석도 지나고 제법 쌀쌀한 어느 날, 이웃 이화촌梨花村에서 이상한 소문이 전해졌다. 개인산 맞은편 솔개봉 깊은 골짜기에 들어갔던 사람이 바위 벼랑 아래서 한 처녀의 시체를 발견해서 가매장을 해 두었는데, 여자가 쓰러져 죽어 있는 벼랑 바위에는 돌로 쪼아 새긴 남자의 얼굴이 제법 선명히 있었고 주변에는 열매 씨앗, 풀뿌리들이 어지러이 흩어져 있더라는 것이었다.

'순녀가 아냐?'

하고 대뜸 생각한 마을 사람들은 그녀의 부모에게 연락하여 그 곳으로 달려갔다.

"황도령!"

도화촌 사람들은 눈이 둥그레졌다. 바위 벼랑에 새겨진 것은 틀림없는 황도령의 얼굴이었던 것이다.

"순녀의 병이 상사병이었군."

"어쩌면 저렇게 황도령의 얼굴을 똑같이 새겨 놓았을까."

"아, 마음에 깊이 새겨진 사람인데, 안 그럴려구."

연수는 그 소식을 들었을 때,

"아아, 나도 이제는 순녀를 따라갈 때가 온 모양이로군."

하고 온몸이 허탈해지는 것을 느꼈다.

'그러나 나를 두고… 그렇게….'

야속했다. 동네 사람들은 가련한 순녀의 혼을 생각해서 그녀를 그 벼랑 바위 앞에 묻어주기로 했다.

순녀의 묘를 완성하고 돌아온 날 밤은 보름날이었다. 달빛이 밝았다. 황도령도 그 소문을 들었다. 양심의 아픔을 느꼈다. 자기가 몸을 빼앗았기 때문에 그리되었으리라고 생각한 것이다. 생각 끝에 황도령은 새 부인에게 용서를 빌고 오리재에서 있었던 일을 고백했다.

"아이, 어쩌다가… 원귀가 있다는데, 원귀라도 나오면 어쩌려구…."

신부는 상을 잔뜩 흐리고 걱정부터 했다.

마치 그 말이 원귀를 부르기라도 한 듯이, 그때

"히히힛!"

괴상한 여자의 굵직한 목소리가 신방의 문밖에서 들렸고, 동시에 문이 와락 열렸다.

"으악!"

신부는 비명을 지르면서 황봉재의 가슴 속으로 뛰어들었다. 봉재는 푸른 달빛을 등에 지고 서 있는 순녀를 보았다. 그린 듯이 하얀 순녀의 얼굴에서 두 눈은 푸른 빛을 뿜고 있었다. 봉재도 오싹 전신에 소름이 돋으면서 정신이 아득해졌다.

"히히힛! 악마!"

순녀의 원귀는 치마폭을 너풀거리면서 방안으로 들어와서는 봉재의 가슴을 찔렀다. 계집 귀신의 힘이라고는 믿어지지 않을 만큼 비수는 깊숙이 들이박혔다.

이튿날 연수가 실종되었고, 순녀의 원귀가 황봉재를 죽였다는 소문이 온 도화촌에 퍼졌다. 정신을 잃고 쓰러졌던 신부가 깨어나서 증언을 했기 때문에 순녀가 아니라고 내세울 사람도 없었다.

"귀신이 정말 있나?"

하고 모두들 고개를 갸웃거렸다. 당연히 순녀의 묘로 몰려갔다.

그러나 사람들이 그 곳에서 본 것은 귀신이 묘를 출입한 흔적이 아니라 온데간데 없이 사라져 버린 연수의 시체였다.

옆에는 여자의 옷을 벗어 단정히 개어져 있었고 순녀의 얼굴을 그대로 그린 탈과 검을 실로 만든 여자의 머리칼이 놓여져 있었다.

그 탈은 순녀의 얼굴과 똑같았는데 눈만이 원한으로 크게 떠져 무서운 살기를 내뿜으며 번뜩이는 형상을 하고 있었다.

'나를 순녀 곁에 묻어주오. 상사병에 지친 내 넋을 위로해 주오.'

하는 화필로 쓴 유서가 옆에 놓여 있었다.

그제서야 마을 사람들은 연수가 왜 그림을 안 그렸는지, 그리고 그가 밤에 그린 것이 무엇인지, 순녀의 귀신이 누구였는지를 확연히 알 수 있었다.

# 세 그루의 물망초

지금으로부터 3백여 년 전으로 거슬러 올라간다.

수태골은 해발 일천 미터가 넘는 험한 오성산 기슭에 자리한 화전민 마을이다. 세상엔 거의 알려지지 않은 깊숙한 산골에 모두 십여 호나 될까, 지붕이 썩고 기둥이 기울어져 곧 쓰러질 듯한 오두막집들이 나뒹굴 듯 자리잡고 있었다.

이른 봄이었다. 산새들이 종일토록 시끄럽게 떠드는 소리로 산 속은 생기가 솟기 시작했고, 나무들은 새싹을 키우기 위해 물줄기를 열심히 빨아올리고 있었다. 그러나 아직은 냇물 흐르는 소리조차 들리지 않았고 집집마다 곡식은커녕 씨감자까지 자취를 감춘 춘궁기였다.

어쩔 수 없이 닥쳐 오는 보릿고개이긴 했지만 씨감자까지 바닥이 나기는 처음이라고 했다.

수태골은 인기척조차 없었다. 모두들 산으로 갔다. 종일 산나물을 뜯어야 세 끼를 해결할 수 있었다. 거동이 불편한 노인들만 어둑한 방에 부은 얼굴을 하고 누워 기침을 콜록거릴 뿐이다.

좀 더 깊숙이 외진 곳에 월순네 집이 있었다. 산밤나무 기둥이 몹시 기울어지긴 했지만 마당은 깨끗이 쓸어놓았다.

월순은 뒷결 작은 밭자락 끝에 핼쑥한 얼굴로 무표정한 채 한동안 손가락만 내려다보고 있었는데 쪼그리고 앉은 앞에 조그만 사기그릇이 놓여 있었다. 꺼질 듯 한숨을 쏟고 나서 월순은 힘없는 시선으로 가파른 산비탈을 바라보았다.

"월순아, 꼭 어머님 곁에 있거라. 얼른 고기를 구해 올게."

입술을 깨물며 나간 오빠이긴 하지만, 무슨 수가 있어서 나간 것도 아니니 분명 어깨를 늘어뜨리고 맥없이 돌아올 것이다. 고개를 떨구는 월순의 귀에 어머니의 가냘픈 신음소리가 들려왔다.

"성한 몸도 이 지경인데 몸져 누워 사흘씩이나…."

순간 눈물이 월순의 기력 잃은 동공을 적셨다. 월순은 결심한 듯 손가락을 내려다보지 않고 그대로 인지를 가져가 물어뜯었다. 이번에는 손가락이 아파서 눈물이 쏟아져 나왔다.

사기그릇 위로 한참만에야 겨우 피 한 방울이 떨어졌다. 산을 열두 번도 더 넘어야 있다는 마을로 간 오빠는 지금쯤 어느 산고개를 넘다가 기진해서 쓰러졌는지 모를 일이다. 월순은 또 손가락을 물어뜯었다. 그러자 피가 줄줄이 사기그릇 안으로 떨어져 내렸다.

"어머니 이걸 좀 드세요."

간신히 눈물 자국을 지운 월순은 사기그릇을 내밀었다. 어머니가 돌아 누우며 푹 꺼진 눈을 반쯤 떠 의아한 시선으로 월순을 바라보았다.

"그게 뭐냐…."

"소피를 조금 얻어왔어요. 원기에 좋다고 해서요, 드서봐요."

"소피? 아니 그 귀한 것을…. 어디서 구했더냐?"

"겨우 한 모금인데 이것쯤이야 못 얻겠어요. 어서 드세요."

"오냐, 수고했다. 그런데 네 손가락은 왜 그러냐?"

헝겊으로 싸맨 손가락을 어머니가 본 것이다. 월순은 슬그머니 손가락을 뒤로 감추며,

"좀 전에 다쳐서 헝겊으로 싸맸어요. 가시에 조금 찔린 걸요, 뭘…."

그러면서 애써 웃음을 지어 보였다.

"그래…?"

이때 방문이 살며시 열리면서 오빠 월남이 들어왔다. 그도 시기그릇을 들고 애써 웃어보이며 월순의 곁에 앉았다. 월순은 오빠를 유심히 보았다. 벌써 그 멀다는 동네에 다녀올 리가 없는 노릇이다. 핏기 잃은 오빠의 얼굴에서 월순은 심상치 않음을 느꼈으나 내색하지 않았다.

"어머니, 이걸 좀 잡수셔요."

"그건 또 뭐냐?"

"돼지고기예요…."

"돼지고기? 아니 그 귀한 것을 어디서 구했단 말이냐?"

"이까짓 한 점쯤 어디선들 못 구하겠어요…."

어머니는 아무래도 이상하다고 생각했다. 그건 말끝을 흐리면서 잠시 찡그렸던 아들의 표정에서 그리고 수태골에 있지도 않은 쇠피와 돼지고기에서 생겨난 의심이었다. 어머니는 아들 월남이의 아래위를 곁눈으로 훑어보다가 기절할 듯이 놀랐다.

"아니? 너 허벅지에 배어 나오는 핏자국은 뭐냐? 응?"

"아, 아무것도 아녜요. 뛰어오다가 그만 넘어져서 조금 다쳤어요."

"뭐라구? 어디 좀 보자."

어머니가 기를 써서 일어나려는 것을 월순이 울먹이며 말렸다. 그러자 월남이가 주춤 물러서며,

"아무것도 아녜요. 정말예요."

불분명한 표정으로 대답하자, 사기그릇 두 개 속에 담긴 피와 살점을 뚫어지게 보던 어머니가 별안간 미친 듯 벌떡 일어나 앉으며 두 남매를 무섭게 쏘아보았다. 어디서 솟은 힘이었을까. 일은 돌이킬 수 없이 틀어져 버린 것이다. 두 남매는 고개를 푹 숙였다. 어느 구석에 남아 있던 눈물인지 방울방울 방바닥으로 떨어져 내렸다.

"얘들아, 이 못된 것들아! 도대체 이 짓들이 뭐란 말이냐! 응?"

"……."

"내가 무슨 천벌을 받을 죄를 지었기에 자식들의 피와 살을 먹어야 한단 말이냐! 얘들아, 이 철없는 자식들아…."

쓰러져 오열하며 흐느끼는 어머니의 곁에서 섧게 울던 월순이는 이상한 예감에 고개를 들었다.

"어머니! 어머니!"

이미 어머니는 의식을 잃은 혼수상태였다.

남매의 지극한 효성에도 어머니의 병환은 차도가 없었다. 오히려 그날부터 더욱 걷잡을 수 없게 악화되어 갔다. 의원이란 글자도 모르는 수태골의 남매는 이웃 사람들의 말대로 갖가지 약초를 다 써 보았지만 소용없는 노릇이었다.

그러던 어느 날이었다.

"흐음, 아주 몹쓸 병이로군…."

사립문 밖에서 낯선 노인의 음성이 들려왔다. 어머니의 머리맡을 지키고 앉아있던 월순이는 이상히 여겨 밖으로 나와 보았다. 흰 긴 수염의 노인은 갓을 쓰고 지팡이를 든 노승이었다.

"방금 뭐라 하셨습니까?"

"세상에서 보기 드문 몹쓸 병을 앓고 있다고 했지."

"대사님은 저희 어머니의 병환을 보지도 않고 어찌 아십니까?"

"다 아는 수가 있지."

"대사님, 그럼 어떻게 해야 좋을까요, 그 방도를 가르쳐 주세요. 대사님, 제가 어떻게 되어도 좋습니다. 대사님, 제발 가르쳐 주세요."

월순이는 덥석 노승의 옷소매를 잡고 애원을 했다.

"효성이 지극하니 아니 가르쳐 줄 수도 없고…. 이 악병엔 서른 세 가지의 약초를 구해 다려 먹어야 해."

"소원입니다. 가르쳐 주세요."

"정 그렇다면 약방문을 적어주지. 그런데 단 한 가지도 빠져서는 아무 효험이 없네."

노승은 잠깐 사이에 줄줄이 적어주고는 아무 말없이 돌아서서 발걸음을 옮겼다. 월순이는 고마움에 사례할 길이 없어 노승의 뒤를 좇으며,

"대사님, 고맙습니다. 고맙습니다. 뉘시온지 저에게 존암이라도 일러주고 가시지요."

하고 간청했다. 그러나 노승은 한참 말없이 걷기만 하더니 천천히 입을 열었다.

"병이 나야 말이지. 그건 알아서 뭣하나. 잘들 있게나…."

끝끝내 노승은 자신을 밝히지 않고 가 버렸다. 노인의 모습이 보이지

않게 되자, 월순이는 기쁨에 어쩔 줄 모르며 집안으로 뛰어들었다.

"어머니, 살았어요. 걱정 없게 되었어요!"

이튿날부터 남매는 산 속을 헤맸다. 산을 넘고 또 넘으며 종일을 헤매도 피곤한 줄을 몰랐다. 절로 기운이 솟고 생기가 나서 한 가지 약초를 구할 때마다 환호성을 질렀다.

하루가 어떻게 지나가는지 남매는 깨닫지 못하고 날이 밝으면 산을 오르고 어두워지면 내려와 맨 방바닥에 쓰러졌다.

몇 날이 흘렀을까, 남매는 캐다 놓은 약초를 확인하고 있었다.

"이젠 어머니 병환이 낫게 되었어! 그렇지? 월순아."

"정말이야. 이젠 죽는대도 한이 없겠어, 오빠."

"꼭 꿈만 같다."

두 남매는 기쁨에 넘쳐 눈물까지 찔끔거리며 웃었다. 헌데,

"어머나, 이 일을 어쩌면 좋아?"

"다 있는데 모연실이 없어."

"모연실이?"

아무리 살펴보아도 모연실이 없었다.

"내일은 꼭 구하자, 월순아."

그러나 모연실은 아무 곳에도 없었다. 며칠, 몇 주일을 걸려 속속들이 산 속을 훑어도 모연실은 나타나주지 않았다.

"어떻게 해야 모연실을 구하지!"

"아! 어떻게 해야…"

발바닥이 부르트다 못해 피가 흘렀다. 남매는 더 이상 산 속을 헤맬 기력조차 없었다. 그래도 온 산 속을 헤매고 또 훑었다. 지칠대로 지쳤다.

도저히 지탱할 수 없을 것 같은 몸뚱이를 새벽 어스름이 밝으면 또 끌고 나갔다.

그러던 어느 날, 곧 숨이 넘어 갈 듯이 월순이가 고함을 질렀다.

"오빠! 모연실이야, 모연실!"

"뭐? 모연실? 어디야, 어디?"

월순이가 가리킨 험한 바위가 있는 벼랑 뒤쪽에 정말 모연실이 있었다. 모연실은 바람결에 푸른잎을 흔들어 대고 있었다.

"이게 꿈일까? 아, 하느님!"

남매는 가파른 벼랑을 타고 오르기 시작했다. 발바닥이 아픈 것도, 온몸이 견딜 수 없이 피곤한 것도 잊고 남매는 벼랑을 기어올랐다. 가파른 벼랑은 험하기 이를 데 없었다. 안간힘을 쓸수록 발이 미끄러워 온몸은 땀으로 흘러 넘쳤다. 그래도 차츰 모연실이 가까워진다는 단 한 가지의 바램은 남매에게 더 없는 기쁨을 안겨주었다.

이제 모연실과는 한 길밖에 떨어져 있지 않았다. 그러나 모연실이 있는 곳은 더 이상 오를 데 없는 깎은 바위였다. 남매는 하는 수 없이 옆으로 돌아 바위 위로 올랐다. 아래는 까마득한 벼랑이다. 아무리 엎드려 손을 뻗어보아도 조금이 모자랐다.

"어쩐다…?"

"오빠가 손을 잡아줘. 내가 내려갈 테니."

그렇게 할 밖에 별도리가 없었다. 위험천만의 일이긴 했지만, 그들은 무섭지가 않았다.

"꼭 잡아라. 조심해서…."

"염려 마, 오빠."

월순의 손이 모연실 쪽으로 가까이 갔다. 이젠 뽑기만 하면 끝나는 일이었다. 그런데 모연실에 닿으려던 월순이의 손이 갑자기 바들바들 떨고 있었다.

"어머! 이건 이건…."

"왜 그러니? 월순아?"

"모연실이 아니야. 이건 잡초야. 내가 헛것을…"

"뭐, 뭐라구?"

이에 놀란 월남이의 손이 힘을 잃었을 때 축 늘어지듯이 매달렸던 월순이가 벼랑 아래로 굴러 떨어졌다. 월순을 향해 몸을 내밀었던 월남이도 뒤이어 굴러 떨어지고 말았다. 벼랑 아래 골짜기에 피투성이가 된 남매가 죽은 듯 늘어져 있었다.

산나물을 캐러 나왔던 한 동네 염분이가 그들 남매를 발견하고 기겁해서 산을 황급히 뛰어내려갔다. 얼마나 지났을까, 산 아래에서 미친 듯 울부짖으며 뛰어오르는 사람이 있었다. 남매의 어머니였다.

"애, 애들아! 월남아! 월순아!"

어머니는 피투성이가 된 남매를 보곤 와락 달려들어 마구 흔들어 대며 울부짖었다. 하늘을 향해 미친 듯이 살려 달라고, 아들과 딸을 내놓으라고 울부짖었다.

이 때였다. 월남이가 가늘게 숨을 쉬기 시작하였다. 그건 어머니가 마구 하늘을 향해 울부짖었을 때부터 시작한 숨이었는지도 모른다. 그러나 월순이는 살아나지 않았다. 전신이 으깨어져 흘러나온 피가 완전히 굳어 죽음을 예고하고 있었다.

그 후 월순이가 비명에 간 날 미친 듯 날뛰었던 어머니는 가신 듯 병이

나았고, 이어 오빠 월남이도 완쾌되어 평생 동안 동생 월순이를 생각하며 살았다고 한다.

3백 년이 지난 오늘, 아직도 오성산에는 선녀바위가 있는데, 월순이가 죽은 일이 있은 뒤부터 그 바위가 선녀처럼 보여 선녀바위라고 했다고 전해지고 있다.

지금도 천 길 벼랑인 이 선녀바위엔 사시사철 세 그루의 물망초가 피어 지는 날이 없다. 어머니와 아들과 딸의 미소가 어린 때문일 거라고 이 지방 사람들은 믿고 있으니, 과연 효성보다 더 진한 것은 없는가 보다.

강원도를 찾아 관광 명소로도 널리 이름이 알려진 융해폭포의 절묘한 풍치를 바라보며 김화읍에 이르면 수태골이란 아담한 마을을 찾을 수 있으니 바로 오성산 기슭이다.

옛부터 효성의 아름다운 전설은 수없이 전하고 있지만 수태골의 선녀바위처럼 후세 사람들의 가슴을 에이는 이야기는 더 없을 것이다.

# 꽃순이의 지혜

　꽃순이는 올해 열 여덟 살. 양짓말에서 제일 예쁜 처녀가 누구냐고 묻는다면 바보 천치라도 대뜸,

　"그야 꽃분이지."

할 정도였다. 그런만큼 동네 총각 녀석들이야 두말할 것도 없고 신부를 얻은 젊은 신랑들까지도

　"제기랄, 꽃순이 같은 계집애를 하룻밤만 끼고 자봤으면 죽어도 원이 없겠다."

라는 말이 나올 정도로 뭇 남정네들의 가슴을 사로잡았다.

　그 꽃순이가 어느 날 저녁때 밤골 지순知順이네 집에 수실을 얻으러 갔다가 어두컴컴한 냇길을 혼자서 돌아오는 중이었다. 냇길은 범산이란 마을의 조그만 동산을 끼고 안쪽으로 나 있으므로 범산 구석에 들어앉은 마을과는 동떨어진 으슥한 오솔길이었다. 물레방앗간을 막 지나려는데

　"꽃순아!"

　난데없이 자기 이름을 부르면서 나타난 사나이가 있었다.

그는 열두 살 때 장가를 갔는데 열다섯 살짜리 신부의 방으로 밀어넣으니까, 웬일인지 왕! 하고 울음을 터뜨려 동네에서는 울보 서방이란 별명으로 불리우고 있는 사내였다.

별명이야 울보 서방이지만, 그렇다고 바보는 아니고 오히려 지나칠 정도로 음흉하여 모두들 깊이 사귀기를 꺼려 하는 터였다. 그 사나이가 어두컴컴한 앞길을 꽉 막고 나선 것이다.

"어머나 깜짝이야. 아저씨도, 사람을 그렇게 놀라게 하셔요."

꽃순이는 두근거리는 가슴을 달래면서 눈을 흘겼다. 그러나 울보 서방은 열에 뜬 듯한 목소리로

"나는 네가 미칠 듯이 좋아. 세상에 상사병이라는 것이 있다더니, 이제야 그 병이 어떤 것인지를 알았어. 꽃순아! 내 마음을 알아줘."

하며 손을 잡으려 했다.

범산이 마을 사이에 있는지라 소리를 쳐도 마을까지 들릴 것 같지 않았다. 이미 제정신을 잃은 듯한 사나이의 목소리로 봐서 힘으로 겁간을 하려 덤비고 말 것이라는 생각이 꽃순이의 머릿속을 스쳐 지나갔다.

"난, 아저씨가 그런 마음을 가지고 계신 줄 몰랐어요. 그런데 이런 길에서… 아이…."

"저쪽으로 가면 모래밭이 있어. 거긴 외진 곳이라 아무도 보는 사람이 없어. 꽃순아, 내 마음을 알아줘. 시집 가기 전에 재미 못 보면 평생 후회하게 돼."

"하지만 아저씨, 어떻게 그런 짓을…."

"뭘, 이리 오라구."

꽃순이가 뜻밖에도 순순히 응하자 울보는 이게 웬 떡이냐 싶은 황홀한

기분이 되어 재촉했다. 꽃순이는 순순히 모래밭까지 따라갔다. 그러나 모래밭에 가서 앉기가 무섭게 모래를 한 줌 집어서 울보의 얼굴에 힘껏 뿌리고 토끼처럼 재빨리 일어나 도망쳤다.

"꽃순이, 네가…."

눈에 잔모래가 들어간 탓으로 눈을 제대로 뜨지 못하고 허둥지둥 꽃순이의 뒤를 쫓아갔으나 잡을 수 있을 리가 없었다. 양쪽 눈이 따끔따끔 쑤시고 눈을 뜰 수가 없어서 주저앉아 눈을 비벼댔으나 점점 더 쓰라리기만 할 뿐이었다.

이런 일을 겪은 꽃순이가 이웃 신방재 고을의 박서방네 집으로 시집을 가게 되었다. 가을이면 혼례식을 치르게 될, 늦여름 어느 날이었다.

동네 주막에서 울보와 꽃순이 형부인 덕팔이가 막걸리 잔을 주고받고 있었다.

"덕팔이 이 사람아, 세상은 다 그런 거야. 처제하고 재미 못 보는 형부는 천치라고 손가락질을 당한단 말이야. 종년은 상전이 건드리고 어쩌고 하는 말이 있잖나."

"예끼, 이 사람아! 그런 짐승 같은 소리 말아. 세상이 제아무리 말세로서니 어찌 처제와 그 짓을 하는 그런 못된 잡놈이 있다든가."

"흥, 도덕군자인 체하기는. 그 예쁜 처제를 고스란히 시집 보내 봐. 평생을 두고 후회할 걸."

사실 덕팔은 그렇게 말은 했지만 처제의 그 아름다운 얼굴을 볼 때마다 어쩌면 제 언니하고 그렇게 다르게 태어났을까 하고 한숨을 한두 번 쉰 것이 아니었다. 언니도 밉상은 아니지만 꽃순이의 보름달 같은 얼굴에 비하면 잘 생겼다는 말조차 못 비칠 정도였다.

그러니 처제에게 마음이 없을 턱이 없었다. 동네 남자라면 다 그렇듯이 꽃순이를 하룻밤만이라도 끼고 잤다면 여편네에게 일 년을 두고 들볶여도 후회하지 않을 것 같은 마음이었다.

"예끼, 울보 이 사람. 후회는 무슨 후회!"

그러나 그 말에는 자신이 없었다.

"괜히 자기 마음을 속이지 말라구. 훤히 들여다보여. 이보게 내 좋은 수를 가르쳐 줌세."

울보는 어느 형부가 시집 가게 된 처제를 데리고 어떻게 재미를 보았는가, 그 수법을 얘기해 주었다. 울보의 응큼한 속셈은 형부에게 꽃순이를 건드리게 하고 그것을 협박의 미끼로 삼아서 그 탐스러운 꽃분이의 알몸을 한 번 매만져 보려는 데 속셈이 있었다. 울보와 헤어져 집으로 돌아온 덕팔이는,

'그건 짐승 같은 생각이야, 그런 흉측한…'

하고 마음먹으면서 울보로부터 들은 얘기를 뿌리치려 했으나 더욱 간절하게 머릿속을 어지럽혔다. 일이 손에 잡히지 않는 날이 더 많았다. 그 생각은 끊임없이 덕팔이를 괴롭혔다.

"에라, 이러다가 사람 미쳐 버리고 말겠다. 아무도 모르게 재미보는 데야, 뭐 어떨려구."

열병으로 몸살을 앓던 끝에 비장한 결심을 하기에 이르렀다. 덕팔은 결심을 한 후에 기회가 오기만을 기다렸다. 울보 녀석이 말해준 그 방법을 그대로 시험해 볼 생각이었던 것이다.

처가에 꽃순이 혼자 있는 날만을 목이 늘어져라 하고 기다렸다. 그러는 중에 그 대망의 기회가 왔다.

장인, 장모가 이웃 마을의 환갑 잔치에 가게 되어 꽃순이 혼자 집을 지키게 된 것이다. 덕팔이가 전에 없이 이상한 표정으로 찾아오자 꽃순이는 근심스럽게 형부를 바라보며,

　"아니, 형부 어디 편찮으세요? 안색이 안 좋은 것 같아요."

　하고 물었다. 남의 속은 터럭끝만치도 모르는 소리였다.

　다시 보아도 정말 꽃순이는 예뻤다. 그리고 총기가 반짝이는 눈동자는 얼마나 고혹적인지 몰랐다. 적당히 솟을 만큼 적삼을 팽팽하게 만든 젖가슴도 덕팔이의 가슴을 방망이질치게 하기에 충분했다.

　"뭐, 그런 게 아냐."

　쪽마루에 마주 앉았으나 말을 꺼낼 용기가 나지 않아서 치마 아래로 수줍은 듯 내밀고 있는 뽀얀 처제의 다리만을 넋 잃은 듯 내려다보며 안절부절 못했다.

　"무슨 근심이 있는 것 같아요, 형부."

　꽃순이가 다시 말했을 때, 제 정신으로 돌아온 덕팔이는 용기를 냈다.

　"처제, 처녀는 말이야…."

　"뭐예요? 형부."

　형부의 눈동자가 이상하게 변하는 것을 영리한 꽃순이인지라 눈치를 챘는지 조심스러운 표정이 되면서 물었다.

　"시집 갈 때 개문을 하지 않으면 첫날밤에 신랑한테 소박을 맞는대, 알았어? 그래서 시집 가기 전에 꼭 누군가가 개문을 해줘야 한다는군. 언니도 개문식을 치르고 시집을 왔기 때문에 첫날밤에 살이 찢어지는 아픔을 경험하지도 않아도 됐단 말이야."

　"개문이 뭐예요?"

꽃순이는 눈을 깜빡거리면서 형부를 빤히 쳐다보았다.

"글자 그대로 문을 여는 거지."

"문이라뇨?"

"여자에게는… 문이 여러 개 있지만, 여자에게만 있는 문이 있거든. 보통 처제의 개문식은 형부가 하는 것이 예부터 내려오는 법칙이거든."

이렇게 말하는 덕팔이의 이마에는 땀방울이 끈적하게 내비쳤다. 꽃순이는 미성년 바보가 아닌지라, 그쯤 얘기가 나왔으니 형부의 말을 못 알아들을 리가 없었다.

"그러니 처제도 개문식을 해야 할 텐데… 장인, 장모도 처제의 개문식을 내가 해주리라고 믿고 있거든. 언제 해도 시집 가기 전에 한 번은 치러야 할 개문식인데, 오늘 해 버리자구. 그러나 이 개문식에 대해서는 절대로 입 밖에 내지 말아야 한단 말이야."

꽃순이는 어이없다는 듯한 표정으로 형부를 한참 동안 빤히 보고 있다가 무슨 생각을 했는지,

"그렇다면 개문식은 어떻게 하는 건데요?"

하고 물었다.

"뭐, 그야 단둘이서… 아니, 내가 하는 대로 따라 하면 돼. 처제 방안으로 들어가자구."

"어떻게 하는 건지 가르쳐 주셔야죠."

"방안으로 들어가서 나 하는 대로 하면 된다니까. 말하자면 신랑 신부가 첫날밤에 하는 것을 미리 하는 거지."

"그렇다면, 그건…."

"그런 거라니까. 어느 처녀든지 시집 가기 전에 한 번은 치르는 일이

라니까."

"형부두. 그런 일을 이렇게 밝은 대낮에 한단 말예요. 꼭 치러야 하는 개문식이라지만 밤도 있는데….."

꽃순이의 말소리도 요상하게 들떠 있었다.

'옳구나, 처제가 곧이 듣고 보기 좋게 넘어오는구나. 울보 녀석, 정말 고마운데. 신통한 법을 다 가르쳐 주고…'

덕팔이의 가슴은 숨을 쉬기가 힘들 정도로 뛰기 시작했다. 얼마나 탐을 내던 처제인가. 그 뜻이 이루어지게 됐다는 것이 그저 믿지 못할 꿈만 같았다. 벌써부터 그 앞가슴이 불룩이 솟은 저고리와 치마 속에 들어앉은 분홍빛 알몸이 눈에 밟혀져 견딜 수 없었다.

"낮에는 내가 부끄러워서 그러니 꼭 치러야 할 개문식이라면 밤에…. 네? 밤에 치러요."

"그래도 좋지."

마음이야 일각이 삼추 같이 아쉽지만, 그까짓 밤까지야 못 참으랴. 덕팔이는 가슴을 쓸어내렸다.

"형부, 내 방은 외진 뒷방이니까 밤에 와서 일을 끝내 주세요, 네? 아무도 알면 안 된다니까, 자정쯤 기다리겠어요. 불을 끄고요. 난 부끄러워서 말도 못 할 거예요. 그러니까 개문식인가 뭣인가만 치르고 살그머니 나가 주세요, 네?"

"그렇게 하지."

"남이 보면 이상하게 생각할지도 모르니 어서 돌아가셨다가 밤에 다시 오세요."

꽃순이는 두 볼을 붉히면서 달콤한 콧소리로 말했다. 처가를 나서는 덕팔이의 발걸음은 하늘에 뜬 구름을 밟는 것만 같았다. 황홀함이 아랫도리를 뭉클하게 했다.

'오늘밤에는 그 탐스런 꽃순이의 알몸을…'

생각만 해도 뜨거운 흥분으로 몸이 사시나무 떨리듯 했다. 집에 들어서자 아무것도 모르는 여편네는 어디 갔다 왔느냐고 물었다.

"음, 산골 박서방네 집에 갔었지. 오늘밤에 그 집에서 술자리를 벌이게 됐어. 이번 소장사가 잘 돼서 한 잔 낸다는군. 어쩌면 밤새껏 술 마시고 내일 아침에나 돌아오게 될 거야. 아니 밤중이라도 돌아올지 모르지만… 명주옷 손질해 놨지?"

"예."

'어이구, 저 병신 얼굴도 제 동생만큼도 못 생긴 데다가 잠자리의 맛도 그리 없을까?'

공연히 여편네에게 불만까지 품어보는 덕팔이다. 하긴 결혼 초에는 세상 모르고 여편네의 포동포동한 몸에 빠져 살아왔는데, 이제 몇 해를 살고보니 영 계집맛이란 없고, 품안에 품어도 남자인지 여자인지 모를 정도로 둔해져 버린 것은 사실이다. 처제 꽃순이가 금덩어리라면 여편네는 길바닥에 아무렇게나 뒹구는 자갈로 밖에는 안 보였다.

밤 늦게 집을 빠져 나오면 여편네가 이상하게 생각할 것이므로 산골 박서방 핑계를 대고 초저녁에 집을 나섰다. 명주 바지 저고리에 비단 조끼까지 걸치고 냇가 주막으로 갔다. 자정까지 술을 마실 작정이었다.

자정이 되자 얼큰하게 취한 몸으로 주막을 나섰다. 처가를 향해서 후들후들 떨리는 발걸음을 옮겨 놓았다. 처제의 방은 뒷사립문으로 들어서면 정면으로 보이는 외진 곳이었다. 사립문 밖에서 기웃거려 보니 불을 끈 채 방은 캄캄했다. 처제가 알아서 그렇게 해 놓은 것이리라.

사립문은 쉽게 열렸다. 도둑 고양이처럼 발소리를 죽여 방문 앞으로 갔다. 부를까 하다가 이미 약속이 돼 있는 일인지라 그냥 방문을 열었다. 문은 잠겨 있지 않아서 소리없이 열렸다. 달도 없는 밤이라 방안은 먹물처럼 캄캄하기만 했다.

"왔어, 내가 왔어."

술 냄새를 풍기면서 거친 숨소리로 말했다. 대답 대신 옷자락이 비비적거리는 소리가 들렸고 처제의 가쁜 숨결 소리가 들렸다. 그 숨결 소리만 들어도 벌써 가슴은 터질 것만 같았다.

무릎을 세우고 더듬더듬 거려 보니 홑이불자락이 손에 잡혔다. 살그머니 이불자락 안으로 손을 들여미니 처제의 보드라운 손이 마침 그 곳에 있어서 살과 살이 닿았다. 처제의 손은 뜨겁게 달아 있었다. 손을 꼭 쥐자 처제도 꼭 쥐어왔다. 덕팔이는 정신없이 홑이불 속으로 파고들었다.

처제의 뜨겁게 달아오른 야들야들한 몸에 자신의 몸을 붙이고 눕자, 여체의 감촉은 여편네의 싱거운 살결과는 비교도 되지 않을 만큼 그의 몸을 뜨겁게 달아오르게 만들었다.

어둠속에서 아무것도 보이지 않았지만 어깨 옆으로 늘어진 외가닥 머리칼 묶음이 쪽진 여편네와는 달리 처녀라는 것을 더더욱 인식시켜 주어 그는 흥분으로 온몸을 떨었다.

단숨에 젖가슴을 더듬었다. 풍만했다. 토실토실 손을 튕겨낼 듯 하면서도 솜처럼 부드러웠다. 덕팔이는 정신없이 하체를 더듬었다. 어느 누구의 손도 닿지 못한 곳에 자기의 손이 처음으로 닿는다고 생각하니 견딜 수 없이 흥분되었다. 그러자 처제의 숨결도 점점 높아졌다. 아무리 처녀라고 하지만 무르익은 방년의 몸매라 남자의 손길이 닿자 무감각할 수가 없는 모양이었다.

한술 더 떠서 덕팔이의 손을 잡아 자기 가슴 위쪽으로 끌었다. 무엇인가를 재촉하는 동작임이 틀림없었다. 전신의 뼈마디가 녹아 흐를 것 같은 감격 속에서 덕팔이는 기이한 개문식을 치뤘다. 그런데 뜻밖에 처제는 고통의 신음 대신 흥분에 격한 야릇한 신음 소리를 내면서 익숙한 여자처럼 목에 손을 감아왔다.

덕팔이 조금만 냉정했더라도 처녀의 몸이 아니라 이미 경험이 있었구나 하는 생각이 들었겠지만, 술기운과 흥분 때문에 그런 생각이 머리 속에 일어날 여지가 없었다.

어쨌든 여편네 따위는 죽었다가 다시 태어나도 이러한 즐거움을 주지는 못하리라고 몽롱한 의식 속에서 생각하며 덕팔이는 천국 같은 환희에 정신도 몸도 빠져들어 갔다.

이윽고 모든 감흥이 사라지고 만족한 나른함이 남았을 때, 덕팔은 처제의 몸 옆에 자신의 몸을 눕혔다. 그러자 처제는 어둠속에서 일어나 앉아 옷매무새를 고치느라 바스락 옷소리를 내더니 다 고치고 나서는 손을 잡아 어서 나가라는 듯한 시늉을 했다. 겁이 나는 모양이라고 이해한 덕팔이는 재빨리 바지춤을 올리고 도둑놈 도망치듯 황급히 처제의 방을 나왔다.

'세상 이렇게 즐거운 밤을 가질 수도 있다는 말인가.'

어두운 논두렁길을 걸으면서도 처제의 방에서 보낸 조금 전의 뜨거운 정사가 자꾸 되살아났다. 이제 그 시들한 여편네한테로 돌아가서 몸을 대고 누워 잘 생각을 하니 아랫도리가 꽉 찌부러졌다. 그래서 발길을 냇가 주막으로 다시 돌렸다. 술집에는 스물이 갓넘은 계집이 있으니 그런대로 아쉬운 뒷마음을 위로할 수 있을 것 같아서였다.

　새벽 무렵까지 술을 마시고 돌아오니 부엌에서 아침밥을 짓던 여편네가 쪼르르 달려나오면서,

　"아니, 당신도 참 이상한 양반이네요. 어느 틈에 없어졌수?"

　뭔가 석연치 않다는 듯이 아래 위를 힐끔힐끔 훑어보면서 물었다.

　"없어지다니, 어젯밤에 산골 갔다 온다고 말하지 않았어?"

　덕팔이가 오히려 이상해 할 판이었다.

　"아니, 무슨 말씀을 하시는 거예요. 밤중에 돌아오셨다가 나가시고는!"

　"뭐? 내가 밤중에 돌아와?"

　"그럼 안 돌아왔단 말예요? 술이 취해 돌아오셔서는 잠자는 남을 덮쳐 놓고는, 어쩌면 그 전에는 모르던 재미까지 주시고…."

　여편네는 아직도 그 때의 흥분을 잊지 못하겠다는 듯이 곱게 눈을 흘기기까지 했다. 덕팔이는 하늘이 무너지는 것만 같고 눈앞이 노래지는 것 같았다.

　"내가 술이 취해서 돌아와 당신을 안았단 말이지?"

　덕팔이의 눈에 핏발이 뻘겋게 섰다.

　"그럼, 아닌가요?"

　여편네는 그제서야 이상하다는 듯 덕팔이의 표정을 살피더니,

　"어이쿠, 이를 어째!"

　부엌 바닥에 털썩 주저앉아 버리는 것이었다.

　"전에는 모르던 재미까지 주었단 말이지?"

　노려보는 덕팔이의 눈은 금방 잡아먹을 것만 같았다. 여편네는 제대

로 대답도 못하고 그저 파랗게 질린 채 후들후들 떨면서,

"이를 어째! 나는 당신인 줄 알고… 잠결에 그만…."

하며 가슴을 쳤다. 덕팔이의 두 눈에서는 불줄기가 번쩍번쩍 튀는 것 같았다.

"그놈이 누구야! 내가 전에는 주지 못하던 재미를 주었단 말이지?"

덕팔이의 열화 같은 질투를 아는지 모르는지 덕팔이 아내는

"정말, 난 전에 없이 온몸이 녹는 것 같고 정신이 아득해져서 얼굴도 똑똑히 보지 못하고 그저 당신인 줄만 알고 부끄럼없이…."

'뭐라고? 부끄럼없이 대했다니 얼마나 음탕한 추대를 보였을까.'

덕팔이는 자기가 한 짓에 대한 반성을 하지 못하고 머리가 터질 것만 같았다. 어떤 놈인지도 모르는 사내에게 남편이 아니면 볼 수 없는 알몸을 드러내고 얼마나 추한 꼴을 보였을까. 어떤 놈의 어깨를 끌어안고 몸을 비비틀면서 환희에 넘친 울음 소리를 질렀을까.

가슴이 터질 것만 같았다. 연놈을 당장 한 칼에 물고를 내고 싶은 질투심이 펄펄 끓으면서 여편네를 다그쳤다.

"그래 어떤 놈이었어, 어떤 놈이었느냔 말이야?"

'내가 아나요? 그저 난 당신인 줄만 알고!"

"그래 이년아, 제 남편 몸뚱이도 몰라!"

"옆에 누워 술냄새를 풍기길래 당신인 줄 알 수밖에요. 아이고, 이를 어쩌나!"

아무리 질투에 미칠 것 같아도 귀신처럼 제 여편네를 범하고 간 상대방을 모르는 데야 화풀이를 할 도리도 없었고 여편네도 끝까지 자기인 줄 알았다는데, 알고 한 서방질이 아니니 어쩔 수가 없었다.

"누가 밤중에 돌아올지도 모른다고 그러래요. 그런 말만 안 했어도 조심했을 거 아녜요."

"이리 와! 그놈한테 어떻게 했나 얘기 좀 해봐. 아니, 이리 와서 그놈한테 한 대로 해봐!"

덕팔이는 여편네의 손을 끌고 방안으로 들어갔다.

"한 대로 해봐!"

하고 여편네를 떠밀었다. 그러자 여편네는,

"이렇게 누워 있었어요. 그랬더니 옆에 누워 손을 내 이불 속으로 이렇게 들여밀고 내 손을 잡았어요. 그러더니 내 가슴을 더듬고….'

남편의 손을 끌어다가 자기의 가슴에 얹었는데 꼭 자기가 처제한테 한 대로 하는지라,

'아니 이건?'

점점 의아한 생각이 들었다. 약간 멍청해지는데 아내가 다시 계속 어젯밤의 무르익은 그 장면을 되풀이하는 것이 하나에서 열까지 꼭 자기가 처제에게 한 대로가 아닌가. 그제서야 완연히 이상스럽다는 생각이 들어서,

"아니, 당신! 그럼!"

더 말을 잇지 못했다. 세상에 천벌이라는 것이 있다더니 이런 것을 두고 하는 말인가 싶었다.

'정말 해괴하기 짝이 없는 일이로구나.'

비로소 양심의 가책을 느끼는데,

"형부, 부끄럽지도 않으세요?"

윗방에서 난데없이 처제의 목소리가 들려왔다. 그제서야 정신이 번쩍

들었다. 꽃순이가 생글생글 웃으면서 웃방에서 건너 왔다.

"아니, 이건…."

어안이 벙벙해지는데 여편네가 벌떡 일어나 앉더니,

"여보, 이제 알았수?"

눈을 동그랗게 뜨고 노려보았다.

"아아니, 그럼 당신이…."

"그래요. 내가 쪽머리를 풀어서 꼬리 머리로 묶고 누워 있었어요. 뭐라고요? 개문식요? 내가 개문식을 하고 당신한테 시집 왔다구요? 참 뻔뻔스럽기는…."

그러나 덕팔에게는 그런 말은 머리 속에 들어오지 않고 어젯밤의 그기막힌 즐거움을 느끼게 해준 여체가 바로 여편네였다는 것에 멍청해지고 말았다. 그 통나무 같던 여편네가 그런 즐거움을 주었다니 믿기 어려울 정도였다.

'세상은 요지경 속이로군. 마음먹기에 따라서 재미도 달라지는구나.'

새삼 새로운 세상을 발견한 듯한 느낌이었다. 그러면서도 얼굴이 화끈거려 아내와 처제 앞에 고개조차 제대로 들지 못했다. 겨우 변명 비슷이 한다는 소리가,

"울보 녀석이 처제의 개문식을 형부가 꼭 해야 한다기에…."

울보에게 응큼한 죄를 뒤집어 씌우는 것이 고작이었다.

"울보 서방? 나쁜 사람이야, 언니."

그러자 꽃순이는 자기가 냇가에서 어떻게 울보를 피했는가에 대해 얘기를 했다.

"세상에 그런 흉칙한 놈이 또 있을까."

동생의 말에 흥분한 여편네는 치를 부들부들 떨었다.

"그런 놈은 단단히 맛을 보여줘야 해."

며칠 뒤였다.

논두렁길에서 울보와 딱 마주친 꽃순이는 매력적인 눈길을 보내면서 볼을 붉혔다. 자기와 단둘이 호젓이 만날 기회를 기다렸다는 것은 모르고, 울보는 살짝 고운 눈길을 보내는데 벌써 마음이 이상스럽게 들떠서,

"꽃순이, 네가 그럴 줄은 몰랐다. 너를 좋아하는 나를 그렇게 며칠씩 애타게 하다니. 싫으면 그냥 싫은 거지."

원망 비슷한 투정을 부리면서 눈치를 살폈다.

"미안해요. 너무 엉겁결에 나타나서 그러니까 겁이 났던 거예요. 실은 나도 아저씨를…."

숨소리가 부끄러운 듯이 떨리자, 울보는 그만 정신이 황홀해져서

"꽃순이, 그렇다면 너도 나를…."

"자기를 생각해주는 사람을 싫어할 사람이 세상에 어디 있어요. 참, 아저씨도…."

여전히 들뜬 숨소리로 말하면서 고운 눈매로 살짝 울보를 훑어보며 수줍은 듯 시선을 내리깔았다.

"꽃순이, 만나줘. 한 번만. 할 얘기도 있고…."

"아이, 어떻게 아저씨와 만나요!"

"아저씨면 어때, 만나 달라고. 정말 할 얘기가 있어. 알겠어!"

"예에…."

꽃순이는 고개를 푹 숙이고 달콤한 바람소리로 말했다.

"정말이지? 오늘밤 물레방앗간에서 기다릴께."

"아이, 밤엔 못 나가요."

"그럼, 낮에…."

"그래도 밤엔…."

"가만 있자, 낮이라면…."

하더니 뭔가 생각하는 것 같더니

"산 속에서 만나면 되겠네."

하는 것이었다. 산 속이라면 낮엔들 사람이 없는 호젓한 장소가 얼마든지 있을 것이다.

"네에—"

꽃순이는 여전히 들릴 듯 말 듯한 소리로 응낙했다.

"가만 있어. 그렇다면 어디가 좋을까? 참, 최씨네 사당이 있지. 가만 있자 사당은 안 되고 개울 건너 산신당은 어때? 산신당 안이라면 누가 들여다 보지도 않을 거고 안성맞춤이야."

"네에!"

"내일 한낮쯤에 알았지?"

"네에…."

꽃순이는 대답을 남기고 얼른 지나쳐서 반대쪽 논두렁으로 걸어갔다. 그 뒷모습을 두근두근 뛰는 가슴으로 바라다보면서 울보는 몇 번이고 군침을 삼켰다.

이튿날 울보는 말등에라도 올라 탄 듯한 기분으로 서둘러 산신당으로 갔다. 뛰는 가슴을 진정시키면서 안으로 들어가니 벌써 꽃분이는 와서 수줍은 듯이 서 있었다.

"왔군, 꽃순이. 난 꽃순이 때문에 상사병에 걸려서 미쳐 죽을 것만 같았어."

하며 급히 손을 잡으려고 했다.

"아이, 성급하시긴…."

꽃순이는 살짝 손을 뒤로 감추면서

"아저씨!"

하고 나직하게 불렀다.

"응?"

"난 남자를 한 번도 상대해 보지 못했어요."

"그야, 남자란 다 그렇고 그런 거지, 뭘."

또 안으려고 했다.

"옷을 입고 어떻게 해요."

"참, 그렇군."

꽃순이는 기다렸다는 듯 돌아서서 속옷을 벗었다. 속옷을 두 벌 껴입고 온 것을 모르는 울보는 치마만 들추면 꽃순이의 모든 것을 가질 수 있다고 생각하니 견딜 수가 없었다.

"아저씨도 어서…"

"그래 그래."

울보는 서슴지 않고 속바지를 벗었다. 그러자 꽃순이는 고개를 돌리고 숨을 죽인 듯이 기다리다가

"아저씨, 저고리도요."

은근하고 달콤한 목소리였다.

"그래 그래."

울보는 일각이 여삼추 같이 안타까운지라 얼른 저고리를 벗어 던지고

서는

"꽃순이…"

벌거숭이 몸으로 달려들었다.

"아저씨도 급하시기는 누울 자리를 봐야죠."

울보가 주춤하는 동안 꽃순이는 울보의 옷을 번개같이 모아 끌어안고 서 산신당 문밖으로 후다닥 뛰어나갔다.

"꽃순이!"

소스라칠 듯이 놀라서 뒤쫓아 뛰어나가려는데, 그때

"도라지 도라지, 심심 산천에 백도라지…"

노랫소리가 들려오는 것이 아닌가. 틀림없이 꽃순이 언니의 노랫소리였다. 뒤쫓아 나갈 수도 없어 가슴이 철렁해서 그 자리에 서고 말았다.

"언니, 형부…"

꽃순이는 큰 소리로 부르면서 달려 내려갔다. 형부와 언니는 미리 산신당 밖에서 기다리고 있었던 것이다.

벌거숭이 알몸으로 벌건 대낮에 동네로 들어갈 수도 없이 돼버린 울보는 할 수 없이 어두워질 때까지 산신당에서 기다릴 수밖에 없었다. 알몸으로 웅크리고 앉아서 '이년, 꽃순이 이년, 어디 보자. 사람을 감쪽같이 속여 놓고서…' 하며 이만 부득부득 갈았다. 그러면서도 집에 가서 여편네에게 할 변명거리가 또 걱정이었다.

한편 동네로 내려간 꽃순이 자매는 동네 아주머니, 노인들까지 총 동원을 시켰다. 괴상한 짐승이 산신당 안에 있으니 구경 가자는 것이었다.

"괴상한 짐승이라니?"

묻는 사람에게,

"대가리가 달리고, 두 팔이 달리고, 다리도 있고, 머리칼도, 코도 있고, 눈도 있고, 입도 있는 사람같이 생긴 짐승이지요."

이렇게 대답하곤 했다.

"그럼, 사람과 똑같잖아. 그런 짐승이 다 있나?"

"있어요. 있으니까 있다지요. 그러니까 모두들 구경 가요. 어서 도망치기 전에…."

"참, 세상에 별 짐승이 다 있군."

하면서 우루루 따라 나섰다. 집집마다 다니면서 끌어냈으므로 온 동네 사람들이 행렬을 이루어 산신당으로 와자지껄 몰려갔다.

"자아, 장정들이 가서 잡아내요. 산신당 문을 열어요."

꽃순이 언니가 말했으나 산신당 앞에 두세 겹 울타리를 치고 서 있기만 할뿐 겁이 났는지 선뜻 문을 열려는 사람이 없었다.

한편 산신당 안에 있는 울보는 하늘이 주저앉는 것 같았다. 이럴 줄 알았더라면 진작 산신당을 떠나서 어느 숲속에라도 숨어 있을 것을…. 하는 생각이 들었다.

그러나 이미 엎질러진 물이었다. 문을 안으로 걸려니 고리쇠가 있을 턱이 없었다. 할 수 없이 두 손으로 힘껏 잡아당기며 버티고 서 있었다.

"에이, 그럼 내가 열지."

보다못한 꽃순이 언니가 문께로 다가가자, 그제서야 장정들이 위신이 있는 지라

"가만 있수, 우리가 열게."

장정들이 앞장 서 산신당 문을 잡아당겼다. 바깥쪽에는 고리쇠가 있었으므로 잡아당기기가 훨씬 편했다. 안에서도 결사적으로 잡아당기는

지라 쉽사리 열리지 않았다. 그러나 장정 두어 명이 힘을 합치자 안에서는 당해 낼 길이 없어 문이 열렸고, 그와 동시에 울보의 알몸뚱이가 앞으로 고꾸라지 듯이 따라 나왔다.

"어머나!"

"아니, 저건!"

동네 구경꾼들은 저마다 외마디 소리를 질렀다. 그 중에서 아주머니들은

"아이구 망칙해라!"

하면서 외면을 하기에 바빴다.

"아이쿠! 하느님!"

땅이 꺼진 듯이 놀라며 주저앉는 것은 울보의 마누라였다.

"아니, 이게 무슨 꼴이지!"

동네 노인들은 무슨 사연이 있는가를 알려고 했다. 꽃순이 언니가 그 동안의 사정을 얘기하자, 동네사람들은

"정말 짐승같은 놈이로군. 이런 놈은 동네에서 혼을 내서 쫓아내야 해."

울보가 동네 사람들한테 몰매를 맞고 야반도주를 한 것은 그날밤의 일이었다.

# 월순이의 한

월순이는 진심으로 말할 것 같으면 벌써 목을 매달아 죽어도 죽었고, 혀를 깨물어 죽어도 죽었을 것이다.

그런데도 살아 있는 것이다. 죽기가 무서워도 아니고 앞으로 어떤 아름다운 희망이 있기 때문도 아니었다.

매일 뒷산 서낭님 앞에 가서는 그 옆의 샘에서 맑은 정화수를 떠놓고 비는 것이었다.

"이 굴욕을 참고 살아가는 불쌍한 계집의 뜻이 하루 빨리 이루어지게 해주옵소서."

월순은 희망이야 없다지만, 어떤 뜻을 품고 있었던 것이다. 그것은 사무친 원한에 뿌리를 박은 스물 한 살 처녀… 아니 새색시의 비상 같은 앙심이었다.

김진사댁 종년… 이것이 월순이의 천한 신분이었다. 비록 종일 망정 하늘은 사람의 생김새까지 귀천을 가리지 않고 덕을 베푸는 지, 월순이의 얼굴은 백에 하나 찾아보기 힘들 정도로 아름다웠다. 그런데 천한 신

분은 잘 생긴 것도 죄가 되는 법인 모양이었다. 그 잘 생긴 얼굴이 월순이의 첫 번째 화근거리가 되었다.

김진사는 전처前妻의 몸에서 딸이 한 명, 후처의 몸에서 딸이 한 명, 두 딸만을 거느린 토호土豪였다. 전처의 소생은 화심花心이고 후처의 소생은 화옥花玉이라고 했다. 그런데 후처가 천하의 악녀였다. 후처라면 고운 말 듣는 사람은 별로 없다지만, 그래도 그 추부인秋夫人만큼 악녀는 드물리라.

우선, 추부인은 마흔 살의 그 피둥피둥 살이 찐 몸을 어떻게 주체할 수가 없어 큰 죄를 저질렀다. 환갑이 넘은 김진사의 몸이 한참 기름기가 오른 추부인의 밤을 흐뭇하게 해줄 수가 있을 까닭이 없었다.

어느 날이었다. 행랑살이를 하는 박서방네 장가들 나이가 된 아들을 방으로 끌어들였다. 물론 대낮이었지만 마침 기회가 있었다.

얼굴을 발갛게 붉히는 박돌이朴乭伊에게 여기를 주물러라, 저기를 주물러라 하더니 끝내는 허벅지까지 주무르게 했다. 박돌이가 손을 벌벌 떨며 숨만 가쁘게 쉬자 천정을 향해 드러누은 채 박돌이의 손을 잡아다가 치마밑으로 쑥 끌어들인 것이다.

"좀 더 위를, 더 위를…."

조금만 손을 더 위로 가져가면 야단날 판이었다. 속옷이란 본래 가랑이가 다 타져 있기 마련인 옷이었으니 말이다. 아슬아슬한 한 치 앞에서 박돌이의 손이 사시나무 떨 듯 떨면서 탄력있는 중년 여자의 허벅지를 만지고 있을 때 추부인은 미친 듯이 박돌이의 손을 잡아 아랫배 쪽을 깊숙이 끌어들였다. 싫어도 보드라운 곳이 화끈하게 손에 느껴지자 박돌이는 숨이 멎는 것 같았다. 그러한 박돌이를 부인은 와락 끌어당겨 산처럼 봉긋이 솟은 자기의 젖가슴 위로 쓰러뜨렸다.

"내가 싫어? 싫다면 용서 안 할 테야!"

미친 듯이 헐떡거리면서 박돌이의 입술을 빨아대자 박돌이도 나이가 찬 총각이라 더 이상 올바른 마음을 지키고 있을 수만은 없었다. 에라 모르겠다. 될 대로 돼라. 둘이는 넘어서는 안 될 선을 넘고 말았다. 자기 어머니 나이뻘되는 여자와 말이다. 물론 그 다음부터 기회만 있으면 추부인은 돌이를 끌어들였다. 거기까진 월순이와 상관 없는 일인데, 그 다음이 말썽이 되었다.

박돌이와 월순이를 짝을 지어주겠다고 김진사가 나선 것이었다. 부인은 자기가 백일하게 드러내놓고 박돌이와 살지 못할 바엔 누가 박돌이의 계집이 돼도 될 판이었지만, 월순만은 그의 여편네로 들여앉기가 싫었다. 자기보다 얼굴이 예뻤던 것이다. 박돌이가 자기보다 잘난 계집하고 살면 자연 자기가 보기 싫어질 것이고, 자기 보다 워낙 못난 계집하고 살면 자기 생각을 한층 더 해줄 것이라고 하여 월순이와의 혼사를 악착같이 방해하고 나섰다.

어느 날 밤이었다. 월순은 박돌이와의 정혼이 거의 결정이 돼서 잔뜩 부푼 가슴으로 등잔 심지를 돋우고 바느질을 시작하려는데 부인이 불러 심부름을 시켰다.

초저녁에 혼자서 서낭님께 빌면 남편과 백 년을 하루같이 살 수 있다고 하며 옷감을 서낭님께 바치고 빌라는 친절한 부인의 말을 곧이듣고 월순은 무서움을 무릅쓰고 부인이 선심 쓴 옷감에 감사를 품으면서 서낭당을 향했다.

옷감을 서낭님인 큰 느티나무에다 걸고 비는 데까지는 탈이 없었는데

갑자기,

"월순아, 너 잘 만났다."

술냄새가 확 풍기면서 사나이의 굵은 목소리가 들려와서 월순이는 소스라칠 듯 놀라 고개를 들었다.

"아이 깜짝이야. 누구라고? 꺽쇠 아냐."

꺽쇠란 마을의 불한당놈이라고 소문이 난 개망나니였다.

"잘 만났어. 내가 너를 얼마나 마음에 두어왔다고… 히히힛."

"아니, 무슨 소릴 지껄이는 거야. 어서 물러가지 못해. 소리 지를 테야. 난 정혼한 몸이란 말야."

"그 박돌이 녀석 말이지? 그러나 안 될 걸. 안마님이 방해를 하는데 되긴 뭐가 돼?"

"뭐? 안마님이 방해를?"

"그럼. 그래서 오늘 너와 나를 여기서 만나게 한 것이란 말이다, 히히히. 알았어? 나는 돈 얻고, 월순도 얻고, 이렇게 되는 거지. 다 하늘의 덕이 아니고 뭐야. 사람마다 제 팔자가 있는 거니 고이 말을 듣는 게 좋을걸… 처녀가 혼자서 밤에 이런 으슥한 데 왔으니 동네 사람들이나 김진사 나리한테 핑계가 서기나 설 줄 알아?"

그제서야 가슴이 철렁 내려앉았지만 엎질러진 물이었다. 바로 외진 산기슭까지 걸어왔으니, 안마님이 시치미만 뗀다면 입이 열 개라도 말을 못할 판국이 되고만 것이다. 그야 안마님은 모른다고 할 것이고 꺽쇠 녀석은 자기와 만날 언약이 있어 나왔노라고 하겠지. 눈앞이 캄캄해지는데,

"자아, 다 하늘이 정한 연분이니 나 하고 살자고…."

덥석 손을 잡아 와락 가슴으로 끌어들이는 것이 아닌가. 떠밀고 몸부

림쳐 보았으나 허사였다. 연약한 열 여덟 살짜리 몸이 스물이 넘은 황소 힘 만한 장정을 당해 낼 까닭이 없었다. 소리쳐야 마을까지 아련히 들릴까말까, 산구비를 뚫고 흐르는 바람 소리만이 귀에 요란스러운 터라 일은 꼼짝없이 당하게 되고 말았다. 그래도 있는 기력을 다하여 반항하는 월순을 꺽쇠는 쓰러뜨렸다. 치마를 들면 속옷은 구태여 손을 댈 필요조차 없는 일이었다. 꺽쇠는 힘으로 월순의 첫 몸을 열어놓고 말았다.

두 팔과 양 허벅지를 꽉 눌린 채 일을 당하면서 월순은 하복부에 번지는 아픔과 마음의 원통함 때문에 눈물을 주르르 흘리며 어금니를 악물었다. 가슴이 콱콱 막히듯 찍어누르며, 그녀의 눈물은 아랑곳하지 않고 천하의 난폭한 꺽쇠는 숨결 소리를 높여갔다.

얼굴이 잘 생겼다는 죄 때문에 마음먹은 남자한테 시집도 못 가고, 또한 이런 변까지 당한 월순은 죽고 싶었다. 그러나 차마 죽을 수가 없었다. 무서워서가 아니다. 애통해서였다. 어떻게 이대로 눈을 감을 수가 있단 말인가. 원수를 갚아야지. 마님과 꺽쇠놈의⋯.

아니나 다를까, 안마님은 끝내 서낭당에서의 일을 말썽 삼아 꺽쇠에게로 내쫓고 말았다. 그리고 박돌이에게는 추하게 생긴 삼월三月이란 년을 주선해서 여편네를 삼아준 것이다.


한정승韓政承의 장남이 마침 귀향길에 그 마을을 지나게 됐다. 우선 관아官衙가 있는 큰 고을에서 원님의 대접을 융숭하게 받고, 김진사네 진사골을 지나게 됐는데, 그 무렵이 점심 요기 때였다. 다음 고을까지 배종할 작정인 원이,

"김진사네 가세는 이 충청도 일대에서 소문이 자자할 만큼 넉넉하니

점심 끼니를 신세집시다. 그리고 김진사네 집에는 방년의 낭자가 둘이나 있고 하니 그 또한 과히 삭막한 분위기는 아닐 것입니다.”

하고 권해 한정승의 아들 한남진韓男振은 김진사네 집에 들르기로 했다. 한정승이라면 당시 우의정으로 나라를 호령하던 삼정승의 한 명이라 김진사는 버선발로 중마당까지 뛰어내려와 젊은 총각을 모셔 올리다시피 했다.

온갖 산해진미를 갖춘 점심상이 대청에 차려졌고, 매화주가 나오고 날아갈 듯이 차린 종년들 여러 명이 상시중을 들며 야단이었다.

“사또께서 어려운 걸음을 하셨고, 공자께서도 이런 누지에 어렵게 들르셨는데, 점심 요기만 하시고 가신다니 될 말씀입니까? 하루를 유쾌히 즐기시고 내일 아침 일찍 길을 떠나시도록 하십시오.”

늙은 김진사가 간곡히 권하는 바람에 원은 한공자에게 권해 그날을 묵기로 했다. 술이 거나해 지자 김진사는,

“남녀 칠세 부동석이라지만, 인사를 드려야 하는 거야 어떻겠소. 우리 집에 뭐, 자랑할 만한 가보는 없고 다만 옥보다도 더 소중하게 키우는 딸애들 둘이 있어 가중의 진보처럼 귀염을 받고 있는데, 인사나 시켜 드리고, 그 애들의 시詩 재주나 한 번 구경시켜 드리지요.”

김진사는 화심이 화옥이를 불렀다. 열 아홉, 열 일곱의 두 처녀는 아버지의 부름을 받고 삼회장 저고리에 분홍치마로 날아갈 듯이 단장한 후 한 쌍의 나비처럼 사뿐사뿐 걸어왔다.

먼저 원님에게 인사를 드리고, 다음에 한공자에게 인사를 올린 후 떠나려 하자,

“얘들아, 뭐 그리 급히 물러가려 하느냐. 나는 이제 머리가 아둔해져

아무것도 할 수 없으니 너희들이 애비 대신 한양서 오신 공자님과 시답이나 하여라."

김진사가 두 딸에게 명령을 내렸다. 떠나려던 두 날렵한 몸짓은 다시 다소곳이 앉아서 지필묵을 내오기를 기다렸다.

"김진사 어른."

술이 거나해진 원이 불렀다.

"왜 그러시오, 사또."

"꽃이 있으니 나비 있고, 양지 있으니 음지 있고, 하늘 있으니 땅이 있다 하지 않소. 세상은 만사 음양의 이치로 되어 있으니 내가 중매나 설까요. 동정남이 있으니 여기에 선녀 같은 낭자가 있는지라…."

혼사만 된다면야 김진사로서는 더 말할 나위가 없었다.

"사또께서 꼭 성혼만시켜 준다면야 내 옥토 백 마지기는 떼어 바치리라."

그러지 않아도 원은 벌써부터 한공자가 화심이 쪽에 유심히 관심을 두는 눈치를 채고 있었다. 드러내놓고 훑어보지는 못하지만 어쩔 수 없이 눈길이 가는 듯 힐끔힐끔 훔쳐보곤 했다.

백옥같이 하얀 얼굴… 다듬은 듯한 콧날–그린 듯한 입매, 그리고 나이답게 수줍은 듯이 삼회장 저고리 앞가슴을 떠받들며 봉긋이 솟은 두 젖가슴, 가느다란 허리. 정말 언니 쪽은 두드러진 미모였고 날씬한 몸매였다. 동생 화옥이도 그린 듯이 예쁘기는 했으나 어느 구석엔지 이상한 심술기 같은 것이 서려 있었다.

"한도령께서만 마음에 들어하신다면야 서울의 대감마님은 어떻게든 허락을 내리시도록 하겠소."

한남진도, 화심이 화옥이도, 원의 말에 볼을 붉히며 이상스럽게 두근거리는 가슴을 진정시키고 있었다. 물론 원은 두 낭자 중에 누구라고 꼬집어 말하지는 않았었는데, 다시 술이 두어 순배 돌고 난 후에,

"그런데 화용월태, 양귀비 같은 낭자가 자매라… 두 낭자 다 방년의 한창 나이인데. 어느 쪽을 택하고, 어느 쪽을…."

하던 원은

"아차차, 내가 무슨 실언을 지껄이고 있나. 세상에는 인연이란 것이 있어 벌써 연분 끼리는 다 짝이 맺어져 있을 텐데, 그것을 미리 모르는 것이 인간들 뿐이지. 에, 또 그것은 후에 정하기로 하고 시답이나 할까…."

일이 이쯤되었으니 가슴이 콩볶듯이 뛰는 것은 비록 화심이, 화옥이 뿐만이 아니었다. 추부인의 마음은 잠시를 안절부절 못할 지경이었다. 어느모로 보나 화심이가 신부감으로 택해질 것은 햇볕을 보는 것보다도 더 환한 일인데 자기의 배에서 직접 낳은 자식이 아니니, 어떻게든 그 복을 화옥이에게 뺏어주고 싶은 마음이 태산 같았다. 생각다 못한 부인은 연회가 파할 때쯤 한 장의 사신私信을 써서 몸종을 시켜 사또에게 살그머니 전하게 했다. 물론 그 때는 두 낭자가 각각 제 방으로 물러간 다음이었다.

〈사또, 김진사 어른께옵서도 모르시는 일이옵고 소첩 또는 분명히 알지는 못하는 일이오나, 하늘 부끄럽게도 가녀家女들의 행실에 대해서 의문되는 바가 없지도 않사옵니다. 바라옵건대 사또께서도 신중을 기하셔서 한공자님이 고향을 다녀 다시 상경길에 저의 집에 들르시도록 주선해 주시면, 그 때에 흑백을 가려 두 가랑家郞 중 부끄럼이 없는 애를 바칠까 하오니 중매를 잘 하셔서서 우리 가문의 영광이 되게 해주옵소서.〉

원은 부인의 사신을 읽고나서 접어 품에 넣었다. 물론 종일 음주를 한

사또를 변소까지 모시고 갈 때 그쪽으로 보낸 터라, 김진사도 한공자도 그 사실을 알지 못했다.

　다음날 아침, 한공자 일행은 진사골을 떠났다.


　"이봐. 돈 봐, 돈꾸러미. 히히힛."

　밤중에 술이 얼큰하게 취해 들어온 꺽쇠는 엽전꾸러미를 허리에서 풀어 월순이 앞에 내보이며 흔들어 댔다.

　"이제 너 비단 저고리감도 끊어주게 됐고 호강도 한바탕하게 됐단 말이야."

　"아니, 이런 많은 돈이 어디서 났수. 공연히 남의 돈 훔쳐 와서 관가에 잡혀 갈 일이 아니우?"

　속으로 먹은 비상 같은 앙심은 앙심이고 겉살림은 겉살림이라 입발림으로나마 걱정을 해보는 월순이었다.

　"염려 말아. 어엿하게 주는 것을 받아들었으니까."

　"누가 이런 돈을 당신에게 준답디까. 뭘 보고."

　"돈 뿐인가. 아따, 꽃 같은 예쁜 처녀의 몸뚱아리도 준다나…. 히히히, 그것도 감히 고개조차 들고 쳐다보지 못할 그런 처녀란 말이야, 히히힛. 자아 술이다, 술. 술이나 받아 와라. 오늘은 좀 마셔야 하겠다."

　'무슨 일이 있는 게로구나. 그 백여우같이 음흉하고 음탕한 안마님이 나를 망쳐 버리듯 이번에는 전실의 소생인 화심 아씨를 어떻게 할 모양이로구나.'

　술을 받으러 가면서 월순은 속으로 생각했다.

　"이걸 어쩐다. 그 고운 화심 아가씨가 무슨 변을 당하면 어째. 어떻게든지 구해 드려야지."

월순은 자기 일처럼 안타까웠고 치가 떨렸다. 그날 따라서 전에 없이
꺽쇠에게 술을 따라 주고 안주까지 집어 주면서 있는 애교를 다 부렸다.

"이제 알게 돼. 알게 된다니까."

꺽쇠는 얼른 대답하지 않고 애만 바싹바싹 태웠다.

"내 말할까? 화심이 아가씨란 말이야. 내가 죽을 때까지 손목이나 만
져볼 사람인가? 엉, 그 화심이를 내 것으로 만든단 말이야… 히히힛."

사실 꺽쇠 녀석은 화심이와 화옥이를 먼 발치로만 힐끗 보았을 뿐 그
생김새를 자세히 알지도 못했다. 양반집의 규중 깊이 들어앉은 처녀의
얼굴을 동네의 파락호들이 변변히 볼 수 있을 리가 만무했다.

"화심이 아가씨를 너는 똑똑히 보았지? 그 집에서 종살이를 했으니까."

"그야 보고말고요."

"천하 절색이지?"

"그야 그렇죠."

"천하 절색일 거야. 우리 여편네 얼굴도 천하 절색이지만, 그 얼굴은
더 절색일 거야. 이거 내일 밤까지 안타까와 어떻게 기다리나. 어서 밤이
샜으면…. 에라, 아쉬운 대로 우리 여편네 궁둥이나 두드리자."

꺽쇠는 월순을 끌어당겼다. 월순은 늘 몸을 내맡겨오면서도 남녀간의
정을 나누는 기쁨이란 전연 몰랐고, 또한 마음의 고통까지 죽도록 경험
하면서 응해 왔던 터였다. 다만 억울하게 당한 원수를 갚을 수 있는 날만
을 손꼽아 기다리면서.

"그래, 어떻게 된 내력이우? 얘기나 시원히 해 봐요."

품에서 나신을 찰싹 붙이며 전에는 들려준 일조차 없던 콧소리까지 들

려주었다.

"냇가에서 해치우는 거야. 나는 냇가 숲속에서 숨어 있다가 해치우면 돼. 발가벗고 목욕하는 것을 말이지. 알겠어? 히히힛."

"화심 아가씨가 혼자서 그 으슥한 마을에서 동떨어진 냇가에 밤중에 나갈까?"

"다 안마님이 알아서 해주신 댔어. 나는 숲속에 숨어 있다가 해치우면 된다니까. 얼굴을 보자기로 가려야 할 테니, 적당한 놈 한 장을 내일 저녁까지 장만해 두라고."

"돈이 생기니 좋지만, 그일이 그렇게 쉽게 될지 어떨지는 모르잖아요."

"뭐, 잘 되겠지."


이튿날 저녁때 화심은 계모의 방문을 받았다. 안방에 들어앉아서 부른 것이 아니라 일부러 후원의 별당까지 찾아온 것이었다.

"아니, 어머님께서 오시다뇨. 하실 말씀이 있으시면 부르시면 될 걸."

"아니다, 아니야. 부를 일이 따로 있지. 너는 머지않아 정승댁 며느리가 될 귀한 아이가 아니냐. 아무리 양반이라 한들 시골 진사의 지체로야 어디 쳐다보기나 할 집안인가 말이다."

"어머님도 이상한 말씀을…."

화심은 얼굴을 붉히면서 고개를 푹 숙였다. 정승 아니라 왕가王家에 시집 가도 부모는 부모 아닌가. 계모라서 이런 말을 하는 것일까?

"이상한 말이라니, 사실이 그러니까 그렇다는 거야. 이제 정승댁에 가더라도 이 에미가 한 고운 일, 미운 일 다 잊고 친어머니처럼 생각해 주기 바란다. 정말 너에게 야속하게 대해 온 적도 한두 번이 아니지만, 다 너 사람되라고 그런 것이니 서운히 생각지 말아. 사실, 이번만 하더라도 화옥이도 나이가 찼으니 밀어볼 만한 일이다마는 나는 화옥이보다는 네가 삼공三公댁의 며느리감으로 부족함 없이 여겨져서 이렇게 너를 보내려는 거다."

"고맙습니다, 어머니."

사실 야속하고 매정스러워서 혼자 눈물을 흘린 적도 한두 번이 아니었지만, 이런 말을 듣고 보니 어쩐지 코가 시큰해졌다.

"어떻게든지 이번 혼사가 성사되어야 우리 집안은 말할 것도 없고 너도 운이 트이는데, 이번 기회를 놓치면 감사監司댁의 며느리가 되기는 힘이 들 거야. 그런데 호사다마好事多魔라고 좋은 일에는 마가 끼게 마련이니 그것이 걱정이다."

"어머님도! 되면 되는 일이고 안 되면 안 되는 일이지, 너무 걱정 마세요. 차라리 조용히 시골의 양반댁에 들어가 볶이지 않고 사는 것이 좋을지도 몰라요."

"무슨 말이냐. 천금을 주고도 이런 기회를 잡으려고 눈들이 뻘건 판인데 말이다. 아무 소리 말고 액막이를 하고 일이 성사되도록 철성님께 빌어야 한다."

"액막이라니요?"

"좋은 일이 눈앞에 있을수록 마가 끼지 않도록 액막이를 미리 해야 해. 밤 자시에 맑은 냇물에 목욕재계하고 모래밭에 꿇어앉아 칠성님께 빌어야 한다. 누구 한 사람이라도 그 목욕하는 모습을 보면 일은 다 틀어지는 거야. 하지만 자시子時에 냇가에 나가 있을 놈이 누가 있겠니? 종년들 몰래 뒷문으로 살짝 빠져 나가서 진두로 냇가에서 목욕하고 빌어

라. 그리고 아무도 모르게 돌아와 자는 거다. 그러면 한공자가 다시 돌아올 때 일이 아주 잘 될 거야. 액막이는 해서 나쁠 것이 없거든. 칠성님께 소원이 이루어지도록 정성껏 빌어야만 한다."

계모가 이렇게까지 자기 일을 걱정해 주는 것은 처음 있는 일이었다. 화심은 그 뜻을 고맙게 받아들였다. 그 동안 계모를 야속스럽게 생각한 것이 공연히 송구스러운 마음이 들어 얼굴이 화끈거릴 지경이었다.

그날 밤 자시 조금 못 돼서 화심은 수건 한 장을 들고 아무도 모르게 후원 별당을 빠져 나갔다.


꺽쇠란 놈은 술을 한 잔 얼큰히 들이킨 채 진두루 냇가의 풀섶 속에 엎드려서 귀를 바짝 곤두세우고 있었다. 시각이 정말 지루하게 흘러가는데도 발자국 소리는 좀체 들려오지 않았다.

'제기랄, 무슨 놈의 자시가 이리 더딘가!'

하마터면 입밖에 내서 불평까지 터뜨리려는데 발자국 소리가 들려왔다. 풀섶 사이로 보니 분명히 치마저고리를 입은 여인의 모습이 다가오고 있었다. 마침 달밤이라 환하게 드러난 그 모습은 보기만 해도 침이 꿀꺽 넘어갈 만큼 발랄한 몸매였다. 아득한 저쪽 산기슭에서 마을은 깊은 잠에 빠져 있으리라. 여자가 비명을 질러보았자 한밤중에 마을에서 일어나 쫓아올 사람은 아무도 없었다.

꺽쇠의 가슴은 두근거렸다. 눈이 뻘겋게 충혈된 채 노려보고 있노라니 처녀가 냇가 모래밭에 이르러 그래도 미심스러운 듯 사방을 휘휘 둘러보았다. 아무도 없는 것을 확인한 뒤에 저고리를 벗었다. 푸른 달빛 아래 하얀 어깨가 옥같이 귀엽게 드러났다. 치마를 벗는다. 그리고 속옷을 벗는다. 스물이 다 차 가는 처녀의 풍만한 나신이 눈부시게 드러났다. 볼록한 젖가슴, 잘록한 허리, 알맞게 퍼진 둔부, 매끈한 다리…. 꺽쇠는 자기도 모르게 사지가 뒤틀렸다. 마음 같아서는 당장 뛰어나가고 싶을 만큼 사나이의 힘이 몸에 충만했다.

처녀는 그 고운 몸을 조용조용히 움직여 맑은 냇물가에 살짝 담갔다. 이쪽을 보고 앉았기 때문에 젖가슴과 자주빛 유두가 환히 보였다. 하반신은 물에 잠겨 잘 보이지 않았으나 그래도 미끈한 지태肢態의 윤곽은 물 속에서 아른아른 보였다. 물을 끼얹는 소리가 은쟁반에 옥구슬 굴리는 듯이 곱게 들려왔다.

이윽고 처녀는 일어섰다. 물이 무릎 아래까지 차서 흘렀다. 그 위의 전 나신이 정면으로 환하게 드러나보였다. 전라의 그 탄력있어 보이는 살결, 그 밑의 그 아무도 보지 못했을 고운 풀의 숲… 그것은 신비한 검은 수초였다.

꺽쇠는 보자기를 뒤집어 썼다. 눈만은 보일 수 있도록 구멍을 두 개 뻥하니 뚫은 검은 보자기였다.

처녀가 있는 데까지 나왔을 때 꺽쇠는 풀섶에서 뛰어나갔다.

"어머!"

처녀는 숨이 탁 막히듯 외마디 비명을 지르더니 꼿꼿이 굳어버리고 말았다. 다음 순간에는 전신을 후들후들 떨면서 두 손으로 아랫배께를 가리고 뭐라고 소리 지르려고 했다. 그러나 소리를 지르기 전에 꺽쇠의 몸뚱이가 처녀의 물기를 머금고 있는 풍만한 육체에 부딪혀 왔고, 입은 우악스러운 한 손에 틀어막혀 버리고 말았다.

처녀는 어이없이 모래밭 위에 쓰러뜨려졌으나 필사적으로 반항을 했다. 몸부림을 치면 칠수록 그것은 꺽쇠의 짐승 같은 욕정에 불길만 지를 뿐이었다. 꺽쇠는 두 무릎으로 처녀의 오무린 두 다리를 벌리고 두 손으로 처녀의 어깨를 누른 후 보자기로 가린 얼굴로 처녀의 입을 눌러 틀어막았다.

"아아! 으음!"

막힌 입에서 고통의 비명이 새어 흐른 그 순간, 천지간에 부끄럼 없이 무구하던 처녀의 몸은 자기의 제2의 생명이 문을 여는 아픔을 느꼈고, 꺽쇠는 전신이 화끈 달아오르는 것 같은 자극을 하복부께서부터 받았다.

한순간이 지나자 꺽쇠는 일어나서 흐느껴 우는 여인을 그 자리에 버려 둔 채 쏜살같이 도망쳤다.

그 무렵, 계모는 자기 방에 앉아서 내일 아침 집안이 발칵 뒤집힐 광경을 머리 속에 그려보면서 흐뭇하게 웃고 있었다.

화심이 성질로 보아 그런 욕을 당하고서는 집으로 돌아오지 않을 것이다. 진두루 냇가의 소나무 가지에 목을 매달리라. 내일 아침에는 누군가가 그 시체를 보고 달려오겠지. 이제 화옥이가 정승댁 며느리로 들어가게 될 것이고, 그러면 자기도 서울로 올라가서 좀 더 호강을 해야지.

참 화옥이는 지금 어떻게 하고 있을까? 고운 꿈을 꾸고 있겠지. 벌써 자시말子時末이 되었으니 화심이는 저승길로 가도 십 리 이상은 갔으리라. 이런 생각을 하고 있는데 갑자기 앞마당이 와자지껄 시끄러웠다.

무엇인가 싶어 문을 열고 내다보니 이게 웬일인가. 횃불을 밝혀든 종들이 꺽쇠 녀석을 결박지어서 끌어들이고 있고 온 얼굴에 노기 등등한 김진사가 안마당으로 들어서고 있는 것이 아닌가.

"안마님을 끌어내라!"

추상 같은 호령 소리가 떨어지자 추부인은 간이 철렁 내려앉으면서 숨이 탁 멎고 눈앞이 캄캄해져 안마당에 득실거리는 사람조차 제대로 눈에 들어오지 않았다.

"어서 끌어내라. 상전이 아니라 죄인으로 다루어라. 천하의 독부로!"

추부인은 뭐라고 외마디 변명 비슷한 말을 했으나 그것이 제대로 말도 되지 않은 채 하인들에게 양 팔을 붙들려 끌려나왔다.

"그년을 묶어서 꿇어앉혀라!"

김진사는 불덩어리 같은 분노를 터뜨렸다. 그 자리에서 꺽쇠의 증언을 다시 확인시킨 김진사는 추부인의 머리칼을 가위로 잘라 중머리를 만든 뒤 곤장 쉰 대를 때려 걸음도 못 걷게 된 부인을 친정에서 데려온 몸종과 함께 내쫓아 버렸다. 꺽쇠는 꺽쇠대로 곤장 백 대에 엉덩이뼈가 드러나도록 심한 상처를 입고 다음날 관가로 넘겨졌다.

그리고 다음날 냇가에서 발견된 시체는 화심이가 아닌 화옥이었다. 화옥은 그 꼴을 당하고서도 옷을 주워 입고 소나무에 허리끈으로 목을 매달아 죽어 있었는데, 치마밑으로 빠진 두 다리의 하얀 살결에 빨간 핏줄기가 한 오리 말라 붙어 있었다.

일이 이렇게 된 것은 바로 월순이 때문이었다. 월순은 자시 조금 전에 후원 바깥문께에서 기다리다가 조심조심 숨어 나오는 화심이를 만났다.

"아씨!"

"아이, 깜짝이야. 너 월순이 아니냐. 한밤중에 웬일이냐?"

화심은 월순이를 만난 데에 부정을 탄 듯한 불안을 품고 물었다.

"아씨, 큰일나요. 오늘밤 자시에 목욕재계하고 칠성님께 빌라고 안마님이 그러셨죠? 그것이 음흉한 흉계예요."

"흉계?"

월순은 놀라는 화심에게 껙쇠로부터 들은 음모를 다 털어놓았다. 화심은 파랗게 질리면서 못 믿겠다는 듯한 눈치였다.

"두고 보세요. 악한 사람은 벌을 받아야 해요."

월순은 아직도 어리벙벙해 하는 회심을 숨겨놓고 후원으로 들어갔다. 별당채에 각각 다른 방을 쓰고 있는 화옥을 깨우자 화옥도 아닌 밤에 월순이 찾아온 것을 괴이 여기면서도 자기 집에 있던 종이라 별로 경계는 하지 않았다.

"아씨, 안마님께서 차마 따님한테 말씀을 못 하겠다고 하시며 저를 대신 보내셨어요. 실은 큰아씨를 한정승댁에 시집 보내기 위해서 영감마님께서 오늘 액막이를 시키신대요. 자시에 진두루 냇가에 나가 목욕재계하고 칠성님께 기도드려 한도령님의 마음을 뺏으려 하신다나 봐요. 그 복을 작은아씨에게 돌려드리고 싶어 하세요. 그래서 내가 큰아씨를 우선 꾀어 다른 곳에 지체시켰으니 어서 진두루 냇가로 나가셔서 자시를 놓치지 마시고 목욕하고 소원이 이루어지도록 칠성님께 기도드리세요. 큰아씨의 복을 뺏는 일이라 집안 몸종을 시킬 수도 없어서 이렇게 나를 보내신 거예요. 늦기 전에 어서요."

한정승댁 공자와의 혼사에 대해서 종년 월순이 알 까닭이 없을 텐데 알고 있는 것을 보니 정말 어머니가 애타하시며 특별히 부탁한 모양이로구나 하고 생각했다. 그러지 않아도 언니가 정승댁 며느리가 된다고 해 질투가 나서 견딜 수 없었던 터라 앞뒤를 더 가려 보지도 않고 언니의 별당채가 비어 있는 것만을 확인한 뒤 진두루 냇가로 횡하니 나간 화옥이었던 것이다.

화옥이가 냇가로 멀리 사라지는 것을 보고난 월순은 큰아씨에게,

"곧 아버님께 사실 말씀을 드리고 하인들을 우리 집으로 보내주세요. 꺽쇠가 돌아오는 길로 잡아올 수 있도록요."

하고는 집으로 돌아갔다. 물론 하인들이 꺽쇠네집에 와서 숨어 있다가 화옥이를 화심인 줄 알고 실컷 능욕한 뒤에 건들건들 돌아오던 꺽쇠를 잡아가지고 보자기를 증거물로 김진사댁으로 데려온 것이었다.

월순의 복수는 정화수를 떠놓고 빌었기 때문인지, 이렇게 우연히 이루어졌다. 그 후 월순은 그 마을을 떠나버렸는데, 소식을 들은 사람은 아무도 없었다. 한도령과 화심의 혼담은 그 후 고을 원의 중매로 무사히 이루어진 것은 두말할 것 없다.

진사골에서는 다른 마을보다도 특히 악한 일을 하면 벌을 받으니 선행을 쌓으라는 교훈이 대대손손 엄히 전해지고 있는데, 그것은 이런 일이 있고나서부터였다고 한다.

# 달빛 속의 요정

사나이는 술에 취했는지 갈짓자 걸음으로 걷다가 우뚝 그 자리에 멈춰 섰다. 푸른 달빛이 한없이 내리쏟아지고 있는 대구大邱 북문 밖의 한적한 교외였다.

'……'

너무나 해괴한 일이라, 술 탓인가 싶어 전신을 모아 눈을 비비고 보았다. 그러나 분명히 그 귀신은 또렷한 형체로 서 있었다. 하반신은 의심할 여지없이 여자였다.

치마를 입은 것이 아니라 육감적인 하복부와 허벅다리, 그리고 정강이의 고운 살결을 드러낸 채 서 있었는데 성숙한 여인임을 말해주고 있었다. 한데 괴이한 것은 윗도리는 저고리 차림, 그리고 얼굴을 보자기로 가리고 두 눈만이 뻥 뚫린 구멍으로 북문 밖 한적한 교외 길 한복판에 우뚝 서 있지 않는가.

"요망한! 이 밤중에 웬 계집이냐?"

담력으로 따져서 절대 남에게 뒤지지 않은 사내였다. 한 시절 젊었을 때는 호랑이를 주먹으로 때려잡았다는 소문까지 나돌았으나 당사자는 웃기만 할 뿐 대답하지 않았다. 하지만 산에서 화살을 맞은 상처가 없는 호랑이 새끼 한 마리를 지고 내려온 것은 사실이었다.

사내의 우렁찬 호령에 그 괴이한 여인은 한 번 몸을 빙그르르 돌리더니 풀숲 사이의 오솔길로 사뿐 걸어갔다. 그러나 열 발자국 가량 가다가 우뚝 멈춰 서서는 다시 사내쪽을 향해 돌아섰다. 보기 싫어도 하복부의 그 까만 여자의 증좌가 완연히 눈에 잡혔다. 술기가 없다고 하더라도 그쯤되면 남자로서는 뒤를 안 따라갈 수가 없는 노릇이었다.

'네 정체가 뭐냐? 지옥이라도 따라갈 테니 그리 알아라. 요망한 것 같으니!'

사내도 뒤따라 오솔길로 접어들었다. 여인은 앞서 가다가는 돌아서 보고, 다시 앞서 가는 것이었다.

교외 풀숲 사이의 한적한 오솔길을 사나이는 적당한 거리를 두고 계속 따라갔다.

'얼굴을 보자기로 가린 것을 보니 귀신은 아닐 테고 사람이 분명한데 부끄러운 앞도 가리지 않고 밤길 나그네를 홀려서 끌고가는 까닭은 무엇일까? 그렇다면 미친 계집이 서방질을 하려는 것일까?'

호기심이 즐거운 기대와 함께 두려움조차 잊게 해주었다. 본래 호걸들이란 다 그렇듯 이 사나이도 하룻밤에 계집을 번갈아 안겨다 줘도 싫다 할 사람은 아니었다. 다만 불미스런 사통私通만은 아주 더럽게 여겨 손을 대지 않는 정의파이기도 했다.

괴이한 반나체의 계집은 어떤 집안으로 들어섰다. 들판 한가운데 커다란 느티나무 옆에 들어앉은 기와집이었는데 어엿하게 행랑채를 갖춘

집이었다. 어둠 속에서 열려 있는 그집 대문 안으로 괴녀는 사라졌다. 뒤이어 사내도 걸음을 재촉하여 따라 들어섰다. 그러나 여자의 모습은 아무데도 없고 환한 달빛만이 내리비치고 있는 마당은 잡초로 무성하고, 집안은 구석구석이 거미줄로 얽혀 있어 흉가나 다름 없었다.

"어디 갔느냐! 요망한 것 나오너라."

마당 복판에 서서 대들보가 쩌렁쩌렁 울리도록 소리를 쳤다. 그래도 방 어느 속으로 꺼져 버렸는지 응답은커녕 아무런 기척도 없었다.

"사람을 끌고 왔으면 무슨 말이 있어야 할 게 아니냐. 요망한 것!"

그러자 귀신이 나올 것만 같은 집안에서 반응이 있었다. 대답 대신에 안채 내실의 방이 환해진 것이다. 부싯돌을 쳐서 등잔이나 황초에 불을 밝힌 것이 분명했다.

잠시 후 불빛이 내비치는 방문이 소리없이 열렸다. 방안에서 새어나오는 불빛을 받으면서 한 여인이 마루로 나섰는데, 이번에는 치마저고리를 단정하게 갖춰 입고 얼굴도 가리지 않았다.

"이렇게 누추한 곳까지 모시고 와서 죄송합니다. 어서 올라오시지요. 저의 주인께서 방안에서 기다리고 계십니다."

여인은 낭랑한 목소리로 말했다. 폐가가 분명한 지라 신을 신은 채로 선뜻 마루 위로 올라섰다. 한 걸음에 방문 앞으로 걸어가서 안을 들여다보았다.

'으음!'

그 순간 사내는 놀라지 않을 수 없었다. 담이 크고 호방하기로 소문이 난 김관평金關平이라면 장안에서 모르는 사람이 없는 그였지만, 자기도 모르게 신음을 토해 내면서 장승처럼 온몸을 굳히고 멈칫거렸다.

"김도련님…."

방안의 여인은 나직한 목소리로 말했다. 또 다른 한 여인이 있었던 것이다. 스물 대여섯 살 가량의 몸집이 터질 듯이 무르익은 여인이 요염하게 앉아 있었다. 관평은 촛불에 비친 여인의 용모를 본 순간 자기도 모르게 신음을 토해 내지 않을 수 없었던 것이다. 온몸이 마비되는 듯 싶었다.

'아! 이 여인은….'

여인은 지아비가 엄연히 있는 유부녀였고, 그리고 관평으로서는 꿈에도 잊지 못할 평생의 여자였다. 지난날 자기의 절친한 벗인 장한수張漢洙와 함께 바로 눈앞에 있는 옥영玉英 소저를 사이에 놓고 얼마나 애가 바싹바싹 타는 연민으로 때를 보냈었던가.

칠 년 전이었다. 혜화문 밖으로 길을 나서 정릉골을 두 젊은이가 산책하고 있었다. 마침 정릉골 어귀의 활터에서 차일을 치고 무사 집안 끼리인 듯 싶은 자들이 활재주를 겨누고 있었다.

"한 집안이 봄나들이를 나와 활쏘기를 하고 있는 모양이군."

"가보세. 구경꾼들도 있는 모양일세."

그래서 두 사람은 차일을 친 활터로 다가갔다. 차일 안에는 구레나룻이 난 호안虎顔의 무장인 듯 싶은 자와 그의 가족인 자들이 상을 받고 앉아 온갖 산해진미를 즐겨 가면서 집안의 젊은이나 문하생들이 과녁에다 화살을 맞추어 쏘는 묘기를 구경하고 있었다. 그런데 그 차일 속에 앉아 있는 호반과 그 부인의 옆자리에 젊은 소저가 앉아 있었다. 바로 옥영 소저였던 것이다.

"세상에 저렇게 아리따운 여인이 있을까?"

관평이 첫눈에 넋을 잃자, 한수도 혼이 반쯤 달아난 듯이

"쉬잇!"

하고 관평의 말을 막으면서 선녀 같은 아름다운 여인의 얼굴을 바라보고 있었다.

"오늘 사윗감을 고르는 무술대회랍니다. 활쏘기와 말달리기를 해서 마술 궁술에 으뜸을 한 청년을 박장군께서 사위로 맞이하신대요."

구경꾼 중에서 누군가가 속삭이는 소리를 귓결에 들은 관평은

"아무나 그 겨루기에 참가할 수 있소?"

"그야 우린 알 수 없죠."

관평이나 한수는 오기와 혈기는 남에게 뒤지라면 서러워할 나이의 젊은이였다. 앞뒤 가릴 것없이 구경꾼들 틈을 비집고 차일 앞으로 다가간 관평은 박장군이라는 호반에게 넙죽 큰절을 올리고 나서

"듣자 하오니 사윗감을 고르신다는데 미거하고 재주 없으나 남산골에 사는 이 김관평도 한 몫 끼어 재주를 겨루게 해주실 수 없사오니까? 따님의 모습을 보니 장부된 마음에 가만히 있을 도리가 없어 청하는 것이옵니다. 장부의 마음을 헤아려주옵소서."

정말, 장부의 마음은 장부 끼리 통하는 것일까. 박장군은 선뜻 허락해 주었다.

"암, 끼어들어 으뜸만 하게나그려."

그래서 한수와 관평은 다른 여섯 명의 후보들과 말재주, 활재주를 겨루게 된 터였다. 그런데 공교롭다기보다는 워낙 무술의 차가 있는 지라 이 뜻밖에 뛰어든 두 젊은이가 겨룸에서 단연 두각을 나타낸 것이다.

화살은 각자 열 대씩 쏘게 되어 있었다. 다른 자들은 십시十矢에 칠중七中, 잘 해야 팔중八中 꼴이었다. 그런데 관평과 한수는 십시 십중十矢

十中, 열 대를 모조리 과녁 한복판의 흑점에다 박아 놓았다. 박장군도 그 재주에 감탄하여 자기도 모르게 손뼉을 치면서 극찬하였다.

말달리기에 있어서도 두 사람은 기가 막힌 재주를 보였다. 말의 배에 매달려 달리기, 말등에 올라서서 달리기 등 광대들도 피우지 못할 재주를 보이자 사방에서 우레 같은 박수 소리가 터져 나왔다.

결국은 두 사람의 우열을 가릴 수가 없자, 박장군은

"하여간 내 사윗감은 자네들 중의 한 명일세. 지금으로 봐서는 두 사람의 우열을 선뜻 가릴 수 없으니 자주 내 집에 들르게나. 차차 두고 보아 한 사람을 고름세."

그래서 옥영 소저를 사이에 놓고 관평과 한수는 선의의 경쟁을 벌이게 되었다. 물론 두 사람은 하루가 멀다 하고 박장군네 집을 찾았다. 박장군은 무인답게 남녀가 동석하면 안 된다는 엄한 불문율을 아랑곳하지 않고 딸 옥영 소저를 불러서 두 사람의 상시중도 들게 하며, 얘기를 나눌 기회를 주는 등 자질구레한 예의에 구애받지 않는 호방한 풍모를 보여 주었다.

결판이 난 것은 그해 가을이었다. 가을에 무과武科 과거령이 내렸다. 무과 과거에 응시한 것은 장한수 뿐이었다. 무엇이 탈이 되었는지는 모르지만 관평은 과거 날짜를 앞두고 온몸이 열이 나기 시작하더니 두드러기 같은 것이 전신에 돋아 그만 자리에 덥석 눕고 말았다. 한수 혼자서 과거에 출장해 당당히 장원을 차지했다. 그래서 결판은 난 것이다.

무과에 당당히 급제하고, 옥영 소저를 얻은 한수는 병으로 핼쑥해진 관평을 위로차 왔다. 아니, 위로보다는 통절한 사정을 하러 온 것이다.

"옥영은 나보다 자네를 더 마음에 두고 있었는가 봐. 늘 시무룩한 표정이야."

사실 한수의 말이 아니더라도 관평 자신이 그러한 자부를 품어오던 터였던 것이다. 자기를 바라보는 옥영의 눈이 언제나 그윽하다고 느꼈다. 수줍고 까맣게 빛나는 그 영롱한 눈동자 속에는 처녀 가슴의 설레임이 깃들어 있었다. 그러나 옥영의 마음이 그러면 이제 와서 무슨 소용이랴. 이미 연분은 정해지고 말아버린 운명인 것을….

그들의 혼례식이 있던 날 관평은 잔치에 참석하지 않았다. 아픈 가슴을 달랠 수가 없었던 것이다. 그런데 며칠 후 관평은 어느 친척집에 갔다가 우연히 이상하고 의문 나는 사실을 깨닫게 되었다. 그 친척집에 환자가 있었는데, 꼭 자기가 무과 과거가 있을 때 앓았던 것과 똑같은 병을 앓고 있었던 것이다. 열이 오르고 온몸에 두드러기가 돋았다. 어째서 그런 병에 걸렸느냐고 묻자 썩은 생선을 잘못 먹어 그것이 중독을 일으킨 것이라고 의원이 말하더라는 대답이었다.

관평은 그 말을 듣는 순간, 음! 하고 자기도 모르게 속으로 신음했다. 식중독! 관평에게 생각나는 일이 있었다. 병석에 눕기 이틀 전인가 한수의 청에 의해 그의 집에 갔더니 생선찌개를 했다면서 한 잔 나누자는 것이었다. 자기는 마침 약을 먹고 있어 생선 기름기를 피해야 한다고 하며 나물로 안주를 대신할 테니 생선 남비를 앞으로 밀어냈다. 관평은 의심 없이 그 호의를 고맙게 받아들였는데, 어쩐지 그때 생선 맛이 좀 이상한 것 같았다. 그러나 양념 맛에 그냥 먹었던 것이다.

'그랬었구나, 이놈!'

관평은 한수의 속이 들여다보인 것 같아 배신자에 대한 분노로 온몸을 떨었다. 그러나 엎질러진 물이었다. 계략에 빠져 졌건 어떻게 졌건 간에 진 것은 진 것이고, 옥영 소저는 이미 한수와 백 년 가약을 맺어버리지 않았는가.

관평은 옷을 하나 하나 벗겨감에 따라서 옥영의 그 백옥 같은 살결이 한수의 눈앞에 부끄럼없이 드러나는 광경을 상상할 때 미칠 것 같았다. 하지만 살결만 보였을 뿐 아니라 옥영의 가장 귀중한 것까지도 한수는 얻었지 않는가.

그 뒤 한수는 경상도 지방의 무관武官으로 임명되어 대구에 부임했다. 삼 년 전이었다. 관평은 옥영이 한양을 떠나준 것만도 큰 구원이 된 듯한 느낌이었다. 물론 그 동안 관평도 무과급제를 했고 중앙에서 벼슬자리를 얻었다. 병조 정랑正郎이 된 것은 올봄이었다.

그때 병조관부로 대구에서 밀서가 날아들었다. 대구 병영에서 군량미와 군마 부정이 있는 듯하다는 내용이었다. 병조에서는 즉시 참판을 조사관으로 파견했다. 한편으로는 정랑인 관평을 불러서

"참판 일행은 융숭한 대접을 받을 것이고 공개적으로 조사를 하기 때문에 여러 가지 방해가 있을 것이다. 네가 암행하여 비밀히 부정의 증거를 잡아가지고 올라오너라."

판서의 특명을 받고 관평은 야인으로 변장하여 혈혈단신 대구를 향해 떠났다. 성내에 머물면 의심을 받을까 봐 북문 밖 외진 마을에 주거를 정하고 성문이 열리기가 바쁘게 성안으로 들어가 병영 말단 군사들의 집, 병영 부근의 청루, 민가, 상가들을 두루 출입하면서 대구 병영의 부정에 따른 증거를 잡기에 노력을 기울였다.

무엇보다도 군량미를 유출시키고, 군마의 비용에 있어 삼등 말을 일등 제주말 값으로 셈해서 구입한 것 등 여러 가지의 부정한 증거를 잡기에 성공했다. 그 원흉이 바로 대구 병영의 장한수라는 사실을 알았을 때 관

평은 자기의 가슴이 지난날의 배신에 대한 분노로 뛰는 것을 의식치 않을 수가 없었다.

많은 노력 끝에 증거를 잡아서 자세히 기록해 옷고름 속에 감춘 어느 날, 공교롭게도 마지막 염탐을 갔던 청루에서 한수와 딱 부딪치고 말았다.

"아니, 자네는…?"

한수는 기녀 서너 명을 끼고 술에 취해 있다가 그 음흉한 눈을 동그랗게 떴다. 세상에 못볼 물건이라도 본 듯이 관평을 아니꼽다는 눈길로 바라보았다.

"병조에서 쫓겨나 이렇게 걸인 꼴이 되어 삼천리 방방곡곡 유람이나 하려고 떠난 참일세. 우선 자네가 있는 대구에 들른 거지."

"음! 유랑의 나그네치고는 상팔자인 걸. 기녀들이 득실거리는 청루를 다 찾아 다니고 말이야."

한수의 말은 대뜸 비꼬듯이 나왔다. 그 음흉한 눈이 야릇한 적의에 번쩍번쩍 빛나고 있었다.

"이왕 한량 짓을 할 바에야 옹졸하게 노는 것보다는 나을 것 같아서 말일세."

"하여간 올라오게나, 한 잔 하세."

같이 자리에 어울려 술을 나누었으나 무엇인지 적대감 같은 것이 계속 감돌고 있어 주고받는 말끝마다 가시가 돋쳤다.

"그래 부인하고의 사이는 어떤가?"

술탓도 있으리라. 관평은 애써 그 화제만은 피하다가 기어이 입에 담고 말았다. 그 말이 나오자 한수는,

"송장이야, 송장!"

하고는 미간을 팍 찌푸리며 술을 단숨에 비웠다. 송장이야! 관평은 이 끔찍한 한 마디가 무엇을 의미하는지 단번에 알 수 있었다. 옥영은 싫은 남자에게 억지로 몸을 내맡기고 있는 처지였다.

"이왕 왔으니 며칠 푹 놀다 가게."

"뭐, 한곳에 오래 있을 수야 있나."

"다른 곳에 가면 별 뾰족한 수가 나서나?"

"그럼 더 묵어도 좋구."

선뜻 떠난다는 것도 의심을 받을 것 같아 요청하는 대로 며칠 더 묵기로 했다. 속으로는 '이미 너의 비행에 대해서는 내가 다 알고 있다. 내가 상경하는 날에는 너는 당장 파직 하옥이다!' 라는 마음을 품고 있었으나 겉으로는 전연 티를 내지 않았다.

한편으로는 한수란 놈이 사사로운 감정 때문에 악착같이 뒤를 캤다고 행각하면 어쩌나… 하지만, 그런 것으로 마음의 동요를 느끼기에는 두 사람의 임무가 달랐다.

"참, 병조참판이 대구 병영에 무슨 의혹이 있다고 하여 내려온다는 소문을 들었는데, 어떻게 된 일인가?"

"의혹? 털라면 털라지. 죄가 없는데 무슨 먼지가 날라구. 염려 없어."

한수는 참판을 완전히 자기 쪽으로 포섭했다고 생각하고 있었다. 내려오던 날부터 청루에 모셔 앉혀 놓고 주지육림의 쾌락 속에서 세월 가는 줄 모르게 했으니 염려없다고 마음을 푹 놓고 있었던 것이다.

참판도 서류만 겉으로 뒤적뒤적 했을 뿐 아무런 부정의 근거를 잡아내지 못하고 말았다. 처음부터 병조에서 세운 계획이 그랬기 때문이다.

지금 그런 내력이 있는 한수의 여자 옥영이가 폐가에서 기다리고 있었다. 그것도 폐가의 한 방에 비단 금침을 준비한 후 병풍까지 둘러친 요염한 분위기의 속에서… 제아무리 담이 큰 관평이라고 한들 놀라지 않을 수 없는 일이었다. 더구나 비녀가 하반신을 나체로 만들어 기이한 방법으로 해 이 곳까지 유인해 오지 않았는가.

처녀 때보다 옥영이는 살이 좀 찐 것 같았으나 무르익은 육체였다. 그래도 그 때의 용모는 남아있었다.

"자세한 말씀은 차차 드리겠습니다. 어서 방안으로 드시옵소서."

옥영은 다소곳이 고개를 숙였다. 살갗이 환히 비치는 비단 속옷만 입고 있어서 매끄럽고 탄력 있는 살결과 풍요한 젖가슴이 눈을 아프게 했다. 얼마나 짝사랑을 한 여인인가. 그 여자가 지금 모든 것을 내던질 각오로 자기 앞에 나타나 있는 것이다.

관평은 여기까지 온 처지로서 이제는 물러설 수가 없었다. 하여간 폐가에서 부인이 창기 같은 몸가짐으로 자기를 맞이하는 비밀을 알아야만 물러설 수 있었다.

등뒤 쪽에서 비녀가 문을 닫았다. 옥영은 관평이 앉기를 기다려서 그 옆에 조심스럽게 앉았다. 엷은 비단옷 속으로 알몸과 다름 없는 전신이 비쳤다.

"어떻게 된 일이오? 부인."

"아무것도 묻지 마시고, 우선 이 몸을…."

"부인."

"우선 이 몸을…."

부인은 촛불을 훅 불어서 껐다. 그리고는 관평의 무릎에 얼굴을 묻었다. 여인의 농익은 체취가 물씬하고 술기어린 코로 들어왔다.

"사정을 얘기해 보오. 이 해괴한…."

부인은 어둠 속에서 두 팔을 관평의 허리 뒤로 돌려서 꽉 끌어안았다. 자연히 얼굴은 관평의 가슴에 닿게 되었고 풍요한 젖가슴이 무릎을 탄력 있게 눌렀다.

"이 몸은 여필종부라고 들었습니다. 지아비가 죽으라 하면 죽는 시늉까지 해야 한다고, 아니 죽어야만 하는 것이 지어미의 도리라 배웠습니다. 나리께서 이번에 분명히 암행조사를 하러 내려오셨는데, 그 조사서와 이 몸의 절조와 맞바꾸어 오라고 하여…."

"뭐라고?"

관평은 놀랐다. 그렇다면 한수란 놈이 눈치를 챘단 말인가. 그러나 눈치를 챘더라도 이 무슨 잔인하고 비인도적이고 모욕적인 수법이란 말인가. 분노가 뱃속 깊은 곳에서 부글부글 끓어오르기 시작했다.

"보통의 수법으로는 유인하지 못할 테니 기괴한 수법을 써서 폐가로 유인하여 목적을 이루어야지 그렇지 않으면 이 몸의 친가와 그이께서 멸문의 화를 당할 것이 자명한 일이니 내 한 몸 버려 양가를 구하라고 하였습니다. 나리께서 이 몸에게 마음을 두셨으니 세상 그 무엇과도 바꿀 거라고 하시면서 말입니다."

"으음!"

침통한 신음을 쏟아내며 치를 떨지 않을 수 없었다. 자기의 부정을 은폐시켜 버리기 위해 자기 부인의 정조를 친구에게 내맡기다니, 한수가 그렇게 음흉한 자라는 것도 몰랐으려니와 이렇게 야비한 인간으로까지 전락해 버리리라고는 꿈에도 생각지 못했던 것이다. 가슴 속이 메슥거렸다. 무엇보다도 남편이 시키는 일이라면 이런 짐승 같은 짓까지도 해야 한다고 믿는 이 가련한 여자 옥영을 절부라고 봐야 할지, 마음이 혼란스러웠다.

'내가 아는 지난날의 한수는 절대로 그런 남자가 아니었다. 단지 옥영에게 미쳐서 중독성이 있는 생선찌개로 친구를 쓰러뜨리기까지 했다. 또한 옥영 때문에 벗과의 신의를 저버릴 만큼 변신해 버린 것이다!'

인간의 마음이란 어느 구석엔가 이렇듯 요사스런운 독소를 감추고 있는 것일까.

"성문이 열리거든 이 곳을 떠납시다. 한수를 만나봐야겠소. 그 더러운 얼굴에 침을 뱉어줘야 하겠소. 그런 부정을 왜 저질렀단 말인가. 나라의 녹이 모자라서 그랬을까. 주지육림 속에서 호강하기 전에는 나라의 녹이 모자랄 리도 없을 텐데!"

"가서야 소용이 없습니다. 우리 양가를 구해 주시려면…."

"막말로 난 조사서를 찢어버리고 벼슬자리를 내놓으면 그만이요. 옥영 부인을 위해서라면 나는 얼마든지 그럴 수 있소. 그러나 한수의 짐승 같은 그 마음은 용서할 수 없소. 백정의 자식들도 이런 짓은 하지 않을 거요."

"나리, 아무 말씀 마시고 이 몸을 받아주세요."

옥영은 허리에 감은 손을 더욱 바짝 조여왔다. 감정에 겨워 우는 것 같은 소리가 깨물은 입술 사이로 새어나오고 있었다. 옥영은 손에 힘을 넣으면서 파르르 몸을 경련시켰다.

"나는 그런 짐승 같은 짓은 못하오. 옥영 부인을 간장이 녹아내릴 만큼 사모하여 애태운 적이 있기는 하지만, 지금 이래서는 안 됩니다."

"이 몸도 나리를, 그 이 보다는 더 사모했어요."

옥영의 입에서 뜻밖의 고백이 흘러나왔다. 관평은 처녀 때 그 눈매와 태도를 보아서 그러리라고 추측은 했지만, 옥영의 입에서 직접 고백을 듣고 보니 가슴이 이상스럽게 울렸다. 그러나 그보다도 그 다음의 고백이 관평으로 하여금 숨이 멎을 만큼 놀라게 했다.

"나리, 이 몸은 아직도 동정녀이옵니다."

"뭐, 뭐라고?"

믿을 수 없는 말이었다. 관평은 숨이 멎는 듯한 상태에서 급히 물었다.

"못 믿으시겠지만, 이 몸은 맹세코 처녀성을 잃은 적이 없습니다."

"부인 그럴 리가…."

한수와 내외간이 된 지 일곱 해. 그 칠년 동안 밤에 부부의 행위가 없었단 말인가. 도저히 믿을 수 없는 말이었다.

"들어주시옵소서. 실은…."

어둠 속에서 옥영은 뜻밖의 고백을 하는 것이었다.

옥영은 처음부터 관평에게 마음이 끌렸다. 한수보다 사나이답게 생겼고 더 믿음직스러웠기 때문이다. 그러나 과거의 결과로 옥영은 절대적인 아버지의 명령을 따라서 마음에도 없는 한수에게 한평생을 의탁하지 않을 수 없게 됐다. 첫날밤 옥영은 죽을 것 같은 마음으로 몸을 꼿꼿이 군힌 채 한수에게 몸을 내맡기고 있었다.

오직 마음 속에는 관평뿐이었으므로 한수의 손길을 관평의 손길로 생각하며 억지로 굴욕의 순간을 참았다. 한수의 손이 마지막 속옷을 벗겼을 때 '나는 이제 죽은 사람이다'라고 생각했다. 그리고 한수의 거치른 숨결 소리를 바로 얼굴 위에서 들었고 뜨거운 입김을 느꼈다. 하복부에 접촉이 온 순간 옥영은 자기도 모르게 온몸이 파르르 떨리는 것을 깨달았다 한수는 미친 듯이 옥영을 자기의 것으로 만들려고 했으나 허사였다. 옥영의 몸은 딱딱하게 굳은 채 계속 경련을 일으켰고 마침내 그녀는 한수를 떠밀었다.

이튿날 밤도 마찬가지였다. 한수는 성난 짐승처럼 충혈된 눈으로 옥영을 정복하려고 했으나 전날 밤보다 더한 경직과 경련이 일어났다. 또 실패였다. 옥영을 덮치는 한수의 몸을 피하면서 방안을 이리저리 피해 뒹굴었다. 마침내 한수의 분노가 폭발하고 말았다.

"이제는 분명히 알았다. 너는 관평을 좋아하는구나. 그래서 네 마음과 몸이 나를 거부하는 거다. 사실은, 내가 아무리 바보 같아도 그런 눈치를 못 챌 줄 알았더냐. 사실은 네가 나보다 관평을 좋아하는 것을 알았기 때문에 너를 관평에게 뺏기기가 싫었다. 그래서 과거 보기 전에 약초와 상한 생선으로 관평을 병석에 눕게 한 것이다. 나는 이미 네 알몸을 매만지고 그리고 접촉했다. 그러니 너는 내 거야. 영원히 내 거란 말이다."

그 말을 듣는 순간, 옥영의 가슴 속에 분노가 치솟았다. 야비한 인간, 짐승만도 못한 인간, 더러운 인간, 그 다음부터는 한 이부자리 속에 들어오는 것조차 거부했다. 밤의 전쟁이 시작되었다.

옷을 벗기려는 한수의 손길을 결사적으로 막았다. 그럴 때마다 한수는 미친 듯이 때렸다. 그러는 사이 두 사람의 관계는 점점 멀어져만 갔고 종일토록 말 한마디 나누지 않았다.

"이런 물건, 이런 물건을 두었다가 어디에 쓰나."

한수는 발광하다시피 했다. 그리고 끝내 옥영이 친가에 다녀오는 동안에 일을 저지르고 말았다. 끔찍한 자기 자학이었다. 옛날 궁궐에 들어가기 위해 내시들이 스스로 남근을 제거하던 그 방법으로 자기의 물건을 없애버린 것이다. 그 사실을 알았을 때 옥영은 가슴이 철렁할 만큼 놀랐으나 연민의 정은 손톱끝만치도 우러나지 않았다. 자업자득, 좋은 사람을 못 만나게 한 당연한 하늘의 천벌이라고 생각했다.

대구에 부임한 후 한수는 기방 출입이 잦았다. 육체가 남자의 구실을 못하는 대신 만취하여 기생들을 온갖 수단으로 괴롭혔다. 하루라도 기생 속에 묻혀서 음란의 지옥과도 같은 놀이를 벌이지 않으면 잠을 못 이루었다. 돈이 태산 같이 있어도 당할 재주가 없는데 녹봉으로 감당해 낼 도리가 없었다. 결국은 과도한 유흥비를 마련하기 위해 어쩔 수 없이 부정을 저지르게 된 것이다.

여기까지 말한 옥영은 긴 한숨을 내쉰 후 말을 이었다.

"나리와 술을 잡수시고 오신 날 밤, 이런 끔찍한 명령은 내린 것이옵니다. 네가 좋아하는 놈이 왔다. 가거라. 가서 칠 년 동안 그 녀석을 위해 고이 지킨 그 정조를 바치란 말이다. 미친개처럼 말이다. 하지만 조사서는 빼앗아야 한다. 나는 내 여자를 내주는 댓가로 그 조사서가 필요하단 말이다. 너의 아버지와 친가의 명예를 생각해서라도 빼앗아라. 제 마누라를 내주는 댓가치고는 너무 싸지만…."

"그만, 그만 하오."

관평은 말을 막았다. 어느새 관평은 부인의 어깨 뒤로 손을 돌려 힘껏 끌어안고 있었다. 진한 감개가 전신을 흘렀다. 어두운 밤의 두 사람. 열기는 급속도로 타올랐다. 더 이상 아무 말도 필요없었지만, 옥영은 조용히 입을 열었다.

"아무리 지아비의 명령이라 한들, 내 마음에 없었으면 이랬을까 싶습니다. 나리, 이 몸은 이 마음은 오랫동안 사모했어요."

옥영은 남편의 명령을 기화로 자기의 마음이 이번 일에 기꺼이 받아들였다고 말하고 싶은 모양이었으나 표현이 잘 안 되는지 말끝을 흐리며 흥분에 겨우 숨결만 내뿜었다.

"이제 죽어도 여한이 없습니다. 이렇게 나리의 품에 안겨보았으니 비록 숨을 거두어도 한이 없습니다. 옥영은 이미 장한수에게 출가하던 날 죽은 몸이었습니다."

관평도 뜨거운 말을 옥영의 얼굴 위에 퍼부었다.

"나 역시도 그러하오. 나도 오랫동안 가슴에 그리던 소저를 이렇게 내 품에 안았으니 벼슬도 목숨도 아무런 미련없이 버릴 수 있소."

"나리…"

"옥영!"

관평은 옥영을 비단요 위에 눕혔다. 옥영의 엷은 속옷을 관평은 아무런 양심의 가책없이 몸에서 벗길 수가 없었다. 이렇게 되는 것이 하늘의 뜻인가. 하늘의 뜻이 없이 서로의 마음과 마음이 통할 수 있는가. 인간의 인력으로 무리하게 하면 반드시 한수와 같은 자업자득의 비극을 당하게 된다. 천지신명이 그렇게 밝은데 인간의 흉심이 그를 거역하면 그 얼마나 거역할 것인가.

옥영의 몸은 경련을 일으키지도 않았다. 약간 굳은 듯했으나 그것은 뜨겁게 달은 채 탄력을 간직한 흥분의 경직이었지 혐오증이나 공포로 인한 경직은 아니었다.

올해 스물 일곱 살–무르익을 대로 무르익은 육신이었다. 괴로운 밤을 무수하게 보내며 이루지 못한 욕망 때문에 숱한 슬픔을 새긴 몸이었다. 정신없이 타올랐다.

관평은 옥영의 나신, 아직도 처녀 그대로인 탄력을 간직한 유방 위에서 수줍음을 내던지고 개방된 유두를 입에 물고 미친 듯이 빨았다. 그리고 그의 얼굴은 아래로 내려가면서 감격으로 떨었다. 옥영은 들판의 폐가에서 마음 놓고 신음을, 환희에 찬 신음을 질렀다. 관평을 유인하려면 천하에 기발한 방법을 써야 한다고 해서 여인의 부끄러운 곳을 드러내게 한 그 비녀야 백 번 들어도 상관없었다. 옥영의 분신 같은 몸종이었기 때문에…

동정녀는 이윽고 하복부의 고통을 느끼면서 아! 하고 짧은 비명을 질렀다. 그 순간 관평과 옥영은 온 생명을 불태웠다.

"벼슬도 싫어. 옥영만 있으면 돼. 어디 깊은 산 속에 들어가서 아름다운, 아름다운 여생을 보내자구. 한수는 이제 폐인… 이제는 스스로 목숨을 끊을 용기조차 잃을 만큼 비겁해진 사나이야. 주지육림에 빠져 취생몽사하려고 발버둥치는 버러지 같은 놈이 돼 버렸어. 우리가 그 목숨을 빼앗아주는 것이 나라를 위해서도, 그를 위해서도 보시가 될 거야. 그것은 비정이 아니야…."

"예, 예, 그래요. 그래요오…."

관평의 가슴 아래서 사나이의 무거운 체중을 환희로 느끼면서 옥영은 잠긴 목소리로 대답했다. 첫 교섭 때는 통증 밖에는 못 느낀다지만, 무르익은 육체는 약간의 통증만 느꼈을 뿐 그것으로 하여 이내 쾌감으로 받아들일 수가 없었다.

"어디, 산 속에 숨어서 우리의 세상을 아름답게 꾸미는 거야."

"나라 일은 어쩌구요?"

"나 아니라도 벼슬자리 하려는 젊은이는 얼마든지 있어. 유능한 인재도 무과에서 자주 떨어져 나가는 판이야. 그러나 왜구가 쳐들어온다든지 오랑캐가 쳐들어온다면 백의종군이라도 해서 무찔러야지. 그럴 때는 산에서 나와 장부답게 싸우는 거지"

"그래야죠. 그렇게 하셔요."

옥영은 관평의 어깨를 힘있게 끌어안았다.

# 가난한 선비를 출세시킨 기생

선향이는 올해 열 일곱 살이다. 치렁치렁 땋아 늘인 삼단 같은 까만 머리채가 유별나게 빛나는 것도 탐나지만, 오뚝한 코에 샛별처럼 빛나는 눈이 웃음 한 번에 사나이들의 간장을 태우고도 남음이 있었다.

하지만 선향이는 어쩌나 쌀쌀하고 몸을 도사리고 새침하여 앉아 있는 모습은 차돌을 다듬어 놓은 듯 좀처럼 감정의 흐름이 얼굴에 나타나지 않고 억지로 애교를 보인다는 게 겨우 눈가에 주름이 잡힐락말락 두 볼이 분홍빛으로 타오를 정도이다.

열 세 살 나던 해에 경상도 단천 고을의 심부름하는 애기 기생으로 들어와 몇 해를 보내는 동안 이제는 제법 숙성한 처녀티가 넘치지만, 그 깔끔한 성격은 오늘이 어제 같고 금년이 작년처럼 한결같아 그 누구도 희롱을 걸고 덤벼들지 못하였다.

그러한 선향이를 작년 봄에 부임하여 온 김군수가 은근히 음탕한 손길을 뻗쳐보려고 마음먹었으나 도임한 지 사흘만에 기생중의 큰 언니뻘인 유색에게 몸과 마음이 쏠려 질투심과 왕성한 정욕에서 헤어나지 못하고 밤낮을 잇대어 빠져버리게 되자, 다른 기생에게는 얼굴을 내밀 계제가 못되었다.

선향인 선향이 대로 바른 몸가짐으로 술심부름 만큼은 잘도 하는데 몇 해 동안 여러 사람의 군수를 섬겨왔지만, 이번의 김군수처럼 추하고 인색하고 욕심꾸러기는 처음 대하게 되자, 저 따위가 전생에 무슨 복을 타고났길래 관복을 입게 되었을까 하고 때때로 하는 꼬락서니를 봐서는 얼굴에 침이라도 뱉아주고 싶도록 구역질나는 인상이었다.

아전이나 아랫사람들에게는 기를 못 펴도록 밤낮없이 달달 볶아 거두어들이기만 하면서 벼슬이 조금만 높은 웃사람이 와도 그 앞에서는 고양이 앞의 쥐새끼만도 못하게 비굴하고도 욕스러운 온갖 추태를 다 보이는 꼴이 천상 타고난 소인의 무리로밖에 볼 수 없었다.

오늘만 해도 찾아온 손님의 차림새는 허술하지만 풍채가 당당한 선비의 모습이요, 게다가 군수더러는 형님이라고 불러대는 것으로 보아 멀지도 않은 친척임이 분명한데, 어쩌면 대접이 겨우 판에 박은 듯 그대로인지 선향이로선 진정 군수가 밉고 한없이 추하게 보였다.

자기보다 웃사람이 아니면 손님 대접이란 쓴 술 몇 잔에 안주라고는 그 흔한 고기덩이 하나도 없이 바싹 말라 오그라진 무말랭이 무침과 멀건 김치국 한 그릇이 전부였다.

아침 저녁으로 산해진미를 앞에 벌려놓고도 입맛이 나질 않는다고 투정을 하는 자가, 남을 대접한다는 게 그토록 초라하다는 것은 아무리 좋게 생각해 보려 해도 제대로 된 사람의 인정이 아니었다.

선향은 군수의 하는 꼴이 잔뜩 미워 속으로만 역정을 내고 있는데 별안간,

"아니, 형님은 나를 동네 거지로 아시우. 그렇지 않으면 개 돼지로 여기우? 이걸 사람 대접이라고 나더러 먹으라는 게요?"

손님이 소리를 지르며 벌떡 일어나 술상을 발로 걷어차 버리는데 깜짝 놀랐다.

군수는 손님을 바로 보지도 않고 못마땅한 표정으로 얼굴을 찌푸리고 엇비스듬히 다리를 꼬고 앉아 괜한 담배만 뻑뻑 빨다가 술상이 곤두박질을 치고 뒤엎어지자 눈이 휘둥그래지면서 벌떡 자리에서 일어섰다.

"저, 저런 내 앞에서 자네가 이게 무슨 짓인가? 응?"

"불원천리하고 족형이라고 찾아온 아우에게 대접이 겨우 요게 뭡니까? 군수나 하기에 망정이지 큰일나겠소."

"뭣이? 여봐라, 게 누구 없느냐?"

"네이."

추상 같은 호령에 여기저기서 몰려들었다.

"네 이놈을 당장 끌어내어 문밖으로 쫓아버리렸다! 음, 발칙한 놈 같으니라구… 여기가 어디라고."

군수는 얼굴에 핏대를 올리며 노기가 등등하였다. 어느 영이라고 지체하랴. 아전들은 우! 달려들어 선비의 팔을 나꿔채며 등덜미를 밀어 밖으로 몰아냈다. 그래도 성이 가시질 않아 군수는 다시 아전을 향해 누구든지 단천 고을 안에서 그놈에게 밥을 한 술 주거나 단 하룻밤이라도 재우기만 하면 엄벌에 처하도록 거듭 명령을 내렸다.

난생 처음 보는 광경이라 숨을 죽이고 옆에서 떨고만 서 있던 선향은 손님이 끌려 나가고 군수가 한참 동안 혼자서 분을 못이겨 붉으락푸르락하다가 자리를 뜬 다음에야 엎어진 술상을 주워 들고 밖으로 나왔다.

당장에 큰 벼락이라도 떨어지는 줄 알았는데 쫓아버리는 것만으로 끝났다는 게 무엇보다 다행스럽게 여겨졌다. 다른 사람만 같아도 피가 나도록 치라고 호통하였을 텐데, 그렇게까지는 참혹스럽지 않은 것은 고양이 쥐 생각만큼이라도 없는 인정을 베풀어 멀리 서울서 찾아온 친척이라서 차마 하지 못한 듯하였다.

그렇게 쫓겨난 선비가 누구인지는 몰라도 선향인 마음 속으로 사람다운 남자를 처음 보았다고 무척 기뻐하였다.

아문을 드나든지 여러 해에 그처럼 풍채 좋고 대범한 남자는 진정 처음 본 것이다. 김군수가 온 다음부터는 아랫사람에 대한 대접이 그처럼 냉랭하였지만, 모두 다 속으로 불유쾌하게 여겼을지 모르나 군수 앞에서는 노상 굽실거리며 언제 그랬냐는 듯한 태로를 꾸며 보이는 비굴한 인간들 뿐이었다.

한데 오늘 본 그 선비는 군수를 형님이라고까지 부르면서 감히 그 앞에서 푸대접한다고 술상까지 걷어차 버렸으니 그만하면 사내 대장부다는 면모를 갖추고 있었다.

선향인 집으로 돌아오면서 아전놈들에게 끌려 나가면서 기개가 늠름하던 선비의 모습이 눈에 선하여 어떻게 하여서든지 그를 꼭 만나보리라는 생각이 치밀어올랐다.

그렇지만, 한편으로 걱정이 되는 것은 군수의 분부가 단천 고을 안에서는 아무도 그를 숙식시키지 못하도록 엄명을 내렸으니 쫓겨난 선비가 이 밤을 어디서 헤매이는지 알 길이 막연하였다.

집에 들어서자 잔뜩 찌푸린 가을 날씨가 빗줄기까지 후두둑 떨어지기 시작했다. 그럴수록 선향의 가슴은 더욱 답답하고 초조해졌다.

저녁밥도 먹는 둥 마는 둥 깊은 생각에 잠겼다.


'선비의 이 꼴이 뭔가! 나이 오십을 바라보면서 벼슬은커녕 처자권속을 거느리고 아침이면 저녁 먹을 양식 걱정을 하게 됐으니, 에잇! 팔자가 이렇게 각박할 줄이야.'

삼청동 막바지 오막살이에서 멀거니 하늘만 바라보며 신세 한탄을 하고 있는 백두선비 김우항은 오늘도 맥없이 긴 한숨만 쉬고 앉아 있었다.

비록 오늘의 궁상은 기막히지만 남못지 않은 양반집 가문의 자식으로 태어나 부모의 덕택으로 성경현전(聖經賢傳 : 성현이 지은 책)도 어지간히 읽었고 스스로 자신을 헤아려봐도 인물이며, 모든게 부끄러울 점이 하나도 없건만 벼슬길에서 운수가 딱 막혀 나이 마흔이 되도록 한 번도 꿈을 펴보지 못하였다.

양반의 처지에 아무리 살림살이가 궁곤하기로 거리에 나가 장사치와 왕래할 수도 없고, 더군다나 시골로 내려가 농사를 지을 처지가 아니다 보니 옛날 강태공이 곧은 낚시 삼천을 위수에 늘여놓고 때를 기다리듯 달아나는 세월과 더불어 살아온 지 어느덧 사십여 년이다.

궁팔십(窮八十 : 강태공이 궁하게 살아온 80년 세월)이면 달팔십(達八十 : 강태공이 80세에 정승이 되어 호화롭게 살았다는 말)도 있듯이 설마… 하는 생각에서 한 달, 두 달, 한 해, 두 해 세월을 보내며 홀로 비탄하는 적이 하루에도 몇 번씩이나 있었다.

게다가 마누라는 체신도 없이 꾸역꾸역 딸만 다섯을 낳아 큰년이 벌써 열 여덟, 시집갈 나이가 지났건만 가난한 선비의 여식이라 청혼 오는 곳도 없이 머리채가 발뒤꿈치까지 치렁치렁한 딸년들이 오이꼭지 달리듯 올망졸망 한 칸 방에서 득실거리고 있어 조상님에 대한 면목이 없었다. 그중 하나만이라도 아들 녀석이라면 사서삼경四書三經이라도 무릎 앞에 앉히고 가르칠 텐데, 그렇지도 못하니 딸년들을 보기만 하여도 울화가 치솟곤 하였다.

그렇다고 아무렇게나 상놈의 집안에 며느리로 줄 수도 없고, 밥술이나 굶지 않고 가문이 허술치 않은 혼처는 나서질 않아 일구월심 신세 한탄만 하고 있는데, 하루는 우연히도 옛 친구가 찾아와 이런저런 이야기 끝에 용인에 살고 있는 절친한 친구가 며느리감을 구한다는 소리를 듣고 귀가 번쩍 뜨여 딴 데 구할 것 없이 내 딸은 어떠냐고 말을 꺼낸 것이 인연이 되어 정혼까지 하게 되었다.

정혼을 하고 나서 한시름 잊었나 싶었는데 막상 혼인날이 가까워지고 딸을 보낼 생각을 하니 아무리 가난하지만, 양반의 처지에 덩그라니 알몸뚱이만을 가마에 태워 보낼 수 없었다.

아무리 없다고 하여도 신부의 옷 몇 벌과 이부자리며 시부모의 의상 몇 벌은 장만해야 할 텐데 당장 온 식구가 몇 차례씩 기워 입은 단벌 옷으로 여름 한철을 나는 처지에 그런 생각을 하니 눈이 뒤집힐 지경이었다.

그럭저럭 여름이 가고 가을철로 접어들면서 혼삿날이 시월로 정해 놓았으니 날짜를 다시 물릴 수도 없고 두세 달이 아니라 일 년, 이 년을 가도 요모양 요꼴 대로는 뾰족한 수가 없으리라고만 생각되어, 이럴 수도 저럴 수도 없는 딱한 처지에 애를 태우다 못해 침식을 잊고 자리 보전하게 되었다.

한편 마누라도 남편의 심정을 모르는 바 아니었다. 심화병으로 자리에 누운 채 끙끙 대며 앓는 게 진정 몸이 아파서가 아니라 가난병임에 틀림 없었다. 마누라의 걱정은 태산만큼이나 컸다.

"그러고만 누워 계시면 어떡해요. 몸만 더욱 상하시지. 억지로라도 일어나서 정신을 가다듬으세요!"

지극히 근심스러운 얼굴로 대해 주는 마누라의 간절한 말에 대답할 기운도 없어 창밖 새까맣게 그을린 처마 위로 훤히 트여 있는 하늘만을 내다보며 눈만 껌벅일 뿐이다.

'궁즉변 변즉통, 궁해지면 변하고 변하면 통해지는 법인데 원 이럴 수가 있나?'

하고 또 한 번 속으로 신세타령을 되풀이하는데 번개같이 머리에 떠오르는 생각이 있었다.

'그러면 그렇지. 내가 그만 깜박 잊어버리고 있었군.'

혼자 중얼거리며 자리에서 벌떡 일어나 앉았다. 마누라는 근심기가 구름 덮이듯 하였던 남편의 눈동자가 금새 또렷하게 빛이 나며 자리에서 일어나는 모습을 보고 반색을 하며 말했다.

"그러서야죠. 인제 억지로나마 보리죽이라도 좀 드시고 정신을 차리세요."

하고 반겨하며 부리나케 부엌으로 내려가는 순간,

"여보, 인제야 됐소."

하며 큰일이나 치른 듯이 소리를 질렀다.

"됐다니요? 뭐가 됐어요?"

"응, 내 그년 시집 보낼 걱정을 몹시 했는데, 이제 겨우 어려움을 면하게 됐소."

"가만 누워 계시다가 갑자기 무슨 생각을 하셨길래 그러세요?"

남편이 됐다고 좋아하는 게 도무지 무슨 소린지 알 수가 없어 혹시 정신이 잘못되지나 않았는가 싶어 은근히 걱정스럽기까지 하였다.

"왜 양주에 사시던 십이촌 형님이 계시지 않은가?"

"그래서요…."

"그 형님이 지금 경상도 단천 고을의 군수로 있는데, 재물엔 밝으니까 돈냥이나 모았을 게야. 당장이라도 내가 찾아가서 딸년을 시집 보내게 되었다면, 우리집 형편을 잘 아는 처지에 모른다고 할 수야 없겠지. 많이는 몰라도 시집 보낼 경비는 보태줄 걸세. 내일이라도 당장 단천으로 떠나야겠어…."

남편은 뜻밖의 말을 들려주었다. 듣고 보니 그럴싸하기도 하지만 친척이 될 뿐이지 평소에 피차간 아는 체하지 않고 지나오던 것을 생각하면 어쩐지 신통한 대접이 있을 것 같지도 않고, 게다가 경상도 단천이라면 한양서 오백 리 머나 먼 길인데 게까지 어떻게 가는가 하는 생각에,

"글쎄요…."

마누라는 반신반의 한 마디만 할뿐 더 이상 잘됐다고 맞장구를 쳐주지 않았다.

"진작에 생각이 났으면 벌써라도 떠났을 것인데 말일세."

남편은 금방 다 된 듯이 원기가 싱싱하며 곧 떠날 눈치였다. 워낙 형편이 딱하고 보니 그만두라고 권할 수도 없었다.

"한데 추석이 며칠 안 남았으니 추석이나 지내고 떠나야겠어!"

떠나야 하겠다는 마음은 점점 굳어졌다.

남들처럼 떡이야 술이야 차리지도 못한 채 그래도 추석 명절이라고 오랜만에 온 식구가 흰쌀밥으로 배를 채우고 그날 중에 단천으로 향해 길

을 떠났다. 다녀오기만 하면 금방 모든 것이 해결될 것처럼 자못 의기도 양양하게 걸음을 재촉했다.

단천까지 오백 리 길. 노자도 수월찮이 지녀야 할 것이지만 여기저기서 긁어모아 겨우 돈 닷 냥을 주머니에 넣고 한양을 떠난 것이다.

길에 나선 행색이 호사스럽지는 못하나마 그래도 양반의 티는 갖추고 의젓이 남향을 향해 가며 저녁이면 으레 주막에 드는 것이 아니라 도중에서 탐문하여 문객을 맞아들이는 집을 찾아 한양 이야기로 한 몫 보며 대접도 받아가며 가는 길이었다.

집을 떠난 지 보름이 넘어서야 단천 땅에 다다랐다.

비록 생소한 곳이지만 산천도 반겨 맞는 듯 우선 마음이 포근함을 느꼈다. 대체 형님의 이 고을에서 정사가 어떤지 알고 싶어 만나는 대로 말을 건네 보았으나 모두들 똑같은 소리로,

"왜 댁이 암행어사라도 되슈? 제발 어사출도나 한 번 봤으면 속이라도 시원하지. 내 원 참!"

"흥, 말도 말아요. 군수라는 작자가 유색인가 무색인가 하는 기생년에게 홀딱 빠져서 백성들 따위야 헐벗는지 굶는 지 아랑곳할 게 뭐요?"

어느 누구의 이야길 들어보아도 군수를 칭찬하는 말이란 눈꼽만치도 들어볼 수 없었다.

'허, 그거 큰일이군. 이토록 백성들에게서 원성을 듣고서야 오래 갈 수 있나?'

모처럼 군수자리를 얻어왔는데 여색에 눈이 어두워서야 될 말인가?

우항은 혼자 속으로 중얼거리며 가슴이 무엇에 얹힌 듯 답답한 생각을 거둘 수가 없었다. 그야 어쨌든 예까지 왔으니 찾아보고 소원이나 이루

어졌으면 다행이라고 마음먹으면서 단천읍으로 들어섰다.

황혼 어스름녘이라서 아문은 이미 닫혀 찾아볼 엄두도 못 내고 아문 가까이 있는 객주에 들어 행장을 풀었다. 객주 주인은 한양서 찾아온 군수의 친척이란 걸 알고 대접이 끔찍하였다.

이튿날 문이 열리기를 기다려 문지기에게 사연을 이야기하였다.

이름을 적어 갖고 들어간 자가 나오더니만,

"군수께서 오늘은 공사가 바빠 일체 손님을 만나시지 않기로 되었습니다. 다음날 다시 오시지요."

하는 소리에 가슴이 철썩 내려앉았다. 필경 내가 온 줄을 몰라서 그렇지, 알기만 하다면 그럴 리가 있는가 싶어

"그러면 내가 찾아왔다는 사실을 군수께 여쭙기나 했소?"

하고 재차 물어보았다.

"글쎄, 오늘은 절대 못 만나십니다."

하고 딱 잡아뗐다.

아마 무슨 급한 일이 생겨 그렇거니만 여길 뿐, 설마 자기가 찾아왔다는 것을 알고 눈살을 찌푸리며 뭣하러 먼 곳까지 찾아 왔느냐고 일부러 만나주지 않는 줄은 꿈에도 생각하지 못하였다.

여관 주인은 남의 속도 모르고 군수의 친척되는 분이니 틀림없이 만나 뵈었을 게라고 여겨서인지 전날보다도 더 한층 정성을 다해 접대해 주었다. 너무 면구스러워서 미안할 지경이었다.

"군수님께서 그쪽으로 옮기시라는 게 아니온지요? 가까운 친척되시니까, 이런 곳에 계시도록은 않으실 테죠? 산골이라 음식도 그렇고…."

혼자 수다를 떨며 금방 보따리라도 내어줄 것처럼 호들갑을 떨었다.

"또 하룻밤 신세를 더 져 봐야겠소."

"아, 그러세요. 계신다면야 오죽 영광입니까. 자, 들어가 술이나 한 잔 드시도록 하시죠."

주인은 아직도 눈치를 못 알아채고 술상을 차리라는 등 법석이었다.

"군수님을 오랜만에 찾아 뵈었으니 무척 기뻐하셨겠군요. 맛난 안주에 술대접도 받으셨겠죠. 시골 객점에야 무어가 있어야죠."

술상을 들고 들어와 술을 한 잔 따라 권하며 주인은 손님의 기색을 살폈다. 술잔을 받기는 하였으나 온몸에 맥이 풀려 술 마실 생각도 없었다. 다음날,

"오늘도 또 허탕을 쳤소. 그놈의 문지기가 어찌나 호되게 구는지 얼씬을 못하게 하는군요."

"못 만나셨다? 안 되겠는 걸요."

주인은 혼자 무슨 생각에 잠기는 듯 눈을 지그시 감고 머리를 설레설레 흔들더니만 기색이 좋지 않았다.

아문 앞에서 객점을 차려놓은 지 십여 년이 되고 보니 그들의 행패를 모를 까닭이 없었다. 군수가 귀찮게 여기는 사람이라면 되도록 문간에서 핑계를 대 따돌리는 버릇들인데, 한양에서 온 손님이 거푸 이틀씩이나 못 만나고 돌아온다는 것은 군수가 만나고 싶지 않아서 따돌리려는 것으로 밖에 생각되지 않았다.

그렇다면 끔찍스럽게 대접할 것도 없고 행색을 보아하니 초라하기 그지없고 친척입네 하고 비럭질을 하러 찾아온 것이리라 여겨졌다. 만약에 군수가 끝내 만나주질 않고 여러 날 묵게 되면 밥값이나 제대로 받게 될지 속으론 그것부터 걱정스러웠다.

이튿날도, 또 다음날에도 공무에 바빠서 손님을 못 만난다는 똑같은 구실로 문지기 녀석들은 내쫓듯 하였다. 내가 온 걸 전달이나 하였느냐고 따지면 그야 '누구든 알게 마련입지요.' 하는 말을 들어보면 알고도 만나 주질 않는 건지 혹은 아전놈들이 애당초 알리지도 않고 그러는 건지 짐작할 수가 없었다.

설마 한양에서 불원천리 찾아온 사람을 그것도 모르는 남도 아닌 터에 알고서 만나 주지 않을 것 같지는 않았다. 한편 아전놈들이 쥐꼬리만한 세도를 부리는 것으로만 여겨지거나 그들을 통하자면 우선 돈냥이나 족히 바쳐야 할 텐데 그럴 만한 여유도 없으니 점점 처지가 딱하였다. 그때 주인이 문을 벌컥 열고 들어서더니만 두 손을 비비면서,

"대단히 여쭙기 황송합니다만 물건을 사려는데 돈이 좀 모자라는군요. 말씀드리기 거북하옵지만 돈 석 냥만 빌려주십사 하고…"

여관비는 관례라면 떠나는 날 셈하는 것이지만 물건 산다는 핑계로 돈을 빌려 달라는 데는 못 주겠단 구실이 서질 않는다. 그러나 주머니엔 석 냥은커녕 단 서푼도 남아 있질 않았다.

제아무리 속으로 통탄한들 단 돈 석 냥이 없어 버젓한 양반 태도를 보이지 못함이 한없이 서글펐다. 그러나 그만한 일에 아주 기가 꺾여 버리기도 안 되어서 말은 점잖게 건넸다.

"집에서 노잣돈을 얼마 갖고 떠났더니만 이럭저럭 중도에서 다 써버리고 남은 게 마침 없구먼. 내일이라도 형님을 찾아뵙기만 하면 곧 갚도록 하지."

여관 주인은 밥값으로 돈을 달라고 한 것은 아니었지만 석 냥만 꾸어 달라는 게 속이 빤히 들여다보여 이렇게 대답해 버렸다.

주인은 더 이상 뭐라고 빈정대지는 못했으나 찡그린 얼굴빛이 속으로 역정을 부리는 게 역력하였다.

그러건 말건 내친걸음이니 이쪽에서도 이제는 여관집 신세를 톡톡히 질 셈치고 끝장을 봐야겠다고 속으로 단단히 마음먹었다.

열흘, 보름, 스무 날이 지났다. 여전히 문지기와 승강이를 하며 문에서 한 걸음도 더 들여놓아 보지 못한 채 속을 태우며 아침 저녁으로 들락날락만 할 뿐인데 늦은 밤중에 주인이 들어오더니만,

"마침 잘 되었소이다. 내일 군수께서 성밖으로 행차를 하신다니 일찍 길가에서 기다리시다가 지나갈 때 교자 앞에 뛰어들어 뵙도록 하는 게 제일 빠른 길일 것 같습니다. 이대로 앉아서 두세 달을 기다려도 힘들죠."

하며 접견할 꾀를 일러주었다. 듣고 보니 그럴싸한 의견이었다.

"정말 행차는 한다든가?"

"아무렴요. 하두 한양 손님이 딱해서 제가 군수께서 행차하는 날만을 수소문하여 온 걸입죠. 아전들의 이야기니 틀림없을 겝니다."

"음….."

자리에 누워 곰곰 생각해 보니 그렇게 해보는 도리밖에 없었다. 무조건 기다리기만 하여서는 정말 두세 달이 아니라, 이삼 년이 지나도 싹이 노랄 것만 같았다.

다음날 일찌감치 여관을 나와 길목을 지키고 섰노라니 거의 중낮이나 되어서야 군수의 행차가 떠들썩했다. 정신을 바짝 차리고 서 있다가 군수가 타고 있는 교자가 앞으로 가까이 오자 앞뒤 가릴 것 없이 성큼 뛰어들면서,

"형님!"

하고 소리를 지르면서 길바닥에 넙죽 엎드려 절을 하였다. 이에 군수는 의외라는 듯 한참 내려다보더니만,

"음, 자네가 웬일인가? 언제 여길 왔길래 이렇게 길에서 나를 찾는가?"

하고 짐짓 위엄있게 목청을 뽑아 물어보는 것이었다.

만나뵈러 온 지가 한 달이 가까웠다는 것과 매일같이 아문을 찾아갔지만 들어갈 수가 없었노라는 그 동안의 형편을 대강 호소하였다.

"그래, 그런 걸 통 모르고 있었구먼. 내 금새 다녀올게. 자네 먼저 들어가 기다리게. 여봐라. 이 손님을 동헌으로 모셔라!"

아전에게 명령하고 그대로 가 버렸다. 아전을 따라 비로소 그렇게도 들어가기 힘들었던 아문 안으로 들어가 동헌에 앉아 있으려니 저절로 긴 한숨이 새어나왔다.

지난날 고생이야 어떻든 이제는 반 이상 소원을 이룬 듯한 마음의 안도감에서 나오는 한숨이었다.

금새 다녀오겠다던 군수는 저녁 반나절이 지나고 황혼이 어두워지는데도 돌아오질 않았다.

단천까지 와서 문 안에도 들어서 보지 못하고 수십 일을 기다려 왔던 것인데, 이제 비로소 얼굴을 대하고 말까지 주고 받아보았으니 기다리는 것쯤은 견딜 수 있으나 저녁 때가 되자 시장기가 나서 그것만은 참아내기 힘들었다.

군수님의 손님으로 모시라는 분부까지 하였으나 아무리 우매한 아전 놈들이라도 점심 때쯤은 대접이 있어야 할 텐데 아무런 기척도 없이 그대로 넘겨버려 속으로 잔뜩 괘씸히 생각하고 있는데, 저녁 때가 가까워오자 시장기가 더하여 허기증이 일었으나 체면을 보아서라도 배가 고프

니 먹을 것을 달라고 청할 처지가 못 되어 이제 늦게라도 돌아오기만 하면 처음 만났으니 진수성찬에 대접이 융숭하리라는 기대감을 가지고 애써 참을 수밖에 없었다.

밤이 어두워서야 군수는 돌아왔다.

"일찍 돌아온다는 게 그만 늦었구먼. 여봐라, 술상을 들여라."

라고 소리를 질렀다. 시장은 하지만 먼저 반겨 맞는 뜻으로 술부터 한 잔 하자는 것이려니만 여겼다.

이윽고 몸맵시가 날씬하고 어느 모로 뜯어보나 매화꽃 같은 처녀가 술상을 들고 들어왔다.

한데 앞에 놓인 술상이라는 게 말이 아닐 만큼 허술하기 짝이 없었다.

바싹 말라 오그라진 미역조각에 김칫국 한 사발뿐이었다.

처녀가 곱게 꿇어앉아 술을 따라 놓아도 군수는 한 잔 들라는 말도 않고 외면을 하고 앉은 채 눈을 껌벅이며 담배만 빨아대고 있었다.

가뜩이나 이래저래 화만 치밀어오르는 것을 꾹 참아온 것인데 더 이상 참는 데도 한계가 있었다.

내일은 삼수갑산으로 귀양살이를 하더라도 사대부의 기개가 끝까지 어떠한 굴욕에도 참아낼 수만은 없어 발길로 술상을 걷어차고 쫓겨 나왔던 것이다.

단천 고을의 집집마다 군수의 명령이 빗발치듯 퍼진 뒤라 발 붙일 곳이 없었다. 객주나 여관집에서는 애당초 문을 열지 않고 팔만 휘휘 내저었고, 이곳저곳 찾아 다녀도 쉬쉬하는 판에 어느 누가 감히 인심을 써서 처마밑일 망정 머물러 있도록 허락할 자 없었다.

게다가 가을비는 처량하게도 내리고, 날은 어두워 방향조차 알 수 없었다.

비를 맞으며 어딘지도 모르는 채 막연한 심사에 얽혀서 한참을 가노라니 길 옆 무성한 숲이 있어 그 속에라도 들어가 비를 피하며 날이 밝기를 기다려 보리라고 어슬렁어슬렁 기어들었다.

어둠속에서도 좀 편히 앉아 있을 만한 곳을 더듬어 찾는데 바로 눈앞에 비스듬한 언덕이 어렴풋이 보이고 흐릿한 불빛이 새어나왔다. 사람 사는 집 같지는 않고 필경 거지떼거리들이 자는 곳이려니 여겨져 그 속에서라도 하룻밤을 보낼 생각으로 불빛을 따라가 보니 언덕을 의지하여 파 놓은 토굴이 나타났다.

거지떼 소굴이 아니라 의지할 데 없이 홀몸으로 신장사를 하며 살아가고 있는 꼬부라진 영감이 호롱불 밑에서 신을 삼고 있었다.

이 넓은 천지에 다섯 자 몸 하나를 의탁할 집 한 칸이 없는 영감, 그 많은 사람 중에 한 사람도 의지할 친척이 없는 영감, 깊은 산골짜기에 떨어진 외톨밤 같은 영감…

물론 문패도 번지도 호적도 없는 토굴 속, 가물거리는 호롱불 하나가 육십 평생을 지키는 유일한 벗인 것이다.

축축한 짚 한 오리 두 오리 엮어가며 초저녁에 시작한 신 한 짝이 거의 다 되어가는데 난데없이 성큼 들어서는 그림자가 있었다.

"누구요?"

목소리를 높였다. 평생 가야 밤중에 토굴 속에서 영감을 찾는 사람이라곤 없었기 때문이다.

"아, 애! 지나가던 길손이 비는 오고 갈 곳이 마땅찮아 죄송스럽지만 하룻밤 신세를 지려고요."

"이 위로 조금만 올라가면 집이 얼마든지 있는데 왜 하필 이런 곳을 찾아오시오."

"사정이 좀 딱해서…."

무작정 좁은 토굴 안으로 들어선 김우항은 영감을 눈여겨 보니 심술을 피울 것 같지도 않아 자기가 당한 억울하고 딱한 사정 이야기를 대략 털어놓았다.

영감은 이야기를 다 듣고 나더니만 허리에 차고 있던 신끈을 끌러 놓으며 새까맣게 그을러 잘 보이지도 않는 담배통을 찾아 한 대 피워 물며 연신 가느다란 눈을 껌벅였다.

"그래, 저녁이나 자셨소?"

"……?"

대답할 말이 없었다.

영감은 한쪽 구석에서 깨진 돌솥을 길손 앞에 놓으며 뚜껑을 여는데 잘 익은 감자가 반쯤 담겨 있었다.

"얼마 안 되지만 이거라두 자시우."

무릎 앞으로 밀쳐주었다.

"고맙습니다."

한 마디를 할 뿐 따사로운 인정이 몸에 스며드는 듯하여 감격해 마지 않았다. 조금 전까지도 비를 맞으며 헤매이고 다닐 때엔 길가 나무숲에서 비를 피해 몸이나 의지하였으면 하는 생각뿐이었지 감히 먹을 것까지는 엄두도 못 내었던 것이다.

한 알, 두 알 감자는 입에 넣기가 바쁘게 목을 간질이며 꿀걱 넘어갔다. 평생을 궁하게 살아왔지만 감자라는 게 어떠한 고량진미보다도 더욱 맛나는 것이었다.

어느새 솥바닥이 드러났다.

"그걸로 시장기나 멈추겠소?"

옆에서 아무 말도 없이 담배를 뻑뻑 빨며 바라보고 있던 영감은 길손이 마지막 감자알을 들자, 비로소 입을 열었다.

"정말 잘 먹었습니다."

"무에 별맛이야 있겠소? 시장하니까 그러시지. 그런데 군수라는 사람이 정말 친척이라면 어디 그런 도리가 있담?"

한참을 생각한 끝에 그제서야 영감은 못마땅한 얼굴로 군수를 비난하였다. 배도 어지간히 부르고 영감과 마주앉아 세월과 신세타령을 주고받는데 별안간 토굴 밖이 떠들썩하며 발자국 소리가 들려왔다.

'에쿠! 이놈들이 기어이 예까지 나를 쫓아와 못 살게 구는구나.' 하는 생각이 들면서 몸이 부르르 떨렸다.


창밖 빗소리는 여전히 요란하고 바람조차 설레이는데 선향은 벽에 기대인 채 꼼짝을 못하고 눈만 깜박깜박하며 골똘히 생각에 빠져 있었다.

지금쯤 서울 손님은 어디를 헤매고 있을까? 집집 문간마다 설움을 받아가며 비바람을 무릅쓰고 무척 떨고 있을 테지. 술 한 잔도 못든 채 나와 버렸으니 속인들 오죽 쓰라리랴. 사내 대장부란 말로만 들어왔지, 정말 그 손님이야말로 처음 보는 대장부였는데 제까짓 군수 따위야 인품으로 치자면 어디 그 분 앉았던 자리엔들 가까이 할 만한 위인인가.

이런 생각을 되풀이하면 할수록 한양 손님을 어떻게 해서든지 꼭 찾아서 만나야겠다는 애틋한 마음이 가슴 속에서 불을 질렀다.

그렇지만 동서남북에 어디로 간 줄 알고 찾아나선단 말인가. 아무리 머리를 쥐어짜도 막막할 뿐이었다.

"예, 매화야. 돌이 게 있니?"

몸종 매화를 불러 심부름꾼 돌이란 놈을 찾았다.

매화는 종종걸음으로 문을 열어잡고

"밤중에 별안간 돌이는 왜 찾으세요?"

하고 눈을 휘둥그레 뜨고 쳐다보았다.

"좀 심부름을 보내야겠다. 집안에 있느냐?"

"네, 있나 봐요."

돌이를 불렀다. 말이 없고 충직한 총각놈이었다.

"부르셨어요."

"응, 밖에 심부름을 좀 가야겠다."

"어딜요?"

선향이는 이러한 모습과 차림을 한 사람이 서울 가는 길로 떠나 비가 오고 해서 제대로 길도 못 가고 헤맬 테니 그런 사람이 눈에 띄면 한양에서 오신 분이냐고 물어봐서 그렇다고 하거들랑 아무 소리 말고 남의 눈에 띄지 않게 집으로 데려오라고 일렀다.

말을 듣고나서 돌이란 놈은 어이가 없다는 표정으로 방울 같은 눈을 크게 뜨고 한참 동안 말이 없다가,

"대체 그 분이 누군데요? 비 오는 날에 이름도 모르고 성도 모르고 어떻게 찾습니까?"

"그러기에 너더러 찾아보라는 게 아니야? 두 말 말고 **빨리 가봐!**"

돌이란 놈은 머리를 서걱서걱 긁으며

"네, 찾아봅지요."

하고 대문을 나섰다. 돌이의 생각에도 어이없었지만 심부름을 시키는 선향 자신의 생각에도 어이없음을 느꼈다.

'어딜 가서 어떻게 찾을 것인가? 한데 내가 왜 이럴까?'

자기 스스로도 모를 일이었다.

그러나 한 번 생각을 돌이켜보면 한평생을 관가에서 기생으로 늙어 죽을 몸도 아니요, 언제인가는 남자를 섬기고 살아야 하는 게 당연한 일인데, 이런 시골 구석에서 지렁이나 굼벵이 같은 인물들에게 몸을 바쳐 헛되이 썩어버리기보다는 사내다운 남자를 만나 비록 몇째 첩이 되더라도 사랑과 정성을 다하여 섬김이 보람 있는 게 아니냐는 생각이 솟았다.

다행히 돌이놈이 어느 길목에서 만나 모시고 와 주었으면 오죽 천행이냐는 기다림에 시각을 다투어 초조해지기까지 했다.

아무리 기다려도 돌이란 놈은 돌아오지 않았다. 바람결에 휩쓸려 잊지는 소리만 요란하여도 행여 인기척이나 아닌가 싶어 귀를 기울였다. 이웃집 개짖는 소리가 울어대어도 가슴은 한없이 설레였다.

처마밑 빗방울 소리는 여전히 주룩거리고 기다리는 사람은 안 오고 해서 우두커니 앉아 있어도 보고 털썩 누워도 보고 일어서서 서성거려도 보고 창문을 열어도 보고 하였으나 타는 심장만이 입술이 마르도록 안타까울 뿐 밤은 점점 깊어가는데 돌이란 놈은 그림자도 나타나지 않았다.

군수가 엄명을 내리긴 하였지만 외로운 나그네의 딱한 처지를 가엾이 여겨 남몰래 인정을 베푸는 입이 있었던가. 그렇지 않으면 가다가다 지쳐서 길가 어느 시궁창이나 언덕에 쓰러졌는가. 혹시 돌이란 놈과 만나서 함께 오다가 아전놈들에게 들켜 봉변이나 당하지 않는가. 천만가지 생각이 한꺼번에 머리 속을 어지럽혔다.

잔뜩 신경이 피로하여 잠시 상머리에 기대었다. 문득 지난 봄 군수를 찾아왔던 어떤 선비가 옛사람의 훌륭한 시라며, 너도 이럴 때가 있었으리라 적어준 것이 머리에 떠올랐다.

아무리 애를 써도 꿈조차 못 이루네.
누가 알랴, 이 한밤 이내 심정을
베갯머리 눈물 솟고 뜰에는 비 뿌린다.
창문을 사이 두고 떠는 소리에 날이 새리

어쩌면 이 밤, 선향이 자신의 심정을 그려내준 듯 글자 그대로의 정경이어서 저도 모르는 사이 눈물이 옷고름을 적셨다.

그때 덜컹 대문 소리가 들려왔다. 돌이란 놈이 이제야 오는구나 싶어 벌떡 일어나 창문을 열었다. 어느새 씻은 듯 구름이 개이고 달빛이 뜰에 가득 훤하였다.

"돌이냐?"

"네…."

"냉큼 들어오지 않고 왜 꾸물거리느냐?"

"못 만난 걸요…."

돌이란 놈은 더 들어올 생각도 않고 마당 한복판에 선 채 머리를 수그리고 한쪽 발끝으로 땅을 파며 힘없이 대답하였다.

"뭐? 못 만났어?"

모진 방망이로 뒤통수를 얻어맞기나 한 것처럼 정신이 아득하였다.

푸른 꿈덩어리가 산산조각이 나며 우르르 무너져 사라지는 듯하였다.

"그래, 정말 그런 분이 없더냐?"

"남쪽 서쪽 동쪽을 여태까지 골목마다 구석구석 살펴본 걸요."

더 물어볼 여지도 없이 한양 손님은 생사의 두 갈래길 중 하나임이 분명한데, 지쳐서 길가에 쓰러졌다면 내일 아침엔 무슨 소식이 들리겠지만, 그렇지 않고 어디 숨어서 못 만나고 있다면 그 모습을 생각만 해도 가슴이 서늘하였다.

설마 길에서 쓰러진 것 같지는 않고 아마도 어느 침침한 구석에 비를 피하노라고 들어선 채 피곤과 굶주림에 못이겨 그대로 누워있으려니만 생각되었다.

선향이는 생각할수록 가슴이 미어지는 것 같았다. 한양 손님이 편안케 밤을 지내지 못할 것은 분명한 사실인데 낮에 염치를 돌보지 않고 뒤따라 나와 집으로 모셔 오지 못한 게 뼈에 사무치도록 뉘우쳐졌다.

그러면서도 한편으로는 내가 왜 이럴까 하는 생각이 문득 떠오르곤 하였다. 남성에 대하여 처음으로 느껴보는 그리움과 애틋한 정을 아무리 억눌러 보려고 하여도 솟구치는 물줄기처럼 자꾸만 뿜어나는 걸 어쩔 수 없었다.

어떻게 하여서든지 오늘밤으로 기어코 찾아내야만 되겠다는 생각이 다시금 치밀어올랐다.

그렇다. 그분을 찾고 못 찾는 것은 내 정성의 탓이다. 정성만 지극하고 보면 설마 그 동안에 몇 십 리를 갔으랴. 필연코 가까운 곳에서 비를 피하며 피곤한 몸을 제대로 가누지 못하고 있을 것만 같았다.

"애, 매화야."

"네."

선향이가 하도 심란해 하며 안절부절 몸과 마음을 진정치 못한 채 괴로운 표정만을 하고 있어 곁에서 시중을 들고 있는 매화도 영문을 모르면서 공연히 불안스럽기만 하여 위로의 말 한마디도 못하고 있는데 갑자기 이름을 불러 또 무슨 말을 하려는가 싶어 눈을 동그라게 뜬 채 바라보았다.

"너, 이 근처에 살림집이 아니고 몸을 피할 만한 곳이 혹 어디 있는지 모르니?"

매화는 한참 눈을 깜박거리고 나서

"글쎄요. 그럴 만한 곳이라곤 신장사 영감님의 토굴 속 밖엔 없는데요."

"토굴 속? 그 곳이 어디쯤인데."

"저 왜 안동 가는 길목에 나무숲이 있잖아요?"

"그래….."

"그 숲 뒤 언덕에 토굴을 파고 영감님이 혼자 살죠."

"웅, 그래. 그럼 바로 서울 가는 길목이구나. 애, 너 거길 가 봤니?"

"그럼요. 영감님이 신을 예쁘고 탄탄하게 삼길래 부탁하러 가끔 가 본 걸요."

매화의 말을 듣고 보니 꼭 그런 곳에 있을 것만 같았다.

매화를 혼자 보내볼까 하다가 어쩐지 그 곳엘 가면 영락없이 만나질 것만 같아 직접 찾아가 보기로 하였다.

"애, 암말도 하지 말고 함께 가 보자."

"아씨도요?"

"그래, 네가 안다니까 앞서거라. 거길 가 보면 꼭 만날 수 있을 게다."

"그분이 누구신데…. 그런 곳엘 들어가 계실라고요?"

"넌 몰라도 돼. 자, 어서 가 보자."

이미 밤은 자정이 거의 가까워 길에는 인적이 끊기고 달빛만 대낮처럼 밝았다.

차라리 캄캄한 어두운 밤이었으면 좋았을 걸, 혹시 나쁜 자들의 눈에 띄면 어쩌나 하는 두려움도 들었으나 다급한 마음이 물불을 가리게 되지 않았다.

좁은 길을 빠져나가 숲을 뚫고 조심조심 다가서니 흐릿한 불빛이 보였다. 토굴 앞에 이르러 살며시 귀를 기울이노라니 안에서 두런두런 주고받는 말소리가 들려왔다. 틀림없었다. 분명코 한양 손님이 토굴 속에 있음을 즉각 느낄 수 있었다.

토굴 속에서 새어나오는 말소리를 엿듣고 있노라니 매화가 가까이 다가서면서,

"그 손님이 정말 이 안에 있나 봐요."

너무 반갑기도 하고 놀랍기도 한 표정으로 말을 꺼냈다. 그러자 선향이는 손을 저으며 조용히 하란 듯이

"애는 방정맞게도…."

하며 눈을 쏘았다.

그러자 두런두런 말소리가 끝나더니 토굴 속이 쥐죽은 듯 고요해지고 풀벌레 우는 소리만이 늦가을밤이 깊었음을 알려주는 듯 주위는 적막 그대로였다.

선향은 앞으로 다가서며 나지막하니 헛기침 소리를 두어 번 내고 나서 문을 반쯤 열고

"저어, 한양서 오신 분이 여기 계시지요?"

하고 나지막하게 물어보았다.

"게 누구요?"

안에서 소리치는 말은 신장사 영감이었다.

육십 평생 처음으로 야밤 중에 뜻하지 않은 손님을 두 차례나 맞이하게 되니 영감도 놀랐거나와, 더욱 가슴이 두근거리며 자지러지게 놀란 것은 손님이었다.

영감의 옆구리를 쿡 찌르며 입을 다문 채 눈만 휘둥그레 뜨고 손바닥을 벌려 얼굴 앞에 휘휘 내저었다. 그런 사람이 없다고 하여 달라는 시늉이었다.

영감이 미처 대답하기도 전에 문이 열리며 성큼 누군가가 들어섰다. 처음 말소리만 듣고는 분간을 못 하였는데, 막상 들어서는 걸 보니 치렁치렁 늘어진 치맛자락부터 보였다.

그 청초한 들국화 같은 여인이었다.

더욱 가슴이 뛰었다. 군수가 나의 숨은 곳을 찾노라고 저렇게 얼굴 아는 사람들을 시켜 계집이 예까지 왔구나 하고 생각하니 다시금 호되게 봉변을 당한 것만 같아 속이 가라앉질 않았다.

선향이는 좁은 토굴 안으로 들어와 신장사 영감 옆에 다가앉으면서 상냥한 얼굴로,

"이렇게 밤중에 소란스럽게 찾아와 미안합니다."

하며 손님 쪽을 살짝 쳐다보았다. 분명코 데리러 온 것이었다. 필경 문밖이나 한길에는 아전놈들이 방망이를 들고 서 있을 것이고 끌려가기만 하면 군수가 마음을 돌려 대접하리라고는 꿈에도 생각 못할 일이고 보니

눈앞이 아득하였다.

"손님은 왜? 군수가 찾는 겐가?"

"아니요, 저의 집으로 모셔 가려고요."

말을 하면서도 선향이는 수줍음을 감추느라고 얼굴을 숙였다.

"집으로?"

신장사 영감은 영문 모를 소리란 듯이 빤히 선향이를 쳐다보았다.

군수가 찾는 게 아니라 집으로 모셔 간다는 소리에 적이 놀란 가슴이 진정은 되었으나, 한편 생각하니 그게 다 간사스러운 계집년의 꾀만 같았다. 그냥 따라 가기보다는 살짝 꾀여 아전놈에게 넘겨주려는 것으로만 여겨졌다.

"난 예가 좋은데, 뭘…."

엉거주춤 안 가겠노라는 의사를 표시하였다.

"과히 염려마십시오. 먼 길을 오시느라 고생하시고 또 오늘 그처럼 봉변까지 당하시게 되어 더욱 욕보실 것을 생각하와 염치불구하고 이렇게 찾아왔습니다."

선향이 상반신을 굽혀 절을 하며 겸손하게 말하는 것을 보아 신장사 영감은 더 의심할 것 없다는 듯이 무릎을 툭툭 두드리며 손님에게 나서기를 권하였다.

"저 선향 애기가 사람됨이 되었거든. 똑똑하고 얌전하고 차돌처럼 굳고 야무지고 도무지 나무랄 데가 없는 사람이야! 손님의 정상을 가긍히 여겨 일부러 찾아나선 모양이구려. 어서 따라 가 보슈, 이런 토굴 속보다야 신선 선녀가 사는 곳이 좋지."

"원, 별 말씀을…. 자, 그만 일어서시죠. 매화야, 짐을 챙겨라."

"네."

대답소리와 함께 매화는 눈치 빠르게도 손님이 등 뒤에 놓여 있는 묏산자 보따리를 들고 먼저 밖으로 나갔다.

하룻밤 모처럼 정들여 구수한 이야기나 주고 받으면서 몸을 의지하려던 토굴 속을 나서려고 하니 웬지 서운한 마음도 없지 않았다.

"영감, 정말 신세가 많았습니다. 다음날 인연이 있으면 다시 만나게 되겠지요."

"신세랄 게 있습니까? 부디 몸이나 조심하십시오."

신장사 영감은 한길까지 나와 세 사람을 보냈다.

말없이 선향이의 뒤를 따르긴 했으면서도 속으론 어쩐 영문인지 몰라 별생각이 다 들었다. 그녀의 표정과 말투로 보아 결코 자기를 헤치려 하는 것이 아닌 것만은 틀림없지만, 무엇 때문에 군수에게 쫓겨 나온 사람을 일부러 밤중까지 찾아와 자기집으로 가자는 것인지 아무리 생각을 해 보아도 모를 일이었다.

이윽고 대문을 열고 인도하는 곳은 깨끗하고 아담스레 꾸며놓은 선향이의 안채 사랑방이었다.

매화는 부리나케 세숫물을 떠오고 선향이는 장롱을 뒤져 명주 옷 한 벌을 꺼내 갈아 입도록 하였다. 삽시간에 거지 신세가 황제의 호사를 누리는 것이나 다름없었다.

선향이는 진달래꽃으로 타오르는 두 볼에 기쁨을 감추지 못하는 표정이면서도 수줍고 부끄러움에 연신 고개를 수그리곤 하였다.

김우항 역시 권에 못 이겨 하라는 대로 얼굴을 씻고 옷을 갈아 입으면서도 영문을 몰라 어리둥절할 뿐이었다.

매화가 술상을 가져왔는데 살아 생전 구경도 못한 진수성찬이 가득하였다.

"자, 피곤하실 텐데 술부터 한 잔 드시죠."

선향이가 손수 따르며 권하였다.

"나 같은 것을 어째서 이렇게 대접하는 건지…."

제대로 말이 나오질 않았다.

"긴 말씀은 나중에 드리지요. 지금 군수가 사방으로 수소문을 하고 있으니까, 우선 딴 데 갈 생각 마시고 당분간 저의 집에 묵고 계세요. 밖에만 나가지 않으시면 아무도 모를 것이옵니다."

낱낱이 사정을 알고 하는 말이니 보살펴주는 정이 고마워서라도 하라는 대로 할 수밖에 없었다.

"한양서 이곳 그 먼 길을 군수는 왜 찾아오셨어요?"

이렇게 묻는 말에 무어라 대답하기가 부끄러웠다. 그러나 사실 대로 말하지 않을 수도 없어 딱한 사정을 모두 들려주었다.

"다 때가 있습니다. 조금도 상심치 마시고 좋은 때를 기다리세요. 용도 잠드는 때가 있다는데요."

선향이의 부드러운 말솜씨가 고맙기 이를 데 없었다.


몇 해를 두고 가난에 쪼들려 한 겨울 같은 냉랭한 기운만이 떠돌던 집안에 갑자기 화기가 넘쳐 안팎으로 웃음꽃이 피었다.

선향이가 아니었더라면 무슨 변을 당했을는지도 모르고 이렇게 떳떳이 처자 앞에 남편과 지아비로서의 면목을 세울 수도 없었을 것을 생각하니 더욱 어린 선향이에 대한 연연한 정을 잊을 수가 없었다.

단천 선향이의 집을 떠나던 날 새벽, 서운한 기색을 애써 감추며 언제 오시겠느냐는 말보다 부디 가서서 공명을 이루시라고 축원만 되풀이하던 그녀의 모습이 누우나 앉으나 선히 떠올라 날이 갈수록 그리움이 깊어갔다.

그런 곡절은 알지도 못하고 집에서는 단천 군수가 인정을 크게 베풀어 주었거니만 여겨 애 어른 할 것없이 말끝마다 군수 아저씨를 끄집어 내는 게 구역질나도록 거슬렸다.

"제발 그 군수 소리 좀 하지 마라."

듣다 못해 역정을 내며 소리질렀다.

"그게 무슨 말씀이슈? 우리가 은혜를 입으신 분인데 애들이 그러기로 어떻수?"

마누라는 남편의 속도 모르고 되려 나무람을 하며 은혜를 모르다니 될 말이냐는 투였다.

"실은 그런 게 아니야. 군수에게서는 덕을 입기는커녕 곤장까지 맞을 뻔했어."

"아니, 그러시면 그 많은 재물은 누가… ?"

마누라의 눈이 휘둥그레졌다.

단천 가서 군수를 못 만나 설움 받던 일이며, 만나서 술상을 걷어차고 쫓겨나온 일이며, 밤중 토굴 속에서 선향이를 만나게 된 연유며, 어린 기생이지만 비범한 여인이란 걸 비로소 들려주었다.

기생 선향이가 어쩌구 하는 이야기를 처음 들을 땐 눈에서 불이 났으나 전후 사연을 자세히 듣고나니 그 여자를 기생이라고 함부로 깔볼 수 없는 여중호걸임이 분명하였다. 게다가 남편뿐만 아니라 온 집안의 화기가 선향이에게서 온 것임을 알게 되자, 더욱 선향이란 기생이 만나보고 싶다는 마음까지 들었다.

"원, 그런 줄은 까맣게 몰랐었군요. 그 선향인가 한 기생을 데려오시지 그랬어요."

"데려오다니. 선비의 몸으로 기생을 데리고 올 수야 있나?"

"지금이라도…."

"예서 단천이 오백 리 길인데 그게 쉬운가? 뒷날 만날 때가 있겠지."

말은 이렇게 하면서도 속으로는 당장에라도 데려왔으면 오죽 좋으랴 싶은 생각이 불현듯 치솟아올랐다.

그러나 선향이는 부귀공명을 이루도록 하라고 축원하지 않았는가. 그야 내일이라도 청운의 뜻을 성취한다면 선향이쯤 데려오는 건 힘든 일도 아니고, 또 보고 싶으면 찾아가기도 쉬운 일이지만 집구석에 묵은 책이나 뒤지는 초라한 선비의 모습으로선 도저히 될 일이 아니었다.

선향이를 더욱 반갑게 만나기 위하여서는 어떻게 하여서든지 벼슬길에 오르도록 힘쓰는 게 유일한 길이었다. 무엇보다 선향이가 공명을 성취하라고 바라는 것도 단천 군수보다는 높이 올라서라고 기대하는 게 아니었든가.

내년 가을에 대과가 있으니 기어코 장원 급제를 해야겠다고 다시 한 번 비장한 결심을 하며 선향이에 대한 생각도 억지로 잊고 기나긴 겨울밤을 세워가며 과거볼 준비에 여념이 없었다.

한편 선향이는 잔뜩 시름에 겨워 도사리고 앉은 채 갑봉(우항의 별호)이 떠나기 전날 밤 취흥에 못이겨 치마폭에 큼지막한 글씨로 써 주고 간,

'부드러운 정은 물과도 같은데, 좋은 기약은 꿈과 같다.'

라는 글을 찬찬히 획을 따라 더듬어 보면서 마음은 한양 오백 리에 날아가 있었다. 글씨의 꿈틀거리는 획마다 갑봉의 팔이 움직이며 덥썩 와서 끌어안을 것만 같았다.

일어나 창문을 열어보았다. 구름 덮인 하늘엔 별 하나 보이지 않고 무심코 잎새만 바람에 날려 마당귀를 휩쓸었다.

'하만자' 곡조의 시 한 구절을 읊어 보았다.


누런잎은 바람없이 절로 지고
가을 구름은 비도 안 오는데 항상 흐려만 있다.
하늘도 정이 있으면 그도 또한 늙으리
자꾸만 흔들리는 한을 금할 길 없네.
슬프다, 그 옛날 즐거움은 꿈결 같아
깨어보니 아무 데도 찾을 길 없네.


뼈 속까지 스며드는 정한의 안타까움을 풀어볼 길이 없었다.


내 마음 돌덩이가 아니라
구부려 버릴 수도 없고
내 마음 돗자리가 아니라
걷어치울 수도 없다네.


그래서는 안 될 줄을 알면서도 마음대로 할 수 없는 심정을 혼자서 울어도 보고 웃어도 보고 아무리 속을 태우면서 기다려도 한 번 떠나간 한양의 그리운 임께선 일 년이 넘도록 소식조차 없었다.

세상 남자들의 마음을 못 믿는다고는 하지만, 갑봉만은 그럴 사람이 아니었다. 겨울이 가고 봄이 오면 그래도 무슨 소식이 있을 줄 기다렸는데 봄, 여름 다 지나가고 다시 가을이 깊어 오도록 첩첩 시름만 쌓여갈 뿐 정말로 모든 게 한바탕 꿈으로 끝나버리는가 싶어 왈칵 눈물이 쏟아졌다.

'어쩌면 오고 가는 장사꾼 편에 편지 한 장이라도 보내 줄 일이지.'

그토록 야속하고 박정할 데가 또 있는가. 밤이면 밤마다 꿈 속에서만 한양 오백 리를 단숨에 찾아가 반갑게 만나도 보건만 깨고 나면 허전한 꿈이었다.

그러던 어느 날 밤이 늦도록 저녁상도 받지 않고 앉았다가 속이 허전하여 매화에게 밥상을 가져오라 하여 마악 수저를 들려는데,

"얘. 매화야."

하고 나지막이 불러대며 문을 흔드는 소리가 들려왔다.

선향이는 눈을 번쩍 뜨며 일어설 생각도 못하고 창문만 뚫어지게 바라보며 두 귀에 바짝 정신을 모았다.

"매화 없느냐? 얘, 매화야!"

다시 연거푸 찾는 목소리가 다시 귓전을 울려왔다.

아닌 밤중에 매화를 찾으며 문을 두드리는 사내가 누군가. 그리움에 지쳐 애만 태우다가 갑자기 낯익은 목소리에 그만 맥이 빠진 사람처럼 전신이 오그라들었다.

두세 번 부르는 소리에 유심히 들어보니 틀림없는 그이의 음성이었다. 컬컬하면서도 기운차고 뚜렷한 음성, 아침 저녁으로 귓전에 들려온 듯 쟁쟁하던 음성, 분명 그 목소리였다.

"정말 오셨구나!"

번쩍 생각이 들며 선향이는 힘껏 창문을 열어젖히고 미처 신발도 신을 겨를없이 단걸음에 문간을 향하여 달려나갔다.

닫힌 문앞에 딱 마주서면서 그래도 다시 한 번 귀를 의심하여,

"게 누구시지요?"

하면 나지막이 물었다.

"나야, 문 좀 열어…."

그립던 목소리였다. 문을 열며 와락 달려들어 팔로 끌어안으며 눈물을 흘리는 선향이를 덥석 부둥켜안고 등을 어루만지며 한참 동안 두 사람은 서로 아무 말도 못하였다.

"대체 어쩐 일이세요? 이 밤중에…."

선향이 먼저 입을 열었다.

문 안에 들어서는 기색을 살펴보니 허름한 옷차림은 여전히 궁상 그대로일 뿐만 아니라, 오히려 작년보다 몇 갑절 더한 듯 말이 아니었다.

"대관절 어쩐 일이십니까? 한양서 언제 떠나셨기에 옷이 이처럼 더러워지셨나요. 얘, 매화야. 빨리 세숫물 떠올리고 장롱 속에서 옷을 꺼내오너라."

선향이는 한참동안 수선을 피웠다.

"홍, 말도 말게. 한양이나 제대로 갔으면 제법 괜찮게."

"아니, 그럼 여태 한양도 안 가시고 어디 계셨는데요?"

"선향이는 설마 나를 괄세하진 않을 테지? 내 이야기를 좀 들어봐! 선향이가 그렇게 정성껏 마련해준 재물을 싣고 가다가 충주땅에 들러 높은 재를 넘으려는데 산 속에 숨었던 도둑놈들 떼거리에 습격을 당하여 몽땅

빼앗기질 않았겠나."

"에구머니나!"

새빨간 거짓말인 줄 모르고 선향이는 기겁을 하도록 놀랐다.

"그래서 어떻게 되셨어요?"

"그래서 하는 수 있나. 알몸뚱아리만 남게 되었으니 무슨 면목으로 한양으로 가겠는가. 곰곰 생각다 못해 춘천, 강릉 등지로 떠돌면서 남의 집 사랑방 신세를 지고 있었지."

"저런! 왜 진작 찾아오시지 않으셨어요? 공연히 객지에서 고생만 당하시면서…."

"그럴 생각이야 하루에도 몇 번씩 솟았지만 자네에게 온다는 것은 더욱 낯이 부끄럽지 않은가. 그래 일년을 떠돌다보니 남의 집 신세도 한도가 있지. 무한 세월 그럴 수도 없고 다시 가을철이 되니 자네 생각이 부쩍 더하데그려! 설마 나를 괄세할 것 같지는 않아 이렇게 염치불구하고 찾아오는 길일세."

"원, 서운한 말씀도 하시네요. 어디 남의 집이라고 염치를 찾으시고 또 괄세란 무슨 당치 않은 말씀이세요."

초라한 모습이라고 선향인 조금도 딴 눈치를 보이지 않고 오히려 늦게 찾아온 것만을 서운하게 여겼다.

매화가 옷을 들고 들어왔다. 초가을에 한양 계신 임을 그리워하며 고이 다듬어 정성스레 지어 간직하였던 명주옷이다.

"옷을 지어놓고도 언제나 입게 되실까 늘 걱정스러웠는데, 마침 오셨군요."

선향이는 수줍음도 없이 달려들어 입고 있는 헌옷의 옷고름을 끌러주었다. 새 옷을 갈아 입으면서 유심한 눈길로 선향이를 바라보았다.

'세상에 어쩌면 이렇게도 다정스럽고 의리가 있는 여자가 있을까.'

속으로 이런 생각을 하며 다시 한 번 선향이를 빤히 들여다보았다.

"왜 자꾸만 저를 보세요?"

"하도 보고 싶었던 얼굴이라 실컷 봐야지."

"아이, 참…."

양쪽 볼이 이글이글 타오르면서 살짝 고개를 수그리는 모습이 더욱 못 견딜 만큼 귀여웠다.

"얘, 매화야. 저 상은 그만 내가거라."

저녁상을 받다말고 내버려 둔 채였지만 가슴이 터지도록 부풀어 올라 아무것도 입에 넣을 생각이 없었다.

"저기 밥상이 있구먼. 밤도 늦었는데 새로 지을 게 있나? 자네가 먹다 남은 게 있으면 그거 나 주게."

매화가 들고 나가려는 것을 도로 가져오라고 하여 무릎 앞에 갖다 놓았다. 수저도 건드려 보지 않은 새로 차린 것임을 보고 확인하려는 듯,

"자네도 아직 저녁을 안 들었군. 자, 이걸로 같이 드세."

하면서 먼저 선향이에게 젓가락을 집어주었다.

"전 괜찮아요. 어서 드세요."

다시 수저를 건네주다 말고,

"참, 저걸 치워야지."

하면서 벗어놓은 헌 옷을 돌돌 뭉쳐 문밖 마루로 내던졌다.

"아니여, 그 옷은 버리지 말어."

성큼 뛰어나가 옷뭉치를 집어들고 들어왔다.

"그 옷이 아니라도 입으실 게 집안에 얼마든지 있는데, 그건 왜 집어들고 그러세요?"

하며 다시 빼앗다시피 나꿔채어 문밖으로 더 멀리 던졌다.

"허! 안 된다니까 그러네. 그 옷을 강아지라도 물어가면 어쩔라고…."

황급히 나가서 여전히 소중한 물건이나 되는 듯이 움켜안고 들어오는 것을 보고 선향이는 벽에 기대어 선 채 한참 동안 무엇을 생각하는 듯하였다.

"자, 앉아 어서 저녁이나 드세."

때에 절은 옷꾸러미를 옆에 놓고 밥상 앞에 펄썩 주저앉았다.

"저를 그렇게 속이세요. 저는 정성을 다하여 받드느라고 애를 쓰는데 그처럼 저에게 숨기신다는 것은 너무도 서운해요."

하면서 선향이는 손수건으로 눈을 가리고 어깨를 들먹이며 소리없이 눈물을 흘렸다.

"허, 왜 이러는 거야?"

선향이의 어깨를 잡아 흔들며 도시 모를 일이라는 표정이었다.

"이젠 제가 다 알았어요. 암행어사가 되셔서 오시구서도 저를 끝까지 속이려 하세요."

"뭐, 암행어사?"

그건 또 어떻게 알아차렸는가 싶어 점점 놀라는 체 하였다.

"아니시라면 그 헌옷 뭉텅이를 무엇 때문에 그리 소중히 여기시는 거예요?"

참으로 영리한 여자였다.

"글쎄, 왜 이러는 거야? 울긴 또 무엇 때문에 울어?"

"……"

"그러지 말어! 옷이라는 게 아무리 헐었어도 그렇게 던져 버릴 수야 업지 않나."

끝까지 갑봉은 자기의 행색을 감추려 하였다. 그러나 선향이는 좀체로 속아 넘으려 들지 않았다.

"좋아요. 그처럼 저를 못 믿고 숨기시려는 뜻은 저를 천한 계집이라고 여기시는 까닭일 거예요. 그러시다면 저 같은 것은 이 자리에 감히 함께 앉을 수도 없지 않아요."

하면서 수심이 가득하여 일어나 밖으로 나가려 하였다. 갑봉이 따라 일어서며 치맛자락을 잡아당겼다.

처음 생각엔 끝끝내 행색을 숨겨보려 하였지만 벌써 눈치로 알아채고 그처럼 뿌리치며 나가려 하는 데는 사실을 실토하지 않을 수 없었다.

"이봐, 선향이! 그러지 말아. 내가 좀 지나쳤어. 사실 자네에게야 내가 숨길 게 뭐 있나. 이번에 지극한 성은을 입어 어사의 대명을 받들고 내려왔어."

선향이의 팔을 잡아 다시 앉혔다.

선향이는 말이 떨어지자 황급히 일어나 날아갈 듯이 어사 앞에 절을 올렸다.

"이건 또 왜 이러는 거야?"

갑봉이는 당황하였다.

"상공께선 나라의 어명을 받고 내려오신 존귀한 분이니 천한 소녀가 어찌 감히 절을 드리지 않겠사옵니까?"

선향이의 표정은 지극히 엄숙하면서도 어딘가 기쁨을 못이겨 하는 태도가 역력하였다.

"허, 자네와 나 사이에 내 벼슬을 따지는가? 되려 내가 자네에게 큰 절을 해야지!"

"황송하옵신 말씀을…."

이리하여 두 사람 사이에 잠시 가리었던 엷은 구름은 사라지고 화창한 봄날보다도 더 즐겁고 따뜻한 밤은 깊어갔다.

"저, 한 말씀 여쭙겠어요."

"뭔데?"

깊은 물 속에 노니는 고기처럼 마음대로 유영하다가 갑자기 정중한 말을 꺼내자, 어사는 뭐냐며 당황하였다.

"제가 여쭈어 볼 말씀은 아니지만, 어사께서 이 고을 군수 영감을 어쩌실 테예요?"

"어쩌긴 뭘 어째…."

말을 그렇게 하면서도 가슴에 걸리는 것을 꼬집어낸 듯하여 머리에 선뜻함을 느꼈다.

아닌게 아니라 단천을 향하여 내려오면서도 그것이 걱정거리였다. 마음내키는 대로 분풀이를 하자면 당장에 죄상을 하나하나 따져 경을 치르게 하고도 싶지만, 그렇게 하는 게 좀 지나치지 않을까 하는 생각도 들었던 것이다.

"어사로 오셨으면 군수의 모질고 사나운 꼴을 그대로 버려두실 수 없지 않으세요? 어떻게든지 처단을 내리셔야 하실 텐데 그걸 어떻게 하시겠느냐 말씀이에요."

"그래, 자네 생각엔 어떻게 했으면 좋겠나? 그것부터 들어보세."

"아이구! 저 같은 게 뭘 알아요. 나라일을 하시는데 하찮은 제가 무슨 말씀을 올려요."

"아냐, 정말 어떻게 처단을 내리는 게 좋을지 생각대로 말해 봐."

은근히 다짐하여 묻는 어사의 말이 농담 같지만은 않았다.

"정말 제 말씀을 들어주시겠어요?"

"들어주다 뿐인가. 자네 생각이 나보다 뛰어날 게야."

"아이, 정말 못하시는 말씀도 없으시네요. 제가 뭘 알아요. 다만 소녀의 생각에는 상공께서 어사 출도를 외쳐 군수를 혼내시게 되면 남들이 묵은 분풀이를 하는 게라고 수근거릴 거 아녜요. 떳떳이 나라일을 하시는데, 왜 그런 말씀을 들으시겠어요."

"암, 그렇지. 그래, 어떻게 해야 하나 사실은 망설이는 중이야. 그래, 어떻게 했으면 좋지?"

선향이는 반듯이 누워 천정만을 쳐다보고 있다가 몸을 어사에게로 돌이키며 의견을 말하였다.

"어차피 먼 친척도 되고 하시다니 그렇게까지 하실 건 없고, 그렇다고 해서 그대로 내버려 두는 것은 어사님의 직책에 어긋나는 일이고 하오니 남모르게 오늘 밤중에라도 알리도록 하셔서 내일 아침에라도 군수가 스스로 자리를 물러나도록 하신다면 피차간 야박하지 않고 일을 온전하게 끝내는 게 아닌가 생각되옵니다만…."

선향이의 말을 듣고보니 그렇게 하는 게 정말로 상책이었다. 아무리 군수가 고약스럽기는 하지만 악을 악으로만 대해 주는 것은 결코 온당한 처사가 아니라고 느꼈다.

"됐어. 자네의 의견이 꼭 사리에 들어맞는 좋은 계책이야. 그럼, 지금이라도 내가 슬며시 가 볼까?"

"그러시죠."

두 사람은 함께 자리에서 일어나 앉았다. 어사는 옷차림을 하고 마패를 찾아들고는 당장이라도 서둘러 나가려고 하다가 문득 무슨 생각이 들었는지 고개를 갸웃거리더니 선향이를 바라보며 말했다.

"이봐, 내가 갈게 아니라 자네가 가 보게. 군수의 얼굴을 대하고 보면 여러 가지로 난처하니까, 자네가 동헌으로 직접 찾아들어가 사실대로 말하게나. 그러면 군수도 내가 간 것보다는 마음이 훨씬 가라앉을 걸세. 어떤가?"

"글쎄…. 그렇기도 하옵지만, 제가 어떻게 그런 일을…."

"누가 자네더러 어사행세를 하라는가? 그저 이야기만 전하라니까. 아무가 지금 암행어사가 되어 내려와 있으니 아침결로 보따리를 싸는 게 좋지 않겠느냐고 말일세. 자, 가서 그래."

그런 의견을 자기가 내놓았으니 어사가 청하는 요구를 거절할 수가 없을 뿐더러 자기가 나서서 그렇게 하는게 정말 두 사람을 위하여 서로 면구스러움이 없이 해결될 것 같았다.

"그럼, 제가 가 보겠어요."

하며 새로 몸단장을 시작하였다.

"왜 군수 앞에서 술을 따르러 가는가? 몸맵시를 차리게…."

슬쩍 농담을 거니까 선향이는 대답 대신에 삐죽이 웃으며 눈을 흘겨보았다.

"뭘 그래. 군수와도 마지막인데 작별 인사로 술이나 한 잔 따라주지 그래."

"자꾸 그러시면 전 안 갈 테예요!"

하며 일부러 뾰로통해 보였다.

"아냐, 내가 농으로 그래봤어."

"농이라도 저를 너무 놀리세요. 제가 사람 앞에 귀신꼴을 하고 나타나는 게 좋으세요?"

"하하하, 귀신꼴이라. 선향이야 물 속에 난 연꽃인데 아무러면 어때?"

하며 등을 두드려 주었다.

군수는 초가을부터 해수증이 도져 연신 잔기침을 해대며 팔다리가 쑤시고 저려온다며 관기들을 불러들여 다리를 주무르도록 하는가 밤만 되면 유색이의 무릎을 베고 어깨를 두드리게 하는 게 유일한 즐거움이었다.

이날 밤에도 번듯이 누워 다리가 떨어져 나가는 것 같다고 응석을 부리며 유색이의 나긋나긋한 손길이 몸에 닿을 적마다 한결 개운한 맛을 느끼고 있었는데, 문밖에서 아전놈이 여쭐 말이 있다고 아뢰었다.

"밤늦게 뭐냐?"

하고 소리를 지르자,

"예, 뭐 다름이 아니오라 기생 선향이가 황급히 아뢸 말씀이 있다고 하옵니다."

라는 뜻밖의 소리를 하였다.

"선향이가? 뭣 때문에… 이 밤중에….."

이렇게 깊은 밤중에 일개 기생인 선향이가 군수를 만나러온다는 건 좀체로 있을 수 없는 일이었다. 영문을 몰라 몸을 일으키며 어리둥절하고 있을 때 아전놈이 다시 아뢰었다.

"자세한 말은 없삽고, 한양서 내려온 긴급한 소식을 직접 뵈옵고 여쭐

는다 하옵니다."

"뭐, 한양 소식을…."

정신이 번쩍 들었다. 한양 소식이라니 선향이가 한양 사람도 아니요, 나이어린 기생이 한양 사람과 알 까닭도 없는데 별안간 한양 소식이라니 대체 무슨 일인가 적이 당황하지 않을 수 없었다.

"그래, 선향이가 와 있느냐?"

"네, 밖에서 기다리고 있습니다."

"이리로 들어오도록 하여라!"

"네이."

선향이가 들어와 문밖 마루 위에서 납죽이 절을 하였다.

수수한 옷차림에 눈동자만이 샛별처럼 반짝였다.

"웬일이냐? 이 밤중에…."

"네, 긴급히 아뢸 말씀이 있사와…."

"급하다는 건 대체 뭐냐?"

군수는 뭔가 마음이 조마조마하여 안정이 되질 않아 일부러 역정을 내며 위엄을 부리고 나서 담뱃대를 부러지라고 재떨이에 두들겨 댔다.

"저, 언젠가 여기 찾아오셨던 한양 사시는 친척 김우항이란 분을 아시옵지요?"

"뭐?"

갑자기 군수는 눈이 휘둥그레지며 가슴이 덜컹 하였다.

작년 가을, 그를 쫓아버린 후 이번 대과에 장원급제하였다는 소식은 알고 있었다.

혹시 암행어사라도 되어온 게 아닌가 하는 대뜸 번개 같은 생각이 머

릿속을 스쳤으나, 대체 저년이 우항일 어떻게 아는가 싶은 고이한 생각
이 떠올랐다.

"그래, 알지. 그 사람이 어째서? 넌 어떻게 알지?"

"네, 우연히 뵙게 되었사옵니다."

"그 사람이 어쨌단 말이냐?"

"그분께서 지금 어사로 행차해 계시옵는데….'

"웅! 가, 가만 있어."

어사란 말에 군수는 그만 경풍을 하도록 놀라 부르르 떨며 맥없이 두
팔을 휘저었다. 겨우 비틀거리며 자리에서 일어나 황망히 관복을 차려
입느라고 손을 겨우 놀리었다.

옷을 입고 나서 몸을 도사려 꿇어앉으며

"어, 어사께서 지금 어디 계시지?"

"네. 소녀의 집에 잠시 머물러 계십니다."

군수는 더욱 방울처럼 눈이 휘둥그레졌다.

어사로 내려왔으면 직접 아문에 나타나 출도를 외치든지 또는 군수를
찾아 곡직을 따질 일이지, 기생 선향이의 집에 머물러 있다는 것은 천지
개벽할 일이었다.

"어사님께서 저더러 군수님을 찾아뵈라고 하시어 이렇게 밤중에 급히
들어왔습니다."

"나를 만나라고?"

"아뢸 말씀은 다름이 아니옵고, 직접 만나는 것은 피차간에 어색한 일
이라고 하옵시며 되도록 오늘 밤중으로 짐을 싸서 내일 아침 해뜨기 전
에 단천을 떠나시는 게 좋겠다 하옵니다."

"……."

군수는 기가 막혀 말이 나오질 않았다. 어사로 내려온 것은 분명하고 또 선향이를 시켜 그런 말을 전해 오는 것도 틀림없는 사실이라고 느껴졌다. 어사가 당장 눈앞에 나타나 있다면 감히 머리를 들어 쳐다볼 수도 없는 일이지만 유색이와 선향이 앞이라 마지막 순간까지도 군수로서의 위엄을 잃지 않으려 하였다.

"어사면 어사지, 군읍의 수령을 아무 까닭없이 떠나가라는 법이 어디에 있는가? 무엇 때문에 내가 이 고을을 떠나는게 좋겠다는 게지?"

"네, 여기 적은 게 있습니다."

선향이는 품에서 두루마리 종이를 꺼내어 군수에게 주었다.

그것을 받아 잡는 군수는 점점 얼굴이 흙빛으로 변해가며 종이를 펼쳐 잡은 손을 와들와들 떨었다. 거기에는 군수가 도임한 이래 오늘까지의 죄상을 하나하나 따져가며 자세히 기록돼 있었기 때문이다.

큰 사건은 말할 것도 없고 군수 자신도 기억이 흐릿할 만큼 잊어버린 조그마한 일들까지 세밀히 적혀 있었다.

일이 이쯤되고 보니 더 뻗대어 볼 여지가 없었다.

'명증사존 해용변백. 특념동근문의, 비면대과. 망수어명신, 즉정사단 해귀, 불가사일읍지민, 록오사의이장수통초.'

이렇게 명확한 증거가 있으니 다시 변명할 필요도 없었다.

'특히 친척된 의리를 생각하여 큰 허물을 끼치지 않도록 하니 바라건대 내일 새벽으로 사표를 내고 떠나도록 하라. 단천 고을 백성들로 하여금 나의 사사로운 정리 때문에 오래도록 더 고통을 받게 할 수는 없는 일이다.'

라는 글까지 끝자락에 씌어 있었다. 죄를 따져 봉변을 당하도록 할 것이지만 친척의 정을 생각하여 하룻밤만 모른 척할 테니 사표를 내고 떠나가 달라는 것은 군수로서는 지극한 은혜였다.

선향이를 따라 그의 집으로 가서 어사를 찾아뵈올까도 하였으나 다시 생각하면 어사도 만나면 어색하다고 이렇게 사람을 시켜 알려왔는데, 자기로서도 만나는 것은 더욱 난처한 일 같아 그대로 주저앉아 짤막한 글을 써서 선향이에게 전하였다.

「공지포용대덕, 사부초속춘, 고골복육, 감불유명.」

'공께서 포용해 주시는 크신 은덕은 썩은 풀잎으로 하여금 다시 봄을 맞게 하시는 것이요, 마른 뼈에 거듭 살이 붙도록 하는 것이오니 감히 명을 좇지 않으리까.'

군수는 그날 밤으로 아전을 모조리 불러들여 짐을 꾸리도록 하여 이튿날 새벽 먼동이 터올 무렵 여러 해 동안 백성을 착취해 온 단천 고을을 서둘러 떠나버렸다.


경상도 지역을 두루 밟아 어사의 직책을 마치고 한양으로 돌아온 지도 석 달이 지났다. 어느 하루인들 선향이의 생각을 하지 않은 적이 없었다.

마음 같아서는 당장에 사람을 보내어 데려오도록 하고 싶지만 벼슬하는 몸으로 처음 어사로 내려갔다가 기생부터 얻어온다는 남들의 시비가 두려워 성큼 그러지도 못하고, 그대로 있자니 가슴이 터져날 듯 그리움이 솟았다.

선향이의 얼굴이 아련히 떠오를 적마다 샛별 같은 눈이 자기를 향하여 원망하는 것만 같았다.

'장부일언중천금' 사내의 말 한 마디가 천금보다 무겁다는데, 어느 덧 약속을 잊어버렸는가 다짐하며 약속한 눈물만을 흘리는 듯 싶었다.

단천을 떠나던 날, 매화를 데리고 십 리 밖까지 따라오며 차마 못 보내는 서운한 심정을 말은 못하고 눈물로 옷깃을 적셔 내리던 정경이 눈에 선하였다.

"자, 그만 들어가. 내 올라가면 두세 달 안으로 꼭 데려오도록 마련할 테니."

라는 말을 몇 번이고 거듭하여 겨우 돌아서도록 하였던 것이다.

그러나 약속한 석 달이 벌써 넘어버렸건만 데려올 방도도 서지 않았다. 사랑방에 홀로 앉아 넋을 잃어버린 사람마냥 멀거니 창문만 바라보며 선향의 생각만 하고 있는데 하인이 들어와 궁중에서 빨리 입시하라는 전갈을 아뢰었다.

거의 저녁 때가 다 되었는데, 임금께서 무슨 일로 찾으시는가 하여 황급히 관복을 갈아입고 궁궐로 향하였다. 조정의 중신들 대부분이 편전에 임금님을 모시고 앉아 있었다.

숙종 대왕은 보위에 오르신지 오래되어 춘추가 높으셨고, 오랜 정사에 요즈음 와서는 자주 병석에 눕곤 하였다. 이 날도 조정을 파한 다음 온종일 심회가 울적하여 저녁때 신하들을 모아 앉히고 한가롭게 이야기나 주고 받으면 정신이 유쾌할 것 같아 갑자기 중신들만을 불러들이도록 한 것이었다.

어사주를 몇 잔씩 돌려 받은 가운데 차례로 돌아가며 재미나는 이야기를 한 마디씩 하기로 되었다. 모두들 임금의 마음을 즐겁게 해드리려고 보고 들은 일들을 재미나게 이야기하였다.

이윽고 갑봉의 차례가 되었다.

"경은 경사도에 어사로 다녀온 지 얼마되지 않았으니 백성들의 재미 있는 이야기가 많겠네그려…."

"황송하옵니다만 별로 여쭐 만한 이야기가 없사옵니다."

하고 처음엔 사양을 하였다. 그러나 임금께서 굳이 무슨 이야기라도 하라는 데는 그래도 잠잠할 수가 없었다.

퍼뜩 머리에 생각나는 것이 선향이었다. 비록 자기와 직접 관계되는 일이기는 하지만 아름다운 인정가화로 생각되어 처음부터 끝까지 차근 차근 이야기를 시작하였다.

이야기가 토굴 속으로 선향이가 찾아오는 대목에 이르자 임금은 젓가 락을 두들겼고, 다시 패물을 갖추어 말 두 필에 실어보내는데 이르러선 소리가 나도록 연신 상을 두들겼고, 헌옷 집어드는 걸 보고 어사인 줄 알 아차렸다는 대목에 이르자 몸을 좌우로 흔들며 더욱 젓가락을 두들겨 젓 가락이 그만 반이나 휘어 버렸다.

임금은 그날 밤으로 단천 군수에게 전지를 내려 선향이를 곧 한양으 로 올려보내도록 명하였다.

# 처녀 과부

"정말이야. 완태 녀석이 환한 보름 달빛에 제 눈으로 보았다는데. 분명히 말이야."

상길이란 놈은 이마에 핏대까지 세워가면서 입에 침을 튀겼다. 이에 덩달아 연수도 상길이 못지않게 눈에 불을 켜면서 대들다시피 말했다.

"그건 거짓말이야. 절대로 그럴 리가 없어. 하늘이 두 쪽이 아니라 몽땅 없어져도 그럴 리가 없어. 완태 녀석의 눈깔이 썩어빠진 생선 눈깔이었던 게지."

"뭐, 하긴 연수 자네는 끝까지 그렇게 믿고 싶을 거고, 그것이 인간의 상정이란 것이겠지만, 그러나 세상에는 얼마든지 그런 일이 있을 수 있다는 것도 알아두란 말일세."

"떠들지 말아. 쓸데없이 다시 그런 헛주둥아릴 놀렸다가는 내가 아가리를 찢어버릴 테니깐."

상소리를 써가면서 연수는 흥분했다. 당연한 일이었다.

옥화玉花가 마포나루 북쪽의 낮은 언덕 떡갈나무 숲속 비석 옆에서 사공집 둘째 아들과 만나고 있는 것을 완태가 보았다는 것이다.

제 눈으로 똑똑히 본 광경을 그저 만나는 것이 아니라 끔찍한 꼴을 하고 있더라는 것이다. 몸뚱이는 하나인데 대가리는 둘이라며 수수께끼처럼 말의 서두를 꺼내 놓고서는 상길이에게 그것은 사공집 둘째 아들 신보新甫 녀석과 옥화가 한 몸이 되어 뭣을 하는 것이라고 설명을 하더라는 것이다.

옥화는 연수와 올봄에 약혼을 했다. 그리고 가을에는 추수철이 끝나는 대로 혼례식을 올리게 약속이 되어 있었다. 자기만 만나면 얼굴을 살짝 붉히면서 고개를 숙이고서는 쏜살같이 담장 안으로 사라져 버리는 그 수줍은 옥화가 신보 녀석과 떡갈나무 숲속에서 만나 그런 짓을 한다니, 하늘이 두 쪽이 나더라도 믿을 수 없는 일이었다.

"글쎄, 내 얘기를 끝까지 들어보란 말이야. 공연히 화를 낸다고 있은 일이 없어지는 것도 아니니 냉정해야 해. 알겠어? 평생 같이 살 여편네인데 잘못 얻었다가는 큰일나지. 완태 녀석이 둘이 헤어지는 장면까지 보았는데 뭐. 오늘밤에 또 만나자는 약속을 하는 것까지 들었다니까, 자네가 오늘은 직접 확인해 보란 말일세. 미리 가서 숨어 있자구, 우리…"

"왜들 이래. 주둥아릴 찢어놓는다니깐. 난 누가 뭐라고 해도 옥화를 믿는다. 사람을 잘못 보았던지, 완태 녀석이 옥화에게 마음을 두고 모함을 하던지 두 가지 중의 하나다. 난 믿는 사람을 절대로 의심하지 않아. 가 보기는 미쳤다고 가 봐."

상길이에게 퍼부을 대로 퍼부어 놓고 나왔으나 연수의 속이 잔잔한 물결처럼 편안할 리가 없었다. 어둑해지자 자기도 모르게 집을 나서서 떡갈나무 숲으로 향하고 있었다.

떡갈나무 언덕 숲속에는 송덕비가 서 있었다. 언제 세워진 송덕비인지 이끼가 새까맣게 끼고 글씨가 뭉개져 잘 읽을 수도 없는 비석이었다. 그 비석 뒤에가 작은 풀밭으로 된 공터가 있었다. 그 공터가 빤히 보이는 떡갈나무 숲에 숨어서 숨을 죽이고 있었다.

벌레들이 기어오르는지 따끔거리는 것을 무릅쓰고 숨어 있노라니 이윽고 떡갈나무 잎을 헤치면서 다가오는 기척이 있었다. 주위가 어두워서 잘은 보이지 않으나 하얀 바지저고리를 입은 건장한 사내 녀석이 틀림없었다.

사내는 비석 뒤로 오더니 풀밭에 벌렁 드러누워 하늘을 쳐다보며 흥얼흥얼 콧노래까지 불러대고 있었다.

'틀림없는 말인 모양이로구나. 제발 나타나는 것이 옥화이지만 마라. 세상에 제아무리 뻔뻔스러운 계집애라도 약혼을 해놓고 대낮에 이런 짓을 할라구.'

이런 생각이 들다가도 '아니야. 시집 가서 서방있는 년도 그러는데 뭘…' 하는 생각이 들때에는 가슴이 답답해지며 불안으로 호흡마저 가빠지는 것이었다.

이윽고 다시 숲속을 바스락거리면서 다가오는 기척이 들렸다.

신보 녀석은 눕혔던 몸을 벌렁 일으키더니 그쪽으로 가는 것 같았다. 이내 한 계집애의 손을 잡고 비석 뒤로 돌아오는 하얀 저고리에 검정 치마를 입은 날씬한 몸매는 틀림없는 옥화였다.

"많이 기다렸어?"

계집의 입에서 새어나오는 목소리. 옥화였다.

"아아니!"

"설것이를 끝내고 어른들 눈치를 보고 오느라고 그랬어. 미안해."

"괜찮아."

두 년놈은 더 이상 말을 하지 않고 찰싹 끌어안더니 한몸뚱이가 되어 풀밭 위에 쓰러졌다. 연수는 온몸이 불덩어리처럼 달아오르고 핏줄이 터져나가 버릴 것 같은 고통을 억지로 참고 있었다.

얼마동안이나 껴안고 뒹굴었을까. 아마 혀가 얼얼하도록 서로 입을 빨아댄 것이 틀림없었다.

"이러다가 연수가 알면 나는 어떻게 하지?"

옥화가 입을 떼며 근심스러운 음성으로 말했다.

"그 바보 녀석이 알긴 어떻게 알아. 시집 간 다음에도 이렇게 만나자구. 옥화는 신랑 둘을 보니 더 재미가 좋을 거야."

"그럼 자기는 여편네가 둘이 아닌가 뭐!"

옥화가 입을 삐죽거리는 모양이다.

"에이, 요 귀여운 것!"

신보 녀석이 젖가슴이라도 쿡 찌른 것인지 이어 옥화의 간드러진 웃음소리가 들려왔다.

"어서! 응? 어서!"

"그래, 그래…."

풀밭에 벌렁 누운 옥화의 검정 치마를 들치는 모습이 숨어 있는 숲속 사이로 완연히 보였다. 어둠속에서 하얀 정강이가 드러나는 것이 눈에 들어오자 연수는 더는 참을 수 없는 지경이 되고 말았다. 곧장 뛰어나가서 두 년놈을 물고를 내고 싶었다. 약혼자니까 옥화를 징벌할 권리는 당당히 있는 셈이었다. 그러나 연수는 가까스로 참았다.

'파혼해 버리면 그만이지. 저 좋은 놈 만나서 저 좋을 대로 살라지. 내가 안 데리고 살면 그만이지. 공연히 온동네에 떠들썩하게 말썽을 낼 것은 없지 않은가.'

애써 천사 같은 마음을 일으키며 치솟는 자신의 분노와 질투를 겨우 달랬다.

치마를 허리께까지 말아올린 신보 녀석은 바지춤을 끌어내리더니 옥화의 몸 위에 자기의 몸을 덮씌웠다. 어둠속에 허연 그놈의 엉덩이살을 보자 연수는 구역질이 치솟아 견딜 수 없었다.

참으려고 해도 소용이 없었다. 너무나 더러운 꼴에 가슴 속이 메스꺼울 대로 메스꺼워 그만 울컥 토해 내고 말았다.

"으윽!"

"어머나!"

옥화의 입에서 짧은 비명이 들렸고, 이어

"웬 놈이냐!"

신보 녀석도 덩달아 외치면서 두 몸은 후다닥 떨어졌다.

이어 신보 녀석은 바지춤을 끌어올리기가 바빴고, 옥화는 치마를 끌어내리고 풀어진 저고리 앞섶을 여미며 비석 저쪽으로 숨었다.

"어떤 자식이냐?"

신보 녀석은 아직도 시근거리면서 구토 소리가 난 쪽을 노려보았다. 이렇게 된 이상 안 나타날 도리가 없었다. 연수는 천천히 떡갈나무 숲에서 몸을 일으켰다.

"잘들 노는구나."

"아니, 너는 연수아냐?"

"그래, 알아보는구나. 다행이 하느님이 바보가 되지 말라구 이리로 보내신 모양이다. 이 더러운 일은 동네에 소문은 내지 않으마. 너희 끼리 좋으면 좋은 대로 짝이 돼 살아라. 이미 완태 녀석이 이런 장면을 보았고 상길이도 알고 있다. 너희 둘이 짝이 안 된다면, 그 때에는 내가 용서치 않겠다."

한 마디 남긴 채 휘적휘적 언덕 아래로 내려왔다.

곱게 마음을 주었던 계집이고, 가을타작이 끝나면 치룰 결혼식 날을 달콤하게 기다린 연수. 약혼녀 옥화는 나룻터 동네에서도 뛰어나게 잘 생긴 계집이었다. 이제는 실망하지 않을 수가 없었다. 연수는 실연의 상처가 난 가슴을 달래려고 나룻터 주변을 거닐고 있었다. 그러나 유유히 흐르는 강물을 보아도 마음이 달래지지를 않았다. 정신없이 상처 받은 마음을 달래면서 걷고 있노라니,

"여보게 젊은이."

하는 목소리가 불렀다. 깜짝 놀라서 고개를 들어보니 어느새 배가 닿아 있고 한 점잖은 노인이 부른 것이었다. 배에서 막 내린 듯했다.

교군들이 교자를 들고 대기하고 있는 것으로 봐서 지체 높은 양반임이 틀림없었다. 따르는 종자도 서넛은 되었다.

"저를 부르셨습니까?

"음, 이리 오너라. 아니, 내가 그리로 가지."

노인은 종자들과 교군들에게 무어라고 몇 마디 하고는 연수 쪽으로 걸어왔다.

"짐작컨대 무슨 수심이 있는 모양인데 얘기를 해보게나."

"수심이라니요. 쇤네는 그런 수심 따위는 없습니다."

"이 늙은이의 눈은 속이지 못하네. 사람의 마음과 운명을 환히 꿰뚫어 보고 있는 날쎄. 자네의 얼굴에는 아주 선량한 번민이 떠올라 있어."

그 말이 폐부를 푹 찌르는 것 같았고 혼자서 그 번민을 감싸안고 괴로워해야 하는 서글픔도 있었는지라. 연수는 약혼녀의 배신에 대해서 곧 대로 아뢰었다.

얘기를 듣고 난 노인은,

"음, 세상의 남녀의 일처럼 야릇하고 모를 것은 없지. 그러나 처리는 잘 했네. 좋아하는 자 끼리 만나서 살게 해줘야지. 그래야 자네도 복을 받지. 내가 자네의 관상을 보니 내일밤에 아주 기이한 인연이 있을 것 같군. 좀 괴이하고 기분 나쁠지도 모르지만 모두가 다 잘 해결될 일이니 내가 시키는 대로 하게. 내일밤 자시 초에 저 강 아래를 거닐고 있게. 그러면 배를 대고 청하는 사람이 있을 걸세. 무슨 일을 시키든 절대로 거부하면 안 되네. 알았나? 단단히 명심하게."

말을 끝내자 노인은 뒤도 돌아보지 않고 교자 있는 곳으로 걸어가서 홀쩍 올라탔다. 그리고는 종자와 교군꾼을 서둘러 재촉하며 부지런히 서문을 향해 갔다.

'별 이상한 노인이로군. 사람이 어떻게 앞일을 안단 말인가. 제아무리 신통하다기로서니.'

연수는 제아무리 유명한 점장이가 있다고 해도 믿기지 않았다.

'자기도 발에 흙을 묻히고 다니는 주제에 알기는 뭘 알아.'

어쩌다가 들어맞는 것도 눈치로 때려잡은 것이 요행이 들어맞거나 아니면 미리 수소문해서 알아놓고 시치미를 떼고 맞히는 척 하는 것이라고 생각했다.

그러나 이튿날 저녁 때가 되자 견딜 수가 없이 노인의 말이 자꾸 머리에 떠올랐다. 밤 자시 초에 강물에 배를 띄울 사람이란 밤 낚시꾼들 밖에는 없는데 요즈음은 밤도 짧고, 그런 고기배를 띄울 시기가 아니었다.

　하지만 해시말이 되자, 왠지 견딜 수 없어서 강가로 나갔다. 달빛도 없는데 시원스러운 강바람만이 불어대는 강기슭의 풀밑을 헤치면서 걷는데 아니나 다를까, 강 위쪽에서 꽃무늬 차일을 친 배 한 척이 강 복판으로 떠내려오고 있지 않은가. 노량진 나루쪽에서 흘러내려오는 배가 틀림없었는데 휘장까지 둘러친 것으로 보아서 놀이배 같았다.

　휘장 안은 불을 밝힌 듯 환했다.

　배는 점점 강기슭쪽으로 다가왔다.

　휘장 밖에 누군가가 강기슭을 살피는 듯했다. 연수는 일부러 물가로 바짝 가서 거닐었다.

　그때 배에서 연수의 모습을 보았는지 급히 기슭으로 몰아대고서는,

　"젊은 양반, 젊은 양반."

　사공인 듯 싶은 사나이가 불렀다.

　"왜 그러우."

　"거기 좀 계시오. 이 배에서 젊은 양반을 보고 찾는 분이 계시니 말이유."

　배가 기슭에 닿자 살펴보니까 사공 외에 한 여자가 서 있었다. 나이가 제법 든 노파였다.

　"아, 젊은 양반을 만났구료. 우리는 못 만나는가 싶어 얼마나 가슴이 조였던지요. 수상한 사람들은 아니니 아무 의심 말고 배에 오르시우."

　'정말 노인의 말이 신통하게도 맞아들어가는군. 해괴한 노릇인데.'

　좀 괴이하고 이상하더라도 의심 말라는 노인의 말이 생각나서 배에 올

랐다. 그랬더니 노파는 휘장을 들치고 안으로 안내했다. 휘장 안을 본 순간 연수는 놀랐다. 값비싼 화문석 자리를 깔고 놋촛대를 사방에 밝혀 대낮같이 밝았는데 상다리가 휘도록 음식이 차려져 있는 것이 아닌가. 보기만 해도 침이 꿀꺽 넘어갈 지경이었다.

그런데 그것보다도 이상한 일은 휘장 안에 또다른 휘장이 드리워져 있었고, 그 안에 누군가가 있는 기척이었다.

"아씨, 서방님이 오셨습니다."

노파가 말하자, 그 안에서 비단옷 움직이는 엷은 소리가 났다.

'점점 이상해지는군.'

공연히 가슴이 떨려왔다. 노파는 안쪽에다 대고 서방님이 오셨다고 말하더니 휘장을 걷었다.

"음!"

다행이 입밖으로 내지는 않았지만, 연수는 거의 신음에 가까운 소리를 삼켰다.

휘장 안에는 뜻밖에도 눈이 황홀해질 만큼 아름다운 여인이 있었다. 나이는 스물 한 살이나 두 살 정도. 자기와 동갑네처럼 보였다. 쪽을 찌고 있는 것을 보아서 남편이 있는 유부녀가 틀림없었다.

'해괴하구나. 남편이 있는 여자가 왜?'

여인은 다소곳이 고개를 숙이고 그림처럼 앉아 있었다.

그런데 더욱 놀란 것은 여인의 등 뒤쪽으로 금침이 놓여 있지 않은가. 이부자리까지 준비되어 있다니! 점점 더 도깨비에게 홀린 것 같다는 생각이 들었다.

"아씨, 나오세요."

노파가 말하자 여인은 조용히 일어나서 음식상이 차려져 있는 곳으로 나왔다. 연수에게 절을 하는 듯 마는 듯 애매한 모습으로 조용히 앉았다.

노파는 여인이 있던 안으로 들어가더니 비단요를 깔고 원앙 금침을 놓고는 이불을 폈다.

"그럼 나는 사공과 밖으로 나가 시간을 보낼 테니 잘들 노세요."

노파는 술단지 하나와 약간의 안주를 들고 나가 버렸다. 강가 풀섶을 헤치면서 두 사람이 멀어져 가는 소리가 들려왔다. 물론 사공이 뱃줄을 기슭의 큰 돌맹이에다 고정시켜 놓아 배가 떠내려 갈 염려는 없었다.

"부인, 어찌된 일입니까?"

한참 후에야 연수는 떨리는 목소리로 물었다.

"아무 말도 묻지 말아주세요. 하룻밤 이 몸과 더불어 즐기시고, 그리고 오늘 이 배에서 있었던 일은 깨끗이 잊어주세요. 여러 가지로 궁금하시고 의심이 드시겠지만, 아무 말도 묻지 말아주세요. 물으셔도 대답할 수가 없는 몸이에요."

여인의 목소리도 떨리고 있었다.

"어서 음식이나 드세요."

여인이 권했다. 이미 자시초가 된 지라 배도 고팠고, 음식들이 여염집에서는 좀처럼 구경하기 힘든 값비싼 산해진미였으므로 연수는,

'에라 모르겠다. 뭐, 될 대로 되라지.'

이렇게 생각하며 젓가락을 들었다. 맛있는 것들이 너무나 많아서 어느 것부터 집어야 할지 모르면서도 속으로는 그 노인이 참 기인이로구나 하는 생각을 다시금 했다.

여인은 작은 은잔에다 과일주인지 노랗고 맑을 술을 따랐다. 이제 연

수는 사양하지 않았다. 이렇게 된 바에야 취하는 것이 담력도 커지고 잡념도 잊을 것 같았다.

연거푸 서너 잔을 마시고 맛있는 안주를 집어먹었는데, 향긋한 술기운이 온몸에 돌면서 마음은 예상했던 대로 점점 대담해지기 시작했다.

"부인, 정말 궁금하구료. 어찌된 연유요?"

물어야 대답 할 수 없다는 말을 들었으면서도 안 물을 수가 없었다.

"오늘밤 이 몸과 하룻밤을 즐기시면 됩니다. 어떤 말씀을 물으셔도 더 이상 대답해 드릴 수가 없습니다."

여인의 말소리는 떨렸고 얼굴까지 붉어진 것 같았다.

"자, 부인도 한 잔만…."

"여인의 몸으로 어찌 술을…."

"오늘밤 이 못난 사내와 하루를 즐기신다면서요? 술을 좀 드셔야 서먹스러운 감이 없어지지 않겠습니까?"

거듭 몇 번을 권하자, 부인은 술잔을 마지못한 듯 받았는데 손이 파르르 떨렸다.

'지금 내 앞에 하룻밤을 즐기겠다는 여인도 분명히 사람이다. 도대체 어찌된 일인가?'

그러나 연수가 제아무리 생각해 봐야 알 수 있는 연유가 없었다.

얼마 후,

"밤도 이슥했는데 잠자리에 듭시다."

몇 잔 마신 술에 대담해진 연수가 여인에게 먼저 잠자리를 권했다. 사실 아름다운 여인을 취안으로 보는데 인간이 아니고 귀신이라고 해도 범하지 않고서는 못 견딜 정도로 정염에 타올라 있는 연수였다.

"네…."

대답하는 여인의 아련한 목소리는 뱃바닥 아래로 가라앉아 버릴 것만 같았다.

"자아…."

대담해진 연수는 여인의 손을 잡아 자리를 깔은 곳으로 끌었다. 여인의 손은 불덩어리처럼 뜨겁게 달아 있었다.

"불을 끄세요."

여인은 숨소리로 말했다. 수줍어서 견딜 수 없다는 그런 목소리였다. 연수는 사방에 세워 놓은 놋촛대의 황초불을 단숨에 껐다. 그러자 배 안이 갑자기 칠흑같이 캄캄해졌다.

여인과 함께 더듬더듬 자리에 누워 조용한 가운데 잔물결이 뱃전을 스치는 소리와 여인의 높은 숨소리만이 들렸다.

여인도 흥분하고 있다는 것을 알 수 있었다.

"자아, 옷을 벗고…."

연수는 여인에게 속삭였다. 연수도 첫 경험이라 어떻게 해야 할지를 몰라서 여인에게 옷을 벗으라고 한 것이다. 여인은 순순히 옷을 벗고 속치마 바람으로 연수의 몸 옆에 자기의 몸을 눕혔다.

연수는 흥분해서 더 이상 견딜 수 없어 여인을 껴안았다. 이미 여인의 몸은 불처럼 달아 있었지만, 어딘가 굳어 있는 듯했고 떨고 있는 것 같기도 했다.

연수는 대담하게 여인의 가슴을 더듬었다. 뜨겁고 보드랍고 탄력있는 것이 손에 닿았다. 여인은 남자의 손이 자기 젖가슴을 매만지자 몸을 떨면서 더욱 꼿꼿하게 굳었다.

그러나 여인의 젖가슴이 물결치고 있었다. 강물만큼이나 숨결 소리도 가빴다. 연수는 생전 처음 만져보는 여인의 젖가슴에 황홀히 취했다. 보드라우면서도 딱딱한 유두가 손바닥을 간질이자 자기도 모르게 상체를 일으켜 얼굴을 젖가슴에다 묻고서 유두를 빨았다.

"으으음, 음!"

여인의 입에서 참으려고 해야 참을 수 없다는 듯한 야릇한 신음이 어둠을 탔다.

"그만, 그만, 그만하세요."

여인은 흥분을 억누르지 못하겠다는 듯이 몸을 뒤틀면서 매달렸다. 연수는 그러나 여전히 여인의 가슴을 애무하면서 자연스럽게 손을 아래로 가져갔다. 그 깊은 보드라운 곳이 손에 닿자 연수의 몸도 떨렸다. 생전 처음 경험하는 여체의 신비였다. 연수는 열에 들떠서 정신을 잃은 사람처럼 여인의 하복부로 얼굴을 묻었다.

그러자 여인의 몸은 격랑을 만난 듯 거세게 좌우로 몸부림쳤고 뱃전을 두드리는 물결 소리보다도 더욱 높은 신음이 흘렀다.

"아, 그만. 그만…."

여인은 격한 흥분에 다음 행동을 기다렸다. 연수도 더 이상 참을 수가 없어 여인의 몸 위로 자기의 몸을 끌어올렸다.

그리고 대담하게 받아들일 자세를 취하고 있는 여인의 몸에 사나이의 힘을 밀어댔다.

"아!"

여인의 입에서 짧은 비명이 외마디로 토했다. 그것은 쾌감의 비명이 아니라 최초로 육체의 문을 여는 고통의 비명이었다. 이어서

"아, 아야, 아야…."

짤막하게 삼키는 운명의 소리로 한 여인임을 증명했다. 다음에는 그 고통을 참으려는 듯 입술을 깨물었다. 여인의 절박한 고통의 소리를 듣고 연수는 정복의 동작을 멈추었다.

"아프시오?"

"처음, 처음이에요, 이 몸은…. 남자가!"

"뭣?"

연수는 소스라칠 듯이 놀랐다. 분명히 쪽을 찐 부인이었다. 그리고 나이도 스물을 넘어 보이지 않았는가. 처음이라니. 내가 그녀의 처음 남자라니….

"정말 처음이에요."

여인은 그의 어깨를 힘있게 끌어안고 몸을 떨면서 다시 첫 남자라 말했다.

"어떻게 된 일이요? 말씀하실 수 있는 데까지 말씀해 주시오."

"말씀은 죽어도, 죽어도 못 드려요."

결국 연수는 이 이상하기 짝이 없는 인연의 내력을 듣지는 못했다. 하지만 아름다운 여자와 함께 꿈 같은 하룻밤을 무르익히는 데는 아무런 지장이 없었다.

두 번째로 여인을 사랑할 때, 여자는 고통의 호소를 하지 않았다.

그 대신 목에 손을 감고 나직이 속삭였다.

"이대로 죽고 싶어요. 이대로 영원한 나라로 가고 싶어요."

황홀한 꿈이 익는 그 밤은 너무나 짧았다. 멀리 마을에서 닭이 첫 홰를 우는 소리가 들려왔다. 그리고 이어 두 홰째 울어댔다.

"어쩌면 이 밤이 이토록 짧을까요. 원망스러워요."

"나도 그렇소."

그러나 아쉬워도 어쩔 수 없는 이별의 순간이 닥쳐왔다.

강기슭 풀섶을 헤치고 가까이 오는 소리가 들리더니,

"아씨, 이젠 돌아가실 시간이에요. 어서 차비를 차리세요."

노파의 소리가 들려왔다.

"정말, 헤어지기 싫어."

연수는 미친 듯이 여인의 입술을 빨아댔다.

"언제 다시 만날 수 있겠소?"

"두 번 다시는…."

여인의 대답은 힘이 없었다.

"싫소, 나 다시 만날 테요."

"안 돼요. 못 만나요. 오늘밤 일은 없던 일로 잊으시고 좋은 낭자를 아내로 맞이하셔서 백년해로를 하세요."

"싫소, 정녕 나는 부인이 가는 곳을 따라가겠소."

"안 돼요. 그럴 수 있으면 오죽이나 좋으련만…."

그런데 바깥 강기슭에서 다시 노파의 재촉 소리가 들려왔다.

"어서 몸단장을 서두르세요."

부인은 연수를 떠밀었다. 마지못해 연수는 휘청거리는 걸음으로 더듬어 가서 불을 밝혔다.

노파와 사공이 배로 올라왔다.

"자아, 서방님. 하룻밤의 인연은 끝났어요. 이거 얼마되지 않지만 가지고 가시고, 오늘 이 배에서 있었던 일은 절대로 입 밖에 내지마세요.

그리고 우리 아씨를 다시 만날 생각도 마시고요."

음식상 아래서 엽전 꾸러미를 내주었다.

"나는 이런 돈까지 받을 수 없소. 어떤 연유에서인지 모르겠으나 오늘 밤의 이 이상한 내력이나 알았으면 좋겠소."

"그건 안 돼요. 어서 이 돈을 가지고 배에서 내려가세요. 너무 시각이 바빠요."

연수는 돈꾸러미를 안 받을 수도 없을 것 같아서 마지못해 받아들고 배에서 내렸다.

이어 배는 서서히 노량진 나루쪽을 향해 올라가기 시작했다. 배가 떡갈나무 언덕을 빙 둘러서 보이지 않게 될 때까지 연수는 하염없이 바라다보며 서 있었다.

다음날부터 연수의 머리 속에 있는 것은 그 부인에 대한 그리움의 생각이요, 떠오르는 것은 환희의 꿈을 무르익힌 하룻밤의 정사였다. 지나고 보니 꼭 극락에 갔다가 온 듯했고 정말 꿈 속에서나 있을 수 있는 일 같았다.

하지만 열흘쯤 지나자 나에게 정말 그런 일이 있었던가. 너무나 생생한 꿈을 꾸지 않았는가 하는 의아심마저 생겼다. 그래서 급히 장롱을 열고 보니 틀림없이 노파에게서 받은 엽전 꾸러미가 있었다. 정녕 꿈은 아니었다.

참 기이한 노인과의 만남, 세상에 믿을 수 없는 일이 있는 법이로구나 생각되어 도무지 일이 손에 잡히지 않았다.

집에서는 느닷없이 연수가 들고 들어온 엽전 꾸러미에 대해서 의심을 품고 여러 가지로 물었으나, 그 해괴한 얘기를 입 밖에 낼 수는 없었다.

집에서도 캐묻기에 지쳐 단념해 버렸다.

그런데 보름이 지난 어느 날 밤, 두 명의 낯선 사내가 동네에 와서 이리저리 수소문을 해서 연수를 찾았다.

봄에 약혼했다가 파혼한 총각의 집을 찾고 있었는데 마포 나룻터 동네에 그런 총각은 연수밖에는 없는지라 쉽사리 찾을 수가 있었다.

부모들은 별안간 들이닥친 두 장한을 보고 지레 겁을 먹었다.

"어이구, 그 돈 꾸러미가 말썽이 난 모양이로구나."

간이 철렁 내려앉아서 그들이 들어오기가 무섭게 손이 발이 되도록 빌었다.

"엽전 꾸러미는 고스란히 다 있으니 그저 용서해 주십쇼."

장롱 속에서 돈꾸러미를 꺼내 오고 빌며 야단을 떨었다. 그러자 두 사내 중의 한 사람이,

"우린 그런 돈 때문에 온 것이 아니요. 수절하는 남의 처녀 과부의 절조를 깨놓았으니 그 책임을 물으러 온 거요. 곧 처녀 과부의 가마가 닿을 테니 맞을 준비를 하시오."

뜻밖의 말을 하는 것이 아닌가.

"아니, 이놈이 또 무슨 날벼락을 맞을 그런 죄를 저질렀누."

연수어머니는 오금이 저려 땅바닥에 털썩 주저앉으며 한탄을 했다.

"수절하는 처녀 과부요?"

연수는 짐작이 있는 지라 그제서야 무엇인가 어렴풋이나마 깨달아지는 것 같았다.

"어머니, 어찌된 사정은 나중에 말씀드리지요. 우선 맞이할 방이나 치우세요."

"이어구, 이놈아! 어쩌자구 수절하는 처녀 과부를?"

어머니는 혼이 반은 나가서 방을 치우고 새 돗자리를 깔고 야단이었다.

그때 요란한 일행이 들이닥쳤다.

맨 앞에는 교군들이 가마를 메고 있고, 그 뒤로 나귀 다섯 마리가 등이 휘도록 짐을 싣고 오는 것이었다.

두 마리의 나귀에 여인의 장롱과 경대 등 시집살이 세간이 실려 있었고, 세 마리의 나귀 등에는 온통 음식들이 들어 있는 바리가 실려 있었다. 그리고 그 뒤로 교자를 탄 노인이 따라 왔다.

연수는 그 교자의 노인이 마포 나루에서 자기에게 이상한 지시를 하던 노인인 것을 확인하고는 허리를 깊이 숙여 인사를 했다.

그러자 노인은 대청에 올라가 좌정하더니 곧 연수의 부모를 불러 앉혔다. 연수의 부모는 아직도 영문을 모른 채 그저 죄송해서 어쩔 줄 모르는 표정이었다.

"나는 장안 육주비전 거리에 있는 박서방이오. 어릴 때부터 장사를 착실히 한 덕택에 돈푼이나 벌어서 대감 벼슬아치 부럽지 않게 살고 있소. 거느린 하인만도 스무 명이 넘소이다."

노인은 천천히 말을 이었다.

"나에게 아들놈이 둘 있었는데 맏이가 장가를 든 날 신방에 들다가 그만 급사를 했소. 의원의 말로는 심장이 멎어 그렇게 됐다는데 무슨 죄로 내가 그런 화를 당했는지 지금도 그저 하늘이 야속할 뿐이오. 그런데 죽은 아들놈도 아들놈이려니와 불쌍한 것은 신랑과 하룻밤도 같이 해보지 못한 새 며느리였단 말이오. 재혼을 하라고 권해도 굳이 마다 하고 평생 우리집 귀신이 되겠다고 처녀 과부로 수절을 하더란 말이오. 열일곱 살에 시집 와서 스물 한 살이니 사년 동안을 억울하게 고생한 셈이지요. 어떻게든 재가를 시킬 도리가 없을까 하고 늘 궁리하던 끝에 일전에 마포 나루를 건너다가 댁의 아들을 보았소. 번민에 싸여 있었는데 그런 사람이란 대개 마음이 약하고 선량하여 그런 것이라 동정이 가서 사정을 물어봤소. 그랬더니 기막힌 사연이더군. 그때 내 머리 속에 좋은 생각이 떠오른 거요. 이렇게 착한 사람이라면 내 며느리를 평생 맡겨도 좋다는 생각이 들어서 댁의 아드님에게 해괴한 지시를 했던 것이요."

그리고 노인은 마포 나루에서 연수와 주고 받은 내용을 소상히 말한 후 다시 말문을 이어갔다.

"집에 간 나는 야단이 나도록 식구들을 들볶았소. 이번에 장사에서 만 냥을 손해 봤는데 하도 이상해서 점을 쳤다고 했지요. 그랬더니 댁에 처녀 과부가 있는데 그 처녀 과부에게 살이 끼어 그렇다는 점괘가 나왔다고 했지요. 그랬더니 며늘아이가 너무 죄송스러워서 금방 목을 매달아 죽기라도 할 것 같은 기세였소. 그래서 나는 그 손해를 보충하고 앞으로 집안이 흥성하려면 처녀 과부가 꼭 하룻밤 외간 남자와 동침을 해야 한다고 하니 어쩔 테냐고 다그쳤지요. 며늘아이인들 어쩌겠소. 자기 몸으로 할 수 있는 일이라면 무슨 일이든지 하겠다고 울면서 응낙했소. 마음이 고운 애라 비록 수절을 못할망정 자기 때문에 번성해 가는 한 집안을 망칠 수는 없다고 생각한 것이지요. 그래서 노량진 나루에 배를 준비시켜 며느리의 딱한 외로움을 풀도록 해준 거요. 그리고 나서 며늘아이를 불렀지요. 물론 사돈 내외도 불렀소. 그것은 사돈 내외와는 미리 그렇게 하기로 타협을 해두었지요. 사돈 내외야 귀여운 딸이 처녀로 늙는 것을 애타하던 터니 나에게 얼마나 감사했는지 모르오. 참, 사돈 내외도 조금

있으면 이리로 올 거요. 내가 여기에 오자마자 사람을 보내 모셔오라고
했으니까요. 사돈 내외가 있는 자리에서 나는 며느리에게 말했소. 너는
이미 외간 남자와 사통을 했으니 우리집 며느리가 아니다. 뻔뻔스럽게
우리집에 있을 생각은 아예 말아라. 다 연분이니 그 남자한테 가서 살라
고 그랬지요. 며느리인들 무슨 할 말이 있겠소. 아무리 시아버지가 시킨
일이라도 외간 남자와 사통한 것은 사실이니까요. 하기야 자기인들 속
으로 싫을 리가 있겠소. 핫핫!"

박노인은 호걸답게 껄껄 웃었다.

"그래서 이리 되었으니 귀댁에서는 천생연분인 줄 알고 며느리로 맞
으시오. 내가 며느리에게 논 오십 석 지기를 주었으니 그것을 살림에 보
태기나 하시고요."

"세상에 이런 고마울 데가…."

연수의 부모는 목이 메어 말도 제대로 하지 못했다.

"그리고 여기 잔치 음식거리를 다 싣고 왔으니 내일 동네 사람을 청해
다가 잔치나 치르도록 합시다."

그때 연수는 가마에서 내려 새 돗자리를 깔은 방에 들어앉은 처녀 과
부와 함께 있었다.

서로 감격에 겨워 아무 말도 하지 않고 있었으나 숨결은 벌써부터 가
빴고 가끔 힐끗힐끗 엇바꾸는 시선에서 정이 담뿍 서려 있었다.

# 세 쌍둥이 형제

세상은 참으로 요지경이어서 자식이 없는 사람에게는 하나도 없어 산천 기도를 드리고 무엇을 해도 자식을 얻지 못하는가 하면, 자식이 있는 집에서는 성가실 만큼이나 많아서 매일 난장판이 벌어지는 지경이다.

염복수네 삼형제는 그 중에서도 특히 이상한 것이 맏형 둘은 장가 들어 환갑을 바라보는 나이인데도 자식이 없건만, 막내는 세쌍둥이를 낳았다. 세쌍둥이가 실하게 자라서 글공부를 하게 되었는데도 웬일인지 맏형과 둘째 형에게는 아이가 없었다.

세 쌍둥이는 어디를 가나 남들이 "세 쌍둥이야." 하고 손가락질을 하는 것 같아서 외출을 삼간 채 저희들끼리 뒷마당에서 놀았다. 세 형제의 나이가 같은 지라 호패를 차게 된 해에 서당에 넣으려 했으나

"우리를 공부시키시려는 것입니까? 웃음거리를 만드시려는 것입니까? 차라리 상민으로 사는 게 낫지 서당엔 못 다니겠습니다."

하고 아버지의 뜻을 받아들이지 않았다.

한편 아버지는 자식들의 마음이 이해되어서,

"그럼 넉넉지 못한 살림이지만 집에 선생님 한 분을 모실 테니 다섯 해 동안 공부할 것을 열심히들 노력하여 두 해에 공부해 장원급제를 하여 가문을 일으켜라."

하고 무리한 결심을 하기에 이르렀다. 열 집이 내는 훈장 보수를 한 집에서 부담하므로 적은 돈은 아니었다. 몇 달이라면 모르지만 몇 해가 걸린 단독 선생의 급료인 것이다.

후원에 서당까지 지어놓고 보수가 적은 선생을 구한다고 구한 것이 예순을 넘은 노훈도였다.

세 아들의 이름은 일동, 이동, 삼동이었는데, 처음에는 누가 누군지를 몰라서 일동이를 보고도 이동아! 하고 불렀고, 삼동이를 보고도 일동이라고 부르는 등 이만저만 우습지가 않았다.

그래서 생각해 낸 것이 방 맨 안쪽 구석으로부터 일동이, 다음에 이동이, 맨 앞 문쪽에 삼동이를 앉히고, 언제나 자기가 방안에 있을 때는 그 자리를 지키도록 만들었다.

그런데 저희끼리만 얼굴을 맞대고 자라나 단조로운 장난에 싫증이 난 아이들이라 열 살에 이르자 별별 괴상한 장난을 찾아내더니, 이번에는 눈이 좀 흐려진 선생까지도 그 대상이 되었다.

세 악동 쌍둥이 형제들은 시치미를 뚝 떼고 자리를 바꿔 앉는 것이었다. 매일 자리가 바뀌는 줄은 모르고 여전히 맨 안쪽에 앉은 것은 일동이요, 그 다음에 앉은 것은 이동이요, 문쪽에 앉은 것은 삼동이었다.

물론 거기까지는 좋았다. 그런데 말썽은 공부에서 일어났다. 셋 중에서도 삼동이가 제일 영리하여 가르치면 금방 깨우치다시피 했고 글귀를 암송시켜도 줄줄 외웠다. 일동이, 이동이는 곳곳에서 틀리거나 막히곤 했다.

"이놈들아, 막내에게 떨어지다니 말이 되느냐? 형놈들이."

선생은 셋의 공부를 똑같이 진척시키기 위해서 종아리를 때렸다.

장난기도 있었지만 종아리를 맞는 것이 싫어서 자리를 바꾼 것이다. 이에 어리둥절한 것은 선생이었다.

하루는 일동이가 막힘이 없이 글귀를 외는가 하면, 다음날은 이동이가 막힘없고 또 다음날엔 삼동이가 막힘없이 외웠기 때문이다. 노훈장은 눈도 흐렸지만 가는 귀까지 먹었으므로 목소리를 잘 구별하지 못했다.

"오늘은 삼동이 녀석이 왜 갑자기 멍청이가 됐나. 그리고 너희들은 또 언제 글공부가 영리해졌느냐?"

하고 이상해 했다.

세 형제는 아버지가 출타하는 기미만 있으면 선생님에게 졸라서 밖에 나가 저희들이 만들어 낸 독특한 놀이를 즐겼다. 노령인 선생도 종일 앉아 가르치노라면 좀 고단했으므로 적당히 놀게 해 주었다.

그 무렵 염복수는 누가 성적이 제일 좋은가에 대해서 큰 관심을 기울이기 시작했다. 왜냐하면 어차피 두 아이는 큰집에 양자로 각각 한 명씩 보내야 했기 때문이다.

하루는 선생에게 성적을 물어보았더니,

"셋이 똑같소. 그런데 이상한 것은 꼭 하루에 한 놈씩만 잘 한다는 것이요. 오늘은 큰놈이 줄줄 내리외고, 또 그 다음날엔 막내가 줄줄 내리외웁니다. 참 이상하오."

"그럼 셋이 똑같단 말씀입니까?"

"그렇소, 꼭 하루 하루씩 번갈아 가면서 잘 하거든요."

만일 염복수가 그 말을 이상하게 생각하고 며칠만 서당 안에 앉아 살펴보았더라면 아버지인 만큼 제아무리 똑같은 옷을 입고 얼굴이 같더라도 목소리로서 구별해 볼 수 있었을 것이다. 훈장의 말에 아마 서로서로 분발해서 그러려니 속단했다.

'음, 어느 놈을 집에 잡아놓고 어느 놈을 형님댁으로 보내야 하나?'

염복수는 속으로 걱정이 되었다. 셋 중에서 가장 똑똑한 녀석을 잡아 놓고 싶은 것은 인간의 상정이며 아버지의 뜻이다. 셋을 과거를 보게 하여 장원을 한 녀석을 잡아 놓으면 좋겠지만, 만일 그리되면 큰형이 집안의 주된 핏줄이니 큰집에 입적시켜야 한다고 뺏어갈 것을 틀림없는 일이다. 그러니까 그 전에 하나를 골라 놔야 할 텐데, 셋이 어울려 노는 것도 귀여운 것도 똑같이 자란 것이니 정말 난처했다.

그러던 어느 날, 종일토록 출타를 했다가 저녁 무렵에 돌아올 생각이었던 것이 중도에서 일이 잘못되는 바람에 한낮 경에 돌아오게 되었다. 일이 어긋난 것이 마음에 좋지 않기도 해서 아이들이 공부를 하는 모습이나 보려고 후원으로 갔다. 그런데 공부를 하고 있으리라 생각했던 세 쌍둥이는 후원 뜰에서 저희들 끼리 무슨 장난을 하고 있었다.

"아니, 저놈들이 공부는 하지 않고서…."

세 녀석은 아버지가 출타한 것을 알고 선생을 졸라서 나와 놀다가 아버지를 보고 깜짝 놀랐다.

"아니, 아버지가…."

"어서 들어가자."

집 모퉁이를 돌아 후원 뜰에 모습을 나타내는 아버지를 보자 똑같은 얼굴에 똑같은 옷을 입은 세 쌍둥이는 쏜살같이 별당 안으로 들어갔다.

'이러다간 안 되겠군.'

아버지는 그날 저녁 때 선생을 안으로 불러 가끔 그런 일이 있느냐고 물었다. 선생은 거짓말을 할 수가 없어서 솔직하게 대답했다. 그러자 염복수는 뭣이라고 선생의 귀에 소곤소곤 말했다.

이튿날 훈장 선생은 집안일이 있다면서 이틀 동안 양주 땅에 다녀오겠다고 했다. 그 동안에 배우고 있는 통감을 각 다섯 장씩 외우고 쓸 수 있도록 자습하라는 명령을 내렸다.

하지만 자습할 시간이 없었다. 왜냐 하면,

"너희들도 오늘 길을 떠났다가 내일 저녁 때까지 돌아오너라."

하고 아버지가 이상한 명령을 내렸기 때문이다.

"길을요? 길을 떠나다니, 어디로 말씀입니까?"

"일동이는 고양 땅을 다녀오고, 그리고 이동이는 양평 땅엘, 삼동이는 수원 고을에 각각 다녀오너라."

세 아들에게 엉뚱한 방향을 말해 주었다.

고양 땅, 양평 땅, 수원 성안에 각각 아버지의 친지되는 분이 살고 계셨는데, 그 곳에 서장 하나씩을 전하고 오라는 분부셨다. 가는데 하룻길, 오는데 하룻길을 잡았다.

"그런데 그냥 서장만 전하고 와서는 안 된다. 친척집에서 아무것도 주지 않겠지만, 꼭 무엇 한 가지씩은 얻어 가지고 돌아와야 한다. 가지고 오는 것이 크면 클수록 좋다. 그렇다고 절대로 악한 일을 하여 남의 물건을 훔쳐 오던지 동냥 같은 것을 해오면 안 된다. 알겠느냐?"

"예."

세 형제는 행장을 차리고 각각 자기가 갈 곳을 향해 떠났다. 양평을 가려면 망우 고개를 넘어야 하고, 고양 땅으로 가려면 녹번리 주변의 한적한 숲길을 지나야 하고, 수원은 고개는 없다지만 시흥을 지나면 인적이 드문 길이었다. 세 곳이 모두 백 리 길이어서 지금 떠나면 어두워져야 닿을 수 있는 길이었다.

각각 자기가 갈 길을 찾아 나섰으나 세 형제의 머리 속에는 똑같은 생각이 들어 있었다.

'돌아올 때 꼭 무엇 한 가지씩을 얻어오라고 하셨는데, 그것이 무엇일까? 될수록 큰 것이 좋다고 하셨겠다. 남의 물건을 훔치지도 말고, 동냥도 하지 말고….'

일동이는 이런 생각을 하면서 무악재를 넘어 녹번리로 향했다. 주위는 산기슭으로 이어진 솔밭이었고, 길은 그 사이를 뚫고서 한적하게 뻗어 있었다.

무악재에서부터 이미 인적은 거의 없다시피 했다. 이따금 숲 위를 스치는 바람만이 나뭇잎의 물결을 이루게 할 뿐이었다. 혼자서 쉬엄쉬엄 걸어가노라니 심심하기 짝이 없었다.

나이 찬 총각 놈들이란 이런 호젓한 시골길을 갈 때는 늘 엉뚱한 생각을 품게 마련이다. 즉, 예쁜 낭자가 어떤 사정이 있어 길동무가 되면 얼마나 좋을까? 또 가는 길에 예쁜 여자가 있는 객주집이 있으면 얼마나 좋을까?

하지만 예쁜 낭자가 혼자서 먼 길을 가는 법이라고는 여간해서 없으니 아예 바랄 수도 없는 일이었다. 예쁜 여자가 술이라도 따라주는 객주집을 만난다는 것은 나그네의 큰 즐거움이다. 일동이는 주머니에 아버지가 이상하게 여겨질 만큼 많이 준 노자돈을 가지고 있었다.

술을 마셔 본 적이 없기 때문에 술값을 알 수는 없었으나, 한 이틀이나 사흘 동안은 실컷 마실 수가 있는 돈이었다. 몇 끼 장국밥이라도 사 먹으면 되는데, 왜 이렇게 많은 돈을 주는가 싶었지만 아버지의 뒷말은,

"길에서 무슨 일이 일어날지 모르니까 가지고 가거라."

하는 바람에 남겨 오는 한이 있더라도 주머니에 집어넣은 것이었다.

그런데 그 돈을 넣고 오기를 잘 했다는 생각이 드는 일이 일어났다.

녹번리를 지나서 한 오리쯤 가자 길거리에 한 여인이 앉아 쉬고 있었다. 스무 살 가량 되는 여인이었다. 얼굴도 예뻤고 머리는 댕기를 땋아 늘이고 있었는데, 어느 모로 보나 양가의 과년한 처녀로 보였다. 살결이 하얗고 고왔기 때문이다. 보통의 농가나 천민의 딸들은 거친 일에 매달려 살결이 곱지 못하고 볕에 그을려 대번에 알 수 있다.

아무리 보아도 시비 한 명쯤은 거느리고 있을 만한데 동행이 없는 것이 이상하게 보였다. 여인은 수심이 가득찬 표정으로 앉아서 일동이를 빤히 바라보고 있었다. 무엇인가 애원하는 듯한 간절한 눈초리였다. 이미 해는 한낮이 넘어 있었고 여인은 지친 표정이 안쓰러워 보였다.

일동은 여자의 몸이 어떻게 생겼을까 상상하면서 밤에는 동생들을 데리고 별별 소리를 지껄였던 터라, 호젓한 숲길에 여인 혼자 앉아 있는 것을 보고 마음이 동하지 않을 수가 없었다. 힐끔 곁눈질로 보니 여자는 수심에 찬 눈동자로 거침없이 쳐다보는 것이었다.

마음이야 태산 같지만 남녀 유별이라 함부로 말을 걸 수도 없어 그냥 지나치려는데, 여자쪽에서 먼저 말을 걸어왔다.

"저어, 도련님…."

"?"

일동은 두어 발자국 지나친 뒤에 멈춰서서 여인을 뒤돌아보았다. 여자는 다소곳이 일어서서 고개를 숙였다.

"부르셨소?"

젊은 여인하고 말을 나누는 것은 난생 처음이었다. 이상하게 가슴 속이 떨렸다. 그러자 여인은,

"예에…"

하고 모기 소리처럼 대답했다. 두 사람은 서너 발자국을 사이에 두고 서 있었다.

"왜 그러시는지요, 소저."

"실은…"

하더니 여인은 더 이상 말을 하지 못했다. 일동이 재차 묻자 여인은 흑! 하고 울음을 터뜨렸다. 두 손으로 얼굴을 가리고 어깨를 들먹거리더니 그 자리에 풀썩 주저앉고 말았다.

일동은 다가가서 여자의 어깨를 안으려다가 차마 손을 대지는 못하고,

"소저, 왜 그러시오? 그 까닭을 말씀해 보오."

하고 그 옆에 웅크리고 앉았다.

"실은 소저라고 불리울 그런 여자가 못됩니다. 이 몸은 창기일 따름입니다. 댕기를 땋아내린 것은 생각다 못해서…."

하며 여인은 계속 어깨를 들먹거렸다.

일동은 무슨 깊은 사정이 있구나 싶었다. 창기라고 자신의 신분을 고백하는 것은 마음이 고와 남을 속이지 못하는 탓이겠지만 창기가 어떤 사정이 있길래 머리 꼬리를 땋아 늘였을까.

"무슨 사정이요? 나야 별 볼일 없는 사람이지만 할 수 있는 데까지는

힘이 돼드리겠소.”

"저는 바다 쪽에 있는 마을에서 술이나 팔면서 근근이 살아가는 천한 계집이에요. 그런데 한 달 전부터 술손님이 딱 끊어져서 요즈음은 장사도 못하고 있어요. 모아 놓은 돈도 없고, 몇 푼 있던 것은 그 동안에 다 써버렸어요. 그래서 생각다 못해 못된 꾀를 부려 처녀로 가장해서 노자깨나 있는 행객의 주머니를 털려고요. 그런데 처음 만난 도련님을 보니 차마 그 꾀를 쓸 수가 없어서…. 그만 내 팔자가 한심해져서 울음이 터져나오고 말았어요. 죽으면 죽었지 나쁜 짓은 하지 못하겠다고요.”

"그러면 내가 술을 팔아드리면 되는가요? 큰 돈은 없지만….”

"그렇게 해주시면 며칠은 살 수 있고…. 그 동안 다른 손님이 드시면….”

고양길은 백 리가 채 못 되는지라 가서 하룻밤을 술로 밝히고서라도 이튿날 아침에 들러 서장을 전해 주고 돌아올 수 있다는 생각이 들었다.

'아버지가 무엇인가 큰 것을 가지고 오라고 당부하셨는데, 아마 돈을 넉넉히 준 것도 이런 경우를 생각하셔서인지 모른다. 또 창기는 처음이니깐, 그렇지 않고서야 어디서 무엇을 구한단 말인가.'

변명삼아 이런 말로 자신을 달래면서 여인의 집에 가기로 했다.

"용서해 주세요. 목구멍이 포도청이라. 그러나 손님에게 돈만큼의 값은 해드리겠어요.”

"아니, 술을 마시고 술값을 치르는 것인데. 나는 아직 술을 마실 줄 모르오. 술 마시는 법이나 좀 가르쳐 주시구료.”

여인의 술집에는 어린 동녀가 한 명 있어서 시중을 들었다. 돈이 없다고 해서 우선 선돈을 주었다. 안주라도 장만하려면 돈이 들 것 같았기 때문이다.

창기는 반가와 하며 돈을 들고 나갔다. 잠시 후 술상이 들어왔다. 간소한 상이었다. 여인과 둘이서 한 잔 한 잔 나누는 사이에 일동은 난생 처음으로 얼근히 취했다.

'술이란 정말 기묘한 물건이로구나. 세상이 온통 내것 같을까?'

하는 생각이 든 것도 잠시 대담한 마음에 화심이라고 하는 여자의 손을 잡았다. 난생 처음으로 여자의 손을 잡은 일동은 그 야들야들한 것이 불에 쬔 솜덩이를 쥐는 것 같은 기분이었다. 화심은 가만히 있었지만 정에 겨운 듯이 이상한 숨결 소리를 냈다.

아련한 여체의 살갗 냄새가 풍겨왔다. 일동은 여인의 불룩 솟은 젖가슴을 대담하게 볼 수 있게 되었고 화심은 노래로 답하면서 일동의 욕정을 천천히 돋구었다.

일동은 해가 지고 서서히 어둠이 내려 방안에 불이 밝혀지자 더 이상 참을 수가 없어서 화심을 품에 안았다. 화심은 타오르는 정이 뚝뚝 떨어지는 태도로 몸을 틀면서,

"아이, 도련님도 이미 이 몸은 도련님을 위해서 모든 것을 바치기로 했어요. 천한 세상에 정조를 지켰으면 더 좋았겠지요…. 그러나 천기의 운명이란 그런 거예요. 용서해 주세요."

하며 몸을 빼내더니 곧 심부름 하는 여자 아이를 불렀다.

"방을 차렸느냐?"

"예."

"그럼 방을 옮기셔요, 도련님?"

마을의 작은 주막집이지만 돈냥깨나 쓰는 손님을 위해서 아담한 방이

마련되어 있었다. 화심은 일동을 데리고 그 방안으로 들어갔다. 침구는 비단으로 준비되어 깨끗하기 짝이 없었다. 조그만 안주상이 준비되어 있었고 백자 술단지며 병풍도 놓여 있었다.

'신방이란 이런 것인가?'

보기만 해도 황홀했고 마음이 흔들렸다.

"아무리 천기지만 부끄러움은 지니고 있어요. 돌아앉아 주세요."

하고 화심은 정말 수줍은 듯이 말했다.

그녀의 말에 돌아앉아 있노라니 바스락 옷 푸는 소리가 들렸다. 이제 저고리 고름을 풀었을까 아니면 치마까지 풀고 있을까? 즐거운 상상으로 가슴이 설레이고 있는데 요 위로 살풋 눕는 소리가 들렸다. 홑이불을 끌어다 덮는 기척을 느끼고서야 돌아앉았다. 화심의 얼굴이 홑이불 밖으로 나와 있었다. 이미 눈은 정염에 타고 있었다.

"누우셔요, 네!"

화심은 들뜬 목소리로 말했다. 일동이는 황급히 옷을 벗어던지고 홑이불 안으로 들어갔다. 동시에 뜨거운 여자의 몸이 안겨왔다.

"불을 끌까요?"

"아니 화심의 얼굴을 보고 싶소. 젖가슴도 보고 아름다운 몸도…."

일동은 홑이불을 슬쩍 떠들었다.

"아이, 부끄러워요."

화심은 두 손으로 앞가슴을 가리면서 무릎을 아랫배에 바짝 올렸다. 일동은 그 앞가슴을 가린 손을 잡아 떼어냈다. 팽팽하게 솟은 유두를 보더니 그곳으로 입을 갖다 붙였다.

"도령님, 아! 도련님…"

하고 부르면서 두 손을 목에 감고서 더운 숨결을 머리 위로 내뿜더니 일동의 몸을 잡아끌어서 위로 올렸다.

일동은 생전 처음으로 여체를 알았고, 그리고 여체의 문을 열었다.

화심의 뜨거운 숨결 소리, 몸을 뒤트는 아련함에 취해 일동은 구름을 타고 허공을 날면서 녹아 흐르는 것 같았다.

화심은 있는 기교를 다해서 일동을 밤새도록 재워 주지 않았다. 겨우 새벽녘에야 깊은 잠에 빠졌다.

이튿날 받은 노잣돈을 다 내주자, 화심은

"아버지로부터 일로 어디까지 가시는데 돈을 다 주면 어쩌실려구."

하룻밤 화대로서는 너무 큰돈에 이런 말을 하면서 얼마간을 도로 내밀었다.

"아니, 나는 돈이 필요없소. 오늘 안으로 집으로 돌아갈 사람이니까."

하고 집을 떠나게 된 사정을 얘기해 주었다. 그러자 화심은,

"훔치지도 말고 동냥도 하지 말고, 또 돈을 과분하게 준 것은 무엇을 사 오라고 한 뜻이 아닐까요? 어떤 물건을 사 가지고 오는 것을 봐서 무엇을 결정하려고 하는 것이 아닌지 모르겠어요."

"글쎄…."

그제서야 그런 생각이 들었다. 그러나 돈을 다 주어버린 뒤라 엎질러진 물이었다. 화심이가 다시 내놓은 몇 푼으로 물건을 사 보았자 신통한 것을 살 수 있을 것 같지 않았다. 되도록 큰 것을 사 오라고 했는데, 어쩌나 싶었다.

"이것은 백자 술단지예요. 그러나 오래된 것이어서 구하기 힘든 물건이에요. 이것이라도 갖다 드리세요."

하룻밤 실컷 즐기고 나서 더 이상 돈은 줄 수도 없고 해서 그 술단지를 들고 나와 버렸다. 화심은 문밖 멀리까지 따라나와 전송을 하며 이별을 아쉬워했다.

둘째 이동은 망우고개에서 똑같은 여인을 만났다. 이동도 여자를 싫어할 리가 없었다.

모든 것이 일동의 경우와 똑같았는데 여자만이 다를 뿐이었다.

"허허, 그러면 안 됐는데. 나는 술을 마실 줄 모르니 어떡하면 좋은가. 다행이 노자를 몇 푼 가진 것이 있으니 그것으로 하루 이틀 살면서 다른 손님이 들기를 기다리도록 하지."

둘째는 마음에 있기는 했으나 일동처럼 따라 하지는 않았다. 주머니에서 돈을 꺼내 여자의 손에 쥐어주었다. 그리고 그냥 걸어가려고 했다. 그러자 여인은 뒤따라 오면서

"도령님."

하고 매달렸다.

"그냥 가시면 제가 어떻게 이 돈을 받나요. 복주나마 한 잔 드시고 가셔야…."

"아, 난 술을 못 한다니까."

"그럼 따뜻한 밥이라도 한 끼니…."

그것까지는 거절할 수가 없어서 못 이기는 척 따라갔다. 잠시 후 여인은 밥상을 차려 들고 들어왔다. 이른 점심 때이지만 배도 약간 고프던 참이어서 사양없이 먹었다.

"이 몸은 술을 파는 계집이라…."

창기는 변명 비슷이 하고는 술병을 들고 들어와 자리에 앉으며 잔에 따랐다. 잔은 상에 두 개가 얹혀 있었다.

"누구는 처음부터 술을 마셨나요. 장부라면 술 한 잔쯤은 하셔야죠."

창기는 애써 권했다. 누구는 처음부터 먹었는가 싶어 한 잔 마셨다. 씁쓰름하고 들척지근한 것이 입에서는 싫었다. 그러나 첫술이라 마시고 얼마있자니까 정신이 이상해지는 것이 아무런 잡념이 사라지고 기분이 좋았다. 권하는 대로 마시다가 흥건히 취하자,

"좀 주무서요. 다른 방에 침구를 깔았어요."

하고 창기가 부축하고 가는 바람에 정신없이 따라갔다. 해는 벌써 상당히 기울어 그날 어둡기 전에 양평땅에 가기는 틀린 노릇이었다.

"에라 모르겠다. 하루쯤 더 걸리면 어떨려구…. 공부를 하루 빼먹는 것 뿐이지."

하고 생전 처음 느끼는 여체에 흠뻑 빠졌다. 창기는 마치 어린애 다루듯 요염한 웃음을 웃어 가면서 이동의 전신을 노곤할 만큼 다루었다.

이튿날 아침, 일찍 정신이 퍼뜩 들어서 뛰어 일어났다. 가려고 하자 창기는 어제와는 달리 매서운 눈초리로 붙잡고 매달렸다.

"아, 하룻밤 술 잡수시고 남의 몸을 실컷 가지고 놀으셨으면 그 값을 치르고 가서야 할 것 아니에요."

여자의 말은 아주 사나웠다. 몇 푼 꺼내 주려고 하자,

"있는 돈을 다 내놔도 시원치 않은데 이까짓 것으로 사람의 몸값을 치르려고요."

정말 야차 같았다. 이동은 여자의 생떼를 이겨낼 것 같지 않아서 얼핏 한다는 변명이,

"아, 아버지께서 무슨 물건을 사 가지고 오라고 한 돈이라서 줄 수 없으니까 용서해 줘."

하고 나왔다. 얼떨결에 한 말이지만 해놓고 보니 정말 아버지가 그런 뜻으로 그런 말을 하시고 여분의 돈을 듬뿍 주신 것 같았다.

"무슨 물건인데요?"

"아무거나 되도록 큰 것을 사 오라고 하셨지."

"그러나 나는  내 아까운 젖가슴이며 뭐며 다 드러냈어요. 돈을 안 받을 수는 없어요."

창기는 악착같이 돈을 다 빼앗은 다음 부채를 하나 내주면서,

"이 기름과 때에 듬뿍 찌들은 부채를 보세요. 오래된 것이라서 유주비전에서 사려고 해도 사지 못할 거예요. 이것을 아버님께 갖다 드리세요. 큰 물건 큰 물건 해도 살 수 없는 것처럼 큰 물건은 없다고요."

부채라도 안 가지고 갈 수가 없었다. 겨우 한두 끼니 요깃거리를 사먹을 돈만 남겨 가지고 길을 떠났다.

생전 처음 취한 여자의 재미도 잊을 만큼 그저 허망하기만 하였다.


셋째 삼동이는 시흥 밖에 나가 안양으로 접어들 때, 역시 똑같은 여자를 만났다. 그러나 본래 총명한 셋째는,

'소인이 속삭이는 소리에 귀를 기울이지 말아라.'

하는 가르침을 단단히 외고 있었다.

"술 손님이 안 드는 것은 자기가 소홀히 대해서 그렇겠지. 왜 손님이 안 오는지 그것을 생각해서 손님이 들도록 해야 할게 아니냐? 길가는 행인에게 사정을 하다니, 그것은 당신에게도 이롭지 못한 일이야. 그러니

까 칡뿌리를 캐먹으면서라도 남에게 폐를 끼치지 말란 말이야.”

한 번 단호하게 타이르고, 다시는 매달리든 무엇을 하든 사정을 들어 주지 않았다. 두 번째로 매달리자 홱 뿌리쳐 길가에 쓰러뜨렸다.

안양으로 가면서 자꾸 아버지의 말씀을 되씹어 생각했다. 큰 물건을 가져오라니 도대체 무슨 큰 물건을 얻어오란 말인가. 이것은 무엇을 시험하기 위한 것일 텐데 어떻게 해야 바라시는 뜻을 맞추어 드릴는지 알 수가 없었다.

‘훔치지도 말고 비럭질도 말고 큰 물건을 얻어오라.’

비럭질을 말고 얻어오라니 임자가 없는 것을 구해 오란 말일 텐데, 큰 것을 어디서 어떻게 구하나. 부지런히 걸음을 재촉하면서 머리 속은 이만저만 고민이 아니었다.

삼동이는 수원 백 리 길을 어떻게든 하루에 다녀오거나, 하루 한나절에 다녀와서 선생이 명령하신 것을 익혀 둘 생각으로 뛰다시피 걸었지만 허사였다.

수원 성안을 다녀서 해가 서산 위로 바짝 기울어졌을 때 성의 북문으로 빠져 삼십 리를 오니 더 이상 길을 갈 수 없게 되었다.

주막집 방에서 눈을 말똥말똥하게 뜨고 퍼뜩 생각에 떠오르는 것이 있었다. 왜 돈을 많이 주었나를 생각한 것이다. 돈을 주었을 때는 까닭이 있을 것이다.

이튿날 저녁 때 맏형과 막내는 돌아왔다. 그러나 둘째는 오지 않았다. 둘째가 온 날, 복수는 아들들을 불렀다.

“그래, 무엇들을 구해 왔느냐! 그리고 이동이는 왜 하루가 늦었느냐?”

짓궂은 장난을 잘 하는 세 쌍둥이기는 하지만 정직하고 어느 만큼은 효심이 있어서 모두들 속이지 않고 곧이곧대로 아뢰었다.

그리고 술단지와 부채를 내놓았다. 그제서야 세 쌍둥이는 그 창기들이 아버지가 사서 시골 주막을 빌려 그리하라고 이른 여자들임을 눈치챘다.

"그래, 삼동이는…."

"저는 부지런히 하루에 다녀와 선생님이 시키신 공부를 해놓을 생각이었습니다. 그러나 수원성 삼십 리 밖에서 하룻밤을 묵게 되었습니다. 아무래도 선생님이 시키신 공부를 해둘 틈이 없을 것 같아서 아버님이 주신 많은 돈의 의미를 생각해 보았더니 아하! 하고 느껴지는 바가 있었습니다. 그래서 아침 일찍 일어나 그 돈으로 나귀를 빌려 타고 통감책을 서당에서 한 권 샀습니다. 나귀 임자에게 나귀를 끌려 가지고 문앞까지 오면서 통감을 익혔습니다."

그제서야 두 형제들은 얼굴이 화끈할 만큼 깨달았다. 아버지 앞에서 고개를 폭 숙인 채 아무 말도 하지 못했다.

"옳다. 바로 네가 내 뜻을 알았다. 시간이란 그렇게 귀중한 것이다. 돈이란 그렇게 쓸모가 있는 것이고, 그런 돈을 가세에 어울리지 않게 들여서 독선생을 앉히고 공부를 시키는데, 그리 귀중한 시간에 공부를 안 하고 놀아? 과거에 떨어지는 놈들이 어떤 놈들인지 아느냐?"

아버지의 훈계에 세 쌍둥이는 돈과 시간의 중요성을 비로소 확연히 깨닫고 언제까지나 숙인 고개를 들지 못했다. 물론 염복수가 셋째를 자기 후사로 삼기로 한 것은 두말할 것이 없었다.

# 황혼길 나그네

서산마루에 해가 걸려 온 천지가 노랗게 물들은 어느 날 저녁에 새터 마을에 한 사나이가 나타났다. 눈매가 서글서글한 것이 이만저만 잘 생긴 얼굴이 아니었다. 콧날도 우뚝 솟고 반듯하게 다듬은 듯한 얼굴은,

'언니는 좋겠네. 형부의 코가 커서 언니는 좋겠네.'

하는 속요에 나오는 그런 남자를 연상시키는 생김새였다.

남자들이 잘 생긴 여자를 보면 탐을 내듯이 여자들도 한 번 보기만 해도 잊지 못할 만한 그런 미남형이었다. 남자는 유유히 걸음을 옮겨 놓고 있었다.

빨래터에서 빨래를 하는 아낙네들은 방망이질을 멈추고서 그 사나이를 보면서 넋을 잃은 듯이 눈을 둥그렇게 떴다. 저만큼 지나가자, 그제서야 한 마디씩 거들었다.

"어느 집 남정네가 저리 잘 생겼누."

"흥! 헛물 삼키지 말라구. 남편한테 쫓겨날라."

"여편네가 있을 듯한 나이로 보이는데…."

그 중에서도 능글맞고 수다꾼인 남편을 한 손에 쥐고 사는 새말댁은,

"젠장, 세상에 태어나서 저런 사내놈 한 번 못 끼고 자고 무슨 재미인구. 허구한날 병신 같은 것한테 시달려서 잠도 못 자는 무슨 팔잔구!"

하고 한탄을 해댔다. 그것이 한낱 농담이 아닌 것은 그녀의 한탄과 함께 흘러나온 한숨이 너무 애절스러워 알 수가 있는 노릇이었다.

"아, 서방님이 어때서 늘 그리 구박이유?"

"말도 마라. 너는 시집살이를 서너 달밖에 하지 않아서 아직 아무것도 모를 게다. 나처럼 두어 해쯤 서방과 함께 자며 이맛 저맛 다 알아봐라. 그러면 우리 서방 같은 거 한테 짜증이 나나 안 나나."

"왜 짜증이 나유?"

"우리 서방이 반 자고란다."

"저런!"

새색시는 얼굴을 붉혔다.

그 나그네는 동네로 들어가더니 횅하니 산기슭에 자리잡은 영환이라는 사나이의 집으로 곧장 발길을 옮겼다.

빨래터에서들 영환네 손님이니 아니니 떠드는 것을 아는지 모르는지 사립문께로 다가서더니 안으로 들어가지 않고 울타리 주변을 돌았다.

그때 영환이는 방안에 들어앉아서 지겟다리를 깎고 있었는데 마누라가 들어오더니,

"여보, 여보!"

하고 무슨 큰일이나 난 듯이 불렀다.

"왜 그래!"

"이상한 사람이 집밖을 빙빙 돌고 있어요."

"뭐, 이상한 사람?"

지겟다리를 깎던 손길을 멈추고서 고개를 들었다.

"예, 우리집을 이리저리 살펴보면서 울타리를…."

"그래, 어느 놈이야?"

지겟다리를 깎던 낫을 들고 밖으로 나갔다.

아니나 다를까, 말끔하게 생긴 사나이가 울타리 밖을 돌다가 그를 보면서 우뚝 멈춰섰다.

"당신은 누구요, 엉? 누구야?"

자기보다 잘난 사나이에 대한 반발 같을 것을 느끼면서 용환이는 대뜸 시비조로 말을 걸었다.

"흐흠, 당신 큰일났군. 그 이마에 있는 상처, 산에 남하러 갔다가 싸리나무에 이마를 찔러서 난 거지요?"

그 말에 용환이는 멍청해지고 말았다. 바로 맞혔기 때문이다. 그것은 이 동네 사람이나 몇 명만 알 뿐이었다.

"당신네 집 굴뚝은 보슬비 오는 날 새로 쌓았군."

"……?"

용환이는 할 말을 잊은 듯이 멍청해지고 말았다. 그 말 그대로였기 때문이었다.

"그리고 한 달 전에 산토끼를 한 마리 잡았고…."

세상에 용한 점장이가 많고 많다지만, 이렇게 용한 점장이가 있으리라고는 꿈에도 생각지 못한지라 어안이 벙벙해지고 말았다.

"그리고 당신이 두 달 하고도 닷새 전, 그러니까 보름날 작은 집엘 다녀왔고, 또한 당신 집사람이 한 달 전에 친정엘 다녀왔고…."

용환이의 그 퍼렇던 서슬은 온데 간데 없고, 나그네가 하늘에서 내려온 기인처럼 느껴졌다.

하지만 그래도 아직은 반발심 같은 것이 조금은 남아 있었는 지라 볼 멘소리로

"저 강아지는 언제 낳은 거요?"

하고 물었다.

"낳기는 어디서 낳아?"

나그네는 용환이를 노려보면서 생각할 틈도 없이 말했다.

"저건 봄에 방앗간 집에서 얻어온 거지."

육효점을 치는 것도 아니고 무슨 치성을 드리지도 않고 당장에 알아맞히자 반발심이고 뭐고 없어져 버렸다.

"큰 분임을 몰라뵙고 죄를 졌습니다."

그 자리에서 허리를 깊숙이 굽혀 절을 한 후에 방안으로 모셔 들였다.

"흠! 그런데 이 집을 이상한 것이 노리고 있군 그래."

용환이는 가슴이 철렁 내려앉았다. 이상한 것이 뭐냐고 캐묻자,

"지금은 말해 줄 수도 없소. 내가 한 달 가량만 이 집에 머물면 놈이 가까이 오지 못할 것이오."

"왜 말해 주실 수 없습니까?"

"말하면 안 돼. 주인은 모르고 있는 것이 속이 편해. 한 달 안으로 그놈이 근접을 하지 못하면 이제 이 집에는 큰 경사가 생길 걸. 그놈이 무엇인지를 알면 경사고 뭐고 다 달아나는 거야. 알겠소?"

"돈은 정성껏 마련해 드릴 테니, 그럼 한 달 동안만 마물러 주실 수 없겠습니까?"

"나야 뭐, 돈이 탐이 나서 돌아다니는 사람이 아니니까 그런 것은 아무래도 좋지만, 시일을 그렇게나 끌면서 머물 수도 없고… 참 딱하오. 그렇다고 다른 방도도 없으니….'

용환은 애원하다시피 빌었다.

"제발 한 집안 살려주시는 폭 잡고 머물러 주십시오."

"글쎄 딱한 사정을 알고 훌쩍 떠날 수도 없는 노릇이고… 그렇다고 머물자니….'

그때 밖에서

"여보, 여보."

하고 아내의 곱고 가냘픈 목소리가 들렸다. 용환이는 웬일인가 싶어 밖으로 나갔다.

그러자 아내는 그를 끌고 부엌 뒤로 돌아가서 나직하게 귀에다 대고 속삭였다.

"그런 사람을 어쩌자고 자꾸 머물라고 하세요. 누군지 모르면서 바른 말을 안 하는 사람을….'

"아냐, 여보. 당신이 몰라서 그래요. 아마 당신도 놀랄걸. 강아지를 방앗간집에서 데려왔다는 것까지 알고 있어."

"그래요?"

"그렇다니까."

"그럼, 그건 구미호가 둔갑한 것일 거야. 그러니 속지 마세요. 사람의 혼을 잃게 하고는 피를 빨아먹는대요. 구미호가 아니고서 어떻게 그렇게 잘 알겠어요?"

"저 분은 분명 사람이야. 구미호가 우리와 무슨 원수를 졌다고 피를 빨아먹으려고 하겠어. 안 그래?"

"구미호가 원수를 져야 꼭 사람을 해치나요?"

"이봐! 그런 신통한 재주를 가진 구미호가 피를 빨아먹으려면 당장 재주를 부리지 뭣하러 한 달씩 묵으면서 뜸을 들일 것이 있겠누."

"……."

그제서야 아내도 두 번 다시 말을 못했다.

용환이가 방으로 들어가자 나그네는 껄껄 웃었다.

"나를 구미호라고 했지, 안 그렇소?"

"……."

용환이는 어안이 벙벙하고 죄스러워서 고개를 숙일 뿐이었다.

"부엌 뒤켠에 가서 얘기를 했지. 그렇지요?"

"……."

"핫핫핫, 그렇게 의심을 받으면서까지 내가 왜 머물겠소?"

하고 말하자, 밖에서 엿듣던 용환의 아내는 황급히 방문을 열고 안으로 들어와서 넙죽 엎드리면서 절을 했다.

"죽을 죄를 지었으니 이 불쌍한 미물을 용서해 주시기 바랍니다. 그리고 제발 저희 집에 머무셔서 화를 막아주세요."

두 내외가 하도 간절히 애원하는 바람에 나그네는 머물기로 했다. 그제서야 닭을 잡는다, 아껴 두었던 송이, 산나물 등을 반찬으로 내놓느라 야단법석이었다.

나그네는 그제서야 자기는 태백산에서 도를 닦아 다소의 신통스러운 재주를 익혔다면서 경기도 안성 땅에 사는 박한정이라는 사람이라고 자기 소개를 했다.

그날부터 박도사님, 박도사님 하고 동네에서 야단이었다.

박한정이라는 이 기이한 나그네가 머물기로 한 것까지는 괜찮았는데, 일은 새말댁 집에서 터졌다.

"어쩌다가 사내가 지지리도 못 나서 이 꼴인고. 아예 고자면 고자든지. 이건 고자도 아니고, 제 구실을 하는 것도 아니고 뭐가 뭔지 모르겠어. 아, 그 박도사님처럼 생겼으면 얼마나 좋을까."

"흥, 네년이 그 도사 녀석을 마음에 두고 있구나. 이년이…."

평소에 병신 같던 사나이가 한 번 화가 나면 물불을 가리지 않는 법이다. 홧김에 여편네의 머리채를 휘어잡고 얼굴과 가슴에 주먹질을 퍼부어댔다.

"그래, 마음에 두었다. 마음에 두었으니 어쩔래? 어쩔테야?"

"어쩌느냐고! 이년아, 그놈하고 붙어라. 그러면 알 테니깐."

"그래, 좋다. 붙으라고 했지? 그래, 붙겠다. 붙겠어."

그것이 그런 싸움으로 끝났으면 좋았을 텐데 횡하니 문을 박차고 나온 새말댁은 그 길로 쏜살같이 오리 쯤 떨어져 있는 친정으로 가 버렸다.

다음날 새말에서 이혼 말이 왔다. 남자가 자식도 낳게 하지 못하는 데다 아내에게 매질까지 해댄다는 것이 이유였다. 그러지 않아도 가뜩이나 반병신 특유의 비뚤어진 성질을 가지고 있던 남편인지라 헤어질 테면 헤어지자고 선뜻 말이 나왔다. 그래서 이혼은 간단히 이루어졌다.

이혼하고 나니 새말댁은 그 도사 나그네가 간장이 탈 만큼 간절히 생각 나기 시작했다. 나그네 신세이니 홀몸일 테지만 나이로 짐작컨대 총각은 아닌 것 같고, 아니 총각이라고 하더라도 이미 그만한 나이면 처녀 장가를 가기는 어려울 것이고, 한편 내외간이 안 되더라도 하룻밤이라도 자 보았으면 하는 마음에 밤잠도 이룰 수가 없었다.

그 무렵, 도사는 동네 이 집 저 집에 초청을 받아 다니느라고 눈코 뜰 사이가 없었다. 처음에는 용하다는 말이 퍼져 점을 쳐 달라고들 야단을 떨었으나 자기는 점장이가 아니어서 아무렇게나 점을 쳐서 알아맞출 수는 없고, 인간의 도리에 맞는 이치를 전하는 이야기나 해도 좋다면 놀러 가겠노라고 했다.

그래도 비범한 도사인지라 얘기를 나누는 것만도 영광으로 알고서 모두들 앞을 다투어 청했다. 초청 받아가는 집마다 젊은 새댁은 물론 늙은 여자들도 공연히 마음이 들떠서 음식 시중에 신이 나서 부산을 떨었다.

그래서 하루 저녁이라도 용환이네 집에 붙어 있다시피 하는 날이 없었고 이 집, 저 집 사랑방 출입이 잦았다. 낮에는 모두들 들일을 나가므로 청하는 집이 없어 꼭 저녁 때만 나들이를 했다.

그런데 어느 날은 낮에 새말에서 간곡한 초청이 왔다. 그저 도사 양반을 초청하여 인생 상담에 나쁠 것은 없을 것 같아 대접이나 하려고 하는 것이니, 다녀가셨으면 좋겠다는 전갈이었다.

쾌히 응하여 가 보니 젊은 새댁이 나와 맞았다. 방안에는 음식들이 상다리가 휘도록 차려져 있었다. 한편 집안에 사람이 없는 것이 이상스러워서 나그네는 조심스럽게 물었다.

"바깥 어른이나 집안 사람들은 없소?"

"곧 오실 거예요. 그 동안 제가 모시겠어요."

원래 성격이 능글맞고 수다스러운 데다가 매사에 대담해서 새말댁은 조금도 어려워하지 않고 마주앉았다.

"이거 괜찮겠소? 젊은 새댁과 단 둘이서 말이오."

"그야 뭐, 소박 맞고 온 팔자 기구한 년인데 누가 뭐라고 하겠어요. 도사님 모시러 갔던 애는 내 동생이고, 마을 사람들이야 우리가 집안에 있는 지 없는 지 누가 알겠어요."

이에 도사가 능글맞은 표정으로 웃으면서 말을 되받았다.

"하기야 누가 뭐래도 우리만 깨끗하다면야 하늘이 알아주겠지, 뭘…."

도사는 상 앞에 펄썩 주저앉았다.

새말댁은 처음부터 마음에 두고 있던 사람이라서 단 둘이 방안에 앉아 있다는 것만으로도 먼저 남편이 몸을 짓물러 주어댔을 때처럼 달아올랐다.

도사는 그런 새말댁을 빤히 보더니 이것저것 생각할 것도 없이 금새 색마로 둔갑해 버렸다. 들뜬 여인의 숨소리를 듣자,

"우리들은 정을 나누어도 탈속의 경지니 죄로 생각되지 않소."

하고서는 덥석 잡아당겨 품 안으로 끌어들였다. 새말댁도 대담한 여자다. 응하듯이 가슴 안으로 파고 들었다.

음식상에 차려진 음식은 한 젓가락 씹을 틈도 없었다. 새말댁은 사내의 품에 안겨 두 손을 어깨 뒤로 돌려감고 몸을 찰싹 붙였다.

도사는 새말댁을 몸으로 밀어서 쓰러뜨렸다. 그리고 그런 대로 반반하게 생긴 얼굴에 입술을 댔다. 어쩌나 능란한지 새말댁은 거친 신음 소리를 토했다.

여자의 눈동자는 정염으로 타올랐고 사나이는 그런 고비를 놓치지 않고 얼굴을 가슴으로 끌어내렸다. 그러면서 오른손으로는 저고리 고름을 풀어헤쳤다. 저고리 앞섶이 헤쳐지자 사나이의 뜨거운 입술은 젖가슴에 닿았다.

이윽고 그 능란한 기교에 새말댁은 몸을 뒤틀기 시작했고 사나이는 그 고비를 놓치지 않았다. 만일 누군가 규방 비사(閨房秘事 : 여자의 방에서 이루어지는 일)에 능숙한 사람이 있어서 그 광경을 보았다면 이인 도사는커녕 큰 바람둥이라고 생각했을 것이다.

어쨌든 대낮에 두 몸뚱이는 한데 붙어서 온 방안에 정을 나누는 소리가 뜨거웠다. 땀이 물줄기처럼 흐를 만큼 서로에 빠져 있었다.

"떠돌아 다니시지 말고 나하고 살아요, 네?"

정염의 큰 폭풍우가 휘몰아치고 지나가자 새말댁은 도사에게 은근히 말을 던졌다.

"나는 아내가 있는 몸이오."

도사는 한마디로 거절했다. 정을 나눌 때에는 미칠 듯이 나누었으나, 잘라 말할 때에는 뒤를 두거나 우물쭈물 하는 성격이 아닌 듯이 두 말을 못 붙일 정도로 단호했다.

새말댁이 흐트러진 옷을 고쳐 입자, 도사는 상에 놓인 음식들을 먹었다. 그리고 다시 일을 치렀다.

"또 언제 와 주시겠어요?"

"이틀 뒤에…"

"마을 어구에 있는 소나무 숲속에 있는 큰 묘 앞에서 한낮 경에 기다리고 있겠어요."

"알았소. 새말댁의 말은 큰 묘가 있는 소나무 숲속이란 마을로 들어오는 첫 구비겠지요?"

"예…"

그런데 그 도사의 신비로운 재주가 어떤 것인지 밝혀지는 날이 오고 말았다.

한 달이 거의 다 가는 날이었다.

산에 갔던 용환이가 도끼자루가 부러지는 바람에 하루 일을 하지 못하고 점심 때 집으로 돌아왔다. 산에서 내려오는 길은 뒤쪽 울타리를 빙 돌아서 나 있어 길을 따라 울타리를 돌고 있는데, 도사가 묵고 있는 방에서 무슨 가냘픈 울음소리 같은 것이 들려왔다.

'옳구나. 그 무엇이라는 요괴를 잡아 혼을 내주는 모양이로구나.'

반가운 마음에 귀를 기울이고 있으려니 그 울음소리는 점점 커지는 것 같았다. 그것은 괴로워서 우는 것이 아니라 밤에 여자들이 남편의 품에 안겨 흥분에 젖은 그런 울음소리 같았다.

더구나 사랑하는 아내의 목소리와 비슷하지 않은가. 자기와 정을 나눌 때에는 저렇게 큰 소리로 신음한 적이 없었다.

'아니, 이건?'

그제서야 용환은 이상한 생각이 퍼뜩 들었다. 가만히 귀를 기울이다가 황급히 앞으로 돌아서 사립문 안으로 들어섰다. 도사의 방문 앞까지 가니 울음소리 뿐만 아니라 숨소리까지 완연하게 들렸다.

더 의심할 여지가 없었다. 제아무리 귀신처럼 세상 일을 꿰뚫어보는 도사라고 할지라도 용서할 수가 없었다. 피가 거꾸로 솟는 듯한 분노를 느끼며 방문을 와락 열어젖히니 도사와 여편네는 옷을 훌렁 벗고서 한몸처럼 달라붙어 땀을 줄줄 흘리고 있었다.

"이, 이것들이…"

용환의 도끼자루를 쥔 양 손이 후들후들 떨렸고 말도 제대로 나오지 않았다.

두 벌거숭이는 놀라서 후딱 떨어져 양 손으로 앞을 가리고 사시나무 떨 듯 떨고 있었다. 도사는 파랗게 핏기가 빠진 얼굴로 어쩔 줄 모르고 떨어대기만 했다.

용환이의 손에서 번쩍하는 시퍼런 도끼날이 눈에 들어와 죽이려는 줄 알았던 것이다.

"그저 죽을 죄를 졌으니 제발 용서해 주십시오."

도사는 넙죽 엎드려 빌었다.

비는 꼴을 보니 도사란 생각이 전연 들지 않았고 극심한 질투가 공포 심을 깨끗이 쫓아버렸다.

"네, 이놈!"

하는 고함소리와 함께 인정사정 볼 것 없이 후려 갈겼다.

도사는 실컷 얻어 맞고 코에서 피를 쏟으며 그저 손이 발이 되도록 빌 기만 했다. 얼마를 때리는 동안 명치께를 쳤는지 "끙!" 하고 나빠진 눈에 서 생기를 희멀겋게 잃어가고 있었다.

용환은 그때 떨면서 옷을 주워입고 도망치는 여편네를 뒤쫓아 가서 안 방 구석에 도사리고 앉아 있는 년을 붙잡아 후려갈겼다. 여자란 본래부 터 약한 것이어서 매 몇 대에 나자빠져서 피를 쏟고 입에 거품을 물었다. 여편네가 기를 잃고 바둥거리지조차 않고 죽은 듯이 누워 있자, 다시 도 사의 방으로 달려갔다.

그런데 어느 틈에 숨을 돌렸는지 도사는 보이지 않고 벗어 내던졌던 옷가지도 없었다. 뒤 울타리 너머로 산쪽을 바라다보니 죽어라 기어 올 라가고 있었다.

잠시 후 여편네가 정신을 차리자 용환은 그래도 걱정이 되어 캐물었다. 귀신같이 남의 일을 알아맞히는 도사가 눈앞에 안 보이는 것이 불안스러웠던 것이다.

"어떻게 된 일이냐?"

여편네는 고지식하고 꾀가 없었으므로 사실대로 그 동안의 모든 것을 털어놓았다.

이 집에 와서 유혹했다고 하면 도사에 대한 신비가 그대로 수수께끼로 남을 텐데, 시집 오기 전에 있었던 두 사람의 비밀을 두려움에 떨면서 얘기를 한 것이다.

그 도사는 바로 용환이 아내의 친정 동네에 사는 필재라는 자였다. 다른 복은 없어도 꾀와 말재주와 그리고 잘 생긴 얼굴 때문에 동네 처녀들의 가슴을 온통 설레이게 했다.

용환이 장가를 든 해 지금의 아내 복실이는 열 여덟 살이었다. 필재는 오빠 친구였으므로 집에 자주 놀러왔다. 복실이는 필재를 볼 때마다 가슴이 울렁거렸다. 놀러올 때마다 필재는 눈을 찡긋하면서 웃음을 지어 보였으니 복실이가 잠을 제대로 이루었을 리가 없다.

그런데 복실이가 엉뚱한 장면을 보고 말았다. 동네에서 함께 자라온 순덕이가 자기가 연모하는 필재 오빠와 함께 치마를 걷어 올리고 두 다리를 허옇게 드러낸 채 한몸이 되어 있었던 것이다.

하필이면 그것도 자기네 보리밭 속에서 그런 짓을 했기 때문에 들키고 말았다. 그곳을 지나가던 복실이가 보니 보리 대궁들이 쓸려 있고 누군가가 들어간 눈치여서 그것을 바로 세우려고 들어갔다가 발견한 것이다.

순덕의 허연 두 다리 사이에 끼여 있는 필재의 뻘건 물건을 보았을 때 복실이는 그 자리에 펄썩 주저앉고 말았다.

두 사람은 동시에 놀라서 후다닥 일어났다. 순덕은 얼굴이 가을철 사과보다도 더 빨갛게 되어 어쩔 줄 몰랐고, 필재는 능글맞게도 바지를 올리면서 눈을 찡긋해 보였다.

"이거 복실이 아냐?"

사랑을 잃고 아름다운 꿈이 확 깨어져 버린 고통이 가슴 속으로 뻗쳐 들자 복실은 자기도 모르게 울음을 터뜨렸다.

한 번 울음이 터지자 걷잡을 수 없는 법이다. 실연의 쓰라림 때문에 당장 그 자리에서 죽고 싶은 심정으로 어깨를 들먹이면서 소리 내어 울어 댔다.

"어서 가 봐. 난 복실이를 달래놓고 갈 테니간."

순덕이는 필재의 말이 떨어지자 무섭게 살았다는 듯이 후딱 일어나서 옷을 털고는 보리 사이로 달아났다.

필재는 울고 있는 복실에게로 가까이 오더니 어깨에다 양 손을 얹고서 은근한 목소리로 말했다.

"복실이, 울지 말아. 아니 바보처럼 울기는 왜 울어."

그는 복실이를 꼬옥 끌어당겼다. 그러자 복실이는 더 목이 메인 듯이 큰 소리로 울어댔다.

"자아, 눈물을 씻고 그래야 귀엽지. 우리 복실이…."

필재는 한 손으로 얼굴을 가린 복실이의 손을 떼어내고 눈물을 닦아 주었다. 그러자 복실이는 필재의 가슴 속으로 안겼다.

"순덕이 따윈 좋아하지 않아. 어쩌다가 장난 삼아 그렇게 된 것이야. 더구나 우리 여편네 따윈 손가락 끝만큼도 좋아하지 않고 말이야. 정말 내 마음 속에 있는 것은 오직 복실이 뿐이야. 그것도 몰라?"

그러자 순진한 복실이는 필재의 허리를 양 팔로 감으면서,

"오빠, 오빠…."

하고 밤마다 잠 못 이루고 사모하는 정을 한꺼번에 털어놓기라도 하듯이 볼을 갖다 댔다. 필재는 그런 복실이의 얼굴을 젖혀 그 입술 위에다가 자기의 입술을 덮었다.

복실은 울음을 그쳤다. 필재는 복실이의 입술 위에 자기의 입술을 겹친 채 몸으로 밀어서 쓰러뜨렸다. 복실은 항거하지 않고 스스로 뒤로 자빠지듯이 몸을 눕혔다.

필재는 모든 면에서 능숙했다. 그 반반하게 생긴 얼굴 때문에 총각 때부터 동네 아주머니들의 유혹을 받아서 남녀의 정을 나누어 온 터라, 이미 바람둥이로서의 솜씨는 다 갖추고 있었던 것이다.

복실은 필재의 손이 저고리 끈을 풀고 치맛단 속으로 파고들자 온 몸이 불붙는 것 같았다.

필재는 다시 치마 아래로 깊숙이 손을 가지고 갔다. 그리고 복실은 얼마 후 하체의 한 부분이 터져 나가는 것 같은 짜릿한 아픔을 느꼈다. 등허리에 보리밭 고랑의 거칠은 흙이 닿았으나 그런 아픔보다는 몸속 뿌듯이 파고드는 고통이 한층 더했다.

"으으, 으음…."

아픔과 야릇한 흥분이 뒤섞인 소리가 보리밭 고랑 사이로 작게 깊게 퍼졌다.

"아, 난 복실의 몸이 이렇게 좋을 줄은 정말 몰랐어. 정말…."

필재는 달콤한 잠꼬대 같은 소리를 복실이의 귀에 속삭이면서 정력도 왕성하게 사랑의 물을 쏟아냈다.

"또 만나주겠지? 내일 밤 여기서 기다리겠어."

이튿날도 만났다. 복실은 다시 고통과 그 이상한 흥분 속에서 신음을 했으나 고통은 어제만큼 심하지는 않았다. 자주 만나는 횟수가 늘어나자 아픔은커녕 은근한 쾌감을 느꼈고, 한편 필재와 만나 정을 나누는 순간이 안타깝게 기다려지게 됐다.

그러는 동안 용환과의 혼담이 오가며 어쩔 수 없이 시집을 왔다. 복실은 시집 오면서도 필재와 헤어진다는 것이 미칠 것 같았다.

"친정에 오거든 만나자."

필재는 친정에 자주 오라고 일렀다. 그러나 시집을 지켜야 하고 남편 시중은 물론 집안의 크고 작은 일로 친정엘 자주 다녀갈 수 없는 것은 뻔한 일이었다.

어쩌다가 기회가 오면 견우 직녀가 오작교를 건너서 만나듯이 만났다. 언제나 하룻길이라 한 번의 밀회로 그쳤으므로 안타까울 뿐이었다.

필재는 그 후에도 동네 처녀들을 유혹하여 정조를 짓밟았으나 늘 복실이만은 잊지 못했다. 몸이 남달리 통통했고 어딘가 모르게 남자의 쾌감을 곱으로 유발시키는 육감적인 몸을 가지고 있었다.

어느 날, 친정집 나들이에서 필재를 만나 정을 나누고 난 복실은

"이제 언제 또 만나요? 하루에 한 번씩 만났으면 좋으련만."

복실이가 헤어지기 싫은 마음에서 이런 말을 했다. 그러자 꾀가 많은 필재는 눈알을 굴리며 말했다.

"그것 쉽지. 한 달만 같이 있어 볼까?"

"같이 있을 수 있나요? 그러면 얼마나 좋아요."

"집안 사정을 좀 가르쳐 달라구."

복실은 자기가 알고 있는 용환네 집 사정이며 내력을 샅샅이 알려주었다.

"내가 가서 도사 노릇을 하지."

자기가 가서 이러저러 하면 남편이 대략 이렇게 나올테니, 남편을 불러서 부엌 뒤로 끌고 가서는 구미호가 피를 빨아 먹으로 온 것이니 집안에 들이지 말라는 연극을 꾸며 주었다. 그래야만 의심을 안 받는다고 설명해 주었다.

두 사람의 일은 보기 좋게 성공했다.

그런데 엉뚱한 도끼자루가 한 달을 못 채우고 말썽을 일으키고 말았던 것이다.

필재는 피투성이가 된 몸으로 뒷산으로 기어 올라갔다.

새말댁의 고자 남편은 그날 산에 있었다. 나무를 하다 말고 자기의 신세가 서글퍼져서 신세타령을 하고 있는 중이었다.

'제기랄, 반고자라 여편네한테 구박만 당하고 끝내는 버림까지 받은 몸이 살아서 무엇 하나. 제기랄, 앞으로 어느 년이 들어와도 마찬가지일 테지. 오순도순 자식 새끼 낳으면서 포근한 집안 살림 한 번 못할 바엔 아예 죽어버리는 것이 속편한 팔자지. 동네 아이 녀석들까지 돌아서서 여편네가 도망갔다고 소곤대며 비웃지 않는가. 에이 죽어버리자, 죽어버리는 것이 속 편하지.'

하는 생각에 빠졌고 그런 생각이 들자 정말 죽고 싶은 마음뿐이었다.

'목이나 매달아 죽자.'

적당한 나뭇가지를 사방으로 찾고 있는데 아래쪽에서 산돼지가 오는 듯 관목의 잎들이 쓸리는 소리가 들려왔다. 도끼를 고쳐 쥐고 내려다보니 피투성이가 된 놈이 기어 올라오고 있었는데 구역질이 날 만큼 피로 뒤범벅이 된 얼굴이어서 처음에는 누군지 잘 몰랐으나, 그것이 바로 그 도사라는 것을 알자,

'저것 때문에 그렁저렁 살아갈 여편네의 마음이 미쳐 환장을 했다.' 는 생각이 들자 증오가 왈칵 치솟았다.

"이놈! 네놈 때문에 내 신세가 어찌됐는지 아느냐!"

소리치면서 도끼자루를 힘있게 고쳐 잡고 쫓아갔다.

이미 죽으려고 하던 판이니 살인을 하면 어떻게 된다는 생각 따위가 머리 속에 파고들 여지가 없었다.

필재의 토막난 시체와 나무에 목을 맨 고자의 시체가 발견된 것은 그 이튿날이었다.

# 두 남자

들판 사이로 뻗어간 사잇길을 한 사나이가 걸어가고 그 앞에서는 머리를 땋아 늘어뜨린 몸집이 작은 젊은이가 앞서 가고 있었다. 처음에는 상당히 떨어진 거리였는데 뒤쪽 사나이가 몸집도 크고 성큼성큼 떼어 놓는 발걸음의 폭도 길어서 금세 두 사람의 거리는 좁혀졌다.

머리를 땋아 늘어뜨린 총각은 조그만 괴나리 봇짐을 메고 있었으나 상투를 틀어올린 뒤쪽 사나이는 몸에 지닌 것이라고는 아무것도 없이 훌쩍하게 큰 키로 발걸음을 옮기고 있었다.

"이봐 총각, 어디까지 가나!"

어느새 등 뒤 가까이 다가오자 말을 걸었다. 드넓은 벌판은 오 리 이상은 되었고, 그 끝에 파아란 산등성이가 길게 누워 앞을 막고 있는 것처럼 보였다. 그 곳까지는 어떻게 해서든지 가야 될 것 같았다.

왜냐 하면 그 전에는 마을은커녕 집 한 채 없었고, 양쪽은 지루할 만큼 논이 이어져 있었다.

지루하기 짝이 없는 길이었는데, 마침 좋은 길동무가 생겼다 싶어서 말을 걸은 것이다.

앞서 가던 총각은 멈춰 서서 뒤를 돌아다보았다. 사내 녀석이 어쩌면 그렇게 생겼을까 싶을 정도로 백옥빛 얼굴이 꽃같이 귀여웠고 입도 여자처럼 오목했다. 손을 보니 손도 역시 계집처럼 하얀 살결에 깎아 다듬은 듯이 고왔다.

상투 사나이는 가슴께에 눈길을 주었다. 가슴도 유난히 볼록했다. 다음에는 허리를 보았다. 역시 허리도 가늘었다.

'음! 이건 계집이다. 계집애는 남장을 하더라도 첫눈에 드러나는 법이거든. 무슨 사연인지 모르지만, 모른 척해 두는 게 낫지.'

상투 사나이는 시치미를 떼고 다시 말을 건넸다.

"어디까지 가나?"

"저 산 넘어서도 이백 리는 가야 하오."

대답은 굵은 목소리로 했으나 그것은 누가 듣기에도 계집애 같은 남자의 목소리가 아니라 일부러 아랫배에 힘을 주어 굵게 내는 그런 목소리였다.

"좋은 길동무가 됐군."

"……"

총각은 되도록 말을 하지 않으려 했다. 묻는 말에도 입을 다물기가 예사였고, 두 번 세 번 캐물으면 마지못해 대답하는 눈치였다.

'계집이 본색을 숨기려고 그러는 거다.'

하고 상투 사나이는 생각했다.

'저 산등성이 고갯길은 오르는데 오 리, 내려가는데 오 리, 이렇게 해서 십 리 길이지. 절대로 오늘 안엔 못 넘지. 산 아래 주막에서 자야 할 걸.'

상투 사내의 가슴은 부풀었다.

주막집은 길 양쪽에 한 채씩 두 집이 있는데, 왼쪽 집은 대들보며 기둥이 다 썩어서 새로 짓는 중이라, 오른쪽 집밖에 손님을 받지 않는다.

음식 손님을 맞는 방이 따로 있고, 잠 손님이 거쳐 하는 방은 커다란 것이 하나 있는데, 손님이 많을 때는 모르지만 없을 때에는 한두 사람이 들어가 자는 것이 고작이었다.

'오늘 같은 날은 손님이 없을 거야. 어쩌면 단둘이 그 방에서 자게 되기가 십중팔구지.'

벌판 앞뒤로 다른 나그네의 그림자라곤 없는지라 상투 사내의 가슴이 부풀어 오를 만도 했다. 그러나 모른 척 해야지, 계집애라는 것을 알았다는 눈치를 채게 하면 안 된다 싶어 얼버무리는 말을 해 두었다.

"총각은 참 예쁘군. 처녀애들이 간장깨나 태우겠는 걸."

"……"

총각은 대답이 없었다. 그저 고개만 푹 숙이고 길을 재촉할 뿐이었다. 심심치 않게 얘기를 나누는 동안 주막거리에 닿았다. 집에서 이른 저녁을 하는 연기가 피어오르고 있었다.

"더 이상 이 고개는 넘지 못해. 여기서 자야겠지, 총각도?"

"예."

"주막집은 하나밖에 없어."

두 사람은 주막집으로 들어갔다. 총각은 열 여덟 살쯤이었고 상투 사내는 서른 두서너 살 가량 된 중년에 가까운 자였다. 함께 길동무를 하며 오는 동안 두 사람은 서로 얘기를 주고받아서 대략 상대방을 알게 됐다.

상투 사내는 솔매 마을에 사는 피서방이라고 괴상한 성을 댔고 총각은 비봉촌의 정가라고 했다.

주막집에 들어앉아 저녁을 시켜 먹고 나서 상을 물리자 아낙네는,

"오느라고 고단하실 터니 저쪽 방으로 들 가서서 주무시지요. 이 방은 밤중까지 동네 술손님도 받아야 할 테니…."

라고 말했다.

피서방은 선뜻 총각의 밥값까지 치러주고 먼저 일어섰다. 당시 주막집은 잠을 자는 값은 관례상 받지 않았다. 음식을 한 끼만이라도 사 먹으면 그냥 재워 주었고, 다른 곳에서 끼니를 때우고 왔으니 하룻밤 신세를 지자고 해도 손님이 없으면 재워 주었다.

"내 밥값은 내가 낼 텐데요."

총각은 미안해서 어쩔 줄 몰라했다.

"밥 한 그릇 값이 얼마쯤 된다고 그러나. 뭐, 산 넘어서도 이백 리 길을 더 간다고 하니 내일 점심 때 국수를 한 그릇 대신 사면 되잖나."

총각도 그럴 셈인지 더 이상 고집을 피우지 않았으나 자는 방으로 건너오는 것만은 어째 별로 달갑지 않은 눈치를 보였다.

당연히 계집이니 그럴 테지 하고 사나이는 속으로 웃었다. 그러나 난처한 눈치를 채이지 않으려는 듯 발걸음을 머뭇거리지는 않았다.

아나나 다를까, 방 안에 잠손님은 한 사람도 없었다. 앞으로 더 들어올지는 모르지만, 그건 열에 하나 있을까 말까 한 일이었다.

"이보게 예쁜 총각, 아직 초저녁이니 누워야 잠도 올 것 같이 않고 하니 우리 술이나 한 잔 마실까?"

"난 못 마셔요."

"아! 그래. 사나이로 태어나서 어째 술도 못 마시나, 하긴 못 마시는

사람도 많지. 더더구나 총각처럼 곱게 생긴 사람은 대개 그렇지만."

"혼자서 드세요."

술을 먹여 놓으면 일이 좀 수월하리라고 생각했다. 그런데 마시지 않는다고 하니 방법이 달라질 수밖에.

'일단 술을 청해 놓고 권하면 마지못해 한 잔쯤이야 받아 마시겠지.'

하는 생각에 술을 청했다.

술상이 들어왔다. 피서방은 걸죽한 막걸리를 권했으나 총각은 끝까지 사양했다. 몇 번을 권해도 그것만은 뜻을 이룰 수가 없자 혼자 얼근히 취할 때까지 마셨다.

술상이 끝날 무렵에는 이미 밤도 깊어서 잠자리에 드는 사람들은 누울 시각이 됐다.

두 사람 역시 여독에 지쳐 있지 않은가.

"그만 잘까!"

목소리를 태연히 하며 피서방은 물었다.

"예."

주막에서는 목침만 줄 뿐 베개도 이부자리도 주지 않는다. 그래서 피서방은 머리 때에 까맣게 쩔은 목침을 끌어당겨 베었다. 정총각은 봇짐을 베었다.

"불 끄겠어."

"예."

총각은 그 말에 아주 반갑게 대답했다.

어둠 속에서 피서방이라고 자기 소개를 한 봉환은 눈이 말똥말똥한 채 얼근히 취기를 즐기고 있었다. 한편으로 귀를 잔뜩 곤두세우고 정총각의 기척을 살피기에 바빴다.

정총각도 쉽게 잠이 들지 않는 모양이었다.

본래의 자기를 조심하는지 모를 일이라는 생각이 들자 일부러 코를 드렁드렁 골아대다가는 쉬고, 쉬다가는 골아대곤 했다. 얼마 동안을 그러고 있노라니 총각의 숨소리가 곧아지고 이내 새근새근 잠이 든 기척이 틀림없다.

'숨결 소리도 틀림 없는 계집애야.'

봉환의 가슴이 두근두근 거렸다. 취기에 아랫 것이 묵직해졌다. 어떻게든 잠이 깨지 않게 살그머니 바지를 벗기고 일을 치러야 할 텐데… 일만 잘 치러버리면, 아니 치르지 않더라도 침범만 해버리면 뒤탈은 아무 것도 없으리라는 사실을 누구보다도 잘 알고 있었다.

여자란 제아무리 정숙한 사람이더라도 일단 당해서 어쩔 수 없이 되면 입을 꽉 다물고 만다는 것을 그는 경험으로 잘 알고 있었다.

사실 봉환은 끔찍한 일을 저지른 사나이였다. 그러니까 스물 여섯 살 때였다.

고향인 새터 이웃집에 젊은 새댁이 있었다. 윤씨라는 사람의 후처로 들어왔는데 얼굴이 예쁘기가 인근 마을을 통틀어서도 없을 정도였다.

나이는 스물 일곱 살 가량, 안서방은 서른 중반의 사람이었는데 천성이 온후하고 인정도 많은 사람이라 새 후처를 금이야 옥이야 하고 사랑했다.

봉환은 그 후처를 한 번 본 이후부터는 잠도 제대로 이룰 수가 없었다. 방안에 누워 있어도 그 환상을 잊으려고 들일에 매달려도 떠오르느니 그 예쁜 얼굴이며, 가느다란 허리, 날씬한 몸매였다.

"그렇게 얌전하고 잘 생긴 사람이 어쩌다가 팔자가 기구하여 후처살이를 하게 됐을까."

"아, 뭐가 어떻다고 그래? 안서방만한 사람을 만난 것도 복이지."

"그래도 후처로 재가한다는 것이 좋은 팔잔가."

동네 아주머니들은 우물가나 빨래터에 모이면 이렇게들 수군수군거렸다.

그 새댁을 양지마을에서 왔다고 해서 양지댁이라고들 불렀다. 양지댁을 보고 마음 설레이는 것은 봉환 뿐만이 아니었다.

동네 총각 놈들이야 두말할 것 없고, 장가를 든 사내들도 양지댁이 물을 길러 가거나 빨래를 하러 가는 모습을 보면 일손을 놓고 멍청히 바라보곤 했다.

남자들이 모이면 양지댁 얘기에 거품을 물었다.

"양지댁을 본 후로는 우리 마누라가 보기 흉해서 살 수가 없어. 그 징그러운 쌍통하고는…"

"제기랄, 겁탈이라도 하고 싶은 심정이야."

"에끼 이 사람, 거 무슨 천벌을 받을 소리인가. 겁탈이라니 꿈에라도 아예 그런 생각은 말게."

"강물에 배 지나간 자국 있겠나. 겁탈해도 제 년이 입만 다물고 있으면 누가 알어."

"그래도 하늘이 무심치 않으이."

"하늘은 또 뭐 말라 죽은 하늘이야. 정말 하늘이 무심치 않다면 그렇게 마음씨 곱고 천사 같은 여자를 다른 놈 후처로 만들 리가 있어?"

하고 나선 놈은 덕쇠였는데, 그 덕쇠란 놈은 그런 경험이 있었다.

다름아닌 옆집 대장간집 여편네를 그렇게 한 것이다. 성안에 갔다가 돌아오는 길에 함께 길을 걷게 되었다.

성안에서 마을까지 오는 길에 산허리를 도는 고개를 넘어야 했다. 숲이 무성한 곳이라, 대낮에 남녀가 무슨 짓을 해도 모를 판이었다.

그 시루봉 고개에서 광분한 덕쇠 녀석은 식식거리면서 대장간댁을 쓰러뜨렸다. 대장간댁은 있는 힘을 다해 버둥거리면서 남자의 손을 물어뜯고 얼굴까지 물어뜯으려고 했다. 그러나 결사적인 사내의 힘을 당해낼 도리가 없었다.

풀밭에서 서로 용을 쓰면서 뒹구는 동안 힘이 딸리자 저항이 약해졌다. 그 때까지도 황소같은 힘이 남아 있던 덕쇠는 두 다리 사이로 자기의 몸을 눕혔던 것이다.

덕쇠가 짐승 같은 욕심을 채울 때까지 대장간댁은 죽은 듯이 누워있었다. 일을 끝낸 덕쇠 녀석이 일어나서 바지춤을 챙기자 대장간댁은 무섭게 저항하던 조금 전 기색은 온데간데 없고 애원했다.

"그 양반이 알면 당장 쫓겨날 테니 제발 말하지 말아 줘."

사실이 밝혀지는 날에는 덕쇠 녀석도 무사하지 못할 판이라 이만저만 날아갈 것 같은 기분이 아니었다.

한 번 재미를 본 덕쇠 녀석은 그 다음에는 볼일이 없는데도 뻔질나게 성안 출입이 잦았고, 동네 아주머니들에게 몇 번이나 죽을 죄를 저질렀는지 몰랐다.

그러니 그런 말이 쉽게 입밖에 나올 만도 했다.

그 말에 귀가 번쩍 떠진 듯한 사나이가 봉환이었다. 양지댁 때문에 상사병이 걸릴 지경이었던 봉환은 그 말을 듣자 정말 당하고 나서는 말 못

할 거라는 생각이 떠올랐다.

"옳지."

봉환의 마음에 모진 결심이 떠올랐다. 그날부터 호젓한 곳에서 양지
댁을 만나기만 하면 꼭 한 번 속을 풀리라고 단단히 별렀다.

양지댁은 이렇게 노리는 사내가 있는 줄도 모르고 걸려든 것은 그로부
터 며칠 뒤였다. 너무 날씨가 좋아 냇가로 빨래를 나갔다. 그날은 빨래하
는 아낙이라고는 양지댁 한 사람뿐이었다.

시루봉 위 하늘에 검은 구름이 버섯처럼 걸려 있을 뿐 햇볕이 쨍쨍 내
리쬐고 있었다. 빨랫거리가 어찌나 많은지 양지댁은 부랴부랴 아침 설
거지를 하고 나온 것인데도 저녁 무렵에야 끝낼 것 같았다. 그래서 아예
점심까지 싸 가지고 나왔다. 호박잎에 함께 가지고 온 고추장과 산나물
을 밥에 비벼서 맛있게 먹고 저녁참까지는 끝내야지 하고 부지런히 빨랫
방망이질을 했다.

그런데 갑자기 개울물이 흐려지고 더운 땀이 흐르던 얼굴이 선선해졌
다. 주위가 온통 그늘이 덮이는 것 같았다.

고개를 들어보니 하늘에 검은 구름이 깔려 있었다. 시루봉 위에 서렸
던 구름이 그곳까지 몰려온 것이었다. 그리고 검은 구름은 끝이 없는 듯
시루봉쪽에서 뒤를 따라 흘러오고 있었다.

"큰 비가 오겠네. 비가 내리기 전에 빨래를 끝내야 할 텐데…"

하고 혼잣말을 하고서는 더 방망이질을 부지런히 하고 빨래를 헹구곤
했다.

그러나 몇 가지를 더 빨아야 하는데 그 때를 못 참고 비가 억수로 쏟아
져 내렸다.

"큰집 빨래만 없었더라두…"

하고 말하면서 쫙쫙 쏟아져 내리는 소나기 속을 뚫고 산신당山神堂을 향해 달려갔다. 산신당이 쏟아지는 빗줄기에 가려서 그 윤곽조차 잘 보이지 않았다.

산신당은 삼면만 벽으로 가려져 있었고 문이 없었다. 그 옆 벽쪽에서 돌아서는데 안에 누가 있었다.

"에그그."

한 치 앞이 캄캄하도록 쏟아지는 빗줄기에 그러지 않아도 두려운 마음이 들었던 양지댁은 깜짝 놀라 그 자리에 장승처럼 섰다.

그러자 동네 총각인 봉환인 것을 알아보고서는 마음이 놓였으나 선뜻 들어서지는 못했다.

"아, 비가 오는데 안으로 들어서야지요. 어서요."

봉환은 들어오기를 청했다. 양지댁은 그 말이 하도 자연스러웠으므로 조심스럽게 안으로 들어섰다. 그러나 이미 홋적삼과 치마는 비에 온통 젖어 살빛이 보였고 살에 찰싹 달라붙어 반 벌거숭이나 다름없었다.

봉환은 그 젖은 몸을 보자 더욱 미칠 것 같았다. 전부터 상사병에 걸려 있지 않았더라도 여자의 그런 꼴을 보면 달려들어서 눕힐 판인데, 상사병에 걸릴 지경이었고, 한편 겁탈을 하리라고 별러오던 참이었으니 일은 벌어지고 말았다.

한쪽 구석에 조심스럽게 앉아 있는 양지댁을 번개같이 덮쳐 버렸다. 이런 말 저런 말이 필요 없었다.

"아구 망칙해라!"

양지댁은 외마디 소리를 지르고 더 이상 말을 못했다. 너무나 기가 막혔던 것이다.

양지댁은 있는 힘을 다해서 사내의 품에서 벗어나 산신당 밖으로 도망쳐 나가려고 했으나 헛일이었다. 눈알이 시뻘겋게 달아오른 봉환은 치마를 떠들었고 양지댁은 비에 축축히 젖은 백옥 같은 두 다리를 버둥거렸다. 그리고 잠시 후

"으으음…"

괴로운 신음 소리를 토해 내며 온몸에 힘을 쭉 뺐다. 여체에 굶주려 있던 노총각 봉환은 괴로워하는 여인을 자기 마음대로 능욕하고 양지댁의 얼굴에 빗물과 눈물이 범벅이 되자 몸을 일으켜 세웠다.

번개가 치고 천둥이 우는데도 양지댁은 조금도 무섭지 않은 듯 일어나서 옷매무새를 가다듬기가 바쁘게 밖으로 달려나갔다. 휘청휘청 금방 쓰러질 것 같은 모습으로 빨래터 냇물에 풍덩 뛰어들어 옷에 묻은 흙을 물에 씻어버린 후, 빨래를 챙겨 가지고 집을 향해 빗속을 달려갔다.

"마침 오늘 냇가로 꼴을 베러오기를 잘 했군. 뭐, 지성이면 감천이라더니."

하고 봉환은 욕정을 풀은 환희의 여운에 젖어 조금 전의 아련한 쾌감을 꿈 속인 듯 되새기고 있었다.

소문이 날까 싶었으나 더 이상 떠도는 말은 들려오지 않았다. 그 대신, 여간해서는 양지댁을 볼 수가 없었다.

다시 그런 기회를 얻으려고 냇가로 하루에 한두 번 나갔으나 통 만날 수가 없었다. 가끔 우물로 물을 길러 나왔으나 그것은 먼 발치에서 보기만 할뿐 어쩔 수가 없었다. 그런데 이상한 것은 겁탈로 몸을 풀고난 후에 더욱 양지댁이 미칠 듯이 그리워진 것이었다. 전보다 더 했다. 양지댁의

그 매끄러운 살결을 잊을 수가 없었고, 하체의 깊은 쾌감도 잊을 수가 없었다.

어떤 때는 온종일 마을을 쏘다녔으나 기회는 오지 않았다.

"빌어먹을 남편만 없더라도…"

이런 생각이 떠오르자 윤서방에 대한 불길 같은 질투가 일어났고 벼락이라도 맞아 죽었으면 하는 엉뚱한 마음까지 바라게 됐다.

그 윤서방에게는 전처 소생인 열 살 난 딸아이가 있었는데, 그 딸아이는 윤서방이 상처를 당하자 기를 사람이 없어서 큰집에 있는 할머니에게 맡겨 두었다. 네 살 때였다.

할머니네 집은 오십 리나 떨어져 있었기 때문에 딸은 열 살이 되도록 한 번도 아버지 집에 와보지 못하고 윤서방만 가끔 다녀오곤 했다. 그런데 할머니가 죽자 장례식에 갔다가 딸을 데려오려고 했다. 새어머니도 왔고 했기 때문이다. 그런데 할머니가 숨을 거두기 이틀 전엔가 딸아이가 병에 걸려서 정신을 잃고 열에 시달렸으므로 데려오지 못했다. 딸의 병이 나으면 데려오려고 벼르다가 어느 날 윤서방은 딸을 데리러 큰집으로 떠났다. 그것이 액운이었다.

그 마을로 가려면 시루봉 고개와 꼭 반대편이 되는 남쪽의 소리봉을 넘어야 했다. 마침 소리봉 고개에서 나무를 하고 있던 봉환이가 윤서방이 혼자서 스적스적 고갯길을 올라가는 모습을 발견했다.

"윤가 저놈만 없으면 양지댁을 마음대로 할 수 있을 텐데…"

하는 생각이 스쳤다.

그 일이 있은 후로는 너무나 간절한 생각에 광대뼈가 야위도록 튀어나온 봉환인지라 제 정신이 아니고 환장을 한 상태였다.

"저 놈을 죽여 버릴까?"

악마 같은 마음이 불쑥 고개를 쳐들었다. 그러자 정말로 죽여 버리자는 결심이 생기고 말았다. 왜냐하면 아침에 큰산으로 나무를 하러 간다고 집을 떠났기 때문이다.

그런데 도중에 큰산보다 소리봉 쪽이 나무가 많을 것 같아 방향을 바꿨고 마을 사람들은 큰산으로 올라가는 봉환을 보았지 큰산에서 산허리를 타고 소리봉 쪽으로 돌아오는 것을 보지 못했으리라 예측을 할 수 있었다. 그 위에 딸에게 입혀 가지고 돌아올 새 옷 보따리와 큰집에 줄 돈냥도 가지고 갈 것이므로 그것만 빼앗아 없애버리면 누구든지 재물이 탐이 나서 한 도둑질인 줄 알지 절대로 자기가 한 일인 줄 모르리라. 그리고 다시 큰산 쪽으로 돌아서 나무를 지고 내려가면 누가 알겠는가.

욕정에 사로잡힌 봉환은 숨었던 숲속에서 내달으며 나그네의 뒷골을 단숨에 찍었다. 순식간에 공격을 당한 윤서방은 뒤를 돌아다 볼 틈도, 비명을 지를 틈도 없었다.

푹하고 앞으로 힘없이 고꾸라지더니 두어 번 버둥거렸다. 살기 등등한 봉환은 연달아 찍어내렸다. 축 늘어져서 꼼짝달싹 할 수 없게 된 후에 자신을 살펴보니 옷소매와 앞가슴에 뻘겋게 피가 튀어 묻어 있었다.

스스로 놀란 봉환은 허리춤의 돈과 옷보따리를 들고 산 속 깊이 숨어서 우선 저고리를 빨아 말려 놓고 옷보따리와 돈을 파묻었다. 그리고 옷이 마르는 동안 맨몸으로 나무를 다 해 놓았다. 나무를 지고 내려올 때 마을 사람 몇 명인가를 만났다. 내려올 때도 시루봉 쪽으로 돌아서 내려온 것이다.

윤서방이 시체가 발견되어 온 동네가 발끈 뒤집혔다. 물론 성안이 가까워서 고을의 형방 비장 등이 왔으나 별 성과를 거두지 못했다.

그 후 세월이 흘렀다. 딸은 아버지가 죽었으므로 그냥 큰댁의 큰어머니가 맡아서 길렀다.

이제 봉환은 떳떳이 중신을 넣었다.

"나도 총각이고 하니 함께 살도록 해 달라."

하고 마을의 웃어른 김첨지에게 부탁하자

"그래, 우리 마을에 생과부가 하나 생겼는데, 그것 좋은 일이지."

하고 말했다.

양지댁도 그 중매를 듣자 울렁거리는 가슴으로 승낙하고 말았다. 다른 사람도 아닌 봉환이었기 때문이다. 자기 몸을 한 번 주었던 사람, 실은 준 것은 아니고 힘에 못 이겨 욕을 당했지만 싫다고 하지 않았다.

두 사람은 첫날밤, 서로 이상한 감회를 품고 한 이부자리 속에 들었다. 봉환이야 하늘로 날아올라 갈 것 같은 기분이었지만, 양지댁은 자기를 겁탈한 사내라 그다지 가슴이 설레이지는 않았다.

그러나 일단 품에 안고 나자 양지댁도 이미 남자를 알대로 안 몸인지라 달아올랐다. 전 남편 윤서방보다 젊고 힘있는 몸이었고 그녀를 간절히 바라다가 뜻을 이룬 사람인 만큼 봉환은 그와는 비교도 되지 않게 온몸을 사랑했다. 남자의 정욕은 끝이 없었다.

자연히 새 정이 들었다. 여섯 해를 함께 산 어느 날이었다. 이제는 아들도 하나 낳고 딸도 한 명을 낳았으므로 정도 들 만큼 들었다.

이제는 둘 사이의 비밀도 없어질 만큼 되었으므로 밤에 잠자리에 들어서도,

"전의 그 이보다 당신이 얼마나 더 좋은지 몰라요."

하는 고백을 스스럼없이 했고, 또 그 말은 사실이었다.

그러던 어느 날 갑자기 큰아이가 병이 들어 숨이 넘어갈 만큼 끙끙거리며 점점 여위어 갔다. 맏아들이었으므로 어떻게든 살려야 했는데 모은 돈을 모조리 약값에 썼는데도 병이 낫지 않아 돈이 아쉽게 되었다.

"염려 말아. 내가 돈을 구해 올 테니."

퍼뜩 윤서방을 죽일 때 파묻은 돈 생각이 났다. 그 돈을 파 가지고 오자 양지댁은 파랗게 질려서,

"이 돈이 어디서 났느냐?"

고 물었다. 그제서야 뭔가 잘못되었다는 생각에 몸이 달아올랐다. 엽전 꾸러미를 꿴 노끈 마디가 눈에 익었고, 그 액수가 눈에 익은 모양이라서 생각이 떠오른 것이다.

'그까짓 것 사실대로 말해 버리자 애를 둘씩이나 낳은 사이고 정이 들 대로 들었는데 무엇이 어떨려고.'

"실은 수리봉에서 내가 해치웠어. 당신하고 살고 싶어서, 미칠 것 같아서 그랬던 거야."

"아, 그러세요? 정말 잘 하셨어요."

양지댁은 잘 했노라고 했다. 말은 그렇게 했지만, 그래도 뭔가 다르게 변화가 나타났다. 그날 밤 잠자리에서 품에 안았을 때 전처럼 타오르지 않았다.

'이년이 달라졌어.'

이것은 봉환의 생각이었다.

'아, 내가 어쩌자구 살인자의 씨를… 하늘이 벌을 내리는 거다. 지어미가 돼서 지아비의 원수를 알고도 갚지 않는다면 천벌을 받아 마땅하

다. 몰랐을 때는 할 수 없지만…'

하는 것은 양지댁의 생각이었다.

봉환은 아내의 태도가 달라진 것을 보고 증거가 될까 봐, 그날 밤으로 돈을 갖다 다시 파묻어 버렸다.

한편으로 남편이 살인자라고 생각하니 자식까지도 섬뜩했고, 또 약을 쓰려고 해도 돈이 없어 큰애는 곧 죽고, 딸애도 기침병에 걸려 콜록콜록 하더니 숨을 거두고 말았다.

'네년이 날 죽이려고 그러지? 네년이!'

여편네의 돌변한 태도에 봉환은 미친 듯이 행패를 부리기 시작했다. 도둑놈 제 발이 저린다는 식으로 꼭 여편네가 자기를 관가에 고발하거나 독살할 것 같아 나들이까지도 철저히 감시를 했고 음식마저도 손수 끓여 먹는 형편 됐다. 그러니 집안 살림이 제대로 되어갈 리가 없었다.

나무가 떨어져도 나무를 하러 갈 마음이 없었다. 지옥 같은 나날에 견디다 못한 봉환은 양지댁을 버리고 야밤에 도망쳐 버렸다.

남편의 원수와 살았다는 무서운 죄책감에 휩싸이기 시작한 양지댁은 자기 몸이 더럽기 짝이 없게 느껴졌고, 그 후회와 역겨움이 병이 되어 자리에 눕고 말았다. 약 쓸 돈조차 없으므로 점점 중태에 빠져 목숨이 오늘 넘어갈지 내일 넘어갈지 모를 지경이 되고 말았다.

그때 전라도 땅까지 피륙을 싣고 가서 돌아온 장사꾼이 와서는 봉환이가 생활이 궁해 쥐도 새도 모르게 없어졌다더니, 전주全州 고을에서 백여 리 떨어진 황매골에 있더라고 했다. 양지댁은 중환으로 누워서 그 소식을 들었다.

하여간 그런 봉환이가 지금 겁탈해도 탈이 없던 옛일을 생각하며 남장

처녀를 범하려고 한 것이었다. 깊이 잠든 것을 확인하고서는 엉금엉금
어둠 속을 기어가 살그머니 바지춤을 끌어내렸다. 그러자 무언지 딱딱
하고 긴 것이 손에 닿았다. 살펴보니 비수였다.

"웬 비수를?"

하는 생각이 들었으나, 지금 그런 것을 생각할 여유가 없었다. 그래도
바지를 살금살금 끌어내렸다. 그래도 여로에 지쳐 깊은 잠에 빠진 남장
처녀는 미동도 하지 않았다. 정말 여자였다. 바짓가랑이 하나를 완전히
벗겨내고 살그머니 다리를 벌려도 몰랐다. 봉환이가 완전히 목적을 이
루었을 때야 잠에서 깨어난 처녀는,

"아아! 아!"

하고 비명을 지르면서 어깨 뒤로 손을 감아 등판을 때리며 몸부림쳤
다. 그러나 처녀의 연약한 힘이 억센 중년 사내를 떼어내지 못할 것은 당
연한 일이었다. 그러나 서너 번 두드리다가 처녀의 매질이 우뚝 멈췄다.
갑자기 처녀의 몸이 굳어졌다.

봉환은 처녀가 반항을 중지하자 체념했다고 생각하고 마음놓고 욕정
을 쏟았다.

"아이, 난 몰라요, 난…"

처녀는 수줍은 듯이 응해 왔다. 사내의 어깨를 쓰다듬으면서.

이튿날 아침 처녀는 부끄러운 듯이 얼굴을 붉히면서도 어제와는 전혀
다른 계집의 미태를 보였다.

결국 함께 고개를 넘게 됐다.

"그런데 이봐, 비수는 왜 품고 다녀?"

하고 물었다.

"그냥 뭐, 다 쓸 데가 있어서 그래요."

얼마를 걷다가 둘은 고갯길에서 쉬게 되었다. 처녀는 옆에 붙어앉아 뭔가를 바라는 것 같은 태도를 지었다. 그 태도에 봉환의 마음은 대번에 끓어올랐다.

두 번 다시 생각할 것 없이 단번에 끌어당겨 안았다.

"아이, 고갯길에서 어떻게 저쪽 숲으로 들어가요."

이미 망친 몸이기 때문인지, 아니면 사내와의 재미를 알아서 그런지 처녀는 거부하지 않았다.

"그러지."

봉환은 처녀를 데리고 고갯길에서 외진 숲속으로 갔다. 눕기 좋은 풀밭을 골라서 밝은 대낮에 발랄한 처녀의 얼굴을 보면서 즐거워했다.

처녀는 먼저 비수를 허리춤에서 꺼내 옆에다 놓고 누웠다. 그리고 사내가 바지를 끌어내리고 수욕을 채우는 대로 몸을 내맡겼다. 봉환은 다시 처녀의 몸을, 아니 이제는 처녀가 아닌 남장여인의 몸을 마음껏 짓눌렀다.

그러자 온몸이 쾌감을 느끼면서 정신이 가물가물 황홀해져 가는데, 갑자기 숨이 콱 멎어 버렸다. 정신이 아득해지는 아픔이 전신에 잠깐 동안 퍼지고 이어 강렬한 고통이 영혼을 괴롭혔다.

"봉환이! 이 아버지의 원수…"

여자는 자기 몸 위에 늘어져 있는 봉환을 떼밀면서 말했다. 순간 봉환은 여인의 목을 조르려 했으나 심한 고통 때문에 행동이 자유롭지가 못했다.

사내의 밑에서 몸을 빼낸 여인은 재빨리 바지를 끌어올리고 단호하게 말했다.

"어머니가 중병이 들어 돌아가실 때 나를 불러 원수를 알려주셨다. 하늘이 무심치 않아 수백 리 밖까지 도망쳐도 다 알게 돼 있어. 어머니는 네놈의 등에 침 맞은 자국이 잘못되어 조그만 대추만한 상처 자국이 세 개 나란히 있다고 하셨다. 어젯밤 네놈의 등을 두드리다가 나는 그것을 알았다. 이 살인자!"

"너는… 네년은…"

봉환은 의식이 아득해지고 심한 고통 때문에 제대로 말도 할 수 없었다. 여자는 사내가 자기 몸을 덮치고 볼 일을 시작한 순간 옆에 놓았던 비수를 들어서 목을 찔렀는데 정확히 찌르지를 못해서 그 정도의 말이나마 할 수 있었던 것이다.

여자는 몸을 틀어대며 고통 속에서 정신을 잃어가는 봉환의 목에서 비수를 뽑아 들고는 다시 찌르지는 않았다.

"네놈은 더 고통을 당하다가 죽어야 한다. 그래도 네 몸이 지은 벌이 모자란다."

하고서는 뒤도 돌아보지 않고 계곡을 따라갔다. 묻은 피를 씻고 옷을 빨기 위해서였다.

# 여름날의 긴 이야기

한양서 이백 리요, 양평 고을에서 삼십 리 떨어져 시골 구석이긴 하지만 낮은 산을 의지하여 펑퍼짐한 들을 끼고 사시장철 물이 말라보지 않은 냇가에 자리잡고 있는 박골은 시골치고는 알뜰한 마을이었다.

옹기종기 오십여 호가 모여 사는데 마을 한복판에 기와집도 한 여덟 채 덩그러니 서 있고 마을에서 주인격인 허씨 문중엔 비록 벼슬에 오른 사람은 없어도 인근 몇 동리에선 어느 문중에도 뒤지지 않을 만큼 양반 행세를 하며 살림 형편도 천석군, 만석군은 안 되어도 사랑방에 손님이 찾아들어 한결같이 대접할 만큼 별로 곤궁함을 모르고 살아왔다.

박골에서 팔자가 그 중 누가 좋으냐 하면, 서울집 '보살'이 첫 손가락에 꼽힌다. 집안에 서울서 시집이라도 온 사람이 있기 때문에 서울집이 아니요, 보살이 이십 전부터 서울 출입이 잦아서 부르게 된 택호다.

보살이 팔자가 좋다는 것은 재산이 남보다 많은 것도 아니요, 원래 사람된 품이 너그럽고 후덕해서 걱정이라곤 통 모르는 까닭에 보살이라는 이름까지 얻게 되었고, 어려서부터 유복한 살림에 귀엽게 자라나며 공부만 하여 왔고, 서울을 자주 출입하지만 과거를 볼 생각은 별로 하지 않으며 편하게 세월만 보내고 있으니 그야말로 신선 부럽지 않은 팔자였다.

"이 사람아, 글을 그만큼 읽고 서울에 발도 넓고 한데 과거라도 좀 보게나."

이따금 동리 사람들이나 친구가 이런 말을 하면,

"그까짓건 해서 뭘해?"

귀찮은 노릇이라는 듯 머리를 흔들곤 하였다. 일체 세상 공명에 욕심을 부리려 들지 않으니 언제나 마음은 편했다.

하지만 팔자 좋은 보살도 가슴 속 깊이 남모르는 고민은 있었다. 어려서 장가든 마누라가 사람이야 부처님 가운데 토막 같지만 나이가 오 년이나 위요, 얼굴의 생김새는 밉지 않지만 비맞은 잿더미처럼 숭숭 얽었다. 겉으로 나타내 본 적은 없으나 어떻든 마누라가 불만이었다.

더군다나 서울을 자주 드나들면서 화려한 물색을 보아온 보살로서는 조강지처를 구박할 심사는 품지 않아도 은연중 늘 마음 한구석이 텅 비어 있는 듯한 느낌이었다.

일찍 부모를 잃고 하나밖에 없는 누이도 시집을 보내고 나니 호젓한 살림에 세 아이를 기르면서 태평하게 살아오지만, 몇 달만 집에 처박혀 있으면 공연히 다리가 근지러워 아무 데고 훌쩍 떠나서 며칠 동안이라도 한 바퀴 돌아와야만 속이 후련하곤 하였다.

여름철 장마가 열흘이나 계속되다가 날이 활짝 개이고 나니 자꾸만 궁둥이가 들먹거려 집구석에만 앉아 있기가 답답하고 어디 좀 가봐야겠는데 날이 무더워 먼 길은 나설 수 없고, 그 중 무난한 것이 누이집에나 다녀 오는 일이었다.

팔십 리 길이니 그리 멀지도 않고 피차 소식이 끊긴 지도 몇 달이 되었으니 가면 몹시 반가와도 할 것 같았다.

"이봐, 내일은 오서방 집에나 좀 갔다 와야겠어."

마루에서 마누라를 돌아보며 불쑥 말을 꺼냈다.

"에구, 이 무더운 철에 객지엘 어떻게 나서요."

"매부집엘 가는데 객지는…"

기어코 떠나볼 심산이었다.

다섯 살짜리 어린놈이 마당에서 놀고 있다가 아버지가 어디로 간다는 말에 귀가 번쩍 뜨여,

"아버지 나두 가…"

금방 따라 나설 것처럼 흙장난하던 손을 툭툭 털며 달려왔다.

"어딜 넌 못 가."

"헤잉, 나두 갈 테야."

요놈이 금방이라도 쏟을 듯이 울먹거린다.

"어딘 줄 알고, 멀리 가는 거야!"

보살은 눈을 부릅떴다.

"뭘 고모집엘 간다면서."

빤히 알고 졸라대는 판이다.

"고모네 집이 어딘데? 아주 멀어서 넌 못 가."

"멀어두 갈 테야."

"그것 보슈. 날이 이렇게 무더운데 어딜 나서신다고…"

아이도 졸라대고 하니 떠나는 것을 단념하라고 마누라는 권했다.

"장마도 치르고 했는데 모두들 무사한 지 한 번 가 봐야지. 조녀석은

공연히 떼만 부려. 넌 이따가 엄마하고 외할머니댁에나 가는 거야. 알겠지?"

"혜잉…"

그래도 꼬맹이는 못마땅한 지 손가락을 입에 물고 몸을 베베 흔들며 엄마만 졸라댔다.

"정말 떠나 보시려우?"

"마음 내킨 김에 잠깐 다녀와야지."

"며칠이나 계시려우?"

남편이 집을 나서기만 하면 보름, 스무 날, 혹은 한두 달씩 지나서 돌아오는 것이 예사여서 마누라는 한여름 집을 나선다는 것이 종시 탐탁지 않았다.

"뭐, 며칠 동안 다녀오는 거지."

말로는 며칠이라고 하지만, 그렇게 쉽게 돌아올 자신이 서질 않았다. 그 마을엘 가면 마음 맞는 친구가 두서넛 있어서 만나기만 하면 세월 가는 줄 모르고 바둑 장기며, 술에 게다가 요즘은 천렵이 제철이라 가면 오고 싶어도 한 보름은 붙잡혀 있게 될 것 같았다.

"엿새 안으로 꼭 돌아오셔야 해요."

"엿새는 왜?"

날짜를 꼬집어 말하는 것이 수상하였다.

"아이구, 바깥 양반들은 모두 저래서. 이제 이레만 지나면 조부님 제삿날 아녀요."

"오, 참 그렇구먼."

깜박 잊고 있었다. 아닌게 아니라 집안 식구들 생일날이라거나 조상들의 제삿날은 그 때마다 항상 외워둬야겠다고 생각을 하면서도 좀체로 기억이 나지 않았다.

안사람들은 용한 것이 딴 일은 잘 잊어버리면서도, 일 년에 한 번씩 다가오는 그런 날만은 좀체로 잊어버리는 일이 없을 뿐더러 일가집 사돈집 제삿날, 잔칫날까지도 외우고 있는데는 탄복하였다.

제삿날이 다가왔으니 그 때까지는 돌아와야겠다고 마음먹으면서도 어쩐지 너무 촉박한 것 같았다.

"아무리 매부집이라도 이틀 사흘만 묵으면 됐지. 엿새까지 계실 것도 없잖아요."

이리하여 길은 떠나기로 되어 마누라는 그날 밤으로 모시 두루마기와 삼베옷을 다림질하기에 바빴다.

다음날 해 떠오르기 전에 집을 떠나 십 리길이나 걷고 나니 내리쬐는 햇볕에 땀에 흥건히 고였다. 부채를 활활 부치며 호젓한 길을 천천히 걸었다.

날은 짓무덥고 땀은 흘러 목이 몹시도 칼칼하여 길가에 주막이라도 있으면서 잠시 들러서 한두 잔 목을 축여보련만 그럴 만한 곳이 없고, 원두막이라도 있나 하여 사방을 둘러보았으나 역시 눈에 띄질 않았다.

큼직한 소나무 밑에 앉아 웃통을 벗어 젖히고 땀을 들이는데 졸졸졸 물 흐르는 소리가 들려와 둑 밑으로 내려가 보니 한 줄기 맑은 샘이 바위 틈으로 솟아 흐르고 있어 넙죽 엎드려 싫도록 마시고 나니 한결 갈증이 풀렸다.

푸른 숲 사이로 하얗게 뻗은 길은 산줄기를 타고 굽이굽이 돌아 있는데 문득 바라보니 멀리 산비탈을 돌아서는 청초한 모습이 아련하게 눈에 들어왔다.

워낙 거리가 떨어져 있는 탓에 얼굴 모습이나 옷차림은 자세치 않으나 앞에 선 사람은 하얀 소복 단장에 금방 쓰러질 듯 연약한 체구임을 보아 여인임에 틀림없고, 뒤따른 사람은 짐을 지고 있는 품이 아마도 젊은 여인이 친정으로 나들이 가는 행색같이 느껴졌다.

등골에 땀도 식어지고 하여 다시 길을 걸어가는데 저절로 발걸음이 빨라졌다.

별로 엉큼한 생각을 품은 것도 아니지만 앞서 가는 여인의 모습이 까닭없이 자꾸만 궁금스러워서 어떻게 생겼는가 얼굴이라도 지나는 길에 한 번 바라보고 싶은 충동을 느꼈다.

남녀유별인데 그런 생각을 품은 것부터가 군자의 도리에 어긋나는 것임을 생각지 못하는 바는 아니지만, 호젓한 산길에 더위를 무릅쓰고 먼 길을 걸어가자니 적적하기도 하려니와 모르는 여인과 감히 말동무가 되어 주길 발랄 수는 없어도 앞서거니 뒤서거니 하여 가노라면 한결 고적함을 면할 것도 같았다.

한데, 이상한 것은 소복한 여인의 모습이 유난히도 마음을 끌었다. 사실 시골 구석의 젊은 여자들이라야 그저 그렇구 그렇지, 서시나 양귀비 같은 미인도 없는데 어쩐 까닭인지 지금 눈시울에 환히 떠 있는 모습은 좀체로 느껴 보지 못한 연연한 감정의 물결을 드높여 주는 것이 아닌가.

점점 거리가 가까워질수록 앞에 가는 여인의 자태가 어느 그림 속의 선녀나 미인을 바라보는 듯 걸음걸음 사뿐히 옮기는 발꿈치에 꽃송이가 피어나는 듯 황홀하였다.

나긋나긋한 몸맵시며 눈이 부실 만큼 하얀 모시옷을 아래 위로 감았는데 무더운 낮에 별로 땀도 고이지 않았는 지 쥐면 사박 소리가 날만큼 등 뒤의 옷이 빳빳한 채로였다.

짐을 지고 가는 친구는 아랫도리를 정강이까지 훌쩍 걷어붙이고 성글은 짚신짝을 끌면서 짐이 무거운 듯 숨을 헐떡거렸다.

무명 보자기에 거의 한아름 싼 짐은 틀림없이 친정 부모에게 올릴 나들이 선물이리라 여겼다.

아직 얼굴을 못 보았으나 뒷모습으로 살펴도 젊은 여인임에는 틀림없는데, 어째서 소복 단장을 하였을까 궁금스러웠다.

여름철이니 그럴 법도 하지만 봉긋이 쪽진 머리에 하얀 댕기를 감은 것만 보아도 어느 친척의 상복을 입고 있는 것만은 알아챌 수 있었다.

뒷모습을 바라보는 데만 마음이 사로잡혀 발걸음을 늦추면서 앞서 가도 될 것을 일부러 몇 자국 뒤로 물러섰다. 더위도 잊어버리고 등골에 땀이 흐르는 것도 모르고 여인의 아리따운 뒷모습만을 바라보기에 정신을 빼앗겼다.

앞설까? 그냥 뒤만 따를까? 한참이나 망설이다 아무래도 얼굴을 한 번 봐야만 속이 풀릴 것 같아 급한 걸음으로 다가서며,

"에헴!"

기침을 크게 하였다.

뒤에서 짐을 진 녀석은 돌아보려다 말고 짐이 무거운 탓인지 눈만 옆으로 힐끔거리며 걸어가는데 앞선 여인이 발걸음을 멈칫하고 뒤를 돌아보며 보살이 옆에 가까이 왔음을 보자 고개를 다소곳이 수그리며 길을 옆으로 비켜 주었다.

어쩌면 눈이 그토록 빛나는 것일까. 얼굴은 옥을 다듬은 듯 맑고 희고

아름다웠다. 눈이 어리치어 발을 멈추며 망연히 바라보다가 걸음을 빨리하여 여인의 옆을 지나치면서 다시금 곁눈으로 바라보는데 여인과 눈이 마주치자 얼른 얼굴을 돌리며 재빨리 걸음을 재촉했다.

한양도 몇 차례나 왕래하면서 미인도 많이 보았지만, 오늘 이 호젓한 산길에서 우연히 보게 된 여인처럼 빼어난 인물은 난생 처음으로 대하는 것이었다. 점잖은 체면에 예의에 어긋나는 줄 알면서도 보살은 두근거리는 마음을 억제할 수가 없었다.

옛글 속에서나 읽어본 미인이었다. 이런 시골 구석에 그토록 아름다운 여인이 있으리라고는 전혀 상상 밖이었다. 여인과 거리가 너무 떨어지는 것 같아서 걸음을 늦추며 두 귀에 온 신경을 쏟았다. 사뿐사뿐 발자국 소리가 들렸다. 짐꾼의 짚신짝 끄는 소리는 더 요란하건만 들리지도 않았다.

앞장 선 것이 몹시도 후회되었다. 빤히 눈총을 겨누고 있는 것 같아 고개를 돌이킬 용기가 나지 않았다.

문득 앞을 바라보니 멀지 않은 길가에 그늘이 무성한 나무가 한 그루 서 있었다. 옳지, 다리를 쉬는 척 하고 저 그늘 밑에 앉았다가 여인이 앞서거든 다시 뒤따라가며 실컷 모습이나 바라보리라 마음 먹으며 점잖게 앞으로 걸어갔다.

여인의 자태에 비하여 자기의 행색이 너무나 초라한 것 같아 몇 번이나 두루마기 자락을 내려다보며 좀 더 좋은 옷을 입고 나설 걸 하는 생각조차 들었다. 신도 삼껍질을 벗겨 곱게 짠 것이 있는 걸 공연히 아끼느라 신고 나서지 않은 것이 후회되었다. 뒤에서 여인이 자기의 뒷모습을 바라보거니 생각하니 한 발자국을 옮기는 데도 마음이 조마조마했다. 경망스럽게 재빨리도 말고 게으름뱅이처럼 느릿느릿도 말고 가장 의젓하고 점잖게 걸음을 걷노라고 몹시도 애를 썼다. 그늘 밑에는 마침 펑퍼짐한 바위가 깔려 있었다. 웃통을 활짝 벗어 젖히고 땀을 들였으면 알맞은 곳이었다.

몸을 옆으로 돌려 그늘 밑으로 들어서면서 힐끔 곁눈질해 바라보니 여인은 좀 떨어져 오면서 자기 편을 유심히 눈여겨 보는 듯 하였다.

태연스럽게 바위에 앉아 부채를 흔들며 한길을 바라보고 있었다. 잠시 쉬어가고 싶은 생각이 있더라도 여인은 남녀간의 예절을 가려서 지나쳐 먼저 가며 딴 곳에 쉬려니 생각하였는데 뜻밖에도 가까이 오면서 짐꾼을 돌아다보고 몇 마디 하더니 서슴지 않고 그늘 밑으로 들어서는 것이 아닌가.

보살을 당황하여 몸을 움찔거리며 한쪽 옆으로 피해 앉았다. 짐꾼도 길에 지게를 받쳐 놓고 땀을 씻으며 나무 뒷그늘로 돌아가 앉고 여인은 보살과 사이를 두고 한길을 보고 나란히 앉았다.

안 보는 척하면서도 눈은 곧장 옆으로만 흘렀다. 여인은 풀잎을 만지작거리며 그림처럼 조용히 앉아 있을 뿐 무슨 생각에라도 잠겨 있는 듯한 모습이 마치 연꽃봉오리가 고개를 숙이고 저녁볕 밑에 조는 것과도 같았다.

오목한 눈자위와 콧날이 오똑한 옆모습은 그림이라기보다 구슬을 쪼아 다듬은 것처럼 청초하기 그지없었다.

정신을 잃고 바라보다가 여인과 눈이 마주치자 보살은 얼른 얼굴을 돌리며 화끈함을 느꼈으나 여인이 조용히 흘려보내는 추파가 짧은 찰나이지만, 그윽한 정을 품은 듯 느껴지고 엷은 웃음까지 보여주는 것이 더 한

충 마음을 설레게 하였다.

무심결에 다시금 조심스럽게 눈을 던져 보니 여인은 여전히 풀잎만 만지작거리며 무슨 생각을 하였는지 방실 웃음을 짓고 있었다.

그늘 밑에 앉아 있는지가 꽤 오래 되었건만 여인은 자리를 뜨지 않았다. 보살은 혼자 생각에 여인이 앞서는 것을 보고 뒤따르려는 것인데 마냥 갈 길을 잊은 듯 앉아 있기만 하니 은근히 근심도 되었다. 매부집엘 가자면 아직 사오십 리는 족히 남았을 것 같은데 길을 걷는 것보다 쉬는 자리가 더 오래게 되니 이러다가 오늘 안으로 들어서지 못할 것도 걱정이 되었다.

그러나 먼저 일어설 수는 없었다. 어느 댁 누군지 감히 사귀어 볼 엄두는 못 내지만 천하절색을 눈앞에 보는 것만으로도 안복眼福이니 이처럼 좋은 기회를 버리고 나서기란 아까운 생각이 들었다.

그냥 앉아 있지만 말고 그만큼 다리를 쉬었으면 이제는 천천히 길을 가면서 뒷모습을 바라보는 것이 좋으련만 여인은 갈 길이 바쁘지 않은지 태연한 채 일어설 생각을 하지 않았다.

어차피 늦어진 바에야 끝까지 뻗대고 있어 보리라. 설마 해 떨어지기 전에야 먼저 일어설 테지 하고 여유있는 결심을 품었다. 늦게 사돈집을 찾아들기보다는 가다가 아무데서고 하룻밤 잔들 어떠랴 싶었다.

나무 뒷그늘에 앉아 있던 짐꾼 녀석은 조금 전에 담뱃대 터는 소리가 들렸는데 어느새 잠이 들었는지 드르렁 코를 골기 시작했다. 아닌게 아니라 서늘한 그늘 밑에서 한잠 늘어지게 잤으면 꼭 좋겠다는 생각도 들었다.

여인에게로 눈을 돌려보니 수줍은 모습으로 마주 바라보며 방그레 웃음을 지어 보이고 머리를 돌려 짐꾼 녀석을 살짝 흘겨 보고는 다시 보살을 향하여 추파를 건네었다.

아무리 봐도 음탕하거나 상스러워 보이지 않았는데 양갓집 부녀라면 어째서 길 가던 남자를 보고 추파를 던지며 웃음을 지어 보일까? 알 수 없는 일이었다.

세상에는 우연히 얽히는 기이한 인연도 없는 것이 아니니 아마도 자기와 무슨 전생에 연분이라도 있는 것이 아닌가 하는 부질없는 생각조차 떠올랐다.

짐꾼 녀석이 없다면 예의 염치를 돌볼 것도 없이 한 마디 붙어보겠는데 녀석은 잠은 들어 있지만 섣불리 못난 짓을 하다가 봉변을 당하게 되면 장부의 체면에 낯을 들 수 없는 일이다.

나뭇가지에 앉아 있던 까치 두 마리가 푸드득 날아가는 소리에 잠이 깨었는지 짐꾼 녀석은 눈을 비비며 어정어정 났다.

녀석의 험상궂은 상판을 보니 보살은 모든 꿈이 산산조각을 깨어지는 것 같았다.

얼굴이 거무잡잡하고 허우대가 늘씬한 짐꾼 녀석만 없다면 눈앞에 하느적거리는 인연의 줄이 손끝에 닿으련만 그 녀석이 성큼 나서고 나니 이제는 기다려서 뒷모습이라도 바라보며 침을 흘렸지 딴 도리가 없었다.

녀석은 심통 사납게도 보살을 힐끔 흘겨보고 눈망울을 데구루루 굴리는 것이 왜 가지 않고 아직껏 앉아 있느냐고 힐책하는 것만 같았다.

"그만 잠이 깜박 들었다가… 이젠 가시지요?"

여인의 곁으로 가까이 다가서면 길을 재촉하였다.

"짐을 졌으니 먼저 가게나. 내 천천히 따라갈 테니."

짐꾼 녀석을 바라보며 맑은 음성으로 이르는 말이 보살의 귀에까지 또렷이 들려왔다.

놀라운 일이다. 낯선 남자가 지척에 앉아 있는데 젊은 여자의 몸으로 자기는 떨어져 천천히 가겠노라는 말이 심상하게 들리지 않았다.

별안간 가슴이 콩뛰는 듯 두근거리며 앉은 자리가 불안스러우울 만큼 가슴이 설레어 보살은 부채질을 빠르게 하며 먼 하늘만 바라보고 있지만 귀로 온 신경이 바짝 쏠려 있었다. 짐꾼이 무어라고 대답하는지 몹시도 초조했다.

"뭘, 멀리서 바라보며 천천히 따라가면 되지!"

"그럼 제가 먼저 갈까요. 날이 워낙 무더워서 걸으시기가 몹시 고되실 텐데요. 그럼 천천히 오세요. 저 먼저 갑지요."

짐꾼 녀석은 한길로 나서며 짐을 지고 일어서면서 보살을 또 한번 흘겨보았다. 녀석의 행동이 괘씸함을 느끼면서도 짐짓 못 본 척 얼굴을 반쯤 가려 버렸다.

녀석이 다시는 뒤도 돌아보지 않고 어깨를 들먹거리며 점점 멀리 가버리는데도 여인은 일어날 생각을 하지 않고 짐꾼의 뒷모습만 바라고보 조용히 앉아 있을 뿐이다.

흥분된 마음이 가슴 속에 뻐근하도록 차 있으면서도 한쪽으로는 더럭 겁도 났다.

지금 눈앞에 앉아 있는 여인은 인간이 아니요, 필경 무슨 요물같은 생각이 든 까닭이었다.

옛글을 보면 천 년 묵은 여우가 꼬리는 아홉이 달린 것이 제멋대로 변형하여 사람을 홀리는 일이 수없이 많은데 아마도 그런 구미호九尾狐가

자기를 해치려 한다는 생각이 들었다.

그러나 제아무리 변형을 잘 하기로서니 저렇게도 빈틈없이 인간의 탈을 쓸 수 있겠는가? 또 천 년 묵은 여우가 있기도 어려운 일이거니와 그런 요물이 있다면 그 동안 무슨 괴상한 소문이라도 들려왔을 텐데 그와 비슷한 이야기도 들어본 적이 없었다.

허무맹랑한 생각에 사로잡혀 눈이 자꾸만 여인 쪽으로 쏠리어 유심히 거동을 살피는데 여인과 눈이 마주쳤다. 대담한 마음을 먹으며 눈을 피하려 하지 않고 빤히 건네보노라니 여인도 은근한 정을 머금은 추파가 오래도록 흘러넘쳤다.

한참만에 여인은 눈을 내리감으며 얼굴을 살짝 돌리더니 사뿐 일어났다. 한길로 나서면서 여인은 거듭 반짝이는 눈빛을 던졌다.

보살도 성큼 따라 일어섰다. 멀리 짐꾼이 가던 길을 바라보니 어느새 산모퉁이를 돌아섰는지 보이지 않았다.

짐꾼도 없고 하니 뒤따르면서 모습만 바라볼 것이 아니라 눈치를 보아 이야기라도 한 마디 걸어보고 싶은 충동을 느꼈다. 제아무리 천 년 묵은 여우라도 내가 정신만 바짝 차리면 홀려들지야 않겠지 하는 자부심에서였다.

여인의 걸음은 지나치게 느렸다. 따르자니 두서너 발자국 움직이고는 발을 멈추어야 할 만큼 갑갑증이 났다.

그렇다고 훌쩍 앞설 수도 없고, 걸으며 말며 얼마쯤 가노라니 여인은 발을 멈추고 힐끔 뒤를 돌아보며 보살더러 앞서 가라는 듯한 눈치였다.

이런 때에 머뭇거릴 수도 없어 성큼 발을 움직이면서 여인의 앞을 지나칠 무렵 또 눈과 눈이 마주쳤다.

"함께 가시지요. 어디까지 가시는지?"

얼떨결에 말이 튀어나왔다. 이 기회를 놓치고 앞서 버리게 되면 뒤돌아서기도 체면이 거북하니 눈이 마주쳤을 때 예의에 어긋남은 알지만 병에 가득찬 물이 저절로 넘치듯 말을 걸게 된 것이다.

"앞서기가 황송하와…"

수줍음을 못 이겨 손으로 입을 가리면서 고개를 반쯤 수그렸다. 정신을 바짝 차려야 하느니라고 속으로 다짐하면서도 술에 반쯤 취한 사람 모양으로 몸이 후끈 달아오르며 눈자위가 벌겋도록 어리치었다.

"가시는 길이 머신지요?"

말을 건 김에 슬쩍 본색을 캐볼 작정이다.

"이제 이십 리쯤 가면 되옵니다."

해를 쳐다 보니 천천히 걸어도 이십 리는 저녁 전에 들어설 만하였다. 묻는 대로 대답해 주는 것이 무척 즐거웠다.

어떤 남자가 길가는 부녀에게 실없는 농락이냐고 꾸짖어도 꼼짝없이 받아야 하겠고, 그렇게 된다면 사내로서 체면이 땅에 떨어지는 것이니 감히 어정뜬 생각을 품지도 못하고 쥐구멍을 찾아 도망 가야 할 판인데, 몹시도 수줍어하면서도 또렷이 대답해 주며 살짝 고개를 들어 바라보는 눈빛이 서글거리며 억센 힘으로 잡아끄는 것만 같았다.

여인은 물어보는 대로 자상하게 대답하였다. 신세를 캐어보니 한양 친정엘 갔다가 시댁으로 돌아가는 길이라고 하였다.

상복을 왜 입었느냐는 말은 차마 꺼내기가 거북스러워 잠잠한 채 나란히 걸어가노라니 이번엔 여인이 말을 붙였다.

"어디까지 가옵시는지요?"

"저는 아직도 오십 리 길이나 더 가야 합니다. 날이 무더워서…"

길이 멀다면서 게으름을 부리는 것이 스스로 부끄러운 생각이 들어 더위를 핑계 삼는 것이었다.

"하루에 그 먼 길을 가시기 어려우실 텐데 중간에서 하룻밤 쉬어가시지요?"

여인으로서는 대담한 말이었다. 남의 남자가 하루에 가건 말건 젊은 여자의 몸으로 예절도 모르고 하룻밤 쉬어가라고 하는 말을 거침없이 하는 것은 아무래도 사람이 아닌 요물로 생각되어 전신이 오싹해짐을 느끼며 눈을 지그시 감았다 떴다. 정말 사람인가 요물인가를 눈치채려고 경계하는 마음을 게을리하지 않았다.

그러나 청초한 자태를 바라보기만 하면 마음이 흔들리어 번연히 눈앞에 있는 사람을 요물로 볼 수는 없었다. 천천히 걷는 것이 십 리쯤 와서 갈림길이 나서자 여인은 보살을 정면으로 바라보며,

"저기 저 그늘 밑에 좀 쉬었다 가시지요."

길가에 커다란 소나무를 가리키며 의견을 물었다.

갈 길이 멀고 가까움을 탓할 계제가 아니었다. 지금부터라도 부지런히 걸으면 해 떨어질 무렵 매부집까지는 들어설 것도 같은데 여인이 먼저 쉬어가자고 하는데야 마다고 사양할 수 없었다.

두드러진 언덕에 가지가 옆으로 탁 퍼진 소나무 한 그루가 유난히도 늙은 빛을 자랑하였다. 그늘 밑에 먼저 앉은 보살은 여인의 태도를 다시 눈여겨보았다.

햇볕에 그을린 탓인가, 얼굴빛이 불그스름히 상기되어 있었다. 청초한 자태가 요염스럽게 눈을 끌었다.

"저는 예서 십 리쯤만 더 가면 되옵지만, 짐꾼이 멀리 앞서 가니 혼자 가기가 좀 무서운 생각이 드는군요. 행차가 급하신 일이 아니시면 날도 저물어 가오니 누추하옵지만, 저의 집에서 하룻밤 유하고 가심이 어떠하올지요?"

얼굴을 점점 더 붉히며 거침없이 이렇게 말하는 여인은 보살과 머지 않은 곳에 앉아 잔뜩 정을 머금은 눈초리를 흘려보내고 있었다.

젊은 여인의 지나치게 당돌한 태도에 적잖이 의심을 품으면서도 한 번 타오르기 시작한 가슴 속의 불길은 좀체로 꺼버릴 수가 없었다.

"뭘요. 그 사람이 천천히 가질 않구. 혼자서 가시기 불편하시면 제가 댁 근처까지 동행해 드리지요."

제꺽 그러마고 대답하기가 쑥스러워 점잖게만 대답하면서도 속은 한 없이 설레기만 하였다.

친정이 한양이라는 것으로 미루어 생각해 보니 아마도 기생의 몸에서 태어나 어떤 늙은 벼슬아치의 소실로 몸을 맡겨 시골에 와서 살게 된 것 같이 짐작되었다.

그렇지 않고 양갓집의 딸이요, 며느리라면 길에서 처음 만난 남자에게 감히 그토록 당돌한 말을 건네지는 못할 것이라고 여겼다.

요염한 자태도 그렇거니와 말을 할 적마다 사람의 간장을 사르르 녹여 낼 만큼 엷은 눈웃음을 보이는 품이 언젠가 한양에 머물러 있을 때 친구 와 기방에 놀러갔다가 마음에 취해지던 그 때의 기생 얼굴과 흡사하다고 느꼈다.

만약 그렇다면 하룻밤쯤 못 이기는 체하고 그 집에 끌려가 엉뚱한 재 미를 보게 될지도 모른다고 맹랑스러운 생각이 떠올라 군침이 지르르 돌며 아랫도리가 비비 꼬였다.

한데 머리에 감긴 하얀 댕기가 궁금스러웠다. 남편이라고 따라왔던 늙은 영감이 세상을 떠나 상복을 입은 것이나 아닌지, 정녕 그렇다면 하룻밤에도 만리장성을 쌓게 되는 좋은 인연이 맺어질지도 모른다는 생각에 입을 열었다.

"복을 입으신 것 같은데?"

쪽진 머리를 힐끔 바라보며 물었다.

"불행한 몸이오라 삼 년 전에 섬기던 영감께서 세상을 떠났사옵니다."

말을 하며 추연한 눈빛을 보이는 것이 금방 울음이라도 터져 나올 듯싶었다. 보살은 생각한 대로 맞아주는 것이 더욱 신기로워 가슴이 몹시도 설레었다.

얼마쯤 쉬었다가 또다시 나란히 길을 나섰다. 인가도 별로 없는 산골길을 한참 동안 걸어가며 이야기를 주고 받노라니 수목이 우거진 산밑에 아담한 기와집 한 채가 보이자, 바로 그 집이라고 하면서 여인은 앞장 서서 걸었다.

짐꾼 녀석이 마당에서 빙그레 웃으며 마중하였다. 인도하는 대로 사랑방에 들어서니 정결한 방안에 향내가 그윽하고 구석마다 장식해 놓은 것이 화려하기 이를 데 없었다.

세상을 떠났다는 이 집 영감이 전에 어떤 큰 벼슬을 지냈는지는 몰라도 이런 시골에 와서 그처럼 호화로운 살림을 차린 데는 놀라지 않을 수가 없었다.

화류 문갑과 장롱은 청나라에서 들여온 것이요, 구석마다 배치해 놓은 화분들은 일찍이 본 일이 없는 각색 기화요초奇花瑤草가 심어져 있으며 정결한 책상 위엔 당시唐詩 한 권이 놓여 있고 위원청석渭原靑石을 교묘하게 쪼아 포도를 아로새긴 벼루며 백세청풍百世淸風의 금빛 글자도 영롱히 박혀 있는 먹이며 삼자칠양三紫七羊의 붓이며 곱게 다듬어 감아 놓은 장지축 등등 모두 범연한 것은 하나도 없어 보였다.

한 길이 훨씬 넘는 병풍은 무수한 기러기떼가 날아들고 서성거리는 백안도百雁圖였다. 한쪽 구석에 기대어 놓은 등잔은 비단초롱을 씌워 곱게 수를 놓아 있고, 아랫목에는 호랑이 가죽을 깔아놓은 것이 문채도 찬란하였다. 정신이 혼란스러워 앉은 자라기 자못 송구스러울 만큼 모든 것이 꿈속 같았다.

가벼운 발자국 소리가 들려오더니 문이 방긋 열리며 여인이 짙은 단장을 새로 하고 방실 웃음을 띠고 들어서고 뒤따라서 어여쁜 시녀가 상을 받쳐들고 눈빛을 반들거리며 조심스레 들어왔다.

"찬 수건으로 얼굴을 씻으시고 먼저 술이나 한 잔 드시지요. 시골 구석이라 별로 수저를 댈 만한 음식이 없사옵니다, 목이 마르실 텐데요."

물에 젖은 하얀 수건을 주고는 은잔에 술을 따랐다.

조그마한 술상이지만 대여섯 가지 차려놓은 안주가 모두 진미였다.

"허, 이것 참…"

술잔을 들면서도 속으로 켕기는 마음이 없지 않았다. 영감은 세상을 떠났다지만, 그래도 집안 식구 중에 사내는 한두 사람 있을 텐데 얼씬도 하지 않고 여인이 손수 나와 술을 따르는 것이 어쩐지 두려운 생각마저 들었다.

"우리 집엔 아무도 없어요. 종년 둘을 데리고 혼자 지냅지요. 삼년상三年喪이 며칠 안 남았길래, 그날이 지나면 친정으로 옮겨 가려고 외로

운 대로 살아갑지요. 사내라고는 짐을 지고 오던 그 사람뿐인데 힘이 장

삽지요. 아마 혼자서라도 열 사람은 당해 낼 걸요. 호호…"

아이쿠! 하고 가슴이 덜렁 내려앉은 듯하였다. 그놈이 장사라는 말에

혹시 도둑놈의 소굴에 끌려들어온 것이나 아닌가 의심도 되었다. 정녕

도둑놈이라면 멀지 않은 곳이니 소문도 났을 터인데, 그런 말을 들어본

일도 없고 여인의 말대로 믿을 수밖에 없었다.

"이런 데서 살면 신선놀음이나 다름없겠는데…"

술잔을 내려놓으며 다시금 방안을 빙 둘러보고 감탄하였다.

"아이, 별말씀 다하시네요. 가을에라도 제가 서울집으로 한 번 모실

테니 꼭 오셔요. 그런대로 살만큼 차리고 살지요. 이런 시골에서야."

이쯤은 아무것도 아니라는 말투였다. 대체 어떻게 된 여인일까?

본색이 몹시도 알고 싶었다.

"한양 본댁엔 여러분 계신가요?"

"아니 웬 걸요. 살림은 그런 대로 지낼 만하온데 어쩐 일인지 인정이

모자라요. 어머님 한 분만 계십니다."

그러니까 틀림없이 기생의 딸이라고 짐작이 갔다.

"자, 한두 잔만 더 드세요."

술잔을 들어 권하는 손이 어찌나 어여쁜지 깨물고 싶었다.

혀끝에 닿는 맛이 달싸하면서 향내가 물씬 풍겨 올라 별로 독하지 않

을 줄 여기고 따라 주는 대로 마셨는데, 무슨 술인지 온몸에 열기가 후끈

퍼지며 취해 오르는 것이 얼마쯤 앉았노라니 눈이 핑핑 도는 듯하였다.

"어, 그 술이 제법 취하는 걸…"

술상을 물끄러미 바라보며 새로 따라 주는 잔을 잡고 고개를 기우뚱하

였다.

"뭘요, 몇 잔 드셨다구요."

"아냐, 내가 술을 그리 못하는 편도 아닌데, 잔이 작길래 그냥 마셨더니 취해 오는 걸요."

"술이 오래 돼서 그런가 보죠. 귀한 손님이 오시면 대접한다고 술을 빚어서는 사오 년씩 묵혀 두었습지요."

"호!"

저절로 감탄이 나오지 않을 수 없었다. 제법 술을 좋아하는 편이면서도 지금껏 사방을 두루 다니며 좋다는 술을 많이 마셔 보았지만 반년 묵은 것도 접해 본 일이 없는데 사오 년씩이나 묵힌 것이라니 놀라운 일이었다.

땡볕을 쬐며 몇 십 리 길을 걸어온 피로는 술기운이 겹쳐 꼭 좀 누웠으면 좋겠으나 그래도 체면을 지키느라고 몸을 곧추세우고 점잖을 빼며 앉았노라니 자꾸만 몸이 흐느적거렸다.

"그럼 고단하실 텐데 잠깐 누우세요. 한잠 주무시고 저녁 진지를 드시도록 하시지요."

"저녁은 뭘요. 이젠 됐는데…"

맛나는 안주에 술을 몇 잔 들고 나니 별로 저녁 생각도 없었다.

"아이, 그러지 마시고 좀 누우세요."

베갯머리에 아롱지게 수를 놓은 퇴침을 내려 시원한 창문가로 놓으며 눕기를 권하였다. 권에 못이기는 척 하면서 털썩 몸을 눕히니 뻐근하던 허리가 쭉 펴지며 기분이 가벼워졌다.

"그럼, 좀 쉬세요. 전 좀 나가 봐야겠어요."

치맛자락을 휘감아 잡으며 생긋 웃어 보였다.

누우면 금방 잠이 들 것 같았는데 술은 취해 오건만 정신은 점점 또렷해지는 것만 같았다.

오늘은 무슨 복을 타고 나서 뜻하지 않은 곳에서 이런 대접을 받게 되나 하는 생각에 모두가 꿈 속만 같았고, 오늘밤에는 한평생 두고 잊지 못할 기이한 인연이라도 맺어지려니 하는 지레짐작이 들어 울렁거리는 가슴을 진정할 수 없었다.

외따른 숲 사이에 이웃도 없이 단 한 집만이라는 것이 더욱 다행한 일이었다. 만약에 이웃집이라도 있다면 여름날 창문을 열어 제치고 있노라면 오고가는 사람들이 기웃거려 성가실 텐데 창문 밖에는 강아지 한 마리 얼씬하지 않았다.

저녁을 먹고나면 자기 혼자서 자도록 하고 여인은 안방으로 들어가 버릴 테니 어떻게 한담? 두루 궁리를 해보았다.

저녁 후에 여인이 나오거들랑 이런 말 저런 말 자꾸 꺼내어 좀체로 일어나지 못하도록 하고 만약에 붙잡질 못하게 되면 깊은 밤 슬머시 안방을 더듬어보리라는 어정떤 생각까지 품어보았다.

소르르 잠이 들었다가 이마에 선뜻함을 느껴 눈을 떠 보니 단정한 모습으로 여인이 대야에 물을 떠놓고 옆에 앉아 수건을 적셔 머리를 식혀주고 있었다.

"아, 이거…"

일어나려고 하자 여인은 지그시 어깨를 눌렀다. 말없이 한참 바라보던 보살은 벌떡 몸을 일으키며 팔목을 덥석 거머쥐었다.

바르르 떨었다.

앞뒤 생각도 없이 울컥 치밀어오르는 정욕의 불길을 참지 못하여 덥석 손목을 잡으면서 바르르 떨린 것은 가슴이 방망이질 하듯 후들거리며 은근히 겁에 질린 탓이었다.

눈이 샐쭉해지며 팩 토라져 버리면 모처럼 먹은 마음은 깨어질 뿐만 아니라 밤중으로 쫓겨나기 알맞은 일이니 망신을 당해도 이만저만이 아닌 것이다.

손목을 잡힌 여인은 방긋 웃으면서 힘을 주어 손목을 지그시 빼려 하는 것을 힘차게 쥐었다.

"아이, 왜 이러세요."

얼굴이 빨개지며 손을 뿌리치려고 몸을 뒤쳐 비꼬자 손을 놓아주며 얼른 허리를 끌어안았다. 찰싹 감기도록 가는 허리가 품에 들며 여인은 몸을 굽혔다.

여름밤 해가 떨어진 지도 얼마 안 되어 밖은 아직도 훤하였다.

"아이, 이러시면 안 돼요."

밖을 내다보며 몸을 일으키려 하자 보살은 얼른 일어나 창문을 닫아 버리고 돌아서며 막 일어나려는 여인의 허리를 다시금 덥썩 끌어안으며 털석 누워 버렸다.

"너무 이러지 마셔요. 저녁이 다 됐는데 진지나 잡수시고요."

약간 성이 난 듯한 얼굴이면서도 아주 잡아떼는 태도는 아니었다.

"저녁은 뭘…"

당장 급한 마음에 저녁 같은 건 먹지 않아도 그만이었다.

"애들이 밖에 있어요. 이러시면 큰일나요."

새침하니 정색을 하며 하는 말에 보살은 기가 푹 꺾여 휘감아 잡았던 팔을 스르르 풀었다.

험상궂게 생긴 짐꾼 녀석의 얼굴이 떠오르며 가슴이 선뜻해졌다. 그냥 덤벼들다가 소리라도 지르면 그 녀석이 어느 모퉁이에서 달려와서 주먹질이라도 하게 된다면 뼈다귀도 못 추릴 것을 생각하니 소름이 쫙 끼쳤다.

온몸에 땀이 물씬 고였음을 그제서야 느꼈다.

창문을 열어 제치니 이마에 스치는 바람이 유난히도 서늘하였다.

"그릇된 행실인 줄 알면서도 제 마음을 저로서도 어쩔 수가 없어서 그만 실례를 범했습니다."

여자의 얼굴을 바라보기가 면구스러워 방바닥을 내려다보면서 중얼대었다.

"몸이 피곤하실 텐데, 너무 과하셨어요. 저녁이나 잡수시고 천천히 좋은 말씀이나 들려주셔요."

생긋 웃으면서 하는 말이 조금도 꾸짖는 눈치는 아니었다.

너무 덤빈 것이 후회되었다. 그녀의 말대로 저녁이나 끝내고 이야기를 주고 받다가 밤이 깊을 무렵 슬며시 끌어안으면 그 때에야 꼼짝없이 당했지 별 수 있겠느냐는 생각이 들었다.

저녁을 먹으면서 술을 곁들여 몇 잔 하고 나니 다시금 불길이 후끈 달아올랐다. 밖은 캄캄한데 개구리 우는 소리만 이따금씩 들려왔다. 몇 마디 말을 주고 받는데 여인은 일찍 주무시라고 하면서 비단요를 깔아준다. 이제는 더 기다릴 것도 없이 성난 짐승이 덤벼들 듯 오락 여인의 몸을 덮쳐들었다.

버둥거리면서 뒤트는 여인의 몸을 보살은 다정하면서도 사납게 더듬어 내려갔다. 두 사람의 숨결이 한덩어리가 되자 더욱 거칠어져갔다.

꿈은 무르익어 가고 여름밤은 몹시도 짧았다. 어느새 먼동이 훤히 터 올라 여인은 먼저 일어나 옷을 챙겨 입고 창문을 향해 앉아 머리를 매만 지고 있었다. 보살은 온몸이 노곤하여 눈을 게슴츠레 뜨고 누운 채 여인 의 모습을 정답게 바라보았다.

"여름밤은 짧기도 하군."

동지 섣달 기나긴 밤이었으면 얼마나 좋을까를 생각하며 날이 일찍 샌 것을 원망하며 여인의 하얀 목덜미를 물끄러미 바라보았다.

"더 주무세요. 아직 해도 안 뜬 걸요."

머리카락을 휘어잡은 채 고개를 돌려 방긋 웃으며 얼굴을 붉혔다.

"일어나야지. 갈 길이 있는데."

"제 집에 오신 다음엔 마음대로 떠나시진 못한대두 그러시는군요. 짧 아도 보름은 묵으셔야 해요."

밤자리에서도 꼬집으며 들려준 말이었지만, 보살은 날이 밝아지니 체 면으로 한마디 던져보는 말일 뿐이지 보름이 아니라 몇 해라도 늘어붙어 있었으면 싶었다.

"보름이라? 어, 안 되지."

안 될 것도 없지만, 제삿날이 며칠 안 남았음을 생각하고 무슨 일이 있 더라도 그날까지는 집으로 돌아가야 할 터인데, 그러자면 매부집에 갈 틈이 없었다. 하기야 무슨 일이 있어서 나선 것도 아니요, 집구석에 앉아 있기가 답답해서 떠난 길이니 아무데서나 재미를 보았으면 그만이지 꼭 다녀와야 할 이유도 없었다.

"뭐가 안 돼요. 아무리 가시고 싶어도 못 가실 걸요. 기어코 가신다면 저를 데리고 가 주시든지 그렇지 않으면 저를 아예 없애버리신다면 몰라도 못 가서요."

옆꾸리를 꼬집으며 눈을 흘겼다.

"아야아! 허, 이거…"

가슴이 뻐근하도록 기쁨에 넘쳐 어쩔 줄을 몰랐다. 나긋나긋한 허리를 다시금 덥석 안아 힘껏 끌어안았다.

"제 말 들어주시죠?"

품에 안긴 채 고개를 반짝 들며 눈을 깜박였다.

"무슨 말?"

"글쎄 들어주시죠?"

"들을 만하면 듣지."

"싫어요, 꼭 들어주마고 하셔야죠."

"글쎄 말을 해봐."

"오늘 안 가시죠?"

"겨우 그 말이야."

다시금 힘차게 끌어안았다. 여인은 쌔근거리며 콧소리를 냈다.

"으응…?"

어린애가 조르듯 칭얼거렸다.

"뭐, 말을 해봐."

"저를 버리시지 않죠?"

"버리긴 누가?"

"그럼 저하고 함께 오래 오래 사셔야 해요."

"어떻게 맺은 인연인데…"

말을 서슴지 않고 하면서도 속은 켕기었다. 일생을 함께 살자니 자기 집은 어떻게 할 것인가? 만약 집에서나 일가 친척이 알게 되면 큰일 날 일임을 번연히 알면서도 당장 품에 안고 있으면서 못 하겠노라는 말을 할 수가 없었다.

"진지를 드시고 후원 정자에 가서 바람이나 쐬십시다."

"암, 그것도 좋지."

얼마 후 아침상을 물리고 둘이서는 손목을 잡고 후원으로 갔다.

숲 사이로 아담한 정자가 있고 정자 옆 높은 나뭇가지에 치렁치렁 그네줄이 늘어져 있었다.

"어쩐 그네야?"

"제가 아침 저녁으로 심심하면 밟아 보느라고요."

"어린애처럼…"

"제가 올라앉을 테니 뒤에서 좀 떠밀어 주세요."

여인은 그네 위에 앉아 연신 웃음을 지어 보였다.

그네줄에 앉은 사람은 허공을 훨훨 날아다니는 기분에 붕 떠 있었지만 밀어주는 사람의 이마엔 땀방울이 맺혔다.

"힘드신가 봐, 땀을 흘리시게. 이젠 제가 밀어드릴게 올라 타세요."

냉큼 땅에 발을 짚으면서 여인은 방실 웃음을 머금었다.

"그만 둬, 더운데 애들처럼 그네는 뭘…"

여인의 손목을 잡아당기며 마주보고 머리를 가볍게 흔들었다.

"아이, 잠깐이라도 올라앉으세요. 그래야 제 속이 풀려요."

어깨를 살래살래 저으며 조르는 듯했다.

"풀리긴 뭐가 맺혔어?"

"저 혼자 호강을 하면 돼요? 똑같이 해야지."

"난 그런 호강 싫구먼. 정자 위에 돗자리를 펴놓고 반듯이 누워 있으면 좋겠어."

"그럼 그러세요."

보살의 손을 잡아끌며 여인이 먼저 정자로 올랐다. 돗자리가 얌전히 펴 있고 참대로 엮은 퇴침도 놓여 있었다.

"응. 됐어!"

활개를 벌리고 누우며 여인의 손목을 잡아당겼다.

"그럼, 전 그네 대신 부채질을 해드릴께요."

옆에 바짝 다가앉으며 부채를 집어들었다.

"부채질도 그만 둬. 바람이 시원한데. 자, 누워서 이야기나 해."

"무슨 얘기요?"

꼭 어린애 같은 표정이었다.

"무슨 얘기? 할 이야기가 따로 있나? 하면 이야기지."

"그럼 먼저 제가 할께요. 꼭 대답하셔야 돼요. 보름 후에 가시면 언제 오시죠?"

"보름?"

신선놀음에 도끼자루 썩는 줄 모른다고 보름이고 한 달이고 좋기는 하지만 제삿날까지는 가야 한다는 생각이 떠올랐다.

"너무 이르세요? 그럼 한 달?"

"아냐. 집에 꼭 다녀와야 할 일이 있어. 모레쯤은 떠나야 해."

"싫어요, 싫어요."

몸을 배배 꼬아들면서 넓적다리를 힘껏 꼬집으며 눈을 흘겼다.

"아야, 아야야! 안 갈께, 안 가."

"장부일언중천금인데 다시는 그런 말씀 안 하시죠?"

꼬집은 손을 그냥 놓지 않고 따지고 들었다.

"그래, 그래, 안 갈게. 이건 놔…"

"꼭?"

"으응."

"호호호."

그제서야 손을 떼며 간들어지게 웃어댔다. 보살은 속으로 큰일이구나 생각하면서 까짓거 될 대로 되라지 하는 심사로 자포자기해 버렸다.

달콤한 꿈 속에 잠겨 사흘 닷새가 지났다. 이제는 어차피 제삿날에는 참례를 못하게 됐으니 한 보름은 묵어서 가도 그만이려니 생각하고 마음을 턱 놓았다.

어느 날 저녁때 정자에 둘이 나란히 누워 정다운 말을 속삭이고 있는데 첫날 짐을 지고 오던 하인 녀석이 발자국 소리도 어지럽게 달려오다가 둘이 누워 있는 것을 보고 발을 멈추며 큰 기침소리를 내었다.

"뭐야?"

여인이 일어나며 흘겨보며 소리를 질렀다.

"큰일났습니다. 난리가 나서 쳐들어온대요."

이 말에 보살도 깜짝 놀라 벌떡 일어났다.

천만 뜻밖의 소식이었다. 태평세월에 난리가 나 쳐들어오다니 믿을 수 없고, 아마도 무슨 급한 일로 마음이 다급하여 말을 잘못한 것으로 여겼다.

"뭣이?"

여인은 눈을 동그랗게 뜨고 소리를 모질게 질러댔다.

"아침에 아랫마을엘 들렀더니 검은 옷을 입은 병정들이 수백 명 북쪽에서 밀려온다는군요."

녀석은 겁에 질린 눈으로 허둥지둥 말했다.

"아아니, 그게 무슨 소리야?"

"저도 모르겠습니다."

"정말 병정들이래?"

눈치만 뚫어지게 살피던 보살이 정자 밑으로 내려서며 따졌다.

"글쎄, 병정들이라는군요."

"말만 들었지?"

"모두들 웅성거리고 피난을 간다고들 나서길래 저두 허둥지둥 달려왔습니다."

"피난을 가?"

"집집마다 보따리를 꾸려 이고 지고 나서는 걸요."

"뭘, 잘 못 알았을 거야. 갑자기 무슨 난리야."

"그렇게 서두르지만 말고 다시 가서 자세한 것을 알아봐."

여인은 눈을 샐쭉해 보이며 타일렀다.

"그럼 다녀옵지요."

녀석은 총총히 밖으로 달려나갔다.

"무슨 일일까요?"

정자로 올라서며 놀란 눈으로 보살을 쳐다보았다.

"뭘, 난리가 아무 때고 나는 건가? 태평세월에 난리가 뭐야? 아마 원님이 사냥을 하거나 어디 행차라도 하는 것을 잘못 보고 놀란 거겠지."

"그럴까요?"

"이제 두고 봐. 공연히들 그러는 거지."

아무렇지도 않은 듯 말은 하면서도 속은 불안하였다. 한여름에 사냥이란 있을 수 없고, 원님이 행차한대도 그렇게 많은 사람이 밀려올 리가 없다. 뭔가 석연치 않았다.

"만약에 난리가 나서 쳐들어오면 어쩌지요? 아이구, 무서워라!"

여자는 몸을 바르르 떨면서 겁에 질린 시늉을 하였다.

"글쎄, 아니래도 그러는군."

"아니면 좋지만, 혹시 진짜로 쳐들어온다면 어떻게 해요."

"그야 피난을 해야지."

"어디로요?"

"아무데구 피해야지."

"꼭 저를 데리고 가서야 해요."

"그야 뭐 글쎄, 난리가 아니라니까."

얼마쯤 마음을 놓고 앉아 있는데 녀석이 숨이 턱에 닿아 헐레벌떡 뛰어왔다.

"큰일났습니다. 지금 저 고개마루까지 넘어오고 있습니다. 빨리 피하십시다."

"이를 어째? 내 보물들…"

비명을 지르며 여인은 버선발로 뛰어 안방으로 달려갔다. 어쩔 줄 모르고 어리둥절한 보살은 녀석의 얼굴만 빤히 바라보고 있는데 몇 가지 짐을 챙겨야 한다고 녀석도 황급히 나가 버렸다.

혼자 남게 된 보살은 잠시 머뭇거리다가 사랑방에 가서 의관이라도 차려야겠다고 정자를 내려서려는데, 문득 요란한 고함 소리가 들려오며 바로 대문 밖까지 쳐들어오는 것 같았다. 당황하여 어리벙벙 사방을 살피던 보살은 깜짝 놀랐다. 창을 든 병정들이 앞마당에 우글거리며 함성이 높았다. 의관이고 뭐고 찾을 겨를도 없이 풀숲으로 달려 담을 펄쩍 뛰어 넘었다.

담을 뛰어 넘으면서 얼핏 생각나는 것은 여인이 어떻게 되었을까 하는 것이었다. 보물을 가지러 들어갔다가 적병에게 붙잡혀 욕이나 보지 않는지, 혹은 황급한 나머지 어디로 숨어 있거나 딴 데로 도망친 것이나 아닌지? 생각할수록 마음이 초조하였다.

난리가 날 턱이 있느냐고 자기가 자신있게 단언을 내렸는데, 만약에 쳐들어오면 어떻게 하느냐고 따지길래 도망 가야 한다고 말했고, 도망을 하게 되면 꼭 데리고 가마고 굳게 약속을 하였는데, 자기 혼자서만 담을 뛰어넘었으니 안 될 말이다.

보물상자를 들고 정자로 달려나왔다가 아무도 없는 것을 보게 되면 얼마나 실망할 것인가를 생각하니 도저히 혼자서만 도망갈 수 없었다. 허둥지둥 다시금 담장에 뛰어오르느라 땀을 흘리며 발을 돋우었으나 좀체로 몸이 솟구쳐 오르지 않았다.

마침 눈앞에 큼직한 돌이 있어 간신히 담 밑에 굴려 놓고 발을 딛고 껑충 담을 타고 앉은 채 감히 넘을 생각은 못하고 혹시 나타나지 않는가 하여 눈만 두리번거렸다.

멀리 대문 밖에서는 여전히 소란하기만 하고 집안까지 적병이 들어온 것 같지는 않았다. 그렇다면 여인은 그 동안 꺼낼 물건을 넉넉히 꺼내들고 나왔을 터인데, 대체 어찌된 셈일까? 다른 곳으로 도망을 쳤을까? 일단 정자 있는 데까지 왔다가 아무도 없는 것을 보고 혼자서 겁에 질려 어디로 피해 버린 것일까? 그렇지 않으면 보물을 가지러 간다고 하였으니 필경 깊은 곳에 두었다가 꺼내기가 힘들어 혼자서 애를 쓰고 있는 것은 아닐까? 생각이 여러모로 뒤숭숭하여 갈피를 잡을 수 없었다.

가만 보아하니 집안은 고요한 것 같아서 살짝 내려가 안방을 엿보는 것이 옳을 것 같아 주위를 조심스럽게 살피며 울 안으로 뛰어내렸다.

눈에 띄지 않도록 깊이 숲속으로 몸을 숨겨 가며 안채를 향하여 살금살금 가노라니 아무런 인기척이 없었다. 와락 안마당으로 달려가 마루로 뛰어오르며 방안을 살피니 아무도 없고 옷가지가 너저분히 방바닥에 흩어져 있을 뿐이다.

"갔구나!"

크게 뉘우치며 얼른 뛰어나와 다시 담을 넘었다. 큰길 쪽에서 아우성 소리가 요란히 들리며 발자국 소리가 어지럽게 귓전을 울려왔다.

앞뒤를 가릴 것 없이 단걸음에 잔솔밭으로 기어들어 매에게 쫓기는 꿩이 몸을 숨기듯이 머리를 푹 파묻고 한참 동안이나 엎드려 숨을 돌리고 나서 사방을 둘러보니 함성이 차츰 멀어지듯 하며 사람의 자취는 하나도 눈에 띄지 않았다.

가만히 일어나 둑 밑으로 몸을 구부리며 한참 동안 기어가듯 하다가 다시 머리를 번쩍 들어보니 사방이 고요하였다. 이제는 적병들이 지나갔는가 하여 적이 마음을 가라앉히고 논둑길을 더듬어 큰길로 나서며 재빨리 걸음을 옮겨 놓았다.

또 어름거리노라면 무슨 변을 당하는지 모르니 한시라도 바삐 집으로 돌아가고만 싶었다. 틀림없이 적병들이 쳐들어온 것이니 자기 마을을 거쳐온 것이 아닌가 하는 근심이 앞섰다.

얼마쯤 가노라니 머지 않은 곳에 시꺼먼 옷을 입은 병정 십여 명이 팔을 벌리고 달려와 겁에 떨고만 있는 보살은 꼼짝없이 붙들렸다.

무더운 여름철에는 집에 좀 붙어 있는 것이 어때서 굳이 가 봐야 한다고 길을 나서는 행동에 대해 보살 부인은 마음속으로 별로 탐탁하게 여기지 않으면서도 하늘같이 믿는 남편이고 고집을 부리는 것이니 한사코 말릴 수도 없었다.

집을 나설 때 대문 밖까지 아이를 안고 따라 나가면서 어느 날이면 돌아오시겠느냐고 다짐하였을 적에 가 봐야지 어떻게 날을 정하겠느냐고 하기에, 늦어도 제삿날 하루 전에는 돌아오셔야 하지 않느냐고 했더니 암 그렇구말구 하면서 시원스레 대답하길래 제삿날이라야 며칠 남지 않았으니 사오 일이면 돌아오려니 믿고 있었다.

믿는 것이 잘못이었던가? 내일이면 제사를 지낼 날인데 저녁 반나절이 넘도록 아무리 문밖을 내다봐도 남편의 모습은 나타나지 않았다.

아마도 날이 몹시 무덥고 하여 천천히 그늘 밑에서 쉬어가며 오느라고 늦어지거니만 여겼고, 황혼이 짙어도 돌아오질 않길래 해가 진 다음 서늘한 바람을 쏘이며 길을 걸어오다가 어디서 친구라도 만나 옛이야기를 나누고 있으려니 했다. 아무래도 친구를 만나면 한 잔 권커니 하게 될 것이요, 그러다 보면 긴 여름해가 언제 넘어가는지도 모르는 게 남자들이라고 여겨지는 것이었다.

그러나 부인은 보살이 매우 야속했다. 집에서 기다리는 처자식은 생각지도 않고 자기 한몸 편하게 살다 가면 그만 아니냐는 식으로 동으로 가고 서로 가며 온갖 풍류를 찾거나, 또 마음 좀 다잡고 부인에게 큰 선심이라도 쓰는 체 집에 처박혀 있겠노라 하지만 그것이 불과 며칠밖에 가지 않을 뿐더러, 혼자 그 동안 방구석에서 무슨 생각을 했는지 집을 나설 때 마다 요 핑계 저 핑계 둘러대는 그 의뭉한 속셈을 어찌 알 것인가.

"엄마, 아버지 왜 안 와?"

어린 놈이 에미 속도 모르고 치맛자락에 매달린다.

"고모집에서 무슨 일이 있는 모양이다. 곧 오시겠지."

"무슨 일?"

조그만 녀석이 캐묻기는 어지간히도 좋아해서 부인은 한 방 머리를 쥐어박아 버리고 싶지만 울리면 골치가 아프다. 무슨 놈의 애가 한 번 울었다 하면 그 울음을 그치게 할 방도가 없었는데, 무슨 일을 하고 싶다면 해내야만 적성이 풀리는 그 버릇은 꼭 애비를 닮아서 오늘 따라 밉상스럽기가 여간 아니다.

"넌 몰라도 돼. 들어가서 동생들 하고나 놀아."

"피이…"

입을 삐죽거리고 돌아서는 놈을, 지금은 경황이 없으니까 참지 더 이상 시끄럽게 굴면 입을 찢어 놓는다 하는 경고의 눈초리로 쏘아보고 다시 팔짱을 낀 채 남편 보살을 기다린다.

"누이댁에 간다고 해놓고 딴 짓을 하면 그냥 안 놔두지."

부인은 생각할수록 심란해지는 마음을 스스로 달랠 수가 없다.

남자들이란 믿을 수 없는 승냥이 같다고 우물가에서 빨래를 할 때 이웃집 과부가 들려준 말이 떠오른다. 그 과부 또한 알다가도 모를 여자라 하겠는데, 서방을 잃었으면 고이 수절이나 할 것이지, 독수공방 처량한 달밤에 몰래 눈물이나 지어야 할 분수에 남자를 믿고 못 믿고 할 건덕지가 뭐 있느냐 말이다.

바람에 날아갈 것 같은 서방은 명이 짧아서 꽃같이 아름다운 여편네를 청상과부 만들 팔자인지라 원망이란 원망은 다 듣고 덜컥 저 세상으로 뜨고 말았거늘, 그렇다고 어느새 딴 짓을 했는 지 얼굴에 화색이 가득하고 땅이 꺼져라 쉬던 한숨도 언제랴 싶게 헤실헤실 웃기만 하니 분명 은근한 재미는 보는 모양이었다. 그러던 것이 뭐가 잘못되어 글렀는지 요즘은 다시 남자를 못 믿겠다고 원수처럼 이를 갈고 치를 떠니 보살 부인으로서는 기가 막힐 노릇이었다.

말이야 바른 말이지 어디 남자를 믿을 노릇인가. 남편 보살도 그렇다. 사실은 누이댁에 간다든 수작부터가 이상했던 것이다. 날씨가 더워 이마에 앉은 파리도 앉기 싫을 정도로 후줄근하게 늘어져 '아이고, 이놈의 더위야' 하고 앓는 소리를 하는 판이며, 또 하필 제삿날이 엿새밖에 안 남았는데, 그 먼 길을 갈 필요가 구태여 있을까 하는 생각이다.

제삿날 안에 돌아오겠다고 찢어진 입으로 넉살 좋게 대답은 했지만, 이미 날이 어두워지고 내일이 제삿날이면 이미 속은 썩을 노릇으로 작정이 되어 있는 것이 아닌가. 그런 줄 알면서도 속을 수밖에 없는 자신이 미친년이지, 이제 후회한들 무슨 소용이 있을 것인가.

늘 켕기는 것은 자기는 남편보다 오 년이나 위여서 늘 편치 않은데, 보살은 겉으로는 샌님 같지만 그 음흉한 속셈이 언제 드러날지 모를 것이요, 나이도 아직 젊겠다 까짓거 내일 산수갑산을 가더라도 질탕 마시고 놀아보자꾸나 하는 흥취에 오르다 보면 아직도 한밤에 젊은 계집 후줄근하게 만들기는 떡먹기라.

"아이고 이를 어쩌. 필시 어디서 무슨 짓을 하는 게 틀림없다구."

부인은 부처님 가운데 토막 같은 너그러움은 어디 가고 벌써 성난 야수처럼 변해서 뒷채로 돌아가더니 절굿공이를 찾았다.

"내일 제사때가 넘어서 들어오기만 해 봐라. 대갈통을 그냥…"

부인은 아이들이 볼까 방문 쪽을 살피며 대문에 나와 서 있는 그 꼴이 꼭 늙은 수문장인지라. 밤늦도록 대문간에 서 있자니 가뜩이나 온종일 신경을 끓인데다 갖은 잡념이 들어 운신을 못할 정도가 되어 할 수 없이 어깨를 축 늘이고 돌아선다.

달빛은 야속하게도 밝고 풀벌레 소리가 들려오는데 올망졸망한 것들만 배를 내놓고 자는 방구석에 몸을 누이자니 신세가 여간 따분하지 않았다. 어찌 잠이 들었는지 하여간 눈두덩이 푸석하도록 겨우 잠이라고 자고 새벽에 눈을 떴다.

해가 중천에 떴을 때 마을에 이상한 소문이 들렸다.

"고개 너머에 간밤에 귀신이 나타났대."

보살 부인은 그 소문이 하도 이상해서 우물가로 갔다.

"누가 귀신을 보았답니까?"

"건너 마을 뺑덕 아범이 고개를 넘어오다가 숲속에 있는 귀신을 보았대요."

"그래, 귀신이 어떻게 하더래요?"

"꼭 사람처럼 생겼는데 옷은 누더기를 걸치고 몸을 휘젓고 다니더래요. 웃고 고함을 치길래 하도 무서워서 더 보지를 못하고 도망쳐 왔다는군요."

보살 부인은 시덥지 않은 귀신 이야기에 귀를 기울일 흥미가 없어져 마을마다 다니며 남편 수소문을 한다.

"먼 길을 다녀올 때면 으레 마을 사람을 한 둘쯤은 만나게 마련인데, 나는 못 보았소."

"친구를 만나 주막에서 술을 먹다가 거기서 자고 왔는데, 그 집에도 나와 그 친구 둘뿐이었소."

그 후 며칠이 지나도 남편은 소식이 없었다. 이제는 걱정이 태산 같아져서 도저히 그냥 기다리고 있을 수만 없는 지경이다.

"내가 찾아가 봐야지."

하고 행장을 꾸리려는데 마침 시동생이 밖에서 허겁지겁 달려왔다.

"아이고 아주머님, 언덕 너머에 형님이 계신답니다."

"그래요?"

부인은 눈을 번쩍 떴지만 아무래도 시동생 표정이 심상치 않다.

"그런데 형님이 미쳐서 귀신 꼴을 하고 발광을 하시더래요. 흐흐."

"무슨 말예요? 자초지종을 얘기해 봐요."

시동생은 언덕을 넘어 마을에 온 붓장수한테서 들었노라면서 건너 마을 뺑덕 아범이 본 귀신이 실제는 형님이더라는 것이었다.

부인은 미친 듯이 뛰어나가 마을에 온 붓장수를 만났다.

"혹시 잘못 보지 않았어요? 정말 미친 사람이 애아버지였어요?"

"건너 마을에 소문이 쫙 퍼졌어요. 낯이 익은 사람이 미쳤더라고요. 여기 와 보니 이 마을 사람이 집을 나가서 소식이 없다는 것을 듣고서야 그 사람인 줄 알았죠."

"그게 우리 애아버지란 말예요?"

"들어보나마나지요. 오늘 아침에도 여러분이 똑같은 말씀을 몇 번이나 되풀이해 물으셨는데 틀림없다는 걸요."

"그럼 애아버지란 걸…"

차마 말끝을 맺지는 못하였다.

"그러믄요. 낯이 익고 이 마을 사람이 분명하다니 그게 누구겠어요?"

붓장사가 이 마을 사람이라는 말까지는 하지 않았는데, 그 사이 이 입 저 입에 전해지며 그렇데 되어버렸다.

"원, 모를 소리지…"

그렇게까지 말하는데는 아니라고 위로할 말도 없고 그저 길 떠난 사람들이 돌아오기를 기다려 봐야 한다고만 되풀이하였다.

길을 떠난 일행은 장정이 여덟 사람에 보살의 친척 네 사람이 따라 나섰다. 새 옷 한 벌과 굵은 동아줄을 갖고 떠났다. 정말로 정신이 돌아서 광태를 부린다면 얽어매서라도 데려와야 한다는 심산에서였다.

"대체 무슨 일일까?"

"나 원, 정말 믿을 수가 없어. 그 붓장수 영감이 눈이 흐려져서 필경 잘못 보고서 지껄인 수작일 거야."

"아냐, 늙긴 했어도 눈이야 밝지. 붓을 매노라고 솜털 같은 것을 한 오라씩 추려 내는 것을 보면 눈은 흐리지 않아."

"글쎄. 그 사람이 별안간 왜 미친단 말야?"

"그야 누가 아나. 미치는 사람치고 어느 날부터 나 지금부터 미치겠노라고 날짜를 정해 놓고 미치는 것은 아니니까."

"음, 모를 소리야."

길을 가면서 주고 받는 말이 똑같이 되풀이였다.

"인제 거진 왔는데…"

"그 영감 말대로라면 저 고개를 넘어서면 바로 거길 걸."

고개라야 높지도 않은 언덕이었다. 유심히 사방을 살피며 언덕에 올라서 앞을 내려다보니 멀리 논둑을 비틀거리며 걸어오는 해괴한 형태가 보였다.

모두들 잔뜩 긴장이 되어 한참 동안 웅성거리다가 세 패로 갈려서 장정들은 주로 큰길로 가고 친척들은 숨어서 좌우 숲으로 가기로 하였다.

가까이 가서 보니 형용이 말이 아닌데 옷을 갈기갈기 찢기우고 그나마 흙탕에 잠긴 듯하고 얼굴조차 흙투성이이며 눈은 움푹 들어갔고 뼈만 앙상하도록 수척해 있는 것이 틀림없는 보살이었다. 장정들은 별로 힘들지 않게 손목을 비틀어 잡았다.

저녁 반나절이 넘도록 마루 끝에 발뒤꿈치를 돋구고 바깥 쪽을 내다보았으나 마을 사람들은 돌아오지 않아 부인은 초조한 나머지 집에서만 기다릴 수 없었다.

어린 놈을 등에 업고 집을 나선 것이 어느새 앞산 잿마루에까지 올라섰으니 오 리는 실이 온 것이다. 저쪽 산모퉁길이 내다보였다.

소나무 그늘 밑에서 선 채 몇 차례나 눈을 비비며 내려다보았으나 길게 뻗은 길이 뙤약볕에 유난히도 흴 뿐, 한 사람도 오고가는 자취는 보이지 않았다.

"원, 웬일일까?"

근심스러운 얼굴을 찡그리며 혼자서 중얼거렸다.

생각이 뒤숭숭하여 제대로 갈피를 잡을 수 없었다. 만나지를 못해서 그냥 찾아다니는 것일까? 그렇지 않으면 그 미친 사람을 만나긴 했는데 애아범이 아니었는지? 또는 그 사람이 애아범이어서 발광을 부리며 몸부림을 하는 탓에 빨리 돌아오지 못하는 것일까?

여러 갈래로 생각이 구름일 듯하여 꼭 무엇 때문이라고 확실히 믿을 수는 없었으나 어쩐 까닭인지 애아범이 미쳤을 것 같은 생각이 자꾸만 마음에 걸려 더욱 심란하였다.

애기가 젖을 보채기에 풀밭에 앉아 잠시 쉬었다가 행여나 하고 애기에게 젖을 물린 채 일어나 멀리 하얀 길을 바라보다가 흠칫 놀라 억! 소리를 지르며 내려섰다.

십여 명이 줄을 지어 오는 한가운데, 두 사람이 시꺼먼 옷을 입은 한 사람의 어깨를 좌우에서 부축해 오는 것이 틀림없는 애아범이었다.

"에구, 저를 어째…"

눈을 지그시 감으며 몸서리를 쳤다. 그래도 하고 은근히 그렇지 않기를 바랐는데, 정말 미쳐서 돌아오니 눈앞이 아뜩하였다.

발을 옮기자니 다리가 떨려 꼼짝할 수가 없었다. 생각 같아서는 총총걸음으로 달려가 보고 싶었으나 다리 힘이 푹 빠져 길섶에 풀썩 주저앉아 버렸다.

한참 앉았노라니 요란스러운 발자국 소리가 점점 가까워지며 맨앞에 사촌 시동생이 주먹으로 땀을 씻으며 언덕을 올라오고 있었다.

"아주머님께서 나오셨군요."

시동생은 인사말을 던지고는 연해 보살을 돌아다보았다. 형용을 차마 바라볼 수가 없었다. 새 옷을 한 벌 갖고 갔는데 왜 저런 꼴로 오는 것일까? 체면 가릴 것 없이 길 한복판에 나서며 남편을 뚫어지게 바라보았으나 야속하게도 남편은 희멀거니 눈자위를 굴리며 싱글벙글 웃기만 하다가 주먹을 불끈 쥐고 성난 얼굴로 노려보았다.

부인은 눈물이 왈칵 치솟아 치맛자락으로 눈을 가렸다.

"아주머님 가십시다. 집에 가서서 빨리 조리를 하셔야지."

시동생이 가자는 것을 길 옆으로 비켜선 채 눈물만 씻으면서 먼저들 가라고 눈짓하고 천천히 뒤따르며 간신히 발을 옮겼다.

어느새 마을에서는 돌아오는 줄 알았는지 어린애, 어른, 사내, 여자 할 것 없이 온 마을 사람들이 나서서 웅성거리고들 있었다.

집에 들어오자 마루 위에 번듯이 누워 보살은 큰 소리를 내어 웃기도 하고 무언지 중얼대기도 하다가 벌떡 일어났다 누웠다 하며 잠시도 조용한 태도가 아니었다.

어째서 이렇게 광태를 부리게 되었는지 온 마을 사람들이 궁금하게 생각하였다. 전에 조금이라도 이상한 일이 있었다면 혹 그럴싸하게 여기겠지만 터럭끝 만큼도 정신이 흐릿하다거나 또 정상 상태에서 벗어나 본 적은 없었다.

오히려 누구보다도 지나치게 영리하고 날카로우면서도 마음이 너그러워 숭글숭글 어울리길 잘 하였고, 마을에서 무슨 어려운 일이 생기면 으레 보살이 떠맡고 나서서 공평하게 결말을 짓곤 하였다.

그런데 갑작스레 길을 떠난 사람이 무슨 영문으로 그렇게 되었는지를 추측할 수 없었다.

이만저만 광태가 아니었다. 정성스레 밥상을 갖다 놓으면 왜 사람에게 흙을 퍼다 주느냐고 호통을 치기도 하고, 어떤 때는 수저를 들고 뜨는 척 하다가 그릇째 집어 마당에 내동댕이를 치며 까닭 없이 엉엉 울다가는 아기를 주먹으로 쥐어박으며 깔깔대고 웃기 예사였다.

부인은 너무도 기가 막혀 이틀 사흘 침식을 잊어버리고 멍하니 정신을 잃고 같이 미쳐버릴 것만 같았으나 이웃 사람들이 위로를 하며 그래서는 안 된다고, 빨리 애아범의 병이 낫도록 해야 하지 않느냐고 권해서 사흘 만에야 정신을 차려서 온 동네 집집마다 찾아 다녔다.

가까운 일가 사람들이 사방으로 나서서 좋다는 약도 구해 오고 하였지만 부인은 여러 군데 수소문하여 용하다는 점장이, 무당, 판수 등을 하나도 빼놓지 않고 찾아 다녔다.

대개는 길가다가 우연히 고약한 귀신에게 정신을 흠뻑 빼앗긴 탓이라고 하면서 무당은 굿을 해야 한다고 일렀고, 판수는 경을 읽어야 한다고 서둘렀고, 점장이들은 음식을 많이 차려놓고 빌어야 한다는 것이다.

행여나 하는 마음에서 좋다는 것은 하나도 빼놓지 않고 모조리 하노라니 집안은 온통 난리판이었다. 한편으로 좋다는 약은 죄다 써 보느라 하루에도 두세 가지 약을 번갈아 써 왔다.

열흘쯤 지나서부터 차츰 광태가 줄어들더니 온종일 무더운 방안에서 잠자는 것이 일이었다. 음식도 별로 들지 않고 사흘 동안을 늘어지게 자고 나서, 하루는 날이 부옇게 새자 눈을 비비고 일어나더니 사방을 두리번거렸다.

"진지를 좀 올릴까요?"

차츰 증세가 가벼워지는 듯하여 부인은 기쁜 마음으로 물었다.

"가만 있자, 내가 그 동안 어떻게 됐었지?"

"어떻게 되긴 뭐가 어떻게 돼요?"

아직도 정신이 온전치 않은 줄만 여기고 말을 피했다.

"내가 집엘 언제 왔어?"

"오신 지 열흘이 넘는 걸요."

"허, 시꺼먼 병정놈들이 나를 꽁꽁 묶어 끌고 왔는데."

또 헛소리를 하는 것 같아 눈살을 찌푸리며 눕히려고 하였다.

"허, 이거 내가 아마도 미쳤었나 봐. 분명 열흘 전에 우리집엘 왔자?"

"그러믄요."

"웬일일까? 음."

머리를 만져 보고 고개를 기웃거리다가 밖으로 나와 마루에 걸터앉아 사방을 두리번거렸다.

"내가 도깨비에 흘렸던가 봐. 참 괴상한 일인데."

마침내 정신이 온전해졌다.

곰곰히 지난 일을 더듬어 보니 모든 것은 환상 속에 정신을 잃고 겪은 것이었다.

"날이 너무 더워서 머리가 돌았었나?"

다시금 집안을 살펴보며 혼자 중얼거렸다.

# 신점神占

먹은 것이 체해서 배를 움켜쥐고 누워 있는 홍복은 속으로 걱정이 이 만저만이 아니었다. 강진사 댁에 점을 쳐주러 가마고 약속을 한날이 언 제인데 오늘도 몸을 일으킬 수가 없으니 식언을 한 것도 마음에 꺼림칙 하거니와 양반 어른을 대접하는 예의가 아니었다.

길이나 가깝다면 기를 쓰고 나서 보기라도 하겠지만 줄잡아 백삼십 리 나 되는 곳이니 가는 데만도 이틀 길이라 엄두를 못내고 누워 있으면서 도 마음이 조마스럽기 한이 없었다.

진사가 노여움을 부리기라도 한다면 당장에 그놈을 잡아오라고 호통 을 칠 테지만, 그렇게까지 할 것 같지는 않고 오늘까지 기다려서 소식이 없으면 사람을 또 보낼 것만은 틀림이 없었다.

양반 어른을 대접하는 예의로서도 이쪽에서 먼저 사람을 보내 사정 이 야기를 아뢰는 것이 옳은 일인데 심부름을 시킬 만한 사람이 없었다.

아들놈이 있기는 하지만 사주를 풀어보니 그놈의 올해 신수가 몹시나 사나와 꼭 횡액을 당할 것만 같아 정월 초하루부터 방안에서 꼼짝 못하도록 들어앉게만 하여 왔으니 아무리 급하더라도 그놈을 문밖 출입시키는 것만은 꺼렸다.

홍복이 점을 잘 친다는 소문이 원근에 자자하거니와 근년에 이르러서는 함부로 청을 들어주지도 않고 사람을 가려서 한 달에 두서넛쯤 점괘를 뽑아주곤 하였다.

자식놈의 사주가 올해에 지극히 사납기는 하나 이상스럽게 은인을 만나 목숨만은 구해질 것 같기에 얼마쯤 마음을 놓으면서도 행실을 조심토록 타이르기도 하였고, 아침 저녁으로 감시를 하다시피하여 오는데, 마음에는 꺼림칙하지만, 이제는 어찌는 수 없이 그놈을 진사댁으로 보내 사과를 올리도록 하는 수밖에 다른 도리가 없었다.

"애, 준아 — 이리 좀 나오너라."

아침해가 떠오르기 전인데 자식놈을 불렀다.

준이는 올해 스물 한 살, 사람됨이 제법 건실하여 장차는 저 하나 구실은 넉넉히 하려니 하여 집안에서 글만 배워 주고 있었다.

"절 부르셨어요?"

"애, 암만 해도 안 되겠다. 아침을 끝내거든 네가 강진사댁엘 갔다 와야겠다. 가서 사정 말씀이라도 여쭙고 와야지. 한데 올해는 네가 신수가 불길해서, 늘 말하지만 매사에 각별히 조심해야 한다. 사람들과 시비를 걸거나 맞서지 말고… 알았지?"

"네."

준이는 제 신수가 사납다는 것과 며칠째 강진사댁엘 못 가서 걱정하고 있는 것을 들어왔기에 말은 듣지 않아도 사정을 짐작할 수 있었다.

강진사댁에는 전에도 몇 번 가 본 일이 있어 길은 익숙하였다.

"아무래도 하루엔 못 갈 것이니, 팔십 리쯤 가면 떡점 마을 오서방네 주막에 들어서 자고 가거라."

"네."

준이는 길을 떠나면서 몹시도 조심하였다. 누가 말을 걸어도 겸손하게 먼저 허리를 굽히고 일체 눈에 벗어나는 행동은 터럭끝만치도 하려들지 않았다.

저녁 때 해가 서너발 남았지만, 오서방네 주막 앞에서 발을 멈추고 하룻밤 머물기를 청했다. 눈을 게슴츠레 뜨고 한참 바라보던 주인 영감은 준이를 알아보았다.

"난 또 누구시라구. 그러잖아도 요즘은 꿈자리가 하두 뒤숭숭해서 댁의 선생님을 찾아뵙고 문복이나 하려던 참인데."

잔사설을 노닥거리며 반가이 맞아주었다. 꿈자리가 뒤숭숭하다는 말이 어쩐지 이상스럽게 들렸다.

"강진사댁을 찾아가는 길인데, 하룻밤 신세를 져야겠습니다."

"진사댁에서 올해는 우환이 잦다고 하더니만… 어째서 선생님께서 안 가시고 도련님이 혼자 떠나셨수!"

"부친께서 며칠째 병석에 누워 계시느라고 꼼짝을 못 하시지요. 그래서 저더러 심부름을 가라고 하시기에…"

"오, 그렇구면, 왜 어디가 편찮으시기에! 그저 늙으면 누구나 병이 잦게 마련이지. 난 요즘에 허리가 자꾸만 쑤시고 눈귀가 흐려가는데 동리의 부랑배 젊은 놈들이 매일처럼 밀려와 술주정을 하는 데는 질색이란 말야. 꿈자리도 사납구…."

묻지도 않는 말을 길다랗게 늘어놓았다. 부랑배들이 찾아와 술주정을 한다는 말이 꺼림칙하게 들렸다. 오늘밤에도 그런 놈들이 와서 얼굴을 마주치게 되면 공연히 시비나 걸지 않을까 걱정이 되었다.

"전 그런 사람들과 얼굴도 대하기 거북스러우니 조용한 방을 내주셨으면 좋겠는데요."

"아무렴. 걱정 마슈. 안채의 웃방이 비어 있으니까. 실은 그 방엔 손님을 받지 않는 것이지만 도련님이니까 드리지요. 선생님께 신세를 하두 끼쳐서…"

해마다 걸르지 않고 정월달이면 홍복을 찾아가 신숫점을 쳐보곤 하였다. 올해는 집안에 불길한 일이 생겨 식구가 줄어들 게라는 말을 듣고 마음이 항상 조심스러워 해수병으로 몇 해째 골골하는 늙은 마누라가 세상을 버리게 되지나 않을까 하여 근심이 떠날 날이 없었다.

얼마 전부터는 자리에 눕기만 하면 꿈을 꾸는데 꿈이 어떻게나 어지러운지 깨고나면 머리 속이 산란하여 아무래도 무슨 불길한 징조 같아서 홍복을 찾아가려고 별러오던 터였다.

준이는 안채 맨 웃방으로 들어가 자리를 청했다. 아랫방은 주인 마누라가 거처하고 가운데 방은 주인 내외의 외동딸 분이가 차지하였다.

저녁을 먹고 주인 영감과 마주앉아 한담을 주고 받노라니 밖에서 요란한 발자국 소리가 들리며 와자지껄 떠드는 소리가 들려왔다.

"에이, 저놈들이 또 왔군. 젊은 것들이 매일밤 술만 마시고 야료를 부려 대니 이놈의 술장살 그만 두던지 해야지."

얼굴을 찡그리며 혼잣말로 중얼거리면서 영감은 준이더러 일찍 자라고 일러주고 사랑채로 나갔다.

준이는 뎅그라니 넓은 방 한구석에 자리를 펴고 누웠으나 밖에서 떠들썩하는 소리에 좀체로 잠이 오지 않다가 밤이 깊어서야 간신히 잠이 들었다.

잠결에 자리가 축축해 옴을 어슴푸레 느껴 머리맡의 물그릇이라도 엎지른 것이 아닌가 하여 정신을 차려 더듬어보다가 준이는 소스라치듯 깜짝 놀라 벌떡 몸을 일으켰다.

뭉클하니 손에 잡히는 것이 사람의 몸뚱아리여서 자세히 살펴보니 온몸에 피투성이를 한 젊은 여자가 가슴에 칼을 꽂고 옆에 누워 있는 것이었다. 준이는 머리가 아찔하여 잠시 동안 정신을 잃었다.

눈앞이 팽팽 돌아 오래도록 정신을 차리지 못하다가 갑자기 무서운 생각이 들어 와락 밖으로 뛰쳐나가며 소리를 질렀다.

"영감!"

길게 뽑는 비명 소리에 영감 마누라가 한꺼번에 벌떡 일어났다.

"이게 무슨 소리야?"

어리둥절하여 옷을 주워 입으며 영감이 문을 열려고 하자 마누라가 옷자락을 잡아당겼다.

"가만 좀 게슈, 뭔지도 모르고…"

혹시 도둑놈 같은 거라도 들었으면 영감이 섣불리 나가다가 해를 당할까 겁냈던 것이다.

"이것 봐요."

고된 소리가 또 들려왔다.

"누구요?"

영감은 눈을 둥그리면서 문을 열지 못하고 맞받아 소리쳤다.

"저 준이에요. 크, 큰일났습니다."

웃방에서 자던 준이의 음성임을 알고 영감은 급히 문을 열어젖혔다.

"아니, 도련님이 웬일이슈?"

준이는 대답을 못하고 벌벌 떨면서 눈물만 주르르 흘렸다.

"밤중에 대관절…"

곡절을 몰라 크게 놀라는 표정으로 준이 곁으로 다가섰다.

"제 방엘 좀 들어가 보세요. 어떤 놈이…"

무서움과 치가 떨려 말을 못 맺는다.

영감을 불을 켜들고 조심스럽게 웃방문을 열다 말고 흠칫 뒤로 물러서며 얼굴빛이 파랗게 질렸다.

칼을 꽂고 피투성이로 넘어진 것이 딸년임을 알자 그만 주저앉았다.

"아이고, 네가 이게 웬일이냐?"

소리를 질러대고 땅을 치며 울어댔다.

겁에 질린 마누라는 성큼 뛰어나와 딸이 거처 하는 가운데 방문을 열어보고 영감 곁으로 오며 울먹거리기만 하였지 무서움에 웃방을 기웃해 보지도 못했다.

먼동이 터오는 새벽 하늘에는 검은 구름이 무겁게 덮여 있었다.

마을의 젊은 놈들이 떼거리를 지어 밀려다니며 밤이면 오영감네 주막에서 술을 퍼마시고 주정을 하는 것은 그럴 만한 까닭이 있었다.

영감의 딸 분이를 저마다 노리며 누가 먼저 잡아채느냐 하는 것은 오래 전부터 놈들 끼리의 승벽을 다투는 일이었다.

비록 주막 영감의 딸이긴 하나 분이의 얼굴이 뛰어나게 아름다와 누구나 탐내왔고 은근히 매파를 시켜 혼인말을 건네보기도 하였으나 영감은 일체 응할 기색을 보이지 않았다.

그래서 심술꾸러기 몇 놈들이 짜고서 영감을 골려준다고 매일같이 술을 마시고는 건성으로 주정을 부려오는데 그것만으로도 직성이 풀리지 않았다. 그 중 늙은 총각으로 처녀의 치맛자락만 멀리서 바라보고도 침을 흘리는 막둥이, 먹보, 삼돌이 세 총각놈이 단짝이 되어 언제나 꿍꿍이속을 꾸며대고 있었다.

며칠 전부터 세 녀석은 머리를 맞대고 앉기만 하면 분이 이야기로 계교를 짜내왔는데 셋 중에도 나이 많은 먹보란 놈의 원을 풀어주려고 두 녀석은 대를 메고 나선 것이다.

영감이 워낙 틈을 주지 않으니 순순히 말을 해서 혼인을 성사시키기는 틀렸고, 이제는 어쩌는 수 없이 우격다짐으로라도 해봐야 한다고 세 녀석은 수군거리고 있었다.

세 녀석이 모여 앉으면 먹보는 좀 미련한 편이요, 막둥이놈은 능글맞는데, 삼돌이 녀석이 그 중 꾀가 많아 삽살강아지처럼 발발거리며 돌아다니기도 잘 하려니와 답답한 일이 있을 때면 묘한 계교도 곧잘 생각해냈다.

"영감을 한 번 혼부터 내줄까? 늙은 것이 공연히 고집만 부려. 제까짓게 딸을 숨겨 뒀다가 사대부집에 출갈시킬 텐가?"

막둥이놈은 눈을 껌벅거리며 볼때기를 실룩거렸다.

"그래서는 못써. 늙은 영감에게 고약한 짓이야 할 수 있나."

먹보 녀석이 고개를 좌우로 흔들었다.

"흥! 장차 장인영감이 될지도 모른다고 지금부터 역성을 드는군."

막둥이가 놀려댔다.

"쳇—"

속으로는 은근히 그랬으면 하고 바라면서도 무슨 아니꼬운 수작이냐는 듯 주둥이를 삐죽이 내밀며 막둥이를 흘겨보았다.

"뭐가 체야? 그럼, 생각이 없단 말이지. 그러다간 아랫마을 갑이한테 빼앗길 걸."

주막에 드나드는 젊은 술꾼 가운데서는 아랫마을에 사는 갑이가 그 중 사람이 듬직하고 믿음직스럽다고 영감이 말하는 것을 들어왔고, 갑이 녀석도 분이에게 은근히 엉큼한 생각을 품고 있는 것이 사실이어서 세 녀석은 갑이한테 빼앗겨서야 말이 되느냐고 서둘러 온 것이다.

"아닌게 아니라 그놈 갑이가 아주 엉큼스럽단 말야. 영감이 요즘 몸이 찌뿌듯하고 팔다리가 쑤신다니까 일전에 무슨 약을 다 지어 오고 간사스럽게 아첨을 떨거든…"

삼돌이가 눈을 깜짝거리며 무엇인지 골똘히 생각하는 듯 지껄였다.

"빨리 서둘러야 할 텐데."

막둥이도 걱정스러운 표정이었다.

"별 수 없다니까. 내가 하라는 대로만 하면 꼼짝 없지. 독수리가 병아리를 채듯 먼저 슬쩍한 다음에야 어쩔 테야? 백 놈이 온들 소용 있어?"

삼돌이놈이 며칠째 우겨대는 것은, 그대로 참고 있다가는 정말 누가 채어갈지 모르니 일은 좀 고약하더라도 밤중에 담을 뛰어넘어 분이 방에 기어들어가 일을 저질러 놓고 보라는 것이었다.

분이의 마음만 사로잡고 보면 뒷일은 자기들이 나서서 처리해 주마 하였으나 먹보놈은 그렇게 할 수 있냐고 주저하여 왔다. 그러나 갑이란 놈이 영감에게 살살 아첨하는 것이 아무래도 눈꼴사나와 자칫하면 그놈에게 빼앗길 것 같은 두려운 생각도 없지 않았다.

지금 삼돌이 놈이 다시금 그런 말을 고집하는 것을 듣고 정말 그래볼까 하는 생각도 없지 않았다.

　막둥이 녀석이 옆에서 잔뜩 부채질을 하여 먹보는 못 하겠노라고도 않고 그저 시무룩히 앉아 담 뛰어넘을 생각만 하고 있었다.

　그날 밤, 술을 마시며 밤 늦도록 떠들어대다가 막둥이놈 집으로 몰려와서 첫닭이 울기를 기다려 세 녀석이 영감집 담밑으로 기어와 막둥이놈이 엎드린 등을 밟고서 소리없이 담을 넘었다.

　숨소리를 죽이며 방을 더듬노라니 이불 한 귀퉁이가 잡혔다. 분이가 깨어날 것을 겁내어 녀석은 이불밑으로 조용히 손을 디밀어 더듬었다.

　이불밑으로 손이 점점 깊숙이 들어갈수록 신경이 잔뜩 긴장되어 팔다리가 후들후들 떨림을 어찌할 수 없었다.

　처녀의 팔꿈치에 손이 닿아 흠칫 놀라며 어깨를 들썩이는데 뭔가 발꿈치를 살살 간질러주는 것이 있어 겁에 들뜬 채 뒤로 물러앉아 정신을 바싹 차리고 어둠 속을 노려보았다. 방안을 헤매던 쥐란 놈이 발끝을 건드리다가 놀래어 후다닥 달아나 버린다.

　놈은 입을 삐죽거리며 주먹을 불끈 쥐었다. 들어온 바에는 사생결단을 내고야마는 판이다. 친구 녀석들은 제가 하는 일이 아니니까 수월하게 생각하고 덮치기만 하면 된다고 하지만 놈이 결심을 하기까지에는 생각이 많았다.

　순순히 말을 들어주면 그야말로 땅 짚고 헤엄치기나 다름없지만, 만약에 소리를 지르거나 몸부림을 치게 되면 일은 커지는 것이었다.

　이러한 생각에 먼저 불끈 끌어안아 보고 일이 뜻대로 되지 않으면 입부터 꼭 막어버리고 그래도 앙탈을 하게 되면 그까짓년 마지막판이니 아주 없애 버리겠다는 독한 마음까지 먹었다.

　그래서 만약을 염려하여 칼 한 자루를 헝겊으로 싸서 몸에 지니기까지 하였다. 못 먹는 감 찔러나 보자고 뜻을 못 이루고 남에게 빼앗기기보다야 아주 저승으로 보내버릴 생각이었다.

　다시금 쭈그려 엎드린 채 손을 쑥 넣으니 나긋나긋한 팔이 잡혔다. 마음먹은 대로 이불 속으로 기어들며 불쑥 끌어안았다.

　처녀는 깜짝 놀라면서 몸을 일으키려 하였으나 워낙 팔뚝 힘이 세어 옴짝 움직일 수가 없었다. 그러면서도 고개를 비비 꼬아 훑어보기만 할 뿐 소리는 지르지 않았다.

　분이는 얼떨결에 생각하기를 아마도 웃방에서 자고 있던 홍씨댁 도련님이거니만 여겼다. 평생 손님을 받지 않던 웃방에 새파랗게 젊은 사람을 모시는 것을 보고 공연히 마음이 들떠 있었던 것이다.

　초저녁에 자리를 펴고 누워서도 공연히 엉뚱한 생각을 되풀이해 보기도 하였다. 만약에 새벽녘이라도 들어와 슬쩍 덮치면 어쩌나 하는 생각도 하였었기에 지금 사실로 당하여 치를 바르르 떨면서도 감히 소리를 지르지 못했다.

　그러나 어둠 속에서 희미하게나마 자세히 살펴보니 웃방 손님 같지 않았다. 힘을 주어 앞가슴을 떠밀어 나직하면서도 표독한 음성으로 왜 이러느냐고 톡 쏘았다.

　그러자 겁에 질린 놈은 처녀의 목덜미를 휘감아 잡으려 한 손으로 입을 꽉 막았다. 분이는 무섭고 떨려 몸을 이부자리 위에 처박으며 다리를 높이 들어 버둥거렸다. 쿵더덩 소리가 나자 놈은 더 참을 수 없는 듯 분이의 입을 막은 채 허리를 타고 앉아 귀에다 입을 대고 떠들면 죽인다고 위협하였다.

그럴수록 분이는 사지를 비비 꼬며 머리를 흔들어 댔다. 기를 쓰고 몸부림치는 데는 여간해서 당해 낼 수 없었고 입에서 손만 떼면 버럭 소리를 질러대는 판이니 사세는 다급하게 되었다.

만약 집안 사람들이 깨어 일어나면 자기는 꼼짝없이 붙잡히게 되는 판이니 섣불리 손을 떼고 도망을 칠 수도 없었다.

에라, 모르겠다는 막다른 생각으로 놈은 휘감아 잡은 목을 두 손으로 바짝 움켜잡고 힘껏 졸라댔다. 깩 소리도 없이 할딱거리는 소리가 마지막으로 거칠게 들려왔다.

처녀의 목을 지그시 눌러 졸라대다가 퍼뜩 머리에 떠오르는 것은 정말 숨을 거두게 되면 큰일이라고 생각되어 손을 늦추며 가만히 표정을 굽어보았다.

몸부림칠 기운도 빠졌는지 꼬로록 소리를 내며 숨을 할딱거렸다. 벽을 사이에 두고 아랫방에 주인 마누라가 자고 있으니 무슨 기척을 알아듣고 잠이 깨게 될 것이 두렵기도 하고 또 한 마디라도 통사정이나 해보고 사생결판을 내리든지 해야 할 텐데 아랫방이 켕기어 입이 얼어붙은 듯 말이 나오지 않았다.

옳지, 웃방이 비어 있을 테니 그리로 안고 올라가 사정을 하다가 듣지 않으면 우격다짐으로라도 욕심이나 채워보고 그도 안 되면 칼을 빼어 끝장을 보는 수밖에 없었다.

문부터 열어젖히고 분이를 덥석 안아일으켰다. 팔다리가 축 처지고 목을 비꼰 채 숨소리만 가쁘게 들릴 뿐 소리를 지르거나 몸부림을 치지 않는 것만이 다행스러웠다. 좀 심하게 목을 눌러 맥이 빠져버린 것이어니만 생각하였다.

분이를 안은 채 손가락 끝으로 문고리를 잡아 조심스레 열고 성큼 들어서며 분이를 방바닥에 내려놓으면서 흐릿한 어둠 속을 살펴보니 아랫목에 자리가 펴 있고 분명 사람이 누워 있었다.

놈은 자지러지도록 놀래어 벌벌 떨기만 하다가 문득 생각해 보니 일은 글러졌고 그대로 도망쳐 버릴까 마음먹었다가 아랫목에 누워 있는 것이 주인 영감은 아닐테고, 일가 사람이나 손님이 든 것이라 여겨 놈은 우악스러운 생각에 품에서 칼을 끄집어 내어 헝겊을 풀기가 바쁘게 눈을 질끈 감고서 분이의 앞가슴에 힘을 주어 푹 찌르고는 뒤도 돌아보지 않고 허둥지둥 도망쳐 나와 버렸다.

준이는 깊은 잠이 들어 있는 사이에 그런 맹랑한 일이 신변에 일어난 줄은 전혀 몰랐고, 아랫방에서 자던 내외도 기적을 알아채지 못한 가운데 처참한 일이 생겼으니 땅을 치며 통곡한들 어찌할 길이 없었다.

아무리 생각해 봐도 어찌된 까닭인지 짐작할 수가 없었다. 딸년의 행실이 사나와서 먼저 덤볐을 것 같지도 않고 그렇다고 얌전한 준이가 그런 무참한 짓을 하였을 것 같지도 않건만, 뚜렷한 사실은 준이 방안에서 딸년이 가슴에 칼을 꽂고 넘어져 있으니 귀신이 곡할 일이 아닌가?

영감 마누라가 소리쳐서 딸년의 이름을 부르며 통곡하는 소리에 이웃집 사람들이 달려오고 온 마을이 법석댔다. 모두들 눈을 둥그리며 수군거리는 수작이 준이를 의심하고 있었다.

경황없이 들락날락 어수선한 가운데 얼마쯤 지나노라니 포졸들이 달려왔다. 사연을 캐묻고는 다짜고짜로 준이를 꼼짝 못하게 붙들어 맸다.

속이 떨려 이빨이 딱딱 마주쳐 준이는 자기가 그런 것이 아니라고 변명 한 마디도 나오지 않았다.

"요런, 새파랗게 젊은 놈이…"

포졸들은 준이를 힐끔힐끔 노려보며 자못 기막히다는 듯 입을 삐죽거렸다.

준이는 하늘이 무너지는 듯 눈앞이 캄캄하여 아무 생각조차 떠오르지 않았다. 꼼짝없이 죄는 쓰게 마련이요, 형장의 이슬로 속절없이 사라질 것만은 틀림없었다.

포졸에게 끌려가면서 이러쿵저러쿵 묻는 말에도 일체 대답을 하지 않고 한숨만 푸푸 내뿜었다.

온 동네 사람들이 길가 좌우에 줄을 지어 늘어서서 사나운 눈초리로 준이를 노려보기도 하고 혹은 손가락질을 하면서 저마다 지껄여 댔다.

어쩌면 새파랗게 젊은 놈이 그런 무참한 짓을 하였느냐고 혀를 끌끌 차며 가엾게 여기는 사람도 있었다.

먹보, 삼돌이 등 몇 녀석들은 딴 때 같으면 앞장 서서 먹보가 제대로 뜻을 이루고 나올까를 염려하여 만약에 집안 사람들에게 들키기라도 하여 사세가 급하게 되면 놈이 무슨 짓을 하여서라도 도망처 나올 텐데 끝까지 기다려본다고 하면서 두 녀석이 담밑에 쪼그리고 앉아 있는데 얼마를 있노라니 담 안에서 쿵덩거리는 발자국 소리가 들리며 씨근벌떡 숨소리도 가쁘게 녀석이 담을 뛰어넘었다.

"어떻게 됐니?"

"빨리 가."

묻는 말에는 대답을 않고 두 녀석을 향하여 손짓을 하며 황급히 앞으로 내빼기만 하였다.

두 녀석이 생각하기에 일은 글러먹었고 아마도 누가 뒤에서 쫓는 줄로만 여겨 사정을 물어볼 생각도 않고 먹보 녀석의 뒤에 바짝 붙어 달음박질만 하였다.

녀석이 어찌나 급하였든지 뒷동산 숲속으로 한참 달려 올라가다가 풀숲에 주저앉았으며, 숨을 가쁘게 헐떡거렸다.

"들켰어?"

"아냐, 아주 보내버렸어."

"뭐?"

"저승으로 보냈어."

너무나 놀라운 말에 한참 동안 망연해 있었다. 어차피 일은 저질러 놓은 것이요, 이제부터 어떻게 하느냐고 크게 근심되는데 녀석의 말을 죄 듣고 나서야 약간 안심이 되었다. 무슨 일이 있더라도 셋이서만 알고 일체 비밀을 지키자고 단단히 약속을 하고서 헤어졌던 것이다.

애매하게 준이가 누명을 쓰고 끌려가는 것을 보고 아무리 도척같은 심정이라도 마음 속이 편할 리는 없었다. 그래서 뒷전에서 멀거니 바라보고만 있는데 남들이 자기 셋을 이상스런 눈초리로 흘겨보는 것 같아 공연히 불안스러웠다.

속절없이 끌려가는 준이는 억울함을 호소할 길조차 없었다. 부친이 알게 되면 얼마나 놀라랴 싶어 가슴이 콱콱 막히기만 하였다.

그리고 생각하니 올해 운수가 불길하다는 것이 꼭 맞았고 따라서 머리에 떠오르는 것은 지난 정초에 부친이 조그만 종이 쪽지를 두 겹 세 겹 봉한 것을 주며 품 속에 지니고 다니다가 언제나 다급한 형편에 놓여 뚫고 나갈 길이 막히거든 마지막으로 그 쪽지를 형조판서로 계신 홍대감에게 올리도록 일러주던 수수께끼 같은 말이었다.

품 속의 쪽지는 지금도 지니고 있었다.

목숨을 빼앗기게 된 마지막 길이니 그것을 써 보리라 마음먹었다. 아문에 끌려들어가 엄한 국문을 받으면서 변명할 생각도 않고 순순히 묻는 대로 제가 한 짓이라고 실토를 하면서 허리춤에서 쪽지를 꺼내 홍판서께 전해 달라는 말만 애걸하였다.

무엇이 들었는지는 준이도 모르지만 다급한 경우에 쓰도록 하라고 일러준 것이니 이 때를 놓치면 아무 소용이 없는 것이었다.

며칠 뒤면 형장에 끌려갈 놈이 마지막 애원으로 바치는 쪽지를 무심코 뜯어보던 원님은 깜짝 놀라며 손을 부르르 떨었다.

거기에는 간단한 사연으로, 이 사람에게 무슨 위급한 일이 생겼을 때에는 지체없이 나에게 알려 달라는 것인데, 사연도 사연이려니와 홍 아무라고 뚜렷이 쓴 성명 세 글자가 원님을 떨도록 한 것이다.

그는 다름아닌 바로 당대에서 가장 세도를 떨치고 있던 형조판서인 까닭이었다.

"네가 홍판서 어른을 어떻게 아느냐?"

준이를 불러올려 차근히 묻는 말에 준이는 대답할 바를 몰라 어리둥절하였다. 얼핏 떠오르는 생각이 아마도 부친이 홍판서와 알게 되어 무슨 쪽지를 받아두었던 모양이라고 짐작하여 얼떨김에 아버지와 홍판서는 어릴 적 친구라고만 아뢰었다.

원님은 몹시 당황한 기색을 보이며 잠시 동안 무엇을 생각하는 듯하더니 아전에게 준이의 형틀을 벗기도록 하고 수일내로 한양 홍판서에게로 데려가도록 준비할 것을 명하였다.

준이의 부친 홍복은 과연 홍판서과 어릴 적 친구였던가? 사실은 그런 것이 아니었다.

십수 년 전 준이가 어렸을 적에 홍복은 자식놈의 사주를 짚어보고 몹시도 걱정을 하던 차에 어느 날 젊은 선비 한 사람이 찾아와 홍씨라고 하면서 평생 신수를 점쳐 달라고 하였다.

홍복은 생년 월일을 따져 붓을 들고 팔괘를 그려가며 한참 동안이나 점괘를 뽑아 보았다. 이상한 눈치로 선비를 힐끔힐끔 바라보면서 홍복은 자못 심각한 표정으로 점괘만 들여다보고 있었다.

"어디 사신다고 하셨지요?"

한참만에 홍복은 점괘가 어떻다는 말은 않고 선비의 내력을 따졌다.

"용골이라고 예서 사오십 리 됩지요."

"과장엘 가 본 일이 있나요?"

"한두 번 드나들긴 했습니다만, 헛걸음을 했지요."

"호…"

홍복의 태도가 심상치 않음을 보고 선비는 얼굴빛이 달라졌다. 그렇잖아도 몇 번 과거에 실패를 본 후로는 크게 실망하여 고민을 거듭하던 끝에 홍복이가 앞일을 귀신처럼 꿰뚫어본다는 소문을 듣고 찾아온 것인데, 자세한 점괘는 말해 주지 않고 몇 마디 물어보는 말투가 어쩐지 불길한 예감만 감돌았다.

"점괘가 어떤데요?"

답답한 마음에 속시원히 알고나 싶어 재차 물었다.

"가만 좀 계슈. 점괘가 하두 이상해서 다시 한 번 짚어봐야겠수."

엄지 손가락으로 손마디를 두루 짚어보며 한참 동안이나 입 속으로 중얼거리다가 다시 붓을 들고 끄적거렸다.

"태어난 시가 분명 자시인가요?"

"글쎄요, 첫닭이 울고 나서라니까요. 어른들이 자시로 잡았으니 별로 틀림이야 없겠지요."

"자시라는 게 까다롭거든… 아무튼 보기 드문 사준 걸요."

"어떻게요?"

좋다는 것인지 나쁘다는 것인지 종잡을 수 없었다.

"사주도 그렇거니와 자세히 괘를 풀어보니 이건 말할 수 없는 데요."

"네?"

선비는 깜짝 놀랐다. 말할 수 없노라는 것이 너무 좋아 감탄하는 것인지, 혹은 흉해서 말하기 힘들다는 것인지 자세치 않았다.

선비는 은근히 겁이 났다. 자기는 처음으로 신수를 물으러 왔지만 전하는 말들을 들어보면 홍복은 어떻게나 길흉화복을 잘 알아맞추는지 아무 날 아무 때에 무슨 일이 있으리라는 것까지도 알고 있으나 흉한 일은 좀 해서 말하기를 꺼려 한다는 것이었다.

언젠가는 삼대 독자의 아버지가 사주를 보러왔었는데, 그 귀한 자식이 두 달 후면 뜻하지 않은 횡액을 만나 몸을 상하게 되리라고 하므로 제발 살려줍시사고 졸라대어 아무 날 소나기가 쏟아질 때 처마 밑에 삿갓을 쓰고 비를 피하여 들어오는 늙은이가 있을 테니 불문곡직하고 그 늙은이를 따라 보내면 무사하리라고 일러주어 정말 그대로 하였더니만 호랑이의 화를 피하였다는 이야기도 있고, 그와 비슷한 말을 수없이 들어왔었기에 지금 종잡을 수 없는 말만을 늘어놓은 것은 필연코 불길한 괘가 나타난 것이라고만 생각되었다.

홍복은 저 혼자 입맛을 쩝쩝 다시며 괘를 그려놓은 종잇장만 뚫어지게 바라보고 있었다.

"어떻습니까? 신수가 별로 좋지 않은 모양이군요."

"가만 좀 게슈. 또 한번 풀어봐야 알겠는데요."

새로 종잇장을 펴놓고 점을 찍고 줄을 그어 가면서 한참 중얼거리다가는 손가락을 짚어보고 다시 괘를 풀고 골똘히 정신을 쏟았다.

사람의 얼굴을 쳐다보고 생년 월일과 낳은 시만 알면 제꺽 알아맞춘다는 홍복이 그처럼 힘들게 괘를 풀고 있는데 잔뜩 켕기지 않을 수 없어 선비는 긴장되어 숨을 죽이면서 홍복의 기색만 유심히 살폈다.

"오, 그렇군."

한참만에 홍복은 머리를 끄덕이면서 혼잣말로 중얼거렸다.

"이젠 다 보셨나요?"

묻는 말엔 대답을 않고 붓을 던지고 책상 앞에서 물러앉으며 선비를 물끄러미 바라보다가 엉뚱한 말을 꺼낸다.

"제가 간곡히 청할 말씀이 있는데 들어주시겠습니까?"

"네?"

선비는 뜻하지 않은 말에 어리둥절하였다.

"드물게 보는 대통운을 가지셨는데 앞으로 십오 년 후면 경상의 자리에서 나라일을 좌우하시겠습니다. 제가 청할 말씀은 다름이 아니옵고, 십칠팔 년 후 저의 하나밖에 없는 자식놈이 어찌하여 큰 화를 입을 텐데 오직 영감께서만 구해 주실 수 있습니다. 외람된 말씀이오나 무슨 쪽지를 하나 써 주시면 은혜의 백골난망이겠습니다."

허황한 소리 같았으나 듣기에 기분이 상하는 것은 아니었다. 그런 말이 어디 있느냐고 선비는 웃으면서 몇 번이나 사양하였으나 홍복은 기어코 졸라 댔다.

이렇게 좋은 사주는 처음 보노라고 하면서 자꾸만 졸라대는 데 어찌할 수 없었다.

그런 말을 믿지는 않지만 장난삼아 그런 청을 못 들어줄 게 뭐냐는 생각으로 붓을 들었다.

짤막히 이 사람이 법에 걸리거든 나에게로 곧 데려오도록 하라는 사연을 홍복이 써 달라는 대로 적어주며 선비는 싱거운 웃음을 지었다. 아무리 신수를 꿰뚫기로서니 그런 일이 있을 것 같지 않았다.

그런 일이 있은 지 십수 년의 세월이 흘렀다. 홍선비는 청운의 길에 올라 준마를 타고 달리듯 거침없이 형조판서의 자리에까지 올랐다.

어느 날 충청도 어느 조그마한 고을의 수령으로부터 사람을 보내왔다. 판서는 수령이 올리는 사연을 읽어보고도 무슨 말인지 몰라 어리둥절하다가 보내온 사람의 성이 홍씨라는 것만 알고 혹시 먼 친척 가운데서 누가 수령을 만나보러 온 것이나 아닌가 여겨 들어오도록 일렀다.

만나 보니 새파랗게 젊은 초립동이었다.

"무슨 일로 나를 만나러 왔지?"

준이는 조심스럽게 절을 하고 꿇어앉으며 품 속에서 쪽지를 꺼내 바쳤다. 무심코 받아 펼쳐보던 홍판서는 깜짝 놀라며 입을 딱 벌렸다. 십수 년 전, 과거에 몇 번이나 낙방거자가 되어 답답한 나머지 홍복을 찾아가 신수를 점쳐 보던 생각이 문득 떠올랐다.

홍복이 몇 해 후에 이러이러한 일이 있을 테니 하나밖에 없는 자식놈을 꼭 구해 달라고 졸라대어 장난삼아 쪽지를 써 주었던 기억이 생생한데, 지금 손에 쥔 것이 바로 그 쪽지였다.

"음, 알겠다. 너의 춘당께선 아직 기력이 좋으시냐?"

무량한 감개에 잠기면서 홍복의 안부를 물었다. 이제는 아마도 육십 고개를 넘었으리라고 생각하였다.

"예."

"그래, 어떻게 여기까지 오게 됐지?"

홍복의 말을 믿는다면 그냥 쪽지를 품고 찾아왔을 리는 없고 필연코 무슨 곡절이 있을 것만 같았다.

"저더러 사람을 죽였다고 해서요."

"뭐?"

판서는 또 한번 놀랐다.

준이가 침착한 태도로 전후 사연을 자세히 아뢰는 말을 조용히 듣고만 있었다.

"그래서 옥에 갇혔었는데, 이 쪽지를 내보여 오게 되었단 말이지?"

"네."

세상에 이런 기묘한 일이 있느냐 싶어 판서는 잠시 동안 아연해 있을 뿐이었다.

"그 처녀를 네가 죽였지?"

한참만에 판서는 일부러 눈을 부릅떠 보이며 엄하게 힐문하였다. 준이의 말하는 태도나 말투로 보아 누명을 쓴 것은 짐작되었으나 짐짓 눈치를 떠보는 것이었다.

"억울하옵니다. 자다가 놀라서 깨어보니 그런 일이 생겼습니다. 제가 감히 그런 짓을…"

말을 끝맺지 못하고 흐느껴 울었다.

"그럼, 누가 그런 짓을 했지?"

"저도 모르겠습니다. 자다가…"

목이 메이는 듯 어깨만 들먹거리며 말을 잇지 못하였다.

"알았다. 얼마 동안 여기 머물러 있거라. 내가 따로 알아볼 테니."

판서는 더 이상 캐묻지도 않고 하인을 불러 준이를 어디로인가 데려가
도록 일렀다.

후원 별당 아담한 집으로 인도하여 대접이 극진하였다.

홍판서는 망연히 앉아 그 옛날 홍복을 찾아갔을 때를 몇 번이나 되풀
이해 그려보며 감탄하였다.

아무리 역리에 밝고 음양오행을 꿰뚫어 알기로서니 천층 만층의 앞일
을 이렇게야 꼬집어 내듯 알 수 있느냐고, 홍복은 과연 통신한 사람이라
고 탄복해 마지않았다.

준이의 누명을 깨끗이 씻어주어야 할 일이 걱정이 되었다.

허무하게 딸을 잃어버린 주막집 영감은 만사에 마음이 없어 술장사도
걷어치우고 온종일 바깥 출입도 잊어버리고 방구석에 뒹굴며 한숨만 쉬
고 있었다. 약속하고 원망스러운 생각으로야 늙은 것이 구차스럽게 하
루도 살아 있고 싶지 않았으나 스스로 목숨을 버릴 수도 없고 구차스럽
게 하루하루를 보냈다.

한 달 남짓 기운을 잃고 누워만 있던 마누라도 몸을 추스려 앉기는 하
였으나 눈물이 마를 날이 없었다.

이웃 사람들이 자주 찾아와 위로를 하면서 장사까지 그만두면 어쩌느
냐고 다시 문을 열도록 하라고 권하는 데 마지못하여 술장사를 하는 척

하였으나 별로 신통한 생각이 들지 않았다.

두고두고 생각해 봐도 모를 것은 준이 녀석이었다. 어느 모로 따져 보아도 그처럼 얌전한 준이가 그런 참혹한 짓을 하였을 것 같지는 않으나 분명 그 방에서 생긴 일이니 의심을 안 할 수도 없고 준이가 아닌 어느 딴 놈이 그랬으리라고 마음이 지피우는 녀석도 없었다.

술장사를 하면서도 술이라고는 평생 입에 대지 않던 것을 새로 문을 연 다음부터는 가슴속 치미는 울화를 참지 못하여 이웃 사람들과 벗하여 한두 잔씩 마시기 시작한 것이 제법 술꾼처럼 되어 버렸다. 억지로라도 취하도록 마시고 세상 만사를 잊어버리고 잠드는 것이 그 중 편했다.

영감이 술을 마시게 되자 마을의 젊은 놈들도 밤이면 찾아와 영감에게 술을 권하며 흥청거렸다. 그런 연유로 먹보나 삼돌이 패들도 태연스럽게 드나들었다.

어느 날 황혼 무렵, 등짐을 진 장사치가 주막에 들러 쉬어가기를 청하였다. 딸년이 그런 일이 있은 후로는 술은 팔지언정 길손을 재우지는 않았었는데, 이날은 대낮부터 술이 얼근히 취하여 이웃사람들과 노닥거리던 영감이 까짓거 이러면 어떻고 저러면 어떠냐는 생각으로 장사치를 받아들였다.

성이 마馬가라고 하였다. 나이 사십줄에 들어선 듯한 마서방은 본래 강원도 사람인데 어려서부터 한양에서 장사판을 따라 다니며 한때는 운이 터져 돈도 크게 모아 보았고 젊은 시절 평양성 중 예쁜 기생집 안방에서 호강을 누려본 적도 있노라고 하면서 몇 해 전부터 빈털털이가 되어 여기저기 장돌뱅이 신세로 떠돌아 다니노라고 하였다.

마주앉아 이야기를 들어보니 사람된 품이 털털하고 구수하였다. 그래 무슨 장사를 하느냐고 물으니까 이문만 생기면 무엇이나 가리지 않는데 요즘은 별로 해볼 만한 장삿거리도 없어 약을 지어 가지고 다니며 명주나 무명과 바꾸노라고 하였다.

평생에 즐기는 것이 술이라고 하면서 초저녁부터 영감과 마주앉아 객담을 지껄이며 술을 나누고 있는데 마을의 젊은 놈들이 들어왔다.

"영감, 벌써 시작이군요."

삼돌이 녀석이 들어서며 마서방을 힐끔 노려보았다.

"어이, 어서들 오게. 마침 손님이 한 분 오셔서…"

마서방은 자리를 비켜 앉으며 들어오는 패들을 하나 하나 유심히 바라보았다.

젊은 축 다섯 녀석이 따로 술자리를 차린다는 것을 뭐 그럴 것 없이 한자리에서 하면 어떠냐고 마서방이 의견을 내어 함께 어울리게 되었다. 젊은 녀석들은 사양하는 척 하면서 한 턱 생기는가 싶어 체면들 볼 것 없이 쭉 둘러앉았다.

젊은 친구들에게 차례로 인사를 청하는 마서방은 무척 공손하면서 말 끝마다 웃음이 풍겼다.

"이렇게 여러분을 뵙게 돼서 참 즐겁습니다. 객지에 떠도는 몸이 하룻밤이라도 친구가 없으면 적적해서 술인들 맛이 나야죠. 영감, 뭐 짭짤한 안주거리가 좀 없나요? 한 상 차려 보시지?"

"시골 구석에 안주라야 별 게 있나요? 기름기 도는 것이 있어야 할 텐데 갑작스레 구할 수도 없고…"

마서방이 한 턱 쓰려는 모양이다. 언제나 마른 명태 몇 마리는 간직했었는데, 요즘은 심란스러워 그런 것조차 구해 두질 못했다.

"아무리 무주 구천동 같은 산골이라도 집집마다 닭이야 기르지 않겠소? 닭이나 두어 마리 잡아보시지?"

마서방은 돈 몇 냥을 서슴없이 내놓으며 좌중을 돌아보고 빙그레 웃음을 지었다.

"하, 이거 원… 여보게 삼돌이 자네가 가서 구해 보게."

겸연쩍은 표정으로 입술을 연신 문질렀다. 이런 때에는 삼돌이가 그 중 만만스럽고 그런 심부름은 사냥개처럼 발발거리며 잘도 하였다. 젊은 놈들은 입을 헤벌리고 영감과 마서방의 눈치만 바라보다가 삼돌이가 뭘 그렇게까지 손님께서 염려할 것 있느냐고 사양하는 척하자 저마다 손을 저으며 그만두라고 하였다.

마음 속으로야 오랜만에 톡톡히 한 잔 생기는 것 싶어 침을 꿀꺽 삼키면서도 짐짓 쥐꼬리만한 체면을 지키는 척이라도 해보는 것이었다.

"아닙니다. 제가 이래뵈도 한때는 평양 감영에서 날리던 한량입지요. 지금은 떠도는 신세가 되어 형편이 말이 아닙니다만, 그래도 한 달에 한두 번씩은 실컷 마시고 놀아야 속이 후련히 풀리거든요. 이렇게 만나기가 쉽습니까? 그야 저 같은 장돌뱅이가 내는 술이니 달가울 것도 없겠습지요만."

이렇게까지 말하는데는 못 이기는 척하고 호의를 받아들이지 않을 수 없었다.

"여보게, 보아하니 너그러우신 분이고 모처럼 그런 말씀을 하시는데 굳이 사양하면 도리가 아닐세. 삼돌이 어서 가 보게."

영감이 재촉하는 말을 듣고서야 삼돌이 녀석은 머리를 긁적거리며 일어섰다. 속으로는 저 친구가 약장사라는데 선심을 쓰는 척하고 내일 아침엔 집집마다 약을 사 달라고 떼를 쓰는 것이나 아닐까 하는 생각도 해 보았다.

닭 두 마리를 안주로 하여 술을 마음껏 퍼 마시는 것이 술항아리 밑바닥이 드러나게끔 되었으니 실히 한 말쯤은 마신 것 같았다. 모두들 눈이 회회 풀리고 혀가 꼬부라질 만큼 만취하였다.

마서방 옆자리에는 삼돌이가 바짝 붙어앉아 잠시도 입을 닫아 두지 않고 마서방의 옷자락을 붙들고 콩칠 팥칠 지껄여 댔다.

처음에는 모두들 경계하는 눈치였으나 술이 얼근히 취해 가자 마서방의 호탕한 놀음놀이에 이끌려 들었고, 특히 삼돌이 녀석은 마서방만 잘 붙잡으면 저도 장삿길에 따라 다니면서 재미를 볼 듯싶어 간사스럽게 아첨을 떠는 것이었다.

"이제부터 형님으로 모시겠습니다. 그래도 괜찮겠습지요?"

"과분하지. 자네 같은 동생이 있으면야 좋구말구…"

마서방은 거침없이 맞장구를 쳤다.

이 사람을 꼭 붙잡고 사정해야겠다는 생각이 점점 굳어지자 삼돌이는 술을 사양하였다. 너무 취해서 실수라도 하게 되면 산통이 깨칠 것만 같았다.

"형님, 전 좀 쉬어야겠습니다."

마서방이 술을 권하자 삼돌이는 손을 휘휘 저었다.

"허, 쉬다니… 자, 몇 잔씩만 더 해야지. 술을 마시다 말 수가 있나? 젊은 사람이 말술을 지고는 못 가도 먹고는 가야지. 자, 들게."

"아닙니다. 눈앞이 팽팽 도는 걸요. 형님, 그 장사 이야기나 좀 하십니다. 저 같은 것도 하면 됩니까?"

정신을 바짝 차리며 속에 있는 말을 꺼냈다. 지나가는 말로 물어보는 척하지만 대답이 어떻게 나올 것인지 몹시 초조스러웠다.

"자네가 장살 해? 아예 그만두게. 천하에 못할 노릇이 장삿속이지. 시골서 농사나 짓고 있는 게 그 중 편한 신선놀음이야."

삼돌이는 약간 실망하였다. 그렇지만 자기더러 그만두라는 말투가 장살해서 안 된다는 것이 아니라 농사를 짓는 것이 편하다는 것이라 아주 실망을 주는 것은 아니었다.

"제가 장살하겠다는 게 아니구요. 저 같은 것도 하면 되느냐 말씀이지요."

"저 녀석은 돈에 환장을 했는 지 몇 해 전부터 장사할 궁리만 하고 있잖아요."

먹보 녀석이 게슴츠레한 눈으로 바라보며 까막을 주었다.

"흥, 나는 돈에 환장을 했고, 너는 계집에 환장을 했냐? 누굴 흉봐."

삼돌이 녀석이 따끔하게 찔러주자 먹보놈의 눈매가 험상궂어지며 삼돌이를 흘겨보았다.

"형님, 아닌게 아니라 장살 꼭 한 번 해 보려고 별러오는데 할줄 알아야죠. 형님 같은 분을 따라다니면 저절로 될 것 같은데…"

"그야 장살 하는 사람이 따로 있는 것은 아니지. 아무나 사고팔고 하면 그게 장산데 같은 장사길이라도 눈이 밝아야 해."

"그러니 저 같은 거야. 그 속을 알아야죠."

"자네쯤만 되면 그까짓거 땅 짚고 헤엄치기지. 그렇지만 농사가 편하지."

"저 사람이야 밑천이 없어 못 나서니 그렇지, 장삿길에 나서기만 하면 잘 하구말구. 워낙 재빠르고 눈이 밝아서…"

주인영감도 한 몫 거들었다. 삼돌이 녀석이 항상 밑천만 있으면 장살해 보겠노라고 별러오며 큰 장삿군을 만나면 밑천 없이라도 한 번 따라다녀 보고 싶어하던 것을 잘 알고 있었다.

"그 웬만하면 저 사람의 평생 소원이 이루어지도록 좀 데리고 가슈. 밑천이 없으니 혼자서는 하질 못하구…"

영감이 삼돌이를 대신하여 거듭 청하였다.

"밑천이야 있고 없고간에 하면 하는 것이지만… 또 나 혼자서 하기도 힘에 겨웁고만…. 하여간 장사 이야기는 내일로 미루고 지금은 술 마시는 자리니까, 자, 술이나 듭시다."

잠시 생각에 잠기는 듯하다가 마서방은 팔을 휘저으며 술상 앞으로 바짝 다가앉았다.

몇 순배가 더 돌자 닭 두 마리는 뼈까지 깨끗이 없어지고 밤도 늦고 하여 모두를 고맙다고 인사를 하며 일어섰다.

집에 돌아온 삼돌이 녀석은 잠을 들지 못하고 어떻게 하면 따라 나설 수 있을까를 곰곰 생각하였다.

마서방은 농사를 짓는 것이 그 중 편한 일이라고 하지만, 삼돌이 녀석으로서는 농사일처럼 고되고 싫증나는 것은 없었다. 오뉴월 뙤약볕 밑에서 온종일 밭이랑을 타고 김을 매노라면 허리가 꼬부라져 다시는 펴질 것 같지 않고 온 몸에 땀이 물 흐르듯 하였다.

시원한 그늘밑이나 높은 마루에 도사리고 앉아 홍야라 부야라 책장이나 넘기는 선비의 팔자는 타고 나질 못했으니 바라지도 않지만 장사만 하여도 훨씬 수월하고 돈냥도 주머니에 떨어지지 않으니 얼마나 좋으랴 싶었다.

마서방을 기어코 따라나서야 하겠는데 그냥 졸라 대기보다는 닭이나 한 마리 잡아서 대접을 하며 조용히 사정을 하는 것이 상책일 것 같았다.

다음날 창살이 훤하니 밝아오자 삼돌이 녀석은 주막으로 달려나갔다. 기침 소리를 내고 문을 열어보니 마서방은 눈을 떴는데 자리에 누운 채 아랫배를 쓰다듬으며 얼굴을 찡그리고 있다가 삼돌이를 보고 들어오라고 손짓을 하였다.

"아니, 웬일이십니까?"

"어제 저녁 닭고기를 먹은 것이 얹혔나 봐. 배가 쥐어뜯는 것 같아."

"무슨 약을 잡수시지요."

약장사를 하는 마서방이니 괜찮으리라 여겼다.

"약이야 먹었지. 한데 큰일이란 말야. 나는 일 년에 한두 번씩 체기를 받으면 며칠씩 고생을 한단 말야."

"그럼, 어떻게 하면 좋을까요?"

"딴 약이 없어. 하루나 이틀 푹 쉬고 나면 절로 낫지. 지금은 좀 괜찮아. 새벽녘엔 아주 혼났는 걸…"

이런 때 정성을 보여야 한다는 생각으로 삼돌이 녀석은 일부러 근심스러운 얼굴빛을 지으며 마서방 옆에 붙어앉아 잠시도 떠나지 않고 온갖 심부름을 다하였다.

아침 반나절은 꼼짝 일어날 생각도 못하고 미음을 반 사발쯤 마시고 누워 있던 마서방이 저녁 나절에 뒷간 출입을 몇 번 하더니 체기가 내렸노라고 하면서 일어나 앉았다.

주인영감더러 술을 청하는 것을 삼돌이는 염려스러워 금방 체기가 내리자 또 마셔도 괜찮으냐고 물으니까, 마서방은 술은 약이 되는데 안주가 탈을 일으키는 것이라고 하면서 굳이 청하였다.

언제 아팠더냐 싶게 술잔을 들며 호탕한 웃음이 터져나왔다. 삼돌이는 살그머니 빠져나와 저녁 대접을 하도록 집에 이르고 다시 와서 마서방더러 자기 집으로 가자고 졸랐다. 마지못해 따라나선 마서방은 삼돌이네 집에 와서도 술만 마셨다.

"언젠가 이 동네에서 괴상한 일이 있었다면서? 잠자던 처녀가 한밤에 어느 놈에게 칼을 맞았다지."

"그건 어디서 들으셨나요?"

"장사길로 돌아다니노라면 별 소문을 다 듣지."

"하, 기가 막힌 일입지요. 그게 바로 그 주막집 영감의 딸이지요."

"오, 그래?"

"뭐, 그런 짓을 한 놈은 따로 있는데 엉뚱한 사람이 잡혀 갔다면서?"

"예?"

삼돌이 녀석은 기겁을 하도록 놀랐다. 아무도 모르는 일인데 그런 소문이 어떻게 돌았을까 궁금하였다.

"정말 그런가?"

마서방은 눈망울을 굴리면서 다그쳐 물었다.

그날 밤 일을 저지르며 함께 갔던 셋 밖에 아는 사람이 전혀 없는데 그런 소문이 퍼졌으니, 아마도 막둥이 녀석이 얼마 전 저의 외가엘 다녀오더니만 그 때에 퍼뜨린 것으로 짐작하였다.

딴 사람 같으면야 모르겠노라고 딱 잡아떼겠지만, 자기가 마음을 흠뻑 쏟아놓고 매달려 보려는 마서방이 묻는 말이니 실토를 하는 것도 무방하도 생각하였다.

"정말 그런 소문을 들으셨나요?"

"한 군데서만 들은 것도 아닌데. 이젠 그 누명을 쓰고 잡혀 간 녀석이 죄를 받았으니까, 그런 말이 퍼져도 괜찮을 거야."

"이젠 정말로 그 짓을 한 놈이 나타나도 죄를 안 받나요?"

"자세히는 몰라도 괜찮을 걸."

"거 참, 소문도 이상하지…"

삼돌이 녀석은 눈을 껌벅거리며 혼잣말로 중얼거렸다.

"그런 게 사실인 모양이지? 마을에서도 눈치를 채고 있나?"

"누가 눈치를 챈 것 같지도 않은데 어떻게 그런 소문이 났을까요."

"이 사람아, 낮말은 새가 듣고 밤말은 쥐가 듣는다는데 그런 짓을 한 놈이 아무리 입을 다물어도 아주 친한 사람에게는 귀뜀을 했을 거야. 그 때 누가 들었거나 혹은 그 친한 사람이 또 친한 사람에게 옮겼거나, 말이란 자연 퍼지게 마련이지."

"그럴지도 모르지요."

"자네도 듣긴 했구먼?"

"이거, 정말 저로서는 입밖에 처음 내는 말입니다만, 진작 그런 소문을 들으셨다니 숨길 것도 없죠. 실은…"

목소리를 나직이 하여 경황 없는 표정으로 전후 사실을 말했다.

"그날 밤, 그러니까 자네와 막둥이가 그 먹보란 놈을 따라갔었단 말이지?"

"그러문요. 담장 밖에서 기다리고 있었지요. 애매하게 홍복의 외아들이 죄를 받았습지요."

"이 사람아, 아예 다시는 입 밖에 내지 말게."

"왜요?"

"그런 사실이 뚜렷하게 알려지면야 잡혀 가지 별 수 있나."

조금 전의 말과는 딴판이었다.

"누가 잡혀 가요?"

삼돌이놈은 물론이고 막둥이나 자네도 끌려가야 할 걸."

"저런!"

더럭 겁이 났다.

삼돌이 녀석은 말문을 돌려 장사길에 따라 다니도록 데려가 달라고 졸라댔다. 마서방은 어렵지 않은 일이라고 성큼 대답하면서 내일 아침 떠났다가 열흘쯤 지나서 다시 올 테니, 그 때에 함께 떠나도록 하자고 단단히 약속하였다.

마서방이 떠난 지 하루를 지나서 새벽같이 패랭이를 쓰고 방망이를 든 포졸들 십여 명이 마을로 들이닥쳐 먹보, 삼돌이를 꽁꽁 묶어 주막집 영감네 마당에 꿇어앉혔다.

포졸들을 지휘하는 사람은 약장사라고 하던 마서방이었다. 먹보나 막둥이도 얼굴이 새파랗게 질려 벌벌 떨고 있었지만, 삼돌이 녀석은 더욱 기가 막혀 땅이 꺼지도록 한숨을 쉬었다.

온 동네가 발칵 뒤집혔다. 세 녀석이 짜고서 그런 짓을 하였으리라고는 아무도 생각지 못했다. 포졸에게 끌려가는 세 녀석이 멀리 동구 밖으로 사라질 때까지 마을 사람들은 그 자리에서 웅성거리고 있었다.

# 낙방거자落榜擧子

빨랫줄에 앉아 비비배배거리던 제비가 논둑을 스치며 물을 차고 날아가는 첫여름, 먼 산 푸르름을 타고 들려오는 뻐꾸기 소리도 그윽했다.

새벽부터 일어나 글을 읽고 있는 이생李生은 해가 중낮이 되어오자 혼곤히 졸음에 빠졌다.

엄지손가락으로 무릎을 꼬집으며 눈둥을 비비었다. 아무리 졸리더라도 낮잠을 잘 수 없었다.

옛날에는 글을 읽다 졸리우면 송곳으로 무릎을 찔러가며 정신을 차린 사람도 있다는데, 석 달 후면 과거를 보러 갈 처지에 한 자라도 더 부지런히 읽어야지 게으름을 부려서는 안 될 일이었다.

홀어머니를 모시고 가난에 쪼들려 가면서도 십 년을 하루같이 글만 읽고 있는 것은 장차 장원급제를 하여 가문을 빛내보려는 것이기에 이생은 온갖 노력을 기울여 온 것이다.

살림살이를 알 까닭이 없었다. 외갓댁의 신세를 져가며 겨우 입에 풀칠이나 하여 오는 처지에 굶은 날이 많았으나 꾹 참았다. 처음부터 먹은 마음을 기어코 이루어져야지 이제 와서 살림살이를 보살펴 호미를 들 수도 없고 장삿길에는 더욱 어두웠다.

과거 날짜가 석 달 후로 알려진 다음부터는 더욱 마음이 급해졌다. 글이야 읽을 만큼 통달했으니 운수가 불길하면 몰라도 과거를 보기만 하면 장원은 몰라도 낙방거자落榜擧子가 될 것 같지는 않았다.

다만 한 가지 걱정은 한양까지 올라갈 노자를 마련할 길이 없다는 것이었다. 과거를 보러 간다면서 문전걸식을 할 수도 없고 팔도강산에서 모인 선비들과 겨누어 한 자리에 끼자면 과히 초라한 모습은 면해야 할텐데, 지금의 집안 형편으로는 단돈 한 푼이라도 막막하였다.

"외삼촌께 말씀드리면 노잣돈을 좀 구해 주시지 않을까요?"

하도 답답해서 모친께 의논해 보았지만 아예 꿈도 꾸지 말라는 대답이었다.

외가에서 한 달에 보리쌀 두서너 말씩 보내주는 것도 힘게 겨워서 억지로 하는 처지인데 돈을 어디서 구하느냐고, 그런 말은 입 밖에 내지도 말라고 하셨다.

모친은 아들의 정경이 딱하여 머리채라도 잘라 줄 테니 팔아보라고 하지만, 흰 머리가 반이나 섞이고 두세 치가 될락말락한 머리를 살 사람은 없었다.

친척이라고 개미 허리만큼이라도 걸리는 데는 두루 다 따져 보았으나 어쩌면 하나같이 빈궁에 쪼들려 그런 말을 꺼낼 만한 처지가 못 되었다.

그렇다고 과거 보는 것을 그만둘 수도 없고 가기는 꼭 가야 할텐데 하루 이틀 날짜는 다가오고 마음은 한없이 초조하였다.

요즘 며칠째는 글을 읽고 앉았으면서도 마음은 붕 떠 있었다. 언젠가

이 고을의 현감이 어질어 선비를 극진히 대접한다는 소문을 들은 적이 있었다.

한 번도 만나본 적은 없지만 찾아가 구구한 사정 이야기를 하면 돌봐 줄 것 같은 생각도 들었다.

그런 말을 누구와 의논할 사람도 없고 혼자서만 그래 볼까 하고 생각한 지가 여러 날째였으나 선뜻 떠나질 못하는 것은 당장에 입고 나갈 옷이 없어서였다.

모친에게 옷을 빨아서 새로 지어 달라고 말한 지가 열흘이 가까와 오는데도, 아직 옷은 입게 되지 않았다. 또 한벌 밖에 없는 무명도포를 과거 보러갈 적에나 손질을 하려던 것을 어쩌는 수 없이 다시 빨게 된 것이다.

옷 때문에 마음이 급해진 것은 이생보다도 모친이었다. 뜯어 빠는 것까지는 남의 손을 빌리지 않고 하였으나 새로 꿰매는 것은 손끝이 떨리고 눈이 침침하여 엄두가 나지 않았다.

가끔 신세를 지고 있는 이웃집 돌이 어멈에게 사정을 하다시피 하여 맡기기는 하였으나 손이 워낙 굼떠서 남들이 이틀 사흘에 끝내는 것이면 으레 닷새 여드레 걸리기가 일쑤요, 게다가 요즘에는 해만 뜨면 밭일을 하느라고 낮에는 별로 틈이 없고 호롱불밑에서 억지로 몇 바늘씩 뜨는 것이 제대로 될 리가 없었다.

"옷은 언제쯤 되나요?"

아침마다 한 번씩 다짐해 보는 이생은 속이 부쩍 타올랐다.

"엊저녁에도 돌이 어멈이 잠도 안 자고 늦도록 하더라만 어디 손쉽게 되니?"

"그 옷을 기다리다가 과거 날을 놓치겠네요."

설마 석 달까지야 안 걸리겠지만, 하두 답답해서 하는 말이었다.

자식의 정경이 딱하여 돌이 어멈을 붙들고 통사정을 하였다. 밭일을 대신 해줄 테니 이틀쯤 들어앉아서 끝내 달라고 하자 사정을 짐작하는 돌이 어멈도 바삐 서두른다는 게 그 모양이라 밭일이야 좀 늦어지더라도 먼저 옷부터 지어줘야겠다는 생각에 꼬박 사흘이 걸려 끝내었다.

말쑥히 다듬은 옷을 입고 삼십 리 길을 걸어 아문을 찾아간 이생은 좀 처럼 원님을 만나기가 어려웠다. 전해 들은 말로는 선비가 찾아가면 대접을 소홀히 하지 않는다고 하였는데 대문 안에 들어서기가 힘들었다.

문지기가 아래위로 훑어보더니만 어째서 무슨 일로 왔느냐고 따지는 데는 대답이 궁했다. 차마 노잣돈을 구하러 왔노라고 할 수 없고 글을 읽는 선비로서 원님을 찾아 뵈러왔노라고 하였으나 별로 신통치 않게 여기는 지 안으로 들여보내 주질 않았다.

석양이 가깝도록 온종일 기다리고 서 있었더니 보기에 귀찮고 딱했던지 마지못해서 길을 터주었다. 어떤 젊은 선비가 아침 나절부터 찾아와 꼭 만나뵈어야 한다면서 점심도 굶고 서 있다는 말을 듣고 현감은 들어오라고 하였다.

동헌 마루에 높다랗게 앉아 선비를 바라보니 첫눈에 꾀죄죄한 궁상이 흘렀다. 그래도 선비 대접을 하여 인사를 받으며 눈치를 살폈다.

이생은 공손히 무릎을 꿇고 앉아 무슨 말을 할 듯하면서도 얼굴을 붉히며 주저하는 기색이었다.

"어떻게, 무슨 일로…"

한참만에 현감이 찾아온 사유를 먼저 물었다.

"다름이 아니옵고 가세가 몹시 곤궁하와 과거를 보러 길을 떠나려 하오나 노자를 마련치 못하였사옵기…"

부끄러워 말을 맺지 못하고 고개를 푹 수그리었다.

"그럼 나더러 노잣돈을 마련해 달라는 말인가?"

현감은 어이없다는 듯 픽 웃으면서 이생에게 다짐하였다.

"예, 황송하옵니다."

"이 사람아, 궁즉독선기신窮則獨善其身이라고 성인도 말씀하셨는데 노잣돈을 구걸하다니, 현감으로 앉아 그런 것을 죄 돌봐주자면 고을을 팔아먹어도 모자라겠네."

비웃음을 섞어 가며 거절하였다.

이생을 흘겨보는 현감은 아니꼽다는 듯 얼굴을 돌려버렸다.

요행을 바라는 마음으로 태산처럼 믿고 찾아왔는데 한 마디로 딱 잘라 거절을 당하고 나니 이생은 눈앞이 아득하였다.

아무리 초면이긴 하지만 선비를 대접할 줄 안다면 노자는 못 줄 망정 말이라도 부드럽게 앞날을 격려해 줄 것으로 믿었다가 대뜸 창피한 꼴을 당하고 나니 얼굴에 모닥불을 끼얹은 것 같아 쥐구멍이라도 있으면 찾아 들고 싶은 심정이었다.

"글을 읽는 선비란 절개가 대쪽같이 굳어야지, 분복에 없는 부귀공명에 마음이 쏠려서야 쓰나. 과거를 보는 것도 좋으나 마음을 바르게 써야 해. 까닭없이 재물을 탐내어 아무데고 손을 벌리면 쓰나? 그건 선비의 행실이 아니야. 없으면 없는 대로 더욱 마음을 굳게 먹어야지."

현감은 점잖은 말로 타이르기까지 하였다.

얼굴이 뜨거워 그냥 앉아 있을 수가 없었다. 가슴이 답답해지며 눈물이 왈칵 쏟아지려고 하는 것을 억지로 참았다.

물러가겠노라고 인사를 하고 밖으로 나온 이생을 머리를 푹 수그리고 재빠른 걸음으로 성안을 빠져나왔다.

눈에 띄는 모든 것이 자기를 비웃고 있는 것만 같았다.

애당초 그런 구구한 사정을 한다는 것이 선비로서 할 일이 아니었느니 하고 생각하고 현감이 타이르는 말이 옳은 말이라고도 생각되었다.

돌아오는 길에 맥없이 축 늘어뜨린 채 뒤숭숭한 생각을 되풀이해 보았으나 노자를 구할 길이 아득하였다.

마을 앞 산모퉁이를 막 돌아서려는데, 문득 언덕밑 우물가에 물동이를 이고 돌아서 있는 처녀의 길다란 머리채가 눈에 띄었다. 무심코 눈을 던지자 처녀는 몸을 움츠리면서 이생 쪽을 바라보다가 눈이 마주치자 얼른 돌아서 버렸다.

주막집 할멈의 외동딸 금선이었다. 어려서는 가끔 소꿉장난하던 자리에서 만난 적이 있지만, 서로 성장하여서는 한 번도 얼굴을 맞대본 일이 없었다.

'참 컸구나' 하는 생각이 들어 한참 오다가 다시 뒤를 돌아보니 금선이도 물동이를 인 채 멍하니 이 쪽을 바라보고 있었다.

별로 딴 생각을 품지 않고 다시는 뒤도 돌아보지 않고 집으로 곧장 돌아와 버렸다.

모친은 원님을 만나서 일이 뜻대로 되었느냐고 은근히 물었으나 이생은 입맛이 쓸쓸해 시원스레 대답도 않고 얼굴을 찡그린 채 책상 앞에 멍하니 앉아 있기만 하였다.

"얘, 너를 보내고 생각해보니까 한 군데 말해 볼 만한 데가 있는 걸 그랬구나."

아들의 기색이 좋지 않은 것으로 보아 일이 제대로 되지 않은 것으로 짐작하고 모친이 넌지시 의견을 말했다.

"어딘데요?"

"그 왜 마을 앞 주막집 할멈이 있지 않느냐. 그 할멈이 언제나 돈냥을 갖고 있는 걸 미처 생각 못했구나. 네가 찾아 가서 한 번 사정을 하면 노잣돈을 빌려줌직도 하다만…"

말을 듣고 생각해 보니 그럴 법도 하였다. 그러나 맨손으로 돈을 빌려 달랄 수는 없고 아무리 생각해도 맡길 물건이라고는 새로 손질해 입은 웃옷 한 벌밖에 없었다. 이생은 생각다 못해 옷을 싸들고 주막을 찾아갔다. 할멈이 마침 있어 이생을 보고 반색하며 맞아들였다.

"도련님께서 이게 웬일이슈? 이런 델 다 오시구…"

"난 왜 못 오는 덴가?"

"사시장철 글공부만 하시고 문밖 출입은 않으시길래 말씀이지요."

노파는 반겨하면서도 한편으로는 의아스러운 생각이 들어 이생의 태도를 눈여겨 살펴보았다. 얼마 후 과거를 보러 한양으로 떠난다는 소문을 들었는데 별안간 술을 마시러 올 리도 없고 선비가 주막을 찾아온 것이 수상하였다. 아마 어디로 가는 길에 목이 말라 물이라도 마시려고 들른 것이려니 여겼다.

"어딜 출입하시는 길인가요?"

"아니…"

노파가 궁금한 눈으로 빤히 바라보자 이생은 고개를 돌려 먼 하늘을 바라보며 눈을 깜박거렸다. 워낙 딱해서 찾아오기는 했지만 막상 얼굴을 대하고 나니 말을 꺼내기가 거북하였다.

모친이 툇마루에서 내려서다 낙상을 하지 않았더라면 꼭 자기가 오지 않아도 되는 것을. 선비의 몸으로 주막집 할멈에게 구구한 사정을 말한다는 것이 체면 깎이는 일이었다.

"모처럼 누추한 곳에 들르셨는데 대접할 게 있어야죠. 새로 걸은 술이나 한 잔 드릴까요?"

"웬걸, 내가 술을 마실 줄 알아야지."

이생은 마루에 걸터앉아 손을 저으며 노파의 기색을 살폈다. 어색하지 않게 말을 붙여야 할 텐데 입 안에서만 뱅뱅 돌면서도 말이 나오질 않았다.

"워낙 얌전한 선비님이라 술도 드실 줄 모르실 거야… 쉬 과거를 보러 가신다면서요?"

과거 말을 노파가 먼저 꺼낸 것이 고맙게 생각되면서도 사정을 이야기하기가 주저되었다.

"암, 가셔야지요. 부디 장원을 하셔서 삼현육각三絃六角을 잡히고 보란 듯이 내려오십시오. 이 늙은 것도 덩실덩실 춤을 출 테니까요. 댁의 안어른께서 오죽이나 고생을 하시는가요. 이제 아드님을 잘 두셨다가 늘그막에 영화를 누리게 되었습죠."

남의 딱한 처지를 모르고 좋은 말만 주워 섬기는 것이 민망스러웠다.

"어쩔지 두고 봐야 알지. 지금 같아서는 가게 될는지도 모르겠어."

"아니 왜요?"

"한양이 여기서 수백 리 길인데 오고 가고 하자면 아무리 안 쓴다 해도 노잣돈이 수월치 않게 들 것이 아닌가? 그걸 마련할 수가 있어야지. 그래서…"

내친김에 말을 모두 해 버리려고 하였으나 콱 막히었다.

"노잣돈이라… 그렇기도 하겠군요."

노파는 눈을 깜박거리면서 이생의 곤궁한 형편을 딱하게 여겼다.

"이런 말하기는 안 됐지만, 이걸 잡히고… 뭐냐 하면, 한 벌밖에 없는 옷이야. 값이야 몇 푼 안 되지만, 그냥 돌려 달랄 수가 없으니 잡히고 노잣돈 좀 빌려줬으면 하고…"

싸 들고 온 옷보따리를 노파에게 내밀며 겨우 하고 싶은 말을 꺼냈다.

노파는 뜻밖의 말에 얼른 대답을 못하고 잠시 동안 생각에 잠겼다. 술장사를 해서 푼푼이 모아둔 돈이 있기는 하지만, 누구에게 빌려줄 생각은 해 본 일도 없고 딸년이 시집을 가게 되면 논마지기라도 사서 사위와 함께 의지하여 살아볼려고 마음을 먹고 간직한 것이었다.

정상이 가긍한 것으로 보아 돌려주고 싶은 마음이 없지는 않았으나 피땀 흘려 모은 돈인데 만약 주었다가 과거에 급제라도 하면 은공은 잊지 않고 갚겠지만 참방도 못하고 낙방한다면 영영 받을 길이 없는 것이다.

이생의 모친이 기력이라도 건장하여 봄 가을 누에를 길러 명주실이라도 뽑는다면 많은 돈이 아닌 것이니 받을 수도 있겠지만, 벌써 삼 년째 기력을 잃고 있으니 그것도 바랄 수가 없고 딱 잘라 말하기는 난처하나 완곡히 거절할 도리밖에 없었다.

"저 같은 것에 말씀은 고마우나 한두 푼씩 벌어서 겨우 입에다 풀칠이나 하며 살아가는 형편에 어디 많은 돈이 있어야죠. 언제고 떠나실 때가 되면 제가 힘 닿는 데까지 다만 얼마라도 보태드리기야 하죠."

길을 떠날 날이 임박해서 너댓 냥이라도 적선하는 셈치고 보태줘야겠다는 생각이었다.

"형편이 워낙 딱해서 하는 말이지. 이 근처에서 한 삼십 냥쯤 구할 길이 없을까? 과거야 붙건 떨어지건 내가 꼭 갚도록 할 테니까."

말이 쉽지 막상 과거에 떨어져서 오게 되면 갚을 길이 막연했다.

"그러문요. 말씀이야 지당합지요만 여유있는 댁이 어디 있어야죠."

딱하다는 듯이 입맛을 쩝쩝 다시며 손톱으로 마룻바닥을 긁었다.

빚지운 사람 모양 없다는 것을 부득부득 졸라댈 수도 없고 이생은 답답한 가슴에 그냥 앉아 있기도 면구스러워 공연히 괴로움만 끼쳤노라고 하면서 일어섰다.

노파는 진심으로 미안한 듯이 치맛자락을 만지작거리며 언덕길에까지 따라나와 송구스럽다고 되풀이했다.

이생을 보내고 집으로 들어오자 딸 금선이가 부엌 문지방에 의지하여 잔뜩 토라진 눈으로 어머니를 흘겨보고 있었다.

"넌 왜 그러고 섰냐?"

"어머님은 뭐예요? 그게…"

"뭐가 뭐란 말이냐?"

딸년이 무엇 때문에 토라져 따지고 드는 것인지 몰라 어리둥절했다.

"장 속에 돈을 차곡차곡 넣어 두고도 왜 없다고 하셨어요?"

"쟤가…"

이생과 마루에 걸터앉아서 주고 받는 말을 죄 엿들은 것 같아서 더욱 기가 막혔다.

"어른들이 하는 일에 웬 참견이냐?"

"어머니, 그래선 안 돼요. 모처럼 큰 뜻을 품고 과걸 보러 가신다는데 돈을 두고도 왜 못 도와드리냔 말예요. 그분이 오죽 절박하면 우리 집엘 찾아오셔서서 그런 사정을 하시겠어요?"

딸의 말이 옳기 때문에 면박을 줄 수가 없었다.

"그런 사정이야 낸들 왜 모르겠느냐만, 그 돈이 어떤 돈인데… 모두 널 위해서 간직해 둔 건데. 조년은 에미 속도 몰라주고…"

"전 돈이 없어도 좋으니 그분에게 돌려드리세요."

"저것이…"

금선이년이 하두 팽하니 쏘아붙이는 말에 오직 기가 막힐 뿐이었다.

"딴 때는 마음을 곧잘 너그럽게 쓰시다가도 돈이라면 벌벌 떨고서…"

"에미가 돈에 환장을 해서 그러는게 아냐. 내 속을 몰라주냐."

안타깝기 그지없는 일이었다. 딸년이 그렇게 나올 줄은 정말 몰랐다.

모녀만이 서로 의존해서 살아가는 처지에 어지간해서는 금선이가 에미에게 대들지 않았는데, 오늘은 유별나게 뾰루퉁하여 샐쭉하니 눈을 흘겨 가면서 에미를 몰아댔다.

처녀 나이 열 일곱이면 시집갈 나이도 되었지만, 설마 이생에게 딴 마음을 품고 그러는 것은 아니려니 생각하면서도 너무도 극성스레 그러는 것이 의아스러웠다.

"글쎄, 내가 알아서 하는 일이니 넌 잠자코 있어."

"어머니, 고집을 부리지 마시고 노잣돈을 돌려드리세요. 그분이 과거를 치러서 장원을 하고 오면 얼마나 빛이 나겠어요?"

"그 댁이 빛이지, 우리가 무슨 아랑곳이냐?"

"아이 참, 온 마을이 법석댈 텐데 왜 그 댁뿐이에요. 돈이야 돌고 도는 것 아니에요?"

"내가 생각해서 잘 할 테니 그만둬."

"갖다드려요."

"갖다드리긴. 답답하면 또 올걸, 뭐."

이생이 돌아가면서 이삼 일 후에 한 번 더 들를 테니 좋은 도리가 없나 좀 생각해 봐 달라고 하던 것으로 보아 반드시 또 찾아올 것으로 짐작되었다.

"이번에 오시면 드리죠?"

아주 다짐해 두려는 기세였다.

"내가 알아서 한다니까…"

어미의 무릎을 흔들어 대며 애원하듯 졸랐다.

"얘는 참, 주면 될 거 아냐."

잡아뗄 수는 없고, 다만 몇 냥이라도 건네 주리라 결심하였다.

"꼭 드려야 해요."

한 번 더 다짐하고 나서야 금선이는 말이 없었다.

아니나 다를까, 사흘만에 이생이 다시 옷보퉁이를 싸 들고 찾아왔다. 집에 돌아가 아무리 생각해 봐도 주막집 노파를 구슬리는 길밖에 없었다.

다시 찾아가서 이번에도 대답이 시원찮으면 마지막으로 남산 밑의 밭 댓 마지기 있는 거라도 잡히고 둘러 달라고 졸라야겠다고 생각했다.

"생각다 못해 또 왔어."

"아유, 잘 오셨습니다. 그렇잖아도 찾아가 뵈려고 하였는데요. 모처럼 오셔서 말씀하시는 것을 힘에 부치는 것만 생각하고 그만 체면없이 대답을 해서요."

"뭐 하두 답답해서 그러는 거지."

노파의 말하는 기색이 훨씬 부드럽기도 하려니와 이번에는 거절을 할 것 같지 않아 적이 희망을 품었다.

"제가 많이 생각을 해 봤습지요. 제가 갖고 있는 돈은 없더라도 혹시 돌릴 만한 데가 없나 하고 생각하던 끝에 여기저기 몇 군데 둘러보았더니만, 많이는 못 돼도 얼마간 구해지더군요. 그래서 노자에 보탬이라도 될까 하고요."

얼마라는 말을 하지 않고 노자에 보탬이라도 되게 한다는 말이 시원칠 않아 이생은 그럴 것 없이 남산밑 밭을 잡힐 테니 더도 말고 스무 냥만 돌려 달라고 간곡하게 청하였다.

이때 뒷문턱에서 바스락 소리가 나며 엿듣고 있던 금선이가 금방 문이라도 열고 들어올 듯한 기색이었다.

"스무 냥이야 됩지요."

여남은 냥이나 줄까 하다가 딸년의 거두는 소리에 그러마고 하였다.

이생은 가뭄 끝에 비를 만난 듯 답답하던 속이 후련히 풀렸다.

노파에게 돈 스무 냥을 받아들고 돌아서며 몇 번이나 거듭 치하하였다. 금선이는 만족한 얼굴로 부엌문 뒤에 기대어 이생이 가는 모습을 바라보고 서 있었다.

금선이가 그처럼 이생을 사모하게 된 것은 새삼스러운 일이 아니었다. 어릴 적 소꿉장난 시절부터 싹튼 애모의 정이 오랜 세월 가슴 깊이 간직돼 온 것이다. 철없이 뛰놀던 그 옛날, 마을의 어린 것들이 모여 놀게 되면 금선이는 언제나 이생 편이었다.

이생이 싫다고 면박을 주면 금선이는 곧잘 눈물을 짜곤 하였다.

그러던 것이 차츰 철이 들면서 다시는 한 자리에 낄 수가 없게 되었을 뿐 아니라 이생과 자기와의 처지가 동떨어지게 다르다는 것을 알게 되었고 천지가 개벽하는 날이 있을지언정 다시는 정답게 만날 수 없다는 것도 느꼈다.

그러나 금선이는 좀체로 이생을 잊지 못하였다. 어멈이 마을을 다녀올 적마다 이생집 형편을 물었고 구차한 살림이면서도 부지런히 책만 읽고 있다는 소식을 들을 적마다 어쩐지 마음이 흡족한 생각이 들었다.

이생집에서 끼니를 제대로 이어가지 못한다는 소문을 들을 적마다 금선이는 입맛이 떨어질 만큼 걱정이 되어 어멈에게 쌀말이라도 보내드리라고 졸라대곤 하였다. 둑길밑 우물에 물을 길러 다니면서 행여나 이생이 지나가지 않나 하여 눈여겨 보아왔으나 한 번도 얼굴을 본 적이 없었는데, 며칠 전 우연히도 물동이를 이려고 하다가 문득 고개를 수그리고 오는 젊은 선비가 있어 자세히 보았더니 틀림없는 이생이었다.

오랫동안 마음에 간직하여 사모하던 이생이기에 가슴이 떨리면서 눈이 자꾸만 쏠렸던 것이다. 어릴 적 모습이 그대로 있으면서도 더 의젓해 보였다.

얼마 후면 과거를 보러 떠난다는 소문을 듣고 있었던 금선이는 이생의 늠름한 자태가 한결 돋보이는 것 같았다.

어릴적 정을 생각하면 달려가 말이라도 걸고 싶었으나 남녀가 유별이요, 양반과 천민의 지체가 어긋나니 그럴 수도 없었다.

이생도 눈이 마주치자 놀라는 듯한 기색을 보니 자기가 누구인지 알아보는 것이 분명하였고, 가다 말고 다시금 고개를 돌려 바라보는 것은 자기를 그만큼 생각하는 것이라 여겨 가슴이 울렁거렸다.

온 종일 이생만을 그리며 밤에는 어머니와 마주앉아 이생이 언제쯤 과거를 보러 가느냐는 등 객적은 말을 꺼냈었는데, 다음날 사랑방 마루에서 두런거리는 낯선 음성이 들려 문틈으로 보았더니 뜻밖에도 이생이 어멈과 마주앉아 있었다. 어쩐 일인가 싶어 문틈에 바짝 귀를 대고 엿들으며 속을 태웠던 것이다.

그래서 어머니를 못 살게 굴어 돈을 주도록 한 것이니 금선이의 속이 흐뭇해지는 것은 말할 것도 없었다.

돈 스무 냥을 받고 너무도 감격하여 노파가 싫다는 것을 억지로 우겨가며 옷을 싼 보퉁이를 맡기고 집으로 돌아온 이생은 어찌나 즐거운지 춤이라도 덩실 추고 싶었다.

미리부터 한양에 올라가 과거날을 기다리는 것이 옳을 것 같아 이생은 길을 떠나기로 하였다. 그러나 입고 갈 만한 웃옷이 없어 걱정이었으나 새로 지어 입을 수도 없고 하여 늘상 집에서 입고 있던 것을 뜸뜸이 기워 입고 떠나는 도리밖에 없었다.

모친께 하직하고 아침 일찍 길을 떠나 앞마을 고개를 넘어 십 리쯤 가다 보니 넓다란 시내가 가로질러 있었다. 모래 위에서 버선을 벗어 허리에 차고 시내를 건너려는데 뒤에서 가느다랗게 부르는 소리가 들려왔다. 이생은 고개를 돌려 돌아보다가 깜짝 놀랐다.

멀리서 손짓을 하며 옆구리에 무엇인가 끼고 오는 것은 분명 주막집 노파의 딸 금선이었다.

이생은 까닭없이 가슴이 울렁거렸다. 사방을 둘러봐야 아무도 없으니 딴 사람을 부르는 것은 아닐 텐데, 무엇 때문일까? 몹시도 궁금하였다.

얼른 생각나는 것이 돈이었다. 노파가 돈을 주고나서 생각하니 후회되어 늙은 몸이 달려올 수는 없고 딸을 시켜 뒤쫓아오며 돈을 도로 달라는 것이 아닐까? 옆구리에 끼고 오는 것은 자기가 맡겼던 옷을 싼 보자기인 것 같았다.

악운이 몸에 덮치어 매사가 뒤틀어지는 듯 싶어 눈앞이 아득하였다. 모파가 왔다면 눈물을 흘리면서 마지막으로 통사정이라도 한 번 더 해보겠지만, 처녀 앞에서 대장부의 체면도 있지 쑥쓰러운 말을 꺼내기조차 어려웠다. 이생은 우뚝 선 채 움직일 생각도 않고 한숨만 내쉬었다.

그러나 금선이가 달려오는것은 돈을 도로 받자는 것이 아니었다. 이생이 다녀갔을 때에는 마음이 부풀어 올라 이것저것 방안을 눈여겨 보지 않았는데 밤중에 에미가 보지 못하던 보퉁이를 끌러 사내들이 입는 무명 옷을 꺼내 드는 것을 보고 눈을 크게 떴다.

"그게 뭐유? 어머니…"

"글쎄 이런 것은 받으나 마난데 굳이 두고 가는구나."

"누가요?"

"누구겠니? 과거 본다는 도련님이지."

"아니, 그건 왜 우리집에 둬요?"

"누가 아니. 돈을 가져가는 대신 돈 값어치는 안 되지만 마음이 그렇질 않으니 옷 한 벌이라도 받아두라는 게 아니냐."

"어머니두, 도로 갖다드리세요."

딸년은 꽥 쏘았다.

"글쎄 누가 받고 싶어 받은 거냐? 억지로 떠맡기고 간 거지."

"글쎄나마나 도로 드려야 해요."

금선이는 에미 손에서 옷을 빼앗아 차곡차곡 접으며 눈을 흘기었다.

문득 생각하니 그냥 돌려줄 것이 아니라 정성스레 간직해 두었다가 어느 날이고 이생이 과거를 보러 떠날 때 멀리 뒤쫓아가서 돌려주는 것이 더욱 좋을 것 같았다.

그래서 혼자 마음 속으로만 그런 생각을 품고 옷을 도로 갖다 주라는 말은 심히 하지 않았다. 이생이 언제쯤 길을 떠나는 지가 궁금하여 문밖에 나설 때마다 서울로 향하는 길목을 지켜보리라 마음먹었는데 하룻밤 자고 나서 앞산 모퉁이를 돌아서는 이생을 보고 흠칫 놀라 멀리서 뒤따라 온 것이었다. 그러면서 이생 옆으로 가까이 다가서자 금선이는 얼굴을 붉히며 고개를 수그리었다.

말없이 옷보퉁이를 내밀었다. 돈을 도로 내라는 것으로 짐작하고 이생은 가슴이 몹시도 뛰었다.

"먼 길을 떠나시는데 옷을 잊고 가시는 것 같아 부끄럼을 무릅쓰고 들고 왔습니다."

수줍어 얼굴을 못 들고 말하는 자태에 연연한 정이 흘렀다. 이생은 약간 어리둥절하였다.

"그건 댁에 맡겨둔 것인데…"

"저의 어머님이 세상 물정에 눈이 어두워 그렇습니다. 옷을 두고 가시면 무엇을 입으시렵니까? 조금도 걱정 마시고 입고 가시도록 하세요."

이생은 너무도 감격해서 눈물이 핑 돌았다. 따뜻한 인정이 한없이 느껴왔다. 말없이 옷을 받아들며 이생은 철없이 소꿉장난하던 시절의 기억이 한 토막 떠올랐다.

마을의 어린 것들 일곱 여덟이 아랫동네까지 몰려 다니며 늦도록 장난하다가 집으로 돌아올 때면 금선이는 한사코 이생의 곁을 떠나려 하지 않았다.

"조 망할 것이…"

주먹을 움켜쥐고 따라 오지 말라고 윽박지르는 시늉을 하였다.

"나도 함께 가."

금선이는 애원하며 울먹거렸다. 마을로 오자면 호젓한 앞산 비탈을 돌아야 하니 은근히 무서운 생각도 들어 생각해주는 척하고 함께 가기로 하였다.

비탈길 한 쪽으로 실개천이 흐르고 반대편에 높게 솟은 소나무가 꽉 차 있어 대낮에도 햇볕이 잘 들지 않는 음침한 곳이었다.

"저게 뭐야?"

앞서 가던 이생이 뒤로 급히 물러서며 별안간 소리를 지르자 금선이는 얼굴이 파랗게 질리며 이생의 옷자락을 붙들고 발발 떨기만 하였다.

"저리 비켜!"

옷자락을 뿌리치며 흘겨보자 금선이는 앙! 하고 울음을 터뜨렸다.

"다람쥐를 보고 울기는…"

길 옆 바위등에 올라앉아 꼬리를 까딱거리며 흔드는 다람쥐를 보고 일부러 금선이를 놀려주느라고 그런 것이었다.

숲 속에 바람이 스쳐가며 쏴! 하는 소리에 놀래어 이생은 금선이의 손목을 잡고 재빨리 달렸다.

비탈을 돌아서면 마을이 보이는데 개천을 건너야 했다.

뜸뜸이 놓은 돌을 디디는데 이생은 금선이 더러 먼저 건너가라고 하였다. 뒤에 떨어지지 않는 것만이 다행스러워 성큼 돌다리를 딛고 반쯤 건너서며 뒤를 돌아다보니 개천가에 뒷짐을 지고 빙그레 웃으며 서 있던 이생이 별안간 큼직한 돌을 금선이가 서 있는 바로 옆에 던졌다. 첨벙 소리와 함께 물방울이 튀어올라 금선이는 그것을 피하느라고 몸을 기우뚱거리다가 발을 잘못 옮겨 개천 속으로 미끄러져 풍덩 빠져버렸다.

　이생은 좋아라고 손뼉을 치는데 금선이는 왕! 하고 울음을 터뜨렸다. 너무했다는 생각이 들었는지 이생은 달려와 금선이의 팔을 잡아 끌어냈다. 아랫도리가 반이나 젖어 금선이는 자꾸만 울어 댔다.

　"제가 미끄러지고서는… 왜 울어? 자꾸 울면 나 혼자 먼저 갈테야."

　몸을 돌려 달아나는 시늉을 하여 보이자 금선이는 울음을 그치며 이생의 소맷자락을 꼭 붙잡았다.

　까마득한 옛날의 일이긴 하지만 옷을 받아드는 순간 불현듯 떠오르는 생각에 이생은 부끄러움을 면치 못했다.

　"이 은혜는 내가 뒷날 꼭 갚을 테야."

　뭐라고 할 말이 없어 은혜를 잊지 않겠노라고만 하였다.

　"별말씀을 다 하시네요. 부디 이번 길에 큰 뜻을 이루시길 빌겠어요."

　다소곳이 머리를 수그리며 이생의 발등을 내려다보았다. 버선목에 때가 까맣게 끼어 있었다.

　"그럼 내 갔다 올게. 잊지 않을 테야."

　이생이 시내로 들어서자 금선이는 눈물이 글썽해 바라보기만 하였다. 이생은 시내를 건너 언덕길을 오르면서 몇 번이나 뒤돌아보았다.


　한 없는 감격을 가슴에 지닌 이생은 여러 날만에 노들강변에 이르러 멀리 한양 성중을 바라보며 강언덕에 앉아 피곤한 다리를 쉬고 있었다.

　돛대를 높이 단 배가 강 한복판으로 흘러가고 돛대 너머로 멀리 바라뵈는 한양 성안이 그림 속에 잠겨 있는 듯하였다.

　그렇게도 오고 싶던 한양을 지척에 바라보며 이생은 다시금 마음을 굳게 가다듬었다.

이번 길에 꼭 과거급제를 해야만 면목이 서지, 만약에 낙방을 한다면 무슨 낯으로 발길을 돌려 이 강을 다시 건너랴 싶은 마음이 새로왔다. 그렇게 된다면 차라리 강을 건너지 말고 이 강물에 풍덩 몸을 던져버리리라라는 생각조차 들었다.

그때 괴나리봇짐을 등에 걸친 젊은 선비가 이생의 곁으로 다가왔다.

"성안으로 들어가시는 거요? 어째 나룻배가 안 보일까요?"

이생을 바라보던 눈을 강기슭으로 옮기며 선비는 짐을 벗어놓고 이생 곁에 앉았다.

"초행이신가요?"

자기와 마찬가지로 처음 시골에서 과거를 보러 올라오는 행색같았다.

"예, 보름 동안을 천천히 걸어왔더니 이제는 지치는 걸요. 다 왔으니 다행이지만."

선비는 주먹으로 넓적다리를 툭툭 두드렸다.

"저도 초행길인데요. 아는 사람 하나 없고 낯이 설어서…"

"그럼 과거를 보러?"

"노형도 그러신 것 같은데!"

"하, 이거 잘 만났습니다. 그래서 올라오는 길인데, 이제부터라도 동행이 되어 서로 의지가 될 테니 반갑군요. 성안에는 제가 찾아갈 만한 곳이 있으니 함께 갑시다."

"아, 그러세요?"

새삼스럽게 자리를 고쳐 앉으며 인사를 하였다.

선비는 경상도 바닷가에서 왔는데 성은 조씨라고 하면서 자기는 한양

길이 처음이지만, 자기의 조부가 몇 십년 전 과거를 보러 몇 번이나 오르내리며 문객門客 노릇을 하던 이판서댁엘 찾아가 조부의 글월을 올리면 한두 달쯤 묵어도 괜찮으리라는 말이었다.

얼마 후 나룻배를 타고 강을 건너 성안으로 들어섰다. 번화한 경색에 눈을 돌릴 겨를도 없이 조생과 함께 이판서댁엘 찾아갔더니 바깥 사랑방에 머물도록 하여 일단 마음이 놓였다.

과거날은 아직도 보름 남짓 남았는데 이생은 어쩐지 마음이 조마조마하기만 하였다. 한방에서 거처하는 조생은 과거란 대통운이 들기 전에는 첫길에 급제를 바랄 수는 없고 적어도 너댓 번 오르내려야 한다고 유들스럽게 생각하고 있지만 이생으로선 그럴 수가 없었다.

이번에 낙방을 하게 되면 다시는 올라올 수도 없으려니와 고향길로 발을 돌릴 용기가 없는 것이어서 이를 악물며 성안 구경도 나중으로 미루고 과거 볼 준비에만 극성스러웠다.

그러나 운수가 불길하였던지 과거를 끝마치고 나서 탁방하는 날, 가슴을 두근거리며 행여나 하고 기대를 가졌던 것이 허사로 돌아가 버렸다.

아무리 찾아보아도 자기 이름은 끝자리에도 들어 있지 않았다. 이생은 모든 희망이 수포로 돌아가자 눈앞이 캄캄하였다. 하늘을 우러러 원망해 볼 기운조차 잃고 멍하니 서 있기만 하였다.

판서댁으로 돌아갈 생각도 없이 발길을 한강으로 향하였다. 처음 마음먹은 대로 강물에 몸을 던지는 길 밖에 없었다. 맥없이 강언덕을 걸으며 하늘을 쳐다보기가 부끄러워 고개를 푹 숙인 채 한없이 비참한 정에 사로잡혔다.

강물이 굽이쳐 흐르며 철썩 언덕에 부딪히는 소리가 귀에 새로웠다.

어서 몸을 던지라고 재촉하는 소리 같기도 하고 너 같은 쓸모 없는 몸은 가까이 오지도 말라고 밀어내는 듯한 착각도 일으켰다.

옛날의 굴원屈原 같은 사람은 강물에 몸을 던졌어도 빛나는 충절이 길이 전해 오지만 자기 몸은 무엇인가? 아무것도 없이 거품처럼 꺼져버리는 것, 누가 찾아와 외로운 혼백조차 불러줄 리 없는 서글픈 존재였다.

금선이가 머리에 떠올랐다. 집이 가깝다면 그래도 금선이는 나를 슬피 여겨 한 방울의 눈물이라도 흘려줄 테지 하는 생각이 들기도 하고 늙은 모친에게 불효자식은 가노라는 말 한마디도 없이 머나먼 타향에서 목숨을 버린다는 것이 한없이 슬펐다.

일단 집으로 돌아갈까도 생각하였으나 도저히 발길이 움직여지지 않아 강언덕에 주저앉아 땅이 거지도록 한숨만 쉬고 있었다.

제비 두 마리가 물을 차며 머리 위를 뱅뱅 돌았다. 나르는 것이 부러웠다. 날개라도 달렸으면 허공 중천에 훨훨 날기라도 하련만 넓은 천지에 작은 몸뚱아리 하나를 위지할 곳이 없었다.

에라, 이것저것 생각해서 무엇하랴? 풍덩 빠져 버리면 그만이지 하는 생각으로 몸을 벌떡 일으키는데 낚시군들이 가까운 언덕길을 걸어오고 있었다.

공연히 겁에 질려 눈을 두리번거리면서 쉬다가 가는 사람 모양으로 천천히 강물을 따라 밑으로 내려갔다. 얼마쯤 내려가다 돌아보니 낚시군들은 상류로 멀찌감치 가 버렸다. 이생은 다시 언덕에 주저앉았다.

제비란 놈이 비비배배거리며 또 머리 위를 맴돌았다. 자기의 못난 자태를 비웃고 있는 것 같아 눈물이 왈칵 쏟아졌다.

과거란 첫번에 급제하기가 어렵다던 조생의 말이 생각났다. 옛날 사람들고 뜻을 이루기 힘들어 머리가 하얗게 되도록 과장 출입을 하면서도 끝내 불우한 가운데 좋은 문장을 후세에 남긴 일도 있으니 자기도 마음을 약하게 먹을 것이 아니라 돌아가 글 속에 파묻혀 일생을 보내볼까 하는 생각도 들었으나 주막집 노파며 금선이의 은혜를 갚을 길이 없고 그렇게도 푸대접하던 현감에게 보란 듯 뽐내보리라 마음먹었던 것이 모두가 허사로 돌아갔으며, 다시 돌아간들 낯을 들 수가 없을 뿐더러 선비의 일생을 보낸다 하더라도 궁한 살림에 늙은 모친만을 믿고 살아갈 형편도 못 되었다.

더구나 조생은 몇 번이고 오르내려야 한다고 했지만 자기의 처지로는 한 번 올라오기도 그처럼 힘에 겨웠는데, 두 번 다시 길을 떠난다는 것은 생각조차 못할 일이었다.

이래저래 아무리 생각해 봐도 퍼런 강물만이 몸을 맡길 곳이었다. 또 누가 오지나 않나 하여 사방을 둘러보았으나 다행히 인기척이 없었다.

이를 악물며 마음을 독하게 먹었으나 뜨거운 눈물이 뺨을 적시고 흐르며 한없는 비감에 잠겨 고개를 푹 수그리고 마냥 울기만 하였다. 마지막 가는 길에 실컷 울어나보리라는 격한 마음뿐이었다. 한참 울고 나서 눈을 질끈 감으며 강물에 뛰어들려고 몸을 일으키는 찰라 누군지 소리도 없이 등뒤에서 어깨를 덥썩 거머쥐었다.

이생은 자지러지게 놀라 몸을 부르르 떨며 뒤를 돌아보았다.

뜻하지 않은 군졸이 눈을 부릅뜨고 서 있음을 보고 이생은 몸을 움츠리며 호들갑스럽게 놀랐다. 자기가 물에 빠지려는 것을 알고 잡으러 온 줄만 여겼다.

"젊은 양반이 무슨 짓이오?"

군졸은 잡았던 목덜미를 놓고 팔을 잡아당기며 언덕 위로 올라섰다. 이생은 부끄러운 가운데 온몸이 떨려 아무 소리도 못하고 힘없이 끌려 올라갔다.

"보아하니 선비이신 것 같은데, 앞 길이 만 리 같은 젊은 분이 어째서 몸을 던지려 하우?"

"예, 그저…"

사연을 말하자니 가슴이 막막하여 한숨만 내쉬며 고개를 푹 숙이었다.

"무슨 딱한 사정이라도 있으시우?"

음성이 부드러운 것으로 보아 자기를 잡아가려는 것 같지는 않았다.

"올 데 갈 데 없는 몸이 생각다 못해 고약한 마음을 먹게 되었습지요."

"서울 분은 아니신 것 같고 고향이 어디신데… 친척도 없으신가?"

이생은 불현듯 늙은 모친의 모습이 떠올라 눈물이 왈칵 솟았다. 옷자락으로 눈물을 닦으며 흐느꼈다.

"사정을 말씀해 보슈. 저 같은 사람도 도움이 될지 알겠습니까?"

"실은 과거를 보러왔다가 참방도 못하고 돌아갈 면목이 없어서…"

"허, 그 양반. 마음이 무던히도 급하시군. 과거야 운 불운에 달렸지, 뜻대로 안 된다고 몸을 버려서야 어디 대장부의 기개가 서나요. 딴 사정이 있으면 또 몰라도…"

군졸은 어이없다는 듯 이생을 빤히 바라보며 타이르듯 말하였다.

"그럴 사정이 있습지요."

"사정이 뭔데요? 어디 들어나 봅시다."

이생은 하는 수 없이 집안 형편이며 과거를 보러 오게 되기까지의 사연을 대략 들려주었다.

"앞 길에 아주 희망이 없으니 이런 꼴을 하고 돌아간들 뭣합니까? 차라리 몸을 버리는 게 낫지."

"허, 모를 말씀이요. 의지할 곳 없는 몸도 아니고 노모가 계시는 집이 있다면서 그런 생각을 품으시면 자식으로서 불효가 될 뿐 아니라 글을 읽는 선비의 행동이 너무 경솔한 것 같은데요. 그러지 말고 마음을 돌려 잡으시오. 죽을 함정에서도 솟아날 구멍이 있다고 설마 살기를 애쓰노라면 길이 열리겠지요."

위로의 말이 고맙기는 하였으나 절박한 사정을 몰라서 하는 말이지 자기 앞에는 열릴 만한 길이 트여 있질 않을 것 같았다.

"생각다 못해 하는 짓이지요."

"그러지 마시구, 제 사정을 들어보시고 웬만하면 제 청을 좀 들어주시구료. 피차간에 사는 길을 택하여 앞날을 기다리노라면 좋은 운수가 트일는지 압니까?"

도리어 자기 사정을 들어 달라는 말에 이생은 궁금한 생각이 들었다.

"댁도 무슨 사정이 있으신가요?"

"기가 막히지요. 실은 내 몸이 물 속에 뛰어들고 싶으나 차마 그럴 수는 없고 언덕 위에 앉아 곰곰 생각하고 있는데 댁의 행동이 수상해 뵈길래 내려와 지켜보고 있었지요. 저 같은 거야 글을 읽을 팔자가 못되니 과거를 보러 올라올 형편도 못 되는데, 시골에서 나졸 노릇을 하다가 갑자기 금군으로 뽑혀 올라오게 되었지요. 이제부터는 서울에서 살아야 하는데, 이런 딱한 일이 어디 있습니까?

들어봐야 딱한 사정은 없고 오히려 영달을 누리는 길에 오른 것 같았다. 옆에 쭈그리고 앉아 말하는 모습을 유심히 살펴보니 사람됨이 퍽이나 순박하게 보였다.

시골에서 금군으로 뽑혀 올라왔으면 영광된 일로 기뻐하여야 당연할 것인데 딱한 사정이 있노라고 울상을 하고 있는 것은 서울 와서 무슨 일을 저지른 것만 같았다. 그런데 피차의 살아갈 길을 택하자는 것은 또 무엇일까. 몹시도 궁금스러웠다.

"무슨 일이신데요?"

"이것 참, 큰일입니다. 세상에 인간으로 태어났다가 사람 구실 못하게 되었습니다그려."

"아니, 왜요?"

너무도 엄청난 소리를 하는 데는 놀라지 않을 수 없었다.

"제 사정을 좀 잘 들어보구료. 집에 칠십 노모 한 분만을 모시고 근근히 살아왔는데 갑자기 나를 어떻게 보았는지 사람이 미덥다고 하면서 금군으로 뽑아준 것까지는 고마운 일인데 늙은 어머님 한 분만을 집에 두고 왔으니 이런 불효막심한 놈이 어딨습니까? 부모에게 효도를 못하는 놈이 나라에 충성인들 바칠 수 있나요."

말을 들으며 이생은 송곳으로 살을 찌르는 듯 마음이 한없이 아팠다. 자기는 선비의 몸으로 늙은 모친에게 효도는커녕 고생만 잔뜩 시키다가 이제 와서 벼슬길에 뜻을 이루지 못하였다고 노모를 버리고 목숨을 던지려고 생각하였는데, 군졸은 배운 것도 없는 몸으로 그처럼 모친을 생각하여 떠나게 됨을 불효막심이라고 생각하니 참으로 군졸 앞에 얼굴을 들 수 없도록 부끄러웠다.

"워낙 늙으신 몸이라 하루도 성한 몸이 아니시지요. 병석에 항상 누워 계신데 단 한 사람 모시고 있던 저마저 이렇게 떠나오게 되니 이 일을 어쩝니까? 어머님을 한길에 버린 거나 다름없지요."

군졸은 말을 하면서 옷자락으로 눈물을 씻었다.

"참, 효성이 지극하시구료. 그처럼 착한 마음을 먹으시니 천지신명인들 왜 도와주지 않겠습니까? 너무 상심마십시오."

이생은 만사를 제치고 집으로 돌아가 모든 것을 잊어버리고 밥이면 밥, 죽이면 죽 힘이 닿는 대로 살림을 꾸려가며 어머님 봉양이나 극진히 해야겠다는 생각이 간절하였다.

과거에 떨어졌다 해서 몹쓸 생각을 품었던 자기가 짐승만도 못하다는 뉘우침이 깊었다.

"그래서 한양엘 올라오긴 하였지만 성중에 들어가면 다시 빠져 나올 수도 없고 하여 이렇게 강가엘 오르내리며 어머님 생각을 하고 있는데 노형을 만나게 되었군요. 지금 사정은 대략 들었소만, 그런 일로 목숨을 버릴 것까지는 없지 않습니까? 다름이 아니라 이 옷을 벗어드릴 테니 제 대신 넉넉잡고 반년 동안만 금군으로 있어 주구료. 지금 같아서는 하루 이틀이 급박하게 어머님께서 세상을 떠나실 것 같으니 몇 달 후면 제가 다시 올라오게 될 것입니다. 그러니 목숨을 버리기보다 그 편이 좋지 않을는지요?"

사정 이야기를 들어보니 그도 그럴 듯하였다. 무엇보다도 효성이 지극한데 감동이 되어 이생은 그 뜻을 받아들이는 것을 자기로서도 좋은 일같이 생각되어 한참 생각하던 끝에 그렇게 하기로 허락하고 그 즉석에서 군졸과 옷을 바꾸어 입고 창을 들고 우뚝 섰다.

어쩐지 기분이 상쾌하였다.

자기는 비록 한때의 실망으로 험한 길을 택할 뻔하였지만 효성이 지극한 사람의 간절한 원을 들어주는 것이 사람된 도리 같았고 어차피 버리려던 목숨이 금군으로 몇 해 동안 썩은들 어떠랴 싶었다.

"아주 잘 어울립니다."

군복을 입고 선 것을 물끄러미 바라보던 효자가 빙그레 웃으면서 다시 한 번 이생의 아래위를 훑어보았다.

"그럼, 가얍지요. 성안에 돌아가면 뭘합니까. 마음이 한가로워야 구경도 하지요."

"그러실 테지요. 제가 한 가지 청이 있는데요. 가시는 길에 저의 마을에 잠깐 들러서 소식이나 좀 전해 주시오."

"그야 어렵지 않은 일이지요. 댁에도 자당께서 계시다니 오죽 기다리시겠습니까."

그 말에 이생은 속이 찌르르 하였다.

모친을 봉양하러 가는 사람도 있는데 자기는 무슨 꼴인가 싶어 그림자를 굽어보기가 부끄러웠다.

"저의 마을 앞을 지나노라면 주막집이 길가에 하나 있지요. 그 곳에 들러서 그 집 노파에게 전하기만 하면 됩니다. 제가 일년쯤 후에 돌아가게 되었다고요. 금군도 무관 벼슬이니 적당히 말씀하시구료."

과거에 실패하여 처량한 모습을 하고 있다는 말보다는 듣기에 좋도록 전했으면 했다.

"그야 물론이지요. 그럼 더 머뭇거릴 것 없이 저는 강을 건너겠습니다. 제 대신 고생을 좀 참아주시오. 될 수 있는 대로 빨리 오도록 할 테니까요."

효자는 대강 인삿말을 던지고 나룻터를 향하여 훌쩍 가 버렸다. 이생은 다시 주저앉아 효자의 뒷모습을 바라보며 눈시울이 뜨거워옴을 참지 못하였다. 나룻배가 강을 건너 사람들이 언덕으로 올라가 사라질 때까지 이생은 바라보고만 있다가 석양이 가까워 올 무렵 성안으로 들어가 금위부禁衛府를 찾아 군첩軍帖을 바쳤다.

이생과 헤어져 강을 건너 온 효자는 바쁜 걸음으로 남쪽만을 바라보고 걸었다.

며칠만에 이생의 고향땅에 들어서 이생의 마을을 찾았다.

조그마한 산을 등지고 오목한 곳에 마을이 있고 마을 앞으로 시내가 흐르는데 시내를 건너기 전 길가에 주막이 보였다.

길이 급하거든 주막 노파에게 일러두고만 가라고 하였으나 웬만하면 마을로 들어가 이생의 모친을 찾아뵙고 가는 것이 예의겠지만, 어젯밤 꿈자리가 몹시 사나워 병석에 누워 있는 모친이 몇번이나 자기 이름을 부르며 손을 허우적대던 것으로 보아 한시가 급하였다.

"이 집 주인가?"

"네, 어서 오십시오."

지나가던 길손이 목이 말라 술이라도 한 잔 청하러 온 줄로만 짐작하고 노파는 치맛자락으로 손을 문지르면서 일어났다.

"갈 길이 급해서 안마을에까지 들르지는 못하고 예서 전하고 가야겠소. 저 안마을에 서울로 과거를 보러 간 선비가 한 분 계시지?"

뜻하지 않은 물음에 노파는 눈을 크게 뜨고 손님을 쳐다보았다. 그렇찮아도 이생이 서울로 떠난 후로 모녀가 한자리에 앉기만 하면 서울 소식을 궁금히 여겼고, 더군다나 금선이년은 이생이 떠나던 그날 등너머 개천에까지 달려가 옷을 주고 왔노라고 하면서 마음 속에 잠시라도 잊지 못하여 이생을 그리고 있음이 분명하였다.

그년이 지체도 생각지 않고 지렁이가 용이 되어 하늘로 올라갈 생각을 한다고 속으로는 못마땅하게 여기면서도 이번 길에 이생이 꼭 급제를 하고 돌아오기를 바라는 마음은 노파도 딸년 못지 않게 간절하였다.

노잣돈을 대주었으니 이생이 과거급제만 하고 돌아오면 생색이 이만저만이 아닌 것으로 온 마을 사람들이 자기를 우러러 볼 것만 같았다.

그러나 이생이 떠난 지 석 달이 되어도 소식이 아득하고 넉 달째 접어드는데도 아무런 소식이 없어 몹시도 궁금하였고 딸년은 날마다 처마 밑에서 발뒤꿈치를 돋우고 고갯길을 바라보면서 속을 태우고 있었다.

과거에 급제를 하였다면야 이생이 금방 돌아오지는 못하더라도 고을에 소식은 들려올 만도 한데 두루 수소문하여도 한양 소식은 전혀 알 길이 없었다.

공연히 딸년의 말을 듣고 없는 살림에 선심을 쓰다가 돈만 없애 버린 것이라고 뉘우쳐지는 마음도 없지 않았다.

이제 엉뚱한 사람이 찾아와 묻는 수작이 분명 이생을 두고 하는 말이어서 노파는 가슴이 울렁거리기까지 하였다.

"네, 있지요. 그 양반을 어떻게 아시나요?"

"내가 이번 서울에 갔던 길에 그 양반을 만나봤는데 소식을 좀 전해 달라고 하기에 이렇게 찾아왔는데…"

"네!"

노파는 놀라면서 반색을 하였다. 방안으로 들어가기를 권하였으나 갈 길이 급하다고 사양하면서 마당에 선 채 몇 마디 하였다.

"그 양반이 과거를 봤는데 문과文科에는 재미를 못 보고 무과武科에

뽑혀 궁중에서 벼슬을 살고 있지. 집에는 내려오게 되지 못하고, 우연히 나를 만나게 되어 고향으로 간다니까 들러서 소식을 전해 달라길래."

능청스럽게 꾸며 대었다.

노파는 문, 무과가 무엇인지는 알 길이 없고 그저 벼슬을 해서 궁중에 있단 말을 듣고 껑충 뛰도록 기뻤다.

"그럼, 벌써 벼슬살이를 하시는군요. 언제쯤 오시는데요?"

"아마 첫 벼슬이 돼서 한 반 년쯤은 내려오기 힘들 걸. 난 길이 바빠서 소식을 알렸으니 가 봐야겠어. 그럼 그 댁에 좀 전해 주시오."

길손은 잠시 앉아서 다리를 쉴 생각도 하지 않고 금새 발길을 돌렸다. 노파가 좀 더 자세한 말을 들어보려고 방안으로 들어가기를 강권하였으나 막무가내였다. 노파는 한길을 따라 나서면서 또 한 번 캐물었으나 똑같은 대답이었다.

"얘야, 서울서 소식이 왔다. 벼슬살이를 한다는구나."

마당에 들어서면서 안방을 향하여 소리쳤다. 금선이는 시름에 겨워 맥없이 달려나오며 두 번 세 번 캐물었다.

그날 저녁 금선이 모녀는 음식을 장만하여 이생집을 찾아가 온 마을이 떠들썩한 가운데 금선이는 부엌에서 불을 지피며 한양 생각에 정신을 잃고 있었다.

이생이 벼슬살이를 한대서 금선이가 부질없는 욕망을 품은 것은 아니었다. 어쩐지 기쁘기만 하였다. 뒷날 영화를 누리어 고향에 돌아오면 자기는 멀리서 바라보기만 해도 기쁠 것 같았다.

한양에는 예쁜 아가씨들이 많으니 벼슬을 하게 되면 으레 장가도 들게 될 텐데, 그런 소식은 전해 오지 않았는지 몹시 궁금하였다.

그렇다는 소식을 듣고도 일부러 자기에게는 알리지 않았는지도 모르겠다는 생각이 들어 밖에서 이웃 아낙네들과 지껄이고 있는 어머니의 말에 귀를 기울였다.

"어쩐지 내 꿈이 좋더라니! 낸들 무슨 돈이 많아서 노잣돈을 장만해 드렸겠소? 하룻밤엔 꿈을 꾸었는데 글쎄 이 댁 서방님께서…"

생판 거짓말을 지어내다가 말문이 막혀 버렸다.

"어구, 저거 보게…"

주막 노파를 둘러싸고 있는 동네 아낙네들은 마음이 들떠서 감탄이 앞섰다.

"용을 타고 하늘로 오르던가?"

"글쎄 말입니다. 뭐가 어찌된 것인지는 자세하지 않는데 꿈이 참 희한하더란 말씀이에요. 그래서 이번 길에 과거급제를 꼭 하실 줄 알았지요."

"아무튼 좋은 일을 했어. 극락길을 훤히 트였지. 그 돈이 아니었다면 떠나길 어떻게 떠나?"

"그럼요. 어려운 길 떠나서 부귀영화 누리게 되었지요."

"이 늙은 에미가 오죽하면 그 애더러 자넬 찾아보라고 했겠나? 돌아오면 은혜를 갚아야지."

이생의 모친도 한 마디 거들었다. 진심으로 고맙게 생각되었다. 자식놈이 돌아오면 금선이 모녀에게 톡톡히 은공을 해야겠다고 생각하며, 금선이년이 지체만 천하지 않으면 며느리를 삼아도 좋을 걸 하는 생각이 들었다.

"아유, 형님께선 서울 며느리까지 얻으시게 되셨구료."

이웃집 늙은이가 부러운 듯이 이생의 모친 곁으로 가며 이런 말을 꺼내자 주막 노파는 은혜가 다 뭐냐고 사양하는 말을 하려다가 그 말에 움츠려 들었다.

딸 금선이년을 이 댁 며느리로 들이려고 하는 생각은 감히 못했지만, 서울 며느리를 얻는다는 말에는 어쩐지 마음이 섭섭하였고, 누구보다도 그 말에 가슴이 울렁거리고 귀가 바짝 세워진 것은 금선이었다.

"글쎄…"

이생의 모친은 그랬으면 하는 기대가 없지도 않았다.

"아직 그런 말이 없었던 것으로 보면 혼사는 치르신 것 같지는 않고, 그런 집안에서 혼자서야 치르겠어요. 자당 어른께 여쭈어보기라도 해야죠."

"나같은 시골 늙은이가 뭐 아나. 제가 하면 하는 게지."

몰라도 좋으니 자식놈이 귀히 되기만 간절히 바랬다.

시골서는 헛소문이 이렇게 들끓는 줄도 모르고 이생은 궁문지기로 뽑혀 매일같이 육중한 창을 들고 문간에 서 있기도 하고, 때로는 밤에도 번갈아가며 궁정 안을 돌며 지켜야 했다.

사람들이 드나드는 곳도 아닌 궁문을 지키고 섰노라면 온종일 사람 한 번 만나는 일이 거의 없었다. 어느 깊은 산골짜기에 혼자 있는 것 같기도 하였다. 동료들에게 말을 듣기엔 봄, 가을 몇 차례씩 상감님께서 행차하시는 곳이라는데, 궁안에 들어온 지 한 달이 되었건만, 한 번도 행차를 맞이한 적이 없었다.

시골서 듣기에 서울 장안은 번화한 곳으로 알았고 상감님이 계시는 구중궁궐에는 연꽃 같은 궁녀가 오락가락하고 기화요초가 가득한 줄로 알았는데, 금군으로 한쪽 변두리 궁문을 지키는 신세가 되어 적막하기 짝이 없는 낮과 밤을 보내는 가운데 눈에 보이는 것은 길게 이어진 담과 울창한 숲이요, 들리는 것은 바람 소리와 새 소리뿐이었다.

시골서 새로 뽑혀 온 금군들과 아침 저녁 교대를 하며 잠시 동안 지껄여 보는 것이 사람과 접촉할 수 있는 유일한 기회였고 나머지 시간은 언제나 고독한 그림자와 함께 있을 뿐이었다.

강원도에서 왔다는 금군 하나는 만날 때마다 불평이 대단하였다.

"이건 뭐 서울로 온다기에 구경거리도 많고 호강을 할 줄 알았더니 인제, 평창 산골 속에 파묻힌 거나 다름없는 걸. 이럴 줄 알았더라면 무슨 핑계를 대고서라도 오지 말걸."

"어떻게 안 올 수가 있나?"

"아, 이럴 줄 알았다라면 몰래 도망이라도 쳤지. 시골서는 서울로만 가면 크게 영화라도 누리는 줄 알고 온통 야단이지. 이게 밤낮 뭐냔 말야."

이생은 어떻게 뽑은 것인지 알 까닭도 없고, 지금 이 친구 말을 들어보니 자기와 옷을 바꾸어 입은 효자도 그런 줄 알고 슬쩍 꽁무니를 뺐게 아니었던가 싶었다.

그렇다면 반 년이면 돌아온다고 한 것도 믿을 수 없는 말이요, 언제까지 처량한 문지기 신세를 면치 못 할테니 절로 기구한 신세 한탄이 나왔다.

이 모양으로 몇 해이고 얽매여 있게 된다면 늙은 어머님을 모셔올 수도 없고 태산같이 큰 은혜를 진 주막집 노파 모녀에게 보답할 길도 막히는 것이니 차라리 강물에 몸을 던지는 것이 편했을 걸 하는 생각도 들었다.

어느 날 아침 금군들을 마당에 불러세우고 글을 읽어본 사람이 있거든 나서라고 하였다. 겨우 세 사람이 나섰는데 그 중에 이생도 끼였다.

"글을 어디까지 읽었지?"

"계몽편을 반까지 읽었습니다."

"너는?"

"소학 초권까지요."

"사서삼경을 읽어봤습니다."

세 번째로 대답한 것이 이생이었다. 정말인가 아닌가를 밝히려고 몇 번 문답이 오고간 후에 이생 한 사람만이 뽑혀 딴 데로 옮겨졌다.

상감께서 가끔 거동하여 풍류를 즐기는 어원御苑지기가 된 것이다. 어제까지 있던 곳과 달라 눈에 부딪치는 풍경이 선경인 듯만 싶고 오가는 발자취도 하루에 몇 사람씩은 있었다.

그러나 금군 몸으로서는 별다른 변화가 없으니 따분한 느낌이 점점 배어들었다.

어느 날 저녁 때 어원을 한 바퀴 돌며 구석구석 살피고 있는데 한 군데 이르러 보니 연꽃이 피어 있는 못가에 아담한 정자가 있고 정자 위에는 비단자리를 깔고 문방사우文房四友가 가지런히 놓여 있어 이생은 글 읽던 선비로서 무심코 지나칠 수 없어 성큼 올라가 고개를 기웃해 보았다. 누군가 시축詩軸을 펴놓고 시 한 수를 써 내려가다 말고 끝귀만 비워 둔 채 있었다. 이생은 고개를 끄덕이며 두 번 세 번 읽어보았다.

몇 차례 거듭하여 시를 읊는 동안 이생은 저절로 감흥이 솟구쳤다. 십 수 년 동안 만사를 잊어버리고 책상머리에 앉아 몸에 푹 배인 글이었다.

추운 겨울 싸늘한 방에서 얼어오는 손가락을 호호 불면서 책장을 넘길 때마다 가슴에 서려 오는 꿈도 많았었다.

무진 고생 끝에 한 번 벼슬길에 오르기만 하면 대붕이 날개를 떨치고 구만 리 하늘을 훨훨 날 듯이 앞길이 툭 트이기를 바랐는데, 이제 와서는 생각조차 품어보지 못할 군졸이 되어 처량한 세월을 보내게 되어 글을 멀리한 지도 꽤 오래 되었다.

금군이 된 날부터는 책 한 번 펼쳐 볼 겨를도 없었고 그럴 심정도 없어 호젓한 낮과 밤, 때로는 머릿속에 떠오르는 글귀를 입 속으로만 흥얼거려 볼 뿐이었는데, 오늘 우연히도 빈 정자에서 누가 지은 글인지는 몰라도 시절과 경치에 알맞는 글귀를 대하게 되니 이생이 옛 버릇대로 저절로 시흥이 솟구치지 않을 수 없었다.

어째서 귀를 채우지 못하였을까? 한참 동안 굽어보며 머리를 기웃거리던 이생은 운(韻)에 맞추어 한 귀가 떠올랐다.

다시금 처음부터 내리 읽어보며 자기가 지은 것을 덧붙여 보니 앞뒤가 꼭 맞아 빈 틈 없도록 잘 되었다. 주위의 경색을 둘러보며 제법 소리를 내어 읊노라니 흥에 겨워 절로 손바닥이 무릎을 탁탁 칠 만큼 장단에 도취되었다.

그만 돌아서 나올까 하다가 다시 생각해 보니 아까운 글 한 귀를 머리 속에만 품어두기가 몹시도 서운하였다. 붓과 먹이 있으니 끝에 채워 적어 두었으면 하는 생각이 간절하였다.

그러나 다시 생각해 보니 이런 데서 글을 지을 만한 사람은 상감님이거나 궁중을 출입할 수 있는 높은 벼슬의 대감일 것이 분명한데, 아무리 시축을 버려두기는 하였지만 공연한 짓을 하였다가 나중에 들키리라도 한다면 경을 칠 것 같기도 하였다.

어쩔가 망설이며 한참 동안 생각해 보다가 또 한번 첫머리부터 읊어보니 자기가 지은 것이 끝귀로 달아야만 격조(格調)도 어울리고 뜻이 훌륭해지니 버릴 수가 없었다.

아무도 보는 사람이 없으니 살짝 써 놓고 간들 어떠랴 생각이 들어 성큼 붓을 들었다. 시축을 펼쳐 잡으려는데 바람결에 인기척이 들려오는 듯하여 얼핏 붓을 제자리에 놓고 정자 밖으로 뛰어나와 조심스럽게 사방을 살펴보았다.

그러나 귀를 바짝 세우고 사방을 살펴보았으나 아무도 없었다. 아마도 바람 소리에 놀란 것이려니 생각하며 다시금 정자로 올라갔다.

꼭 누가 엿보는 것만 같아 가슴이 두근거리는 것을 억지로 참고 용기를 내어 붓을 들었으나 손이 부르르 떨리었다.

새로 먹을 갈며 마음을 진정시키고 시축 위에 붓을 대었다.

끝귀를 써 놓고 자기가 쓴 글씨에 만족을 느끼며 시를 첫머리부터 읽어보려는데 못 뒤 숲 사이로 두런거리는 말소리가 들려와 바라보니 울긋불긋한 옷자락이 푸른숲 사이로 어른거렸다.

이생은 기겁하도록 놀라 몸을 구부리며 기다시피하여 정자에서 내려와 황급한 나머지 숲 속으로 몸을 감추는데 온몸에 식은 땀이 흠뻑 고였다. 지칫하면 들켜서 큰 변을 당하게 되리란 생각을 하니 눈앞이 아득해지며 머리가 핑그르르 돌았다.

이 날 조정에서 정사를 끝내고 내전으로 들어온 상감은 머리가 피로함을 느껴 잠시 몸을 기대었다가 바람을 쏘이려 어원으로 행차하였다.

비빈들의 시중을 받으며 첫여름의 무르익은 녹음 속을 거닐며 연못을 한 바퀴 돌다가 정자 위에 올라 한가롭게 경치를 바라보는 가운데 시흥이 솟구쳐 한 귀절 읊조려 보다가 더욱 흥이 돋아 한 수를 채우려고 지필묵을 가져 오도록 명하였다.

두 귀를 먼저 써 놓고 세째 귀를 얻기까지엔 무척 애를 썼는데 끝귀가 좀체로 떠오르질 않아 붓을 놓고 못가로 천천히 발을 옮기면서 생각에 잠긴 채 숲속 좁은 샛길로 깊숙이 들어갔다.

늘어진 나뭇가지를 휘어잡아도 보고 꽃송이를 어루만져도 보면서 마지막 글귀를 여러 모로 생각해 보았으나 별로 마음에 들지 않아 다시 짓기를 몇 번이가 거듭하는 동안 시간이 오래 지체되었다.

얼마 후, 마음에 들지는 않으나 그런 대로 귀를 채워야겠다는 생각으로 다시 정자를 향하여 걸음을 옮기면서도 마지막 한 귀가 첫번째 귀처럼 흡족하게 생각되지 않아 읊조려 보고 또 생각해 보며 정자에 올랐다.

그런데 시축을 내려다보던 상감은 깜짝 놀랐다. 낯선 글씨로 필력도 힘차게 비워 둔 글귀가 채워져 있는 것이 아닌가. 눈을 휘둥그레 뜨고 읽어보았다.

그렇게 애를 써도 좋은 생각이 풀리지를 않았는데 누구의 짓인지는 모르나 한 자도 흠잡을 데 없이 앞뒤가 꼭 맞게 마지막 여운을 남기고 거둬들이는 문장이 마음에 꼭 들어 속으로 감탄해 마지않았다.

그러나 한편 생각하면 괘씸하기 짝이 없었다. 어떤 신하가 한 짓이 분명한 듯한데 감히 무엄하게 어원엘 들어온다는 것도 괴이한 일이려니와 글줄이나 배웠다고 함부로 어필御筆을 더럽히는 것은 신하로서 죄를 범하는 일이었다.

붓을 들어보니 먹을 찍은 자국이 아직 마르지도 않았고 벼루에도 새로 간 먹이 그대로 있는 것으로 보아 금방 몸을 감춘 것이 분명하였다.

어느 놈이 그런 짓을 하였는지 원내를 샅샅이 뒤져 그놈을 잡아올리라고 분부를 내렸다. 겉으로는 노기를 나타내면서도 시가 하도 마음에 들어 다시 읊어보면서 생각하기를 누군지 그놈을 잡아올리거든 사정을 들어보아서 크게 벌 주지는 않으리라 마음을 먹었다.

어영御營의 군사들이 번개같이 사방으로 흩어져 숲속을 차례로 뒤졌다. 가까운 곳에 몸을 숨기고 있는 이생은 너무도 겁에 질려 전신을 와들와들 떨면서 이제는 꼼짝없이 붙잡혀 목숨을 잃게 되리라는 생각밖에 없었다.

숲을 뒤지는 발자국이 점점 가까워 오자, 이생은 매에 쫓기는 꿩이 머리를 움츠리듯 잡초가 우거진 덩굴 속에 머리를 파묻고 숨을 죽였다.

"저게 뭐야?"

숲을 들여다보다가 머리는 보이지 않고 궁둥이만 삐죽이 내민 것을 보고 한 놈이 소리를 질렀다.

"그놈이다. 쿡 찔러 봐."

말이 떨어지자 큼직한 몽둥이로 쿡 찌르니 이생은 흠칫 놀라 몸을 구부리며 고개를 들지 않을 수 없었다.

"하, 이놈이…"

행색이 금군 차림이어서 군사들은 놀라며 이생을 끌어내어 목덜미를 움켜잡고 정자로 끌고 갔다.

끌려 가면서 간신히 고개를 반쯤 들어 앞을 바라보던 이생은 얼굴이 새까맣게 질리고 발이 땅에 달라붙은 듯 한 발자국도 움직일 수가 없었다.

정자 위에 덩그러니 앉아 이쪽을 노려보는 사람은 틀림없는 상감님이었다. 상감님이 아니고서는 구름 같은 시녀들이 그처럼 둘러섰을 리가 없다. 우연히 흥에 못 이겨 붓장난한 것이 큰 죄를 범하리라고는 미처 생각도 못하였는데, 이제는 하소연 한 마디 못해 보고 능지처참을 당하게 되었으니 이런 원통할 데가 없다.

기구한 운명이 다시는 솟구쳐 날 길도 없이 마지막 순간에 다다랐으니 퍼뜩 머리에 떠오르는 것은 고향에서 자식이 귀히 되어 돌아오기를 기다리는 늙은 모친의 모습이었다. 불효한 자식이 저 세상으로 가노라는 말 한 마디 아뢰지 못하고 구중궁궐 속에서 외로운 혼이 불러줄 사람도 없이 갈 곳을 몰라 방황할 생각을 하니 구곡간장이 마디마디 끊어지는 듯 하였다.

정자 밑 땅바닥에 꿇어엎드렸다. 다시 살기를 생각하지 않으니 마음이 도리어 진정되었다.

상감은 글귀를 채워 넣은 것이 어느 신하가 한 짓으로 알았는데 눈앞에 꿇어엎드린 것은 새파랗게 젊은 금군이어서 속으로 놀랍게 생각하였다. 저 녀석이 어원을 돌다가 행차가 나타남을 보고 겁에 질려 숲속에 숨었던 것이요, 글귀를 적은 것은 딴 놈이 아닌가도 생각되었다. 금군으로 뽑혀 온 놈이 그처럼 문장이 있으리라고는 생각되지 않았다.

대뜸 성명도 물어보지 않고 정자 위에 올라와 글귀를 채운 것이 네놈의 짓이냐고 군문하였다. 이생은 솔직이 한 대로 아뢰었다. 글은 언제 배웠으며 어디서 금군으로 뽑혀오게 되었나를 자세히 캐물었다.

그놈이 비록 하잘것 없는 금군이긴 하지만 보아하니 용모도 준수하고 선비의 티가 나며 그처럼 문장이 훌륭한 것으로 보아 금군으로 버려두기는 아깝다는 생각이 들었다.

이생은 이러나저러나 마지막 가는 길이니 주저할 것도 없다고 생각되어 사실 그대로를 아뢰었다.

큰 뜻을 품고 공부를 하여 과거를 보러 떠나려고 하였으나 노자를 마련하지 못하여 현감을 찾아갔던 데서부터 주막집 노파 모녀가 베풀어준 온정과 과거에 낙방하여 한강을 몸을 던지려 나갔다가 우연히도 금군으로 뽑혀 오는 효자를 만나 옷을 바꾸어 입은 것을 하나도 빠짐없이 소상하게 아뢰었다.

혹시나 이런 기회에 억울한 사정이라도 하소연하면 신세를 가긍히 여겨 목숨이라도 살려 보내지 않을까 하는 일루의 희망을 가진 까닭에서였다.

처음 붙잡힐 때는 겁에 질리기만 하여 당장에 끌고 가 목을 베어 버리는 줄로 알았는데 뜻밖에도 상감이 자세한 것을 캐물으니 이생으로서는 희망을 가져보는 마지막 기회였다.

아뢰는 사정을 유심히 듣고 있던 상감은 엷은 미소를 지으면서 잠시 동안 생각에 잠겼다.

한참 후, 사흘 뒤에 별과別科를 보일 테니 그 때에 다시 한번 과거를 보라고 하면서 신하에게 분부하여 금군을 그만두게 하고 궁안에서 마음대로 글을 읽게 하여 주도록 일렀다. 이생은 너무도 뜻밖이라 가슴이 터질 듯 감격하여 그저 눈물만 떨구었다.

꿈만 같았다. 죄를 용서 받으리라고는 감히 생각도 못하였고 당장 형장의 이슬로 사라지는 줄로만 알았는데, 천만 뜻밖에도 죄를 묻지 않을 뿐 아니라 새로운 희망의 길을 열어주니 이생은 오직 감격하여 어쩔 줄을 몰랐다.

상감이 정자를 떠나 연못가로 멀리 돌아설 때까지 땅에 엎드려 머리를 조아린 채 감격의 눈물만 흘렸다.

"조상 산소 자리가 명당에 앉은 모양이오. 이런 대통운이 있을 수가 있오? 자, 갑시다."

상감의 행차가 내궁으로 들어가자 이생을 지키고 섰던 내시 하나가 어깻죽지를 잡아 일으키며 감탄해 마지않았다.

담을 끼고 돌며 몇 번이나 궁문을 빠져 나가 조용한 방에 이생을 앉히며 옆방에 책이 있으니 마음대로 꺼내 읽다가 사흘 뒤에 별과를 보도록 하라고 자상히 일러주었다.

이생은 깊은 물 속에 빠졌다가 건져낸 사람 모양으로 정신이 얼떨떨하였다. 마음을 진정시키고 다시금 생각해 보니 운수가 비색한 것 같지는 않으나 사흘 뒤가 겁이 났다.

이번에도 또 낙방을 하게 되면 그야말로 하늘 아래 머리를 들고 사람 행세를 할 수 없는 것이었다. 그렇다고 사흘 동안 책을 읽은들 공부가 될 것도 아니고 모든 것을 운명에 맡기고 기다려 보는 길밖에 없었다.

사흘 뒤, 과장에 들어가 시제를 펴본 이생은 내심 적잖이 놀랐다.

글제가 어원의 첫여름 풍경을 읊으라는 것이었다. 평생 어원엘 들어가 보지 못한 선비들은 어리둥절하여 붓을 들어볼 생각조차 못하건만 이생은 용기를 내어 본 대로 느낀 대로 전력을 다하여 맨 먼저 지어 올렸다. 그날로 탁방을 하는데 이생은 맨 첫머리에 장원으로 뽑혔다.

그 순간 이생은 하마터면 쓰러질 뻔하였다. 장원은 바라지도 않았고 끝에라도 이름이 낄 수나 있으면 하고 기대를 품었던 것이 장원을 차지하였으니 놀라움과 반가움은 이루 말할 수 없었다.

장원한 선비를 불러들이라는 분부가 내려 이생은 옷을 갈아입고 어전에 꿇어엎드렸다.

문장이 뛰어남을 치하하고 이생이 찾아갔던 현감을 선비를 도와주지 않았으니 고을을 다스릴 만한 재목이 되지 못한다고 하여 즉석에서 내쫓도록 하고, 주막집 노파의 딸 금선이는 그 뜻이 갸륵하니 소실로 앉히도록 하고, 금군으로 올라오다가 이생과 옷을 바꾸어 입은 효자는 효성이 지극하니 더 좋은 벼슬자리를 주도록 각각 분부를 내리었다.

그렇잖아도 구구한 사정을 아뢰었던 것이라 이생은 이것저것 생각이 많았는데 상감이 미리 짐작하고 한꺼번에 그처럼 분부를 내리는 데는 오직 황송할 뿐이었다.

현감을 내쫓은 것이나 효자를 올려 세우는 것은 통쾌하였으나, 금선이를 소실로 앉히라는 데는 속으로 당황하지 않을 수 없었다.

얼마 후 이생이 잠시 동안 말미를 얻어 시골집으로 내려오는 날, 인근 이삼 십 리가 발칵 뒤집히다시피 장원한 사람의 뒷모습이라도 보려고 물결 밀리듯 사람이 들끓었다. 노잣돈을 거절한 현감이 쫓겨 가고 주막집 노파 모녀가 시궁창에서 용이 오르듯 하루 아침에 팔자를 고쳤다는 소문에 더욱 사람들이 밀려들었다.

이생이 신선 같은 자태로 나타남을 보고 그 중 감격에 넘쳐 눈물을 많이 흘린 것은 금선이였다.

# 신복거사神卜巨士

세상을 살아가는 데는 여러 종류의 인간이 있다.

가령 청운靑雲에 뜻을 두어 한평생 벼슬길에서 벗어나지 못하는 사람이 있는가 하면 돈에 욕심을 내어 장사치로 일생을 늙는 사람이 있고, 농사를 짓는다 거나 선비로 늙는다 거나 모든 세상 사람은 제각기 살아가는데 대한 욕망을 지니고 있는 것인데, 때로는 살아 있는 목숨이면서 아무런 욕망도 없이 넓은 하늘에 떠 흐르는 구름같이 담담히 살아가는 인물도 없지 않다.

세상 속에 섞여 살면서도 세상의 물정을 초월한 인간이란 몇십 년에 하나도 찾아보기 드물지만, 깊은 산 숨은 골짜기에 저 홀로 피었다 지는 한 송이 꽃처럼 성도 이름도 없이 초연이 왔다 가 버리는 그러한 인물이 있기로서니 세상 사람들이 그를 알아줄 까닭이 없다.

이제부터 몇 가지의 행적을 더듬어 보려는 신복거사神卜巨士에 관한 이야기도 그러한 부류에 속하는 인물인지 모른다.

성이 무엇인지 이름이 무엇인지 아무도 아는 사람이 없었다. 혹은 최씨라고도 하고 어떤 사람은 이씨라고도 하나 뚜렷한 근거가 있는 것은 아니요, 고향이 어딘지도 아는 사람이 없었다.

그가 삼 년 전에 청풍골 조그마한 마을에 들어와 산 언덕에 닭의 둥우리처럼 틀목집을 지어놓고 홀아비 생활을 하여 오건만, 누가 물어도 자기 신세에 관하여 밝혀 말하는 적이 없었다.

고향이 어디냐고 물으면 으레 하는 대답이란 하늘에 머리를 두고 땅에 발을 붙였으니 하늘과 땅이 고향이라 하였고, 성명이 뭐냐고 캘라치면 성명이라는 것이야 아무렇게나 부르면 그만이지 따로 정해 있는 것이 있느냐고 하며 땅바닥에 놓인 물접시를 가리키면서 이것이 물을 담으면 물그릇이요, 국을 담으면 국그릇, 만약에 흙을 담으면 흙그릇이니 따로 무슨 그릇이라고 할 수 있겠느냐면서 그와 마찬가지로 사람들 속에 무엇이 들었느냐가 그 사람의 인물을 좌우하는 것이지 성명이야 아무렇게 부르면 어떠냐고 궤변을 토하였다.

성姓이라는 것은 조상 대대로 전해 내려오는 것인데 그런 상놈의 수작이 어디 있느냐고 꾸지람하는 늙은이도 없지 않았으나 신복의 대답은 여전하였다. 그 조상들의 무리를 캐어보면 처음부터 박씨니 이씨니 하는 성을 타고 나는 것이 아니요, 우연히 그렇게 정한 것이 몇 대를 전해 올 뿐이라는 것이다.

묻는 말마다 대답이 이런 투로 나오고 보니 더 캐어 물을 수도 없었다. 그를 부르기를 신복이라고 하는 것도 실로 우연히 생겨진 이름이다. 처음엔 아무도 몰랐던 일인데 우연한 기회에 장난삼아 하는 일이라고 하면서 점을 쳐본 것이 귀신같이 맞아들어 귀신 같은 점장이란 뜻에서 신복이라고 부르게 된 것이 이제 와서는 성은 신神씨요, 이름은 복卜처럼 되어버렸을 뿐이다.

신복은 나이도 오십 고개에 접어들었으니 세상 풍파도 겪을 만큼 지내 왔으련만, 세상 일에는 아무것도 모르는 척만 하였다.

신복이 하는 일이라고는 틀집 속에서 온 종일 눈을 감고 앉아 있는 것이다. 조그마한 방에 향불을 피워 놓고 주위를 깨끗이 한 다음 한 번 눈을 감고 앉으면 끼니 때도 잊어버리고 온 종일 짐승처럼 앉아 있는 것 뿐이었다. 처음에는 머리가 정상치 않은 사람이라고 비웃었으나 그렇지도 않았다.

처음 신복이 이 청풍골에 들어왔을 적에는 그저 떠돌아 다니는 붓장사를 겸한 초학 훈장으로만 알았다.

뒷산 자 괴나리 봇짐에는 고린내가 코를 찌르는 헌 버선 한 켤레와 창호지에 돌돌 감아싼 붓이, 청노루털이며 양털을 겸하여 여남은 자루 있는 것을 펼쳐 놓길래 붓장수로만 여겼는데, 하룻밤을 묵고 나더니 마을의 어린놈들 글이나 가르치며 한 해 겨울을 나고 싶노라고 하여 마침 초학 훈장감을 구하려던 터에 잘 됐다고 성큼 맞아들였는데, 어느 집에도 사랑방 신세는 지고 싶지 않노라고 하며 제 손으로 마을 뒤 언덕받이에 틀목을 쌓아올려 겨우 자기 한 몸이나 거처할 만한 게딱지 같은 처소를 마련한 것이었다.

꾀보네 사랑방에 코흘리개 여남은 명을 모아놓고 아침마다 내려가 글을 가르쳐 주고는 그중 나이가 들은 열 여섯 살짜리 수돌이놈에게 접장을 맡겨 애들을 감독하도록 하고 자기는 틀목집으로 돌아와 청승맞게 온 종일 눈을 감고 앉았는 것이 그의 일과였다.

처음 며칠 동안은 무슨 신기한 것이나 구경하는 듯하여 동네 애들은 말할 것 없고 어른들까지도 올라와 눈을 감고 앉은 신복의 모습을 멍청하니 구경하고들 있었다. 문밖에서 아무리 사람들이 서성대어도 한 번 거들떠 보는 일이 없고 보니 구경거리치고는 너무도 싱거웠다.

어른들이 궁금증에 못이겨 왜 그렇게 눈을 감고 앉아 있느냐고 물으면 빙그레 웃고 대답이 없었는데 하도 성가시게 물어대니까 정색을 하고 대답하는 말이 도道를 닦노라는 것이었다.

그래 도라니 무슨 도냐고 물으면, 도란 하나뿐이지 여러 개가 있느냐고 되려 반문하였다. 몇 해를 두고 이 사람 저 사람이 궁금할 적마다 그 도라는 것이 대체 뭐냐고 따져 보았지만, 한마디도 시원한 대답을 얻어 듣지 못했다.

신복은 아이들에게 글을 가르쳐 주지만 자기는 별로 이렇다 하게 글을 읽는 것이 없고 이따금씩 중얼중얼 무엇을 외우기는 하는데 내용이 무엇인지는 알 만한 사람이 없었다.

그가 점을 귀신같이 잘 친다는 것을 알게 된 것도 청풍골에 온 지 이년 후의 일이었다. 만약에 차돌네가 암송아지를 잃어버리지 않았던들 점친다는 것은 좀 더 늦게야 알게 되었을 것이다.

마을에서는 그중 순진한 차돌 아범이 평생 처음으로 사다 기르는 암송아지를 어느날 밤 잃어버리고 나서 거의 실신한 사람 모양으로 허둥지둥 돌아다니는 것을 보고 다음날 아침엔 신복이 일부러 차돌 아범을 찾아가서 이르기를, 송아지를 꼭 찾으려면 동쪽으로 삼십 리를 똑바로 가면 큼직한 느티나무가 한 그루 서 있을 테니 그 위에 올라가 살피노라면 자연 알게 될 것이라고 하여 차돌 아범은 답답한 나머지 속는 셈치고 하라는 대로 동으로 삼십 리 길을 가노라니 정말 느티나무가 마을 앞에 있어 서

습치 않고 나무 끄트머리에 올라가 두루 살피노라니 잃어버린 송아지가 어느 초라한 집 작은 마당에 매여 있는 것을 보고 깜짝 놀라 당장에 찾아온 일이 있었다.

그런 일이 알려지자 신복이 점을 잘 친다는 소문이 파다하게 퍼졌고, 몇 십 리 밖에서까지 점을 쳐 달라고 찾아오는 사람들이 상하귀천上下貴賤없이 언제나 글방 안팎을 에워쌌다.

그러나 신복은 좀체로 점을 쳐주는 일이 없이 눈을 딱 감고 앉아버리면 태산처럼 무게가 있어 아무도 그를 움직일 수가 없었다.

문 앞이 장마당을 이룰 만큼 법석을 피건만 기가 찰 일은 신복이 통 아는 체도 않는 것이었다.

떡에 술에 고기에 대접할 음식을 지고 이고 찾아오는 사람이 있는가 하면, 돈꾸러미를 꿰어차고 와서 영감이라는 둥 선생님이라는 둥 예절을 갖추어 떠받드는 축도 있지만, 신복은 좀체로 한 번도 거들떠 보려 하지 않았다.

그렇게 많은 사람이 아우성치듯 하는 가운데 하루나 이틀에 한 사람 꼴은 묻는 데 응해 주는 것이 더욱 많은 사람을 감질맛 나게 하였다.

어떤 사람의 청을 들어주느냐 하면, 너무 가난해 들고 올 것도 없이 찾아와 딱한 사정을 울먹울먹 호소하는 사람을 용하게도 골라내어 간단히 한두 마디씩 일러주는데 말만 떨어지기만 하면 꼭꼭 그대로 들어맞는 것이 정말로 귀신이 곡을 할 만큼 신통스러웠다.

그럴수록 인근 수십 리에서 점을 치러 오는 사람은 날로 늘어가는데, 좀체로 입을 열지 않았지만, 어느 누가 아들을 낳아 사주 기둥을 잡아 달라는 것쯤은 사양없이 응해 주는데 그것도 아침 나절 두세 사람쯤이요,

한 번 눈을 감기만 하면 아우성은커녕 금방 하늘이 무너진대도 눈썹 하나 깜짝 않을 만큼 바위처럼 묵묵하였다.

어떤 짓궂은 장나꾸러기가 신복이 정말 그렇게 잘 하는가를 시험하려고, 어느 날 아침엔 찾아와서 며칠 전에 낳은 송아지의 사주를 말하며 자기가 아들을 보았노라고 졸라대었다.

신복은 생년 월일과 시를 따져보더니만 그 친구를 물끄러미 바라보며,

"정말 자네가 낳은 아들인가?"

하고 다짐하였다.

"아니, 저 제 아들이 아니라, 우리 친척이 첫아들을 보았다기에…."

말끝을 얼버무렸다. 송아지를 자기 아들이라고 버젓이 말하기는 쑥스러웠다.

"오, 자네 친척이라? 자네는 이목구비가 온전하길래 사람으로만 여겼는데 육축에 친척이 있다니 어찌된 일인가?"

시치미를 떼고 이렇게 묻는 말에 그 친구는 너무도 기가 막혀 어안이 벙벙할 뿐이었다.

"아니, 무슨 말씀을?"

좀 더 캐어보려고 짐짓 아닌 체하였다.

"이 사주를 보아하니 태어난 지 4년이면 오형五刑을 갖추어 죽음을 당할 상이니 사람치고야 네 살에 그런 형벌을 받을 리가 있나? 소나 도야지 테지."

"네 잘못했습니다."

하고 꿇어 엎드려 코가 땅에 닿도록 절하지 않을 수가 없었다.

또 언젠가는 한 친구가 울밑에 심은 박이 싱싱하게 움돋는 것을 보고

장난삼아 사주를 따져 보라고 하였더니 신복은 빙그레 웃으며 붓을 들고 한참 동안이나 종이에 팔괘를 그려 가면서 따져 보더니만,

"그 박이 자라기는 자라겠는데 열매가 열리어 제대로 결실을 못하고 중간에 횡액을 만나겠는 걸. 그 날짜를 따져보니 칠월 스무 날 저녁때란 말일세."

아주 소상하게 이야기하였다. 뭘 그렇게까지 알랴 하면서도 날짜를 적어 두고 아침 저녁으로 박을 가꾸어 왔는데 신복이 말하던 그날, 아들 놈이 지붕에 올라갔다가 미끄러지며 박을 깔고 떨어져 다 익어가던 것을 깨뜨리게 되었다.

환히 손바닥을 들여다보듯 이쯤 알아내니 그런 소문을 듣는 사람마다 환장할 지경으로 신복을 찾지 않을 수가 없었다.

모두들 당대의 제갈공명이라고 우러러 보았다.

이웃 마을 어느 선비집에서 혼례 때에 장만한 은수저 한 벌을 잃어버리고 며칠 동안 찾느라고 야단법석을 했으나 알 길이 없었다.

그래서 신복을 찾아와 점을 한 괘 쳐 달라고 보름 동안을 졸라 대니까 마지못해 점괘를 풀어 몇 자 적어 주었다.

百步之內 非堂非樓

有器且六 似石非金

其中有物 似沙非士

이렇게 스물 넉 자를 써 주고는 아무 말도 없이 눈을 스르르 감고 앉아 있을 뿐이었다. 선비는 무슨 뜻인지를 몰라 풀어주기를 기다렸으나 종시 거들떠 보지도 않았다.

선비는 할 수 없이 집으로 돌아와 밤을 새워가며 차근차근 풀어보았다.

백 걸음 안이라니 담장 안에 있는 것이요, 방도 아니고 다락도 아니라니 헛간 같은 곳이요, 큰 그릇이 있는데 돌도 아니요 쇠도 아니라니 나무나 옹기임에 틀림없고, 그 속에 물건이 담겼는데 모래도 흙도 아니라니 무엇일까?

두루 생각을 하여보다가 날이 밝기를 기다려 집 안팎을 돌아보며 그럴 만한 곳을 찾아 보노라니 헛간 속에 깨어진 옹기가 한 귀퉁이에 놓여 있고 그 속엔 마른 재를 담아둔 것이 눈에 띄었다. 점괘에 꼭 들어맞는 것 같아 재를 파헤쳐 보니 아니나 다를까 은수저가 파묻혀 있었다.

나중에 알고보니 이웃집 어린 종년이 그것을 훔쳐내어 둘 만한 곳이 없으니까 급한 나머지 그런 짓을 하였던 것이다.

신복이 좀처럼 점을 안 쳐주지만 일단 붓을 들고 팔괘를 그리기만 하면 영락없이 알아맞추는 데는 제아무리 뽐내는 자라도 머리를 숙이지 않을 수 없었다.

어느 날 저녁 때 짚신 감발을 하고 괴나리 봇짐을 둘러맨 장정 하나가 허우대도 늘씬하고 얼굴이 우람스럽게 생겼는데 틀목집 마당에 들어서면서부터 코가 땅바닥에 닿도록 절을 하였다.

"선생님께 인사 여쭙습니다. 소생은 삼백 리 밖 산 끝에 사는 장아무개라고 하옵는데, 선생님의 높으신 성화를 들어모시고 한 번 뵈옵기를 원하여 찾아온 길이옵니다."

땅에 엎드린 채 정중이 찾아온 사연을 아뢰었다.

그러나 신복은 눈을 감고 아무 말없이 앉은 채 들은 체도 하지 않았다.

"선생님께서 들어오라고 명하실 때까지 기다리겠나이다."

장이라는 친구는 땅에 무릎을 꿇고 앉아 기다리는 것이었다. 점을 치러온 사람인 모양인데 정성이 무던하다고 구경꾼들이 마당에 둘러섰다.

장생은 눈 한번 끔벅하지 않고 태연히 앉아 방안에 있는 신복만을 우러러 볼 따름이었다.

해가 서산마루에 내려앉고 주위에 어둠이 드리울 무렵, 신복은 비로소 눈을 뜨며 밖으로 나섰다.

"선생님께 인사를 드리옵니다."

다시금 머리를 조아리며 인사를 여쭈었다. 신복은 힐끔 한 번 쳐다보더니 머리를 좌우로 가볍게 흔들면서 못마땅한 표정을 지었다.

"웬 사람이 이렇게 시끄럽게 구는고?"

점잖게 꾸지람을 하자, 장은 다시금 찾아오게 된 사연을 간곡하게 아뢰었다.

"멀리서 찾아왔다니 들어오우."

겨우 승낙을 얻어 장생은 신복을 따라 방안에 들어서자 넙죽 엎드려 절을 하였다.

"선생님의 높으신 성화는 받들어 모신 지 오래였습니다만, 찾아 뵙는 것이 늦었습니다."

"나 같은 사람이 성화랄 게 있소. 공연히 뜬소문이지요. 한데 멀리서 어떻게 나를 찾아왔는지요?"

수염을 내리 쓰다듬으면서 온 뜻을 물었다.

"여쭙기 황송한 말씀이오나 명도가 하도 기박하와 선생님께 앞길을 열어주십사고 외람되게 왔습니다."

"허, 그게 무슨 말? 내 앞길도 캄캄하기 그믐밤 같은데 남의 앞길을 내가 무슨 재주로 안단 말이요?"

"겸손의 말씀이십지요. 제가 듣잡건대 선생님께선 삼국시대 제갈공명과 같으신 분이라던데요."

"고이한 소리지. 내가 아는 게 뭐 있길래?"

신복은 머리를 좌우로 흔들면서 좀체 응하려 하지 않았다.

"선생님께서 저를 더럽게 여기시어 가르쳐 주지 않으신다면 한 달이고 일 년이고 여기서 물러나지 않겠습니다. 저의 보잘것 없는 정성이 선생님께 통해질 때까지 기다립지요."

여간해서는 물러나지 않을 기세였다.

"그것 참… 그대 명도가 기박하다니 무슨 말씀이요?"

딱하다는 듯 눈을 한 번 지그시 감았다 뜨며 사연을 물었다.

"네에, 말씀드립지요. 다름아니오라…."

장생은 너무도 감격하여 얼굴빛이 상기되면서 말을 계속하였다.

"시골 태생으로 별로 배운 것도 없습니다만, 과거를 보아 입신양명을 할까 하는 외람된 세계에서 나이 사십이 차도록 다섯 번이나 한양엘 올라가 과거를 보았사오나 번번이 낙방거자落榜擧子를 면치 못하였습니다. 금년 가을에도 또 대과를 보인다 하와 올라가 볼 마음은 간절하오나 좀체로 용기가 솟지 않습니다. 그래서 선생님의 한 말씀을 듣고 거취를 판단 지으려 하와 이렇게 찾아뵙게 된 것입니다."

"글을 읽었으면 논어論語를 읽었을 텐데, 공자께서도 괴력 난신을 말씀하시지 않으셨다는 '子不語怪力亂神' 것을 모르오?"

장생의 긴 사연을 듣고 나서 신복은 대뜸 까박을 하였다.

"그렇지요만…."

장생은 난처하다는 듯 손을 싹싹 비비면서 애원하는 듯한 눈초리로 바라보았다.

"생사나 운명을 말한다는 것은 군자君子가 삼가하는 바이며 사도邪道를 걸어가는 방외술사方外術士들이 조그마한 재주를 배워 그런 것을 아노라고 자랑 삼지만, 모두가 정도正道에 벗어난 것임을 알 만할 텐데 그러는군요."

꾸지람 비슷하게 타이르는 말이 엄하고도 무서웠다.

"황송하옵니다. 너무도 답답하와… 선생님께 빈 손으로 찾아뵐 수 없어 약간의 주효를 마련해 왔사오니 허물 마시고 받아주십시오."

장생은 한쪽 구석에 밀어놓았던 봇짐을 끌러 큼직한 술병과 통닭 한 마리를 꺼내어 신복 앞에 공손히 바쳤다.

"허, 이런 것은 왜… 모처럼 가져온 것이니 듭시다."

신복은 선뜻 술병을 받아들고 조그만 사발에 두 그릇을 따라 놓고 닭의 죽지를 뜯어내어 소반 위에 벌여놓고는 새끼손가락으로 술을 휘휘 저으면서 장생을 유심히 바라보았다.

장생은 오직 송구스러운 마음뿐이었다.

따라 올리는 대로 사양도 않고 마시는 술이 한 되 들이 병이 바닥이 나도록 신복은 잘도 마시었다.

"어, 취하는군."

마지막 잔을 쭉 비우고 나서 손바닥으로 입술을 문지르면서 자못 만족히 여기는 듯한 기색이었다.

"이거, 약소해서 죄송합니다."

이렇게 잘 마실 줄 알았더라면 좀 더 갖고 왔을 걸 하는 뉘우침이 없지 않았다.

"아닐세. 술이란 대장부의 호기를 돕는 것이니 알맞게 취하면 그만이지. 오랫만에 아주 맛있게 잘 먹었는 걸."

처음 대면하였을 적에는 무뚝뚝한 표정이라 말을 주고 받기도 거북하였는데, 술이 얼근해지자 속을 풀어 헤치는 듯 이 사람 어쩌고 말발을 낮추면서 취흥이 자못 도연하였다.

"술을 좀 더 받아올 걸 그랬나 봅니다. 이 근처에 있으면 지금이라도…."

"웬걸 이 사람아, 술이란 많이 마셔 좋은 것이 아니야. 옛날 공자 같으신 성인은 술을 한량없이 마시되 나에는 빠지지 않는다[惟酒無量] 하셨지만, 주회암朱晦庵 같으신 분은 석 잔 술에 호기가 발발하셨거든. 이런 시詩가 있지 않은가? 탁주 석 잔에 호기가 나서 낭랑히 읊조리며 축융봉을 나는 듯 내려서다[獨酒三盃豪氣發, 朗吟飛下祝融峰]라고. 됐네, 이 사람아."

"술은 벌성지약伐性之藥이라는데, 도道를 닦으시는 분이 마셔도 괜찮은지요?"

"허, 모르는 소리. 도와 술은 둘이 아니고 하날세."

"도와 술이 하나라시니 정말 우둔한 저로선 못 알아듣겠습니다."

"크게 보면 모두가 하나요, 적게 따지면 수효가 한량이 없지. 장자莊子의 말을 빌린다면 하늘과 땅도 나와 함께 태어난 것이요, 만물은 모두 나와 한몸이다[天地與我倂生 萬物皆吾一體]라고 하였지. 그러고 보면 술을 마시는 것도 도를 닦는 것이요, 도가 곧 술이나 다름없지 않은가?"

"너무 어려운 말씀이어서 오직 황홀할 따름입니다."

"황홀해? 좋지! 노자老子는 현지우현 중묘지문玄之又玄 衆妙之門 이라고 하였는데, 그 현효이라는 게 뭔지 아는가? 그게 바로 황홀경일세. 자네가 황홀을 느끼게 되면 도를 깨닫는 문턱에 들어선 셈일세그려. 허허허….

장생은 정신을 가다듬어 한 마디도 빼놓지 않고 자세히 새겨 듣지만 무슨 말인지를 얼핏 알아들을 수가 없고 술 기운이 넘치어 주정 비슷이 지껄이는 말로 여겨졌다.

"내가 오랫만에 술을 마셔서 공연히 부질 없는 소리를 했네. 자, 그만두고 자네가 과거를 몇 번이나 보았는데도 방에 붙지를 못하였단 말이지?"

"네, 번번이 떨어졌습니다."

"그래, 이번 가을에 또 본단 말이지?"

"글쎄요, 선생님께 여쭈어 보고 마음을 정할까 하와…."

소원이 이루어지는 것 같아 기쁘면서도 한편 조마스러웠다. 또 낙방거자가 될 테니 그만두라고 할 것이 두려웠다.

"자네 사주 기둥을 외우나?"

"네."

유심히 사주를 풀어보고 있던 신복은 놀라운 눈을 크게 뜨면서 머리를 가볍게 좌우로 갸웃거렸다.

왼손을 펼쳐들고 엄지손가락으로 두루 짚어보고는 한참 동안이나 입술을 움츠리고 생각에 잠겨 있는 표정이 심상치 않았다.

"어떻습니까? 점괘가…."

기다리다 못해 장생이 먼저 물었다.

"가만 있게. 거 참, 이상하이 그려."

눈도 거들떠 보지 않고 연신 손가락을 짚으며 무엇인가 입 속으로 중얼거리기만 하였다. 그럴수록 장생은 더욱 마음이 초조해 왔다.

"여보게. 이번 길에 틀림없이 장원을 따기는 하겠는데."

"그런데요?"

가슴이 펄떡거리며 다급한 생각에 눈초리가 빠딱 섰다. 일생의 원이 었던 장원을 따다니 그보다 더 반가운 일이 없으나 말의 뒷끝이 어쩐지 수상스러웠다.

"틀림없이 장원은 하겠는데, 대체 무슨 점괘가 이럴까? 장원은 장원 이나 호랑이에게 물려갈 괘란 말야."

"네?"

전혀 뜻하지 않은 말에 장생은 눈이 휘둥그레져 깜짝 놀랐다.

"이게 어찌된 영문인지 아무리 따져 보아도 분명칠 않단 말이야. 왜냐 하면 장원을 하고 나서 호랑이에게 물려갈 괘라면 그럴 듯이 믿을 수도 있으나, 점괘로 보아서는 거꾸로란 말야. 호랑이에게 물려 가고서 나중 에 장원을 할 괘니 그럴 수가 있을까 몰라?"

아무리 생각해도 선뜻 풀려지지 않는 수수께끼 같은 점괘였다.

"아니, 그게 무슨 말씀이십니까?"

"글쎄, 나도 잘 모르겠네. 세상에 그런 일도 있을까?"

앞일을 환히 내다본다는 신복으로서도 이상한 점괘에 당황하지 않을 수 없었다.

"분명 호랑이에게 물려 가는 괘가 나타납니까?"

"글쎄, 하도 이상스러워 내가 잘못 보았나 하고 몇 번이나 되짚어 보아 도 틀림없네 그려. 하여간 장원은 틀림없네."

"호랑이에게 물려 간다면서요?"

"그야 모르지. 호랑이라고 해서 반드시 사람을 헤치는 것만은 아니니까. 누가 아는가, 한양으로 올라가는 길에 호랑이가 나타나서 자네를 과거에 급제하도록 도와줄는지?"

"글쎄요?"

장생은 어수선한 마음에 갈피를 잡을 수 없었다. 기쁘기도 하고 어떻게 결단을 내렸으면 좋을지 자기로서는 판단할 수가 없었다.

"선생님, 그럼 어떻게 해야 합니까?"

"망설일 게 없어. 이러나 저러나 나중에 장원을 따게 되었으니 중도에 무슨 일이 있더라도 가 봐야지."

"그럴까요…."

마음이 내키지를 않았다.

"사람이 타고난 팔자라는 것은 모르는 걸세. 낸들 자세히야 아는가? 하지만 내 말이 틀림없을 테니 한양으로 올라가 보게."

진심으로 권하는 데는 다소 마음이 움직였다.

다음날 신복에게 절하며 깊이 사례하고 장생은 집으로 돌아와 과거 보러 갈 준비를 하였다.

마음이 여러 갈래로 망설여졌으나 신복의 말대로 팔자 소관으로 맡기고 설혹 호랑이에게 물려가는 한이 있더라도 과거는 보러 가기로 작정한 것이다.

호젓이 길을 떠나 한양으로 향하여 올라가는데, 어느 날 저녁에 깊숙한 산골길로 접어들었다.

신복이가 일러주던 말이 원망스러웠다. 설혹 점괘에 나타난 것은 그렇다 치더라도 호랑이에게 물려간다는 말은 차라리 덮어주었더라면 이토록 마음이 괴롭지는 않았을 것이다.

불길한 일일수록 모르고 부닥치는 것이 고통을 적게 하는 것이지, 미리부터 그런 일이 있으려니 생각을 품게 된다는 것은 그야말로 바늘방석에 올라앉은 모양으로 잠시도 심신을 편안히 가질 수 없게 되는 것이다.

이번 과거에 장원급제는 틀림없느니라는 말만 들려주었더라면 얼마나 기고만장하여 어깨를 으쓱대며 발걸음이 가벼웠을는지 모른다.

한데 집을 나서는 날부터 찜찜한 생각이 들어 먼 산을 바라보는데도 절로 이맛살이 찌푸려졌다.

호랑이란 놈이 밭이랑이나 논두렁에서 튀어나올 리는 없고 필경 산 속에 움츠리고 있다가 자기가 지나갈 때를 노리어 으헝! 하고 달려들 것이니 눈에 띄는 모든 산줄기들이 무서운 굴 속 같이만 보였다.

그래도 산은 멀찌감치 바라만 보이고 평탄한 들길을 걸을 때라거나 산을 끼고 돌더라도 가까운 곳에 사람 집들이 있으면 한결 마음이 편하였는데, 집도 사람도 없는 산길에 들어서면 바람소리 물소리에도 가슴이 썰렁하도록 놀라곤 하였다.

길가에 숲이 있으면 더욱 마음이 조여들었다. 그늘밑 시꺼면 구석에 눈초리가 끌려들며 혹시 뭐가 있지나 않은가 하는 두려움이 앞섰다.

집을 떠나 사흘째 걸어오는 동안 오늘 산길이 그중 제일 험하였다.

첩첩 산중에 길 옆으로는 수목이 꽉 들어 차 있고 깊은 산골짜기마다 험상궂은 바위 틈으로 물줄기가 흘러내리는데 몹시 귀에 거슬렸다. 신복이 일러주던 호랑이가 꼭 이 산 속에 기다리고 있을 것만 같았다.

모든 것은 팔자 소관이라니 운이 불길하여 물려가는 한이 있더라도 정신만은 똑똑히 차려야겠다고 마음을 굳게 먹었다.

쐐— 하는 바람 소리와 함께 바스락 숲이 흔들리는 소리가 들려 장생
은 발을 멈추어 주위를 조심스럽게 둘러보았다. 길가에 놀고 있던 산토
끼 한 마리가 발자취에 놀래어 숲 속으로 달아나는 것이 보였다.

"쳇!"

지나치게 겁을 집어먹은 것이 스스로도 부끄러웠다.

나올테면 나오너라고 마음을 크게 먹고 용기를 내어 호젓한 비탈길을
돌아서는데 얼핏 보이는 것이 무엇인가 자세치는 않았으나 길 옆 숲 속
에서 삐죽이 나왔다 움츠리는 것이 있었다.

"어…?"

장생은 발을 멈칫하여 한참 동안이나 노려보았으나 아무런 기척도 없
어 천천히 발자국을 옮기는데 부스럭 하는 소리가 요란히 들려왔다.

"아이쿠!"

이제는 영락없이 물려가게 되는 줄로만 여겨 소름이 쫙 끼쳤다.

숲 속에서 성큼 뛰어나오는 것이 있었다. 가까이 다가설 때에야 호랑
이가 아니라 사람인 것을 비로소 알아챘다.

험상궂게 생긴 장정놈이 한 손에 도끼를 치켜들고 성난 눈초리로 장생
을 쏘아보면서 다가 오고 있었다. 금방 도끼로 내리칠 것만 같았다.

호랑이가 뛰어나올 것을 겁내고 있었는데 난데없이 도둑놈이 달려들
어 도끼를 휘두르고 있으니 마음은 여전히 떨리기는 하나 얼핏 생각하기
에도 몸에 지닌 재물이라고는 엽전 몇 십 냥밖에 없으니 그것만 던져주
면 목숨은 잃게 되지 않으리라는 안도감이 들었다.

"이놈, 나를 몰라?"

도둑놈이 돈을 내라는 고함은 안 지르고 나를 모르냐고 대드는 품이

좀 수상스러웠다.

"네, 알아뵙지요."

모르느냐고 다짐하니 무턱대고 안다고 할 수밖에. 알아본 댔자 산 속에서 튀어나온 도둑놈인 걸.

"이놈! 네놈의 원수를 갚으려고 몇 십 년을 별러왔어. 잘 만났다."

멱살을 움켜쥐고 씨근거리며 노려보는 품이 몹시도 거칠었고, 원수를 갚는다는 말에 장생은 몸을 뒤로 제끼며 흠칫 놀랐다.

말하는 투로 보아 재물을 겁탈하려는 도둑놈은 아닌 것 같고, 무슨 깊은 원한을 품고 있으면서 사람을 잘못 보고 달려든 것으로만 생각되었다.

"아니, 무슨 말씀인지? 사람을 잘못 보신 게 아닙니까?"

"잘못 봐? 허, 이놈이 누구를 바보로 아나베. 이놈아, 네가 한 일을 네가 몰라? 잘 생각해 봐. 사람을 죽이고도 네놈이 무사할 줄 아느냐?"

정말 기가 찰 일이었다. 사람을 죽이다니 엄청난 소리다. 사십이 되도록 누구하고 싸움 한 번 해본 일이 없고, 어느 누구의 손가락 하나 다치게 한 일이 없는데, 장생은 눈만 꿈벅거리며 멍청하니 서 있을 뿐이다.

"이놈아, 네가 스무 살 때 너의 집 종을 죽이지 않았어? 그래도 몰라?"

그러고 보니 생각나는 일이 있었다.

젊었을 때 마당 한복판에서 말을 타고 장난을 하는데 집 종년이 여섯 살 난 애놈을 데리고 물을 길어 이고 돌아오는 것을 보고 장난삼아 말머리를 돌리며 종년의 앞길을 가로막자 물동이가 쩡그렁 깨어지며 종년이 모로 나자빠진 것이 공교롭게도 뾰족한 돌에 머리가 맞부딪혀 그 자리에서 목숨을 잃고 말았던 것이다.

그러고 보니 지금 도끼를 들고 덤비는 놈은 그때 에미의 치맛자락을 붙잡고 뒤에서 따라오던 여섯 살짜리 아들놈인 것이 분명하였다.

자기가 일부러 종년을 죽인 것은 아니었지만, 그 아들놈이 자라나 앙심을 품고 원수를 갚는다는 데는 꼼짝없이 욕을 당하게 된 것이다.

"오, 난 또 누군가 했지? 이 사람, 참 몰라보게 되었네. 자네 효성이 무던하군 그래. 그때 내가 일부러 자네 에미를 죽인 건 아닐세만, 어떻든 내 실수였으니까… 자, 이렇게 만나서 묵은 원수를 갚는다니 낸들 어쩔 수 있나? 마음대로 하게, 배를 가르든 목을 자르든. 자…"

놈의 등을 툭툭 두드리며 그럴 듯이 말을 던지고는 목을 쑥 내밀었다.

이런 경우에 구구하게 변명을 할 수도 없고 머리에 떠오르는 대로 태연스럽게 눙쳐보는 것이다.

놈은 한참 동안이나 노려보며 거칠은 숨결을 내뿜더니 도끼를 탁 집어던지며 장생의 발밑에 넙죽 엎드려 흑흑 흐느껴 울기만 하였다.

장생은 때아닌 광경에 또 한번 놀랐다. 무슨 음흉한 수작을 부리려는 것만 같았다. 그렇지 않고서야 도끼를 들고 달려들던 녀석이 별안간 엎드려 절을 할 리는 없는 것이다.

놈의 일거일동을 조심스럽게 경계하며 장생은 몇 걸음 뒤로 물러섰다. 엎드렸던 녀석이 왈칵 일어나며 무슨 짓을 할는지 모른다고 생각되어 잠시도 눈을 딴 데로 옮기지 못하였다.

놈은 어깨를 들먹이며 한참 동안 엎드렸다가 고개를 쳐들며,

"도련님!"

장생을 올려다보는 눈초리가 처음 달려들 때처럼 험상궂지 않았다.

이놈, 저놈 하며 금방 도끼로 찍을 듯이 험한 기세를 부리던 놈이 도련님이라고 존대를 하면서 눈물이 서려 있는 것은 분명 마음을 고쳐먹은

것이었다.

"응…?"

장생은 갑작스럽게 당하는 일이 모두가 놀랍기만 하여 눈을 둥그리며 마주 바라보았다.

"도련님, 제가 잘못했습니다. 제가 감히 도련님께 무엄한 짓을 하다니 죽을 죄를 지었습니다."

엎드린 채 일어날 생각도 하지 않고 머리를 몇 번이나 조아리며 진심으로 잘못을 뉘우치는 듯한 기색이었다.

"아니 여보게. 이게 무슨 일인가? 잘잘못이 어디 있나? 자네야말로 효성이 지극한 사람이야. 나도 무척 감동되었네. 이러지 말고 일어나게."

장생은 놈의 어깨를 부축하여 억지로 일으켰다.

"제가 어릴 적에 당한 일이 너무도 원통하여 잠시도 마음에 잊지를 못하였습니다. 도련님이 한없이 원망되고 미웠습지요. 번연히 그놈의 말때문에 그렇게 된 줄은 알면서도 꼭 도련님이 일부러 그러신 것 같게만 생각되었습지요. 나이가 들면서 언제고 어머님 원수는 내 손으로 갚는다고 별러왔습지요."

"암, 그럴 테지. 그게 장하단 말야. 여섯 살 때의 일이면 머리에 떠오르기도 힘들 텐데. 그때 일을 잊지 않고 마음에 지녀 두었다는 것이 참으로 장하거든. 그렇게 마음을 먹었으면 원수를 갚을 일이지. 어째 마음이 달라졌나?"

장생은 놈의 속을 떠보느라고 짐짓 이런 말을 던졌다.

"저도 모르겠습니다. 도련님께서 과거 보러 간다는 것을 전해 듣고 여러 날째 이 곳에서 기다렸습지요. 한데 막상 만나뵙고 도련님의 말씀을 듣고 나니 감히 손을 댈 수 없습니다그려. 종놈으로 태어나 도련님의 멱살을 움켜잡았다는 것만으로도 원수를 갚은 거나 다름없습지요. 도련님, 용서하여 주십시오."

놈은 다시금 땅에 넙죽 엎드려 절을 하였다.

"허, 이 사람, 이게 무슨 짓인가? 자네 마음이 그처럼 풀렸다니 내 마음도 몇 십 년만에 확 풀려버렸네. 그날 장난 끝에 그런 일을 저질러 놓고 마음 속에는 언제나 그 일이 걸려 있었네. 이제 자네를 만나서 그처럼 속을 털어놓으니 피차에 잘 되었네그려."

놈의 등을 툭툭 두드려 주며 장생은 홀가분한 마음으로 넓은 하늘을 쳐다보며 긴 숨을 내뿜었다.

길 옆 넓다란 바위등으로 옮겨 앉아 장생은 놈의 지내 온 이야기를 물으며 한껏 마음을 위로해 주었고 앞날도 걱정해 주었다.

몇 십 년 동안 꽁꽁 맺혀 있던 앙심이 한꺼번에 확 풀리고 나니 놈의 우직한 마음은 상전의 멱살을 잡고 도끼를 겨누었던 것이 진심으로 송구스러워 좀체 고개를 들지 못하였다.

여섯 살 때의 흐릿한 기억이긴 하지만 에미를 잃고 나서 애비를 따라 옛주인을 버리고 딴 마을로 돌 때에 차츰 지각이 들며 아무 집 도련님 때문에 에미가 목숨을 잃게 되었다는 것을 알게 되자 가슴 한 구석에는 언제든지 커서 앙갚음을 해야겠다는 결심이 굳어졌던 것이다.

그래서 스무 살 안팎에 들어서면서부터는 해마다 한두 번씩 장생이 집 근처를 서성거리며 얼굴을 익혀 두고서 때를 기다려 온 것이다.

놈이 항우라는 별명을 들으리 만큼 억센 데다가 무엇이든지 한 번 한다고 고집을 쓰게 되면 기어코 해내고야 마는 성벽이어서 장생 하나쯤 처치해 버리는 것은 어려운 일이 아니었지만, 항상 꺼리는 것은 양반과 상놈의 지체가 다른 것이었다.

상놈으로서 양반에게 손을 댄다는 것은 도저히 있을 수 없는 일이요, 잘못 건드렸다가는 도리어 봉변을 당하게 될 것도 모르는 바 아니다.

처음엔 어느 으슥한 골목에서 만나 다리를 분질러 놓든지 팔을 하나쯤 꺾어 놓으리라고 마음먹었는데 아무리 생각해도 그렇게 한다면 뒤끝이 무사할 것 같지 않아 두고 생각한 끝에 아무도 모르는 곳에서 아주 없애 버리기로 작정한 것이다. 마침 들리는 소문이 과거를 보러간다고 하기에 며칠 전부터 이 산골에서 길목을 지키고 있다가 뛰쳐 나온 것이다.

나를 아느냐고 다짐할 것도 없이 대뜸 달려들어 골통을 까버렸더라면 그만일 걸. 원수놈에게 한바탕 문책을 하고 손을 댄다는 것이 잘못된 생각이었다.

그렇게 덤벼들면 벌벌 떨면서 살려주십사 싹싹 빌 줄로만 알았는데 뜻밖에도 태연스럽게 자기의 등을 두드리며 효성이 지극하다고 칭찬을 하여 주고, 목을 베든 배를 가르든 마음대로 하라고 퉁기는 데는 그만 기가 탁 꺾이어 감히 험한 짓을 할 용기를 내지 못하였던 것이다.

양반은 행세부터 다르다더니 정말 그렇구나 하고 속으로 탄복해 마지 않았다. 몇 번이나 거듭해 효성이 지극하다는 칭찬을 들으며 바위등에 마주 앉고 보니 자기가 허리를 굽혀 섬겨야 할 상전의 몸에 손을 대었다는 것이 부끄럽고 황공스러웠다.

"이젠 이렇게 서로 만났으니 옛날 일은 깨끗이 잊어버리는 거야. 그래, 요즘은 어디서 어떻게 지내지?"

장생의 목소리는 한껏 부드러웠다.

"제가 잘못했어유."

놈은 와락 눈물이 솟구쳐 두 손으로 얼굴을 가리우며 흐느껴 울었다.

"잘잘못이 어디 있어?  자, 이제부터 그런 생각은 잊어버리기로 하고 요즘 어떻게 지내지?"

"머슴살이를 해유."

"오….."

장생은 놈의 우락부락한 몸집을 믿음직스럽게 훑어보며 문득 엉뚱한 생각이 들었다.

신복의 말대로 호랑이에게 봉변을 당할 신수라면 이놈을 데리고 한양까지 올라 가노라면 설령 호랑이에게 물려 가는 한이 있더라도 우선 마음만은 저으기 든든할 것 같았다. 그래서 놈의 눈치를 떠보기로 하였다.

신복의 말대로라면 호랑이에게 봉변을 당하긴 하지만 과거에 틀림없이 급제할 신수라고 하니 일단 호랑이에게 물려 버린다면 살아나기를 좀체 바랄 수 없는 일이요, 아마도 저놈과 동행을 하다가 덤벼드는 호랑이를 물리쳐 버리게 되는 신수가 그런 점괘로 나타난 모양이라고 혼자 짐작되었다.

"여보게, 이렇게 만났으니 그냥 헤어질 수야 있는가?  어디 주막에 들러 술이라도 한 잔 나눔세그려."

놈에게 술을 몇 잔 권하면서 조를 심산이었다.

"뭘요….."

놈은 너무도 황송하여 머리를 긁적거리며 엉거주춤하였다.

"아닐세. 이대로 헤어져서야 인정이 서운해 쓰겠나?  이 근처에 주막이 어디 있는고?"

검푸른 산 오목한 허리를 가리키며 장생의 눈치를 살피었다. 술이라면 얼마든지 지고는 못 가도 마시고는 갈 만큼 즐기는 놈이라서 한 잔 생각이 문득 간절키도 하였다.

"그럼, 넘어가 보세. 걸어봤자 안팎 십 리 길 밖에 더 되겠는가? 자네 집이 어딘지, 안 갔다 와도 괜찮지?"

"저야, 뭘….."

"이 사람, 그럼 일어나게."

놈의 옷깃을 잡아 일으켜 세우며 나란히 산길을 걸어갔다. 산세가 험하고 수목이 무성하여 어느 깊은 골짜기에 호랑이나 곰 같은 짐승이 숨어 있을 것도 같았다. 제아무리 왕산 같은 호랑이라도 놈과 맞들리면 만만치 않을 것만 같았다.

십 리 길을 돌아 험한 재를 넘어서도록 토끼 한 마리 얼씬하지 않았다.

늙은 할미가 술에미로 앉은 주막에 들어 장생은 놈에게 술을 연거푸 권하였다. 놈은 잘도 받아 마시었다. 술잔을 입에 대고 목에서 꿀꺽 소리가 나면 막걸리 한 사발이 비워지곤 하였다.

"자네 술을 참 잘하네그려. 난 한두 잔이면 취하는데… 사양 말고 얼마든지 들게."

"아, 저 사람이야 밑빠진 항아리 같은 걸요. 암만 부어넣어도 어디 끄덕이나 해야지요."

술할미가 입술을 오무려 웃음을 지으면서 한마디 거들었다.

"허, 몸이 워낙 건강하니까. 자네 같은 사람은 호랑이를 만나도 아마 겁내지 않을 걸?"

한양으로 함께 가자는 말을 꺼내기 전에 마음 속에 걸려 있는 호랑이

이야기를 먼저 잡담삼아 꺼냈다.

"아, 저 사람이 호랑이를 겁내요. 호랑이가 보면 형님 하고 절을 할 텐데요."

놈은 빙그레 웃기만 하고 할미가 맞장구를 쳤다.

"뭐, 그럴 만한 일이라도 있나?"

"모르시는 모양이시군. 저 사람이 바로 호랑이가 아닙니까?"

"힘이 세단 말이지?"

"아닙지요. 힘이야 항우 장사 찜쩌 먹게 세기도 합지요. 저 사람 이름이 바로 호랑입지요."

"뭐?"

장생은 뜻하지 않은 술할미의 뇌까림에 눈이 크게 휘둥그레졌다. 처음 듣는 놈의 이름이었다.

"아니, 자네 이름이 호랑이란 말이지?"

다짐하며 물었다.

"네, 어릴 적부터 그렇게 불리운 것이 아주 이름이 되었습니지요."

"그럼, 본이름은 따로 있고?"

"본이름이고 뭐고 없이 그냥 호랑이, 호랑이 하고 부르니까 그게 이름입지요."

"호, 그래?"

문득 생각이 나는 것은 신복의 말이었다.

그 점괘에 나타난 호랑이란 것은 결국 진짜 산 속에서 튀어나온 짐승이 아니라 호랑이란 이름을 가진 머슴놈인지도 모르겠다고 기묘한 생각을 되풀이해 보았다. 만약 그렇지 않고 진짜 호랑이라면 무사할 리가 없고 장원급제를 한다는 것도 믿어지지 않는 말이었다.

"저 사람은 제 이름이 호랑이라서 그런지 통 겁이 없습지요. 언젠가는 산중에서 나무를 하다가 산돼지 한 놈과 맞딱뜨려 놈의 다리를 꺾어 놓고야 말았습지요. 아마 호랑이를 만나더라고 마찬가지로 덤빌 걸요."

술할미가 술단지를 휘휘 저으면서 말참견을 하였다.

그런 말을 듣고 나니 장생은 그놈이 더욱 미더워 보였다.

"여보게, 자네 서울 구경 안 가 보려나?"

"헤헤, 저 같은 게 서울 구경이 다 무업니까? 남의 집 머슴살이를 하는 처지에."

술잔을 내려놓고 머리를 긁적거리면서 놈은 히죽히죽거렸다.

"아냐, 생각 있거든 이번 길에 나와 함께 가 보도록 하세나. 노잣돈 같은 건 걱정 말고."

"글쎄올습니다요."

놈은 부쩍 마음이 움직이기는 하지만, 당장에 주인집을 버리고 간다는 것이 서먹하였다.

서울로 가서 아주 살게 되는 것이라면 또 몰라도 구경 삼아 옛주인의 신세를 지며 떠난다는 것이 수월한 일은 아니었다.

"뭐, 어려울 것 없잖냐? 만년 내내 남의 집에서 일만 해줄 것이 아니라 이런 기회에 훌쩍 한 번 떠나보게나…"

기어코 함께 가려고 여러 모로 달래 보았다.

"허, 저 사람 팔자 고치게 됐네. 아무나 서울 구경을 하는 줄 알아! 전생에 타고난 인연이 있어야 하는 거야?"

술할미는 무슨 재미난 일이나 생긴 듯이 덩달아 부채질을 하였다.

한참 동안 가자거니 어렵다거니 말이 오고가다가 머슴놈은 끝내 머리를 흔들었다. 머슴살이 하고 있는 주인집을 훌쩍 떠나기가 어려운 것보다도 턱없이 따라 나선다는 것은 옛주인에게 한없는 폐만 끼치는 것 같아 종시 마음을 굽히고 말았다.

장상생도 어쩌는 수가 없었다. 앞길이 좀 불안스럽기는 하지만 놈의 이름이 호랑이라니 아마도 신복이가 알려주던 점괘는 그놈을 두고 하는 말 같아서 얼마쯤 안심되기도 하였다.

놈에게 술을 잔뜩 권하고 장생은 서운한 마음을 지닌 채 혼자서 길을 떠나는데, 놈이 오 리 길이나 따라오면서 죄스럽다는 말을 연거푸 하고 서는 피차간 갈리게 되었는데 놈은 장생이 휠휠 걸어가는 뒷모습이 사라질 때까지 멀리서 바라보고 서 있었다. 장생은 한바탕 큰일을 치르고 난 듯하여 한결 마음이 홀가분하였다.

한양으로 오는 도중 험한 산길을 걸을 때마다 가슴이 조마조마 하였으나 다행히도 호랑이는 나타나지 않았다.

어느 날 점심 때, 한강 나루터 가까이 이르러 요기를 하려고 길가 주막으로 들어선 장생은 자리가 비좁아 한쪽 구석에 쭈그리고 앉아 점심상을 들고 있었다.

먼저 와 자리를 잡고 있는 손님들은 모두가 선비의 행색인데 나이가 사오 십쯤으로 보이는 칠팔 명이 빙 둘러앉아 점심 겸 들고 있었다.

장생이 들어오자 떠들던 이야기를 멈추며 힐끔힐끔 기색을 살펴가며 그중 나이 많아 보이는 선비가 술잔을 비우고 나서 말을 계속하였다.

"그러니 말일세. 앞날을 내다보는 것이 어디 쉬운 일인가? 상통천문 上通天文하고 하달지리下達地理하는 재주가 없는 데야…."

무엇인지는 모르나 걱정되는 일이 있는 모양이었다.

"이 넓은 세상에 찾아 보노라면 그래도 용하게 앞길을 내다보는 사람이 있기는 할 텐데."

"글쎄? 산야에 묻힌 인재를 아는 재주가 있어야지."

"한데 믿을 수는 없는 말이지만. 시골서 온 친구가 전하는 말인데 충청도 청풍 고을에 신복이라고 이름난 용한 점장이가 있다는구면."

한 친구가 곁들여 이런 말을 꺼내었으나 모두들 별로 신통하게 여기지 않는 기색이었다. 픽 웃는 사람도 있었다.

"그런 점장이야. 세상에 얼마든지 있는 걸 뭐…."

"아, 그래서 그 신복이란 사람은 귀신같이 점을 잘 친대서 이름도 신복이라는데, 정말 놀랍다던 걸."

"점장이치고 한두 번쯤은 알아맞추는 일이 있기에 소문도 나는 법이지. 세상을 꿰뚫어지게 아는 사람이 몇 백 명에 하나도 없을까 몰라?"

이런 이야기를 주고 받으며 신복을 흔해 빠진 점장이로 여겨 별로 대수롭지 않게 웃어버리는 것이 장생의 비위를 거슬렀다. 비록 자기와 무관한 일이기는 하지만 신복을 위하여 그렇지 않다는 것만은 이야기해 주고 싶었다.

"지나가는 과객이 여러분의 말참견을 하는 것 같아 죄송합니다만, 지금 신복이란 분의 말씀들을 하시는데 제가 바로 며칠 전에 그분을 만나고 왔기에 몇 말씀드리려는 것입니다."

"아, 그러십니까?"

시골 친구에게 전해 들었노라던 친구가 반색을 하며 장생을 향하여 몸을 돌려 앉으며 궁금스럽다는 듯한 눈을 반짝였다.

"그분은 흔히 보는 점장이가 아닙지요. 좀체로 말을 안 해 그렇지 입만 떨어지면 정말 귀신같이 알아맞추십니다."

"호!"

듣는 친구는 감탄하는 기색이었다.

"그 귀신같이 알아맞추는 일이 한두 가지가 아닙니다. 저도 이번 길에 무척 정성을 들여 겨우 점 한 괘를 쳐 보았습니지요만…."

"좀 자세히 들어봅시다. 점을 어떻게 쳤는데요?"

여러 선비들의 시선이 일제히 장생에게로 쏠리었다.

장생은 자기가 직접 경험한 것을 비롯하여 그 동안 여러 군데서 들은 이야기를 있는 대로 털어놓으며 신복이를 한껏 치켜세웠다. 선비들은 조용히 들으면서 이따금 서로 눈짓만을 하였다.

신복을 하늘처럼 치켜 세우는 장생의 말을 듣고 나서 그중 나이 많아 보이는 선비가 수염을 만지작거리며 말을 건넸다.

"그 사람이 점을 쳐주기는 하는데 아무나 함부로 쳐주지는 않는단 말씀이지요?"

"그렇습지요. 아무나가 무엇입니까? 하루에도 이삼 십 명씩 찾아와서 아우성을 치다시피 합지요만, 온종일 눈만 딱 감고 앉아서 꼼짝도 않습지요."

"그러면 어떤 사람이라야 점을 쳐줍니까?"

"그건 모르지요. 그 양반께서 마음이 내키셔야만 응해 주시지. 아무리 지위나 권세가 높은 사람이라도 일체 아랑곳하지 않습니다."

"호…."

서로 얼굴을 쳐다보며 또 한번 감탄하였다.

여러 선비들은 청풍 고을 어디라는 것을 소상하게 캐어묻고 나서 술을 몇 잔 권하고는 고맙다는 치하를 하고 헤어졌다.

장생은 신복의 말대로 사십 평생에 처음으로 장원 급제하여 어사화御賜花를 꽂고 청운의 길에 날개를 활짝 폈다.


청풍 산골의 신복은 언제나 다름없이 아침 일찍 어린 놈들에게 글을 가르쳐 주고는 온종일 눈을 감고 앉아 있는 것이 일이었다. 점을 쳐 달라고 찾아와 졸라대는 사람의 패거리는 날이 갈수록 수효가 늘어 갔다. 그러나 좀체로 응해 주지 않는 것은 전과 마찬가지였다.

어느 날 황혼이 짙어갈 무렵, 신복이 눈을 감고 앉아 있는 틀목집에 색다른 나그네 한 사람이 찾아왔다.

수수한 선비의 차림이나 생김생김과 태도가 시골에서는 흔히 볼 수 없는 뚜렷한 기상이 넘쳤다.

마당에 사람들이 웅성거리고 있는데 눈도 거들떠 보지 않고 점잖게 목소리를 가다듬어

"이리 오너라."

소리를 질렀다.

아무도 대답하는 사람이 없었다. 똑같은 소리를 몇 번이나 되풀이하는데도 안에서는 일체 아는 체하는 기척이 없었다.

선비는 연거푸 대여섯 번 불러보고는 수염을 몇 번 쓰다듬더니 판자문을 열고 안으로 들어섰다.

아무도 함부로 열지 못하는 방문을 성큼 열고 안을 삐끔 엿보더니만,

"선생님이 계시군."

하며 선비는 거침없이 들어섰다.

그제서야 신복은 눈을 스르르 뜨며

"뉘댁이신데 이렇게 말없이 남의 방을 들어서시우?"

꾸짖는 듯한 언성이었다.

"네, 선생님의 성함을 익히 듣고 이렇게 찾아뵈러 왔습니다."

"허, 초야에 묻혀 있는 벌레 같은 보잘것 없는 사람에게 무슨 말씀이시오? 헛소문을 들으셨겠지."

가볍게 머리를 좌우로 흔들며 싸늘한 모습을 보였다.

"저도 세상 명리에 뜻을 두지 않고 산천 경개를 두루 돌아 구름같이 흐르는 몸입니다. 선생님의 성화가 하도 높으시기에 한 번 뵐까 하고 이렇게 찾았습니다."

늙은 선비는 공손히 찾아온 뜻을 말하며 신복의 기색을 살폈다.

신복은 마주 앉은 선비에게 좀체로 눈을 거들떠 보지도 않고 말을 주고 받으면서 반쯤 내려감은 눈이 무릎 위를 떠나지 않았다.

선비는 저녁 후에 호롱불을 사이에 놓고 몇 번이나 졸라 대었으나 밤이 늦어 자정이 깊어가도록 신복은 조용히 앉아 있을 뿐 묻는 말에 응해 주려 하지 않았다.

선비는 답답하고 무료한 나머지 화를 내며 대어들 듯 말했다.

"멀리서 찾아온 사람을 너무 그렇게 푸대접할 것이 없지 않습니까? 아는 대로 몇 말씀만 해 주시면 물어보는 저도 속이 풀릴 텐데요."

"허, 그 양반. 글을 읽는 선비가 성현의 말씀만 지키면 그만이지 음양술수陰陽術數에 뜻을 두어서야 쓰겠소?"

좋은 말로 거절하는 것이었다.

"그런 것은 정도正道가 아니라 하옵지만, 그 이치만은 옛 성인이 밝히신 역리易理에서 나온 것이니 좀 알아보고 싶어한들 잘못된 거야 없지 않습니까? 저 같은 사람은 글을 읽었지만 노둔한 재질이 그런 데까지 깨우치질 못하여 부끄럽습니다."

"꼭 알고 싶어하는 것이 무엇인데요?"

하도 여러 말을 하며 졸라대니까 신복은 귀찮은 듯 물음에 응해 줄 눈치를 보였다.

"알아본들 별 것이 있겠습니까만 하도 팔자가 궁해서요. 나이 오십 고개를 넘어섰는데 궁한 선비의 초라한 행색을 면치 못하고 사방을 떠돌아다니는 신세이기에 사주나 한 번 보아주십사 하고…."

고단한 신세타령을 하면서 낮부터 꺼내들고 있던 사주를 적은 종이 쪽지를 내밀었다.

말없이 받아들고 신복은 한참 동안 보고 있다가 고개를 한 번 기웃하더니만 손가락으로 얼마동안을 짚어보고 나서 선비를 힐끗 눈짓해 보았다.

"사주가 어떻습니까?"

선비는 몹시도 궁금한 기색이었다.

"이 사주가 댁의 것입니까?"

"네, 그렇습니다."

"어, 보기 드문 사준데요."

"보기 드물다뇨?"

선비의 눈이 번쩍하였다.

"지금 팔자 한탄을 하셨지만, 이 사주대로 풀어본다면 국가의 동량이 되어 치국평천하할 삼공육경三公六卿의 지위에 오를 신수이십니다."

"원, 딴 말씀을…."

선비는 기쁨을 감추지 못하면서 겸양한 태도를 보였다.

"낸들 아오만, 네 기둥에 나타난 것이 그렇군요. 몇 해 동안 액운이 들었다가 올해부터 앞으로는 수십 년 대통운이 뻗혔습니다."

"정말 그럴까요?"

"글쎄요, 사주에 나타난 것이 그렇군요."

선비가 미심쩍어 하는 것을 보고 신복은 여러 모로 사주를 풀어 그럴 듯이 해석해 들려주었다.

선비는 신기스럽다는 눈초리로 열심히 듣고 나서 주머니 끈을 풀더니 차곡차곡 접은 종이 쪽지를 또 하나 꺼내 펴 들었다.

"죄송한 말씀입니다만, 어차피 보아주시는 것이니… 이건 제 집안 사람들 것인데, 대략 운이 어떤가나 좀 보아주시지요."

펴든 종이에는 칠팔 명의 사주가 적혀 있었다. 신복은 선비를 물끄러미 바라보면서 종이를 받아들었다.

신복을 찾아와 사주를 풀어 달라는 선비는 자기 한 몸의 부귀영화 보다는 오랫동안 품어온 꿈이 이루어지는 듯하여 희망의 눈이 번쩍하였다.

사납고 음탕한 임금을 내쫓고 나라의 기강을 바로잡도록 반정反正의 변을 일으키려고 비밀히 획책하여 온 지 오래 되었지만, 워낙 조심스럽게 꾸미는 큰 일이어서 언제 어떻게 한다는 것은 아직도 결말을 짓지 못하고 있었다.

지금까지는 뜻맞는 사람들 사이에 쥐도 새도 모르게 의논되어 오고 있지만 충신과 역적의 두 갈래 길에 서게 되었다.

그래서 머지 않아 일을 일으키자고 하면서도 저마다 가슴은 몹시도 조마스러웠다. 이런 때에 누가 있어 앞날을 내다볼 수 있다면 천병만마千兵万馬를 얻은 것 못지않게 큰 힘이 될 듯하여 몇 달째 각지로 흩어져 돌아다니며 그럴 만한 사람을 수소문하여 한 달에 한 번씩은 한양 근교에 모이어 서로 의견을 주고 받았다.

우연히도 길가 주막에서 장생을 만나 신복의 말을 듣고 찾아온 선비는 처음부터 큰 희망을 기대하지는 않았으나 제천 단양을 거쳐 청풍 고을에 들어서면서부터 자자하게 들리는 신복의 이야기에 귀를 솔깃하면서 얼마쯤 마음이 움직였고 와서 만나 보고는 범상치 않은 인물임을 짐작하였으며, 마지못해 자기의 사주를 보고 대뜸 삼공육경의 자리를 차지할 신수라고 풀어주어 선비는 속으로 매우 기뻐하였던 것이다.

자기가 그만한 자리를 차지해서 된다는 것은 곧 모의하고 있는 큰일이 성공되리라는 증거다. 그래서 시치미를 떼고 친구들의 사주를 꺼내 보인 것이다.

운명이 한 줄에 얽혀져 있는 생사를 맹세한 친구들이니 정말로 신복이 오행五行에 밝다면 결코 거짓말을 할 리도 없고 함께 일을 꾸미는 사주도 자기와 비슷하여야 만할 일이다.

"허, 알 수 없는 일인데요."

사주를 한참 동안 짚어보던 신복은 고개를 갸웃거리며 의심스런 표정을 지었다.

"뭐가요?"

"이 사주들이 분명 댁의 친척들인가요?"

"아무렴요. 거짓말을 할 리가 있습니까?"

"그럴 리가 없지요. 한 가문에 이토록 많은 장상將相이 한꺼번에 배출

될 리가 있습니까? 운수로 따져도 똑같으니, 모두 나라의 기둥될 재목들입니다. 공연히 저를 시험하느라고 이런 사주들을 모아 갖고 온 것이지요?"

"원, 천만의 말씀을… 그중에는 친척도 있고 친구도 있고 하지만, 모두들 지금은 곤경에 빠져 헤어나지 못하는데 사주가 그렇게 좋다니 모를 말이군요."

선비는 속으로 기쁨을 참지 못하면서 짐짓 시치미를 떼었다.

"음양 오행의 이치는 마찬가지인데 틀릴 리가 없지요."

신복은 선비의 기색을 살펴보면서 몇 번이나 사주를 되짚어 보았다.

"이거 죄송합니다만, 하나만 더 보아주십시오. 마지막입니다."

선비는 주머니 속에서 노란 비단으로 싼 것을 끌러 한 사람의 사주가 적혀 있는 장지 조각을 공손히 책상 위에 올려 놓았다.

신복은 그 사주를 한참 풀어보다 말고 얼굴빛이 엄숙해지면서 옷깃을 여미며 일어나 사주를 단정히 책상 위에 놓고 그 앞에 엎드려 정중히 절을 하였다.

선비는 깜짝 놀랐다.

절을 마치고 나서 신복은 책상 앞에 꿇어앉아 손을 마주잡고 머리를 약간 수그린 채 조용하였다.

"아니, 갑자기 웬일이십니까?"

선비는 짐짓 놀라는 체 하면서 까닭을 물었다.

"이 사주가 어떤 분 것입니까?"

"제가 아는 분인데요."

"정녕 아시는 분이십니까?"

"아는 분이길래 제가 사주를 적어 갖고 다니지 모르는 사람이야 무엇 때문에 보아 달라겠소?"

"제가 시골 사람으로 눈이 어두워 미처 몰라 뵈었습니다."

신복은 다시 일어나 선비를 향하여 공손히 절을 하였다.

"아니, 이거…."

선비는 당황하여 자세를 고치면서 우물쭈물하였다.

'허, 과연 신복이로군!'

속으로는 감탄해 마지 않았다.

"이 사주는 이 나라에 한 분밖에 안 계신 지존지엄하신 분의 사주입니다. 아까부터 사주를 풀어오며 속으로 의아스럽게 생각하였사온데, 이제 군주의 사주까지 보오니 대략 짐작할 수 있습니다. 저 같은 산야에 묻혀 있는 몸이 공명을 탐내는 바 아닙니다만, 수많은 생령이 도탄에 빠져 있는 이 때에 어둠 속에서 광명을 찾는 마음은 간절하옵니다. 부디 큰 일이 하루 바삐 성취되기를 축원하옵니다."

근엄한 태도로 이렇게 말하자 선비는 좌우를 휘둘러보며 얼굴빛이 달라졌다. 아무도 모르는 비밀을 신복에게 들킨 것이 무척 두려웠다.

"원, 무슨 말씀을… 하도 곤궁에 시달리는 몸들이기에 신수가 어떤가 좀 보아 달라는 것인데 그게 무슨 말씀이오?"

펄쩍 뛰다시피하면서 신복의 말을 가로막았다.

"아무리 그러셔도 저는 대략 짐작하고 있습니다. 여러분들의 사주를 자세히 살펴보니 아마도 앞으로 석 달 안에 모든 것이 이루어질 것 같습니다. 그렇게 되면 백성들은 마음 편히 살 수 있겠습지요. 일을 위해서 과히 염려는 마십시오. 운은 돌아왔으니까요."

이렇게까지 속을 꿰뚫어보고 말하는데는 차마 끝까지 아니라고 고집할 형편이 못 되었다.

선비는 한참 동안이나 아무 말도 없이 속으로만 망설였다. 저놈이 모든 것을 알아차렸으니 자칫하면 후환이 두렵긴 하나 말하는 눈치로 보아 기밀을 사전에 누설시키어 일을 방해하려고 하지는 않을 것 같기도 하였다. 몰래 사람을 시켜 신복을 처치해 버리거나 그렇지 않으면 툭 털어놓고 일을 성공하도록 도와 달라고 하는 도리밖에 없었다.

아무리 생각해도 이쪽 편에 끌어넣는 것이 여러 모로 이로울 것 같이 생각되어 선비는 물끄러미 신복을 바라보다가 책상을 밀치고 신복의 귓전에 입을 가까이 대고 나직이 말을 꺼냈다.

"이 일을 아는 사람은 우리 몇 사람 외에 선생 한 사람뿐이요. 나라의 흥망성쇠를 좌우하는 큰 일이니 그리 알고 끝날 때까지는 추호라도 기밀을 누설치 않도록 각별히 조심해 주시요."

정중히 부탁의 말을 하면서도 한편 경계하는 마음이 없지 않았다.

신복은 아무 말도 없이 히죽이 웃으며 고개를 몇 번 끄덕거렸다.

"허, 그거 날짜가 나쁜데요."

한참 동안 귓속말을 듣고 나서 신복은 고개를 설레설레 흔들며 근심스러운 얼굴빛을 보였다.

"그날로 정하게 된 것은 우리가 임의로 한 것이 아니요. 장안에서도 산명택일算命擇日을 잘 안다는 사람에게 고르고 골라 정한 날인데요."

선비는 실망의 빛을 띠며 날짜를 택하게 된 연유를 말했다.

"그날이 황도길임에는 틀림없지요만 큰 일을 하기에는 합당치 않은 날입니다."

"그 사람의 말로는 그렇게 좋은 날은 일 년 중에도 몇 날이 없는 것이어서 그날만은 아무 일을 해도 좋다고 하던데…."

"그럴 테지요. 길일인 것만은 틀림없으니까요. 하지만, 그것은 하나를 알고 둘은 모르는 소견입지요. 관혼冠婚의 예를 행하거나 사사로운 일을 위하여 날짜를 고르는데는 그보다 더 좋은 날이 없습니다. 그러나 영감들께서 하시는 일은 나라의 큰 일로서 변혁을 꾀하는 것이므로 그런 대길일보다도 대파일大破日을 택하셔야 합니다."

듣기에는 엉뚱한 소리였다. 길일을 물리치고 파일을 택하라는 것은 도시 모를 말이어서 선비는 눈만 껌벅거리며 신복을 바라보았다.

"제가 외람되지만 날을 택해 드립지요."

신복은 엄지손가락으로 손마디를 두루 짚어보다가 날짜를 골라 말없이 써 보이며 혼자서 고개를 끄덕였다.

"이 날이 대파일인가요?"

"네, 그렇습니다. 일 년 중에서도 가장 사나운 날이지요. 이런 날에는 아무것도 하는 것을 꺼리게 됩니다. 그렇지만 영감들께서 하시려는 일은 이런 날일수록 좋은 것입지요."

"허…."

옳고 그르고를 분간할 수 없어 선비는 그저 망연히 있을 뿐이었다.

신복은 그날을 택해야 할 까닭을 자세히 말해 주며 이번 일은 기어코 성공할 테니 과히 염려 말라고까지 하였다.

"영감들께서 영귀榮貴한 자리에 오르신들 저 같은 사람이야 추호의 욕망도 없습니다만, 오로지 도탄에 든 백성들이 기를 펴고 살게 되면 그로써 만족을 삼겠습니다."

"어디 두고 봅시다그려. 일이 워낙 중대해서…."

선비는 그 길로 한양으로 돌아와 여러 친구들에게 신복을 만나본 전후 사연을 말해 주었다.

모두들 놀라면서 의아로운 기색을 풀지 못하였다. 그러나 끝내 신복의 말대로 대파일을 택하여 반정反正을 일으킨 것이 순조롭게 성공되어 나라의 형세는 어둠 속에서 밝은 빛을 본 듯 일변하였다.

신복이가 하루는 어린놈들에게 글을 가르치고 있는데 난데없이 문앞이 떠들썩하며 아전들이 달려들더니만 신복을 찾아 두말 않고 사인교에 태워 쏜살같이 내뺐다.

"어디로 가자는 거요?"

"어명이십니다. 한양으로 올라가셔야 하겠습니다."

"오….."

그제야 머리를 끄덕이며 빙그레 웃었다. 그러나 신복은 한양에 올라간 지 며칠이 못 되어 다시 호젓이 청풍 산골로 돌아오고 말았다. 소원이 무엇이냐고 묻는 말에 아무것도 없노라고 뿌리치고 나서는 그의 자취는 표표하기 신선과도 같았다.

세상 일을 귀신처럼 꿰뚫어 보면서도 부귀공명을 뜬 구름처럼 여기는 신복은 여전히 청풍 산골에서 어린이들에게 글을 가르치며 눈을 감고 조용한 세월을 보내고만 있었다.

신복이 사인교를 타고 한양을 다녀온 뒤로 시골 구석은 온통 야단법석이었다.

어떻게 소문이 꼬리를 물고 퍼져 나가는지 몇 백 리 밖에서까지 찾아오는 손님들이 날로 늘어만 가는데, 이제는 점을 귀신처럼 잘 친다는 소문뿐이 아니라 새로 등극登極한 임금님도 신복이의 힘을 빌리러 반정에 성공하였다는 말까지 자자하여 그야말로 삼국 시절의 제갈공명 못지않게 우러러 보았다.

그래서 마을 사람들은 좀 더 대접을 잘 해야 한다고 틀목집을 버리고 사랑방으로 옮기도록 서둘렀고 옷도 비단을 구하여 새로 지었으며 끼니 때마다 반찬도 끊이지 않도록 하였으나 신복은 그런 것에는 일체 무관심하였고 받으려 하지도 않았다.

신복을 둘러싼 기이한 이야기는 수없이 전파되고 있으나 이제 한 가지만을 더 옮기고 그에 관한 붓을 멈추기로 한다.

어느 날 저녁 해가 서산 마루에 걸터앉을 무렵 표표하니 젊은 초립동이 하나가 불그스레 상기된 얼굴에 땀을 흘리면서 신복을 찾아와 공손히 인사를 드렸다.

그는 충주 사는 오생으로 나이는 스물 한 살이었다. 본래 선비의 집안이었으나 일찍 아버지를 여의고 홀어머니 밑에서 구차한 살림을 지탱해 가면서도 글 읽기를 게을리하지 않아 큰 선비가 태어났다는 인근의 칭찬을 들어오는데, 처음으로 과거를 보러 가기로 마음먹고 며칠 후에는 한양으로 떠나려는데 그의 어머니가 이웃집에서 소문을 듣고 떠나기 전에 꼭 신복을 한 번 찾아가 길흉을 먼저 점쳐 보라고 타이르는 말을 듣고 자기도 오래 전부터 신복이의 놀라운 일들을 익히 귀담아 들어온 터이라 혹시나 무슨 반가운 말이라도 있을까 하여 찾게 된 것이다.

오생의 얼굴을 살피고 사주를 풀어보던 신복은 빙그레 웃으면서 농담 비슷이 말을 꺼냈다.

"자네도 대통운을 만났네. 장가도 들고 급제도 하고 벼락 부자도 되겠네그려."

"네?"

오생은 정말인지 아닌지를 미처 분간 못하여 눈이 휘둥그레졌다.

"헌데 고생을 겪어야겠는 걸."

"고생이라뇨?"

"내가 일러주는 대로 고생을 할 셈치고 하면 성공을 하지만, 자칫 잘못하면 목숨이 위태롭지."

"무슨 말씀이신지 좀 자세히 일러주십시오."

오생은 점점 마음이 초조해졌다. 고생을 참으면 성공하고 그렇지 않으면 목숨을 잃는다는 말이 생각만 해도 두려웠다.

"이제부터 닷새째 되는 날 자네 집에서 동편으로 사십 리르 걸어 나가 노라면 수양버들 늘어진 개천가에 소복한 처녀가 빨래를 하고 있을 테니 무슨 꾀를 써서라도 그 여자를 겁탈해야만 자네는 성공을 하지. 그렇지 않으면 아주 신수가 불길하네. 해 볼만한 용기는 있는가?"

신복의 이야기를 듣고 오생은 잠시 동안 어리둥절하였다. 듣기에도 엄청난 말이기 때문이었다.

선비의 몸으로 남의 집 처녀를 겁탈하다니 안 될 말이었다. 이웃 마을에서 피차에 얼굴이라도 익혀 두었거나 은근한 눈초리라도 한두 번 마주친 적이 있다면 또 몰라도 생판 길을 가다가 빨래하는 처녀가 있을 테니 덤벼들어 보라는 것은 아무리 생각해도 사리에 어긋나는 말이어서 오생은 얼굴에 근심만 가득하였다.

"그 여자의 몸차림은 처녀가 아닐 테지만, 첫날밤 신방도 못 치른 억울한 과부의 몸이니 처녀나 다름없지. 자네가 금년엔 꼭 죽을 신순데 액운을 피하는 길은 한 가지 길밖에 없네. 죽는 셈치고 용기를 내면 운수가 대통이지. 벼슬도 하고 장가도 가고 부자도 되고….”

이렇게 일러주면서 신복은 빙그레 웃고만 있었다.

오생은 자기를 놀려주느라고 일부러 그런 말을 꾸며서 하는 것만 같을 뿐, 무슨 점괘가 그토록 소상하면서도 야릇하게 나타나리라고는 믿지 않았다.

“통 무슨 말씀인지 저는 알아들을 수가 없습니다. 제발 그러지 마시고 바른 대로 점괘를 일러주십시오. 길흉간에 나타나는 대로요.”

“그게 무슨 소런가? 자넨 내가 거짓말을 하는 줄 아는군. 나를 그렇게 실없는 사람으로 아는가?”

도리어 정색을 하며 꾸지람을 하므로 그만 오생은 머리를 푹 수그렸다.

“어린 사람이 몇 리 길을 찾아온 기특한 성의를 물리칠 수가 없어 아는 대로 일러주는 말인데, 자네가 믿지 않으면 할 수 없지. 믿고 안 믿고는 자네 마음대로 하게나.”

집으로 돌아오면서 오생은 거듭하여 신복의 말하던 태도를 되새겨 보며 반신반의하였다.

아무리 귀신 같다고는 하지만, 그렇게까지 소상하게 알아내리라고는 믿어지지 않았고 설령, 사실이 그렇다 하더라도 선행할 용기가 나지 못할 것만 같았다.

허나 지금까지 들어온 이야기로서는 신복이 앞일을 이러저러니 내다보았다는 사실이 자기에게 일러주는 것보다 몇 갑절 신기스러운 것이 없지도 않아 노상 안 믿을 수도 없는 일이었다.

초조하고 불안한 가운데 며칠이 지나고, 신복이 일러주던 닷새째 되는 날이었다. 속는 셈치고 그대로 한 번 시험해 보리라는 생각에 종놈 하나를 데리고 나귀등에 올라 곧장 동쪽으로 향하여 길을 떠났다.

점심 때가 지나 집을 나선 것이 실히 삼십 리 길은 왔음직한데 마음이 차츰 두근거렸고 주위를 살펴보기에 눈이 몹시도 번거로웠다. 개천만 나서면 수양버들이 없나 살폈고 수양버들이 보이면 빨래 하는 여인들이 있지 않나 하여 두루 살펴보았다.

저녁 노을이 서쪽 하늘에 물들어 가고 먼 마을에 저녁 연기가 떠오르는데 오생은 다급한 마음으로 개천을 따라 올라가며 눈을 던지는데 마을 앞 산모퉁이에 수양버들이 개천을 덮어 휘늘어진 것이 눈에 띄어 가슴이 방망이질하듯 두근거렸다.

어찌하면 신복의 말이 맞을 듯싶은 예감에 사로잡혀 바라보이는 수양버들 그늘에 빨래하는 여인이 꼭 있을 것만 같았다. 서운하더라도 차라리 없었으면 마음이 편할 것도 같고 그러면서도 여인의 모습이 나타나기를 은근히 기대하는 마음도 간절하였다.

얼마쯤 가노라니 아니나 다를까, 노파와 함께 한길 쪽에 하얗게 소복 단장한 모습이 눈에 선히 들어왔다.

마음 속으로 은근히 기대하고 있었지만 막상 소복한 여인을 보니 오생은 정신이 얼떨떨하여 나귀를 멈추고 그 자리에 우뚝 서 버렸다.

신복의 말이 하나도 거짓이 아니었다. 죽는 셈치고 용기를 내어 저 여자를 품에 넣으면 한꺼번에 부귀겸전으로 운수가 대통이요, 만약 그렇지 못하면 생명이 위태로울 것이라고 하였으니 일은 미상불 컸다.

노파는 시냇물에 빨래를 헹구기에 바쁘고 소복한 여인은 노파 등 뒤에

선 채 고개를 갸우뚱 수그리며 이따금 오생이 서 있는 쪽으로 눈길을 던지는 것이 확연하였다. 오생은 무슨 큰 비밀이라도 들킨 듯이 자꾸만 가슴이 떨려 심신을 안정할 수가 없었다.

멍청하니 한길에 서 있을 수도 없고 그냥 지나쳐 갈 수도 없었다. 이러나 저러나 오늘 밤엔 사생 결단을 해야 할 판인데, 그 여인이 어느 집에 사는 지나 알아야 하겠고, 밤중에라도 실수가 없도록 얼굴을 알아둬야겠는데 한길에서 개천까지는 사이가 너무 떨어져 겨우 윤곽이나 알아볼 정도였다.

엉거주춤하고 서 있는 것이 도리어 수상쩍어 보일 듯하여 종놈에게 나귀를 맡기고 개천으로 내려가 손을 씻는 척하며 여인이 서 있는 쪽을 힐끔힐끔 바라보았다.

아름다운 모습에 영롱한 눈초리까지 또렷이 볼 수 있었다. 여인도 고개를 돌려 서너 번 오생을 바라보다가 눈이 마주치면 얼핏 몸을 돌리곤 하였다.

진흙 속에 한 폭의 연꽃이 피어나듯 빼어난 자색에 오생은 황홀한 만큼 마음이 도취되어 시냇물에 손을 담근 채 좀체로 일어나려고 하지 않았다.

이윽고 소복 여인은 노파와 함께 한길로 올라 마을을 향하여 사뿐히 발을 옮겼다. 오생은 멍청하니 뒷모습만 바라보고 있었다.

"도련님, 해가 다 져 갑니다. 더 늦기 전에 주인을 정하셔야지요."

종놈은 소리를 쳤다. 부리나케 한길로 올라선 오생은 나귀도 타지 않고 마을길로 훨훨 걸어 들어갔다.

여인은 오른편 산밑에 아담하게 자리잡은 기와집으로 사라져 버렸다.

오생은 마을 앞 느티나무 밑에서 한참 동안이나 서성거리고 있다가 해가 내려앉은 것을 보고야 종놈에게 나귀를 끌고 뒤따르도록 하고 누구에게 물어볼 것도 없이 대뜸 여인이 들어갔던 기와집으로 향하였다.

사랑 대문 밖에 나귀를 매도록 하고,

"이리 오너라."

점잖게 주인을 찾았다.

몇 번을 불러도 아무 대답이 없더니 얼마 후에 얼굴이 사납게 생긴 노인이 담모퉁이를 돌아 나타나며,

"뉘신데 누구를 찾소."

퉁명스럽게 따졌다.

"지나가던 길손입니다. 날도 저물고 하여 하루 저녁 신세를 지려고 찾아들었습니다."

"이 집엔 바깥 주인이 없소. 딴 데로 가 보시오."

오생의 행색을 살펴보며 심술 사납게 잡아떼었다.

"해도 지고 이제 또 어디로 갑니까? 아무 데서나 하룻밤을 지냅지요."

오생은 무슨 떼를 써서라도 이 곳을 떠나지 말아야겠다는 결심이 굳어 있었다.

"허, 주인도 없는 집에서….”

"주인이 없으시다면 노인장께선 뉘십니까?"

"나는 이 집 삼촌되는 사람이요."

"그러면 주인 어른을 대신해서 저를 하룻밤쯤 유숙시켜 주실 수 있지 않습니까?"

"안 된대도 떼를 쓰는군."

"행객을 노숙시키지 못할 무슨 사정이라도 있습니까?"

"하여간 딱한 사정이 있어서 안 돼요. 하인놈들은 좀 있지만 행객을 하인 방에 같이 모실 수도 없지 않소?"

"종들 방에는 안 되겠고…."

오생은 의젓하게 양반 체면을 차렸다. 실은 밤을 새울 것이 다급하면 안 될 것도 없었다. 그러나 종들과 같이 자면 속에 품은 뜻을 이룰 수가 없기 때문이었다. 밤중에 빠져 나갔다 오는 것을 눈치라도 채는 날에는 큰일이 아닌가.

"그럼, 이 바깥 마루라도 빌려주실 수 없으십니까? 과히 춥지도 않으니 노숙보다는 낫겠지요. 이슬이라도 막아줄 테니."

결국 바깥 마루에서 자게 되었다.

물론 잠이 올 리가 없었다. 두근거리는 가슴으로 시간을 보내다가 종놈이 잠들자 살그머니 일어나서 뛰어넘기 좋은 곳을 찾아 담장 아래로 살살 기어갔다.

그런데 갑자기 뚜벅뚜벅 발자국 소리가 들려왔다.

오생은 기겁을 하고 놀라 마루까지 기어와 자는 척하고 다시 다리를 뻗고 누워 있었다.

'들켰다면 뭐라고 핑계를 대나.'

그러나 다급한 김이라 얼핏 좋은 생각도 떠오르지 않았다.

도둑이 제 발이 저리더라고, 누가 지켜보고 있다가 달려오는 것만 같아 태도만은 천연스럽게 누워 있으면서도 오생의 가슴 속은 몹시도 후들거렸다.

자는 척하면서 눈을 반쯤 뜨고 신경을 날카롭게 주위를 경계하고 있는데 저벅저벅 발자국 소리가 들리며 오생이 누워 있는 마루를 향하여 오는 사람이 있었다.

'어쿠, 봉변을 당하는구나.'

속으로 생각하며 간이 콩알만큼 조여들었다.

"이놈, 너 어딜 가려고 담모퉁이로 살살 기어가느냐?"

하고 다짐을 하면 그럴싸하게 핑계될 것을 생각하며 자는 척만 하고 있었다.

어둠 속에 흐릿하나마 저녁 때 만났던 이 집의 삼촌이 되노라는 노인임을 알 수 있었다. 노인은 마루 가까이에 와서 사방을 한 바퀴 휘 둘러보고는 성큼 툇마루로 올라 오생이 누워 있는 옆에 걸터앉았다.

오생은 눈을 딱 감아버렸다. 노인이 설마 담밑으로 기어가던 자기를 보았을 리는 없는 듯하여 적이 안심이 되었으나 밤중에 나와 옆에 앉는 것이 수상하였다.

"벌써들 잠이 든 모양이군. 새벽엔 좀 추울 텐데."

혼잣말로 중얼거리면서 노인은 다시 마당으로 내려섰다. 가슴을 두근거리며 겁을 집어먹었던 오생은 비로소 안심하였다. 늙은이의 인정이 오히려 고맙게 생각되었다.

노인이 마당을 한 바퀴 돌아 다시 담모퉁이를 끼고 가 버리자, 오생은 이제부터 할 일이 새삼 걱정스러웠다. 안방엘 몰래 뛰어들자면 천상 담을 뛰어넘어야 할 것인데, 어두운 밤중에 어디가 어딘지 방향도 분명치 않고 담을 뛰어넘다가 잘못 들키거나 안마당에 강아지라도 웅크리고 있다가 요란하게 짖어대면 일은 잡치는 것이요, 자칫하면 어느 귀신이 잡아가는지도 모르게 아주 뻗어버릴지도 모른다는 생각이 들어 두려움만 깊었다.

살며시 일어나 곤히 잠든 종놈의 옆구리를 잡아 흔들었다.

"으 으 응…."

놈은 잠에 취하여 흔드는 것도 모르고 몸을 한두 번 비꼬면서 돌아 누워 버렸다.

"얘, 좀 일어나."

주먹으로 쿡쿡 찌르면서 어깻죽지를 흔들어대자 놈은 벌떡 일어나 눈을 비비면서 어리둥절하였다.

"지금 떠나세유."

밤이 어느 때가 되었는지도 모르고 길을 떠나자는 것으로만 알았다.

"이봐, 정신을 바짝 차리고 내 말을 잘 들어둬. 내가 이제 이 집 담을 뛰어 넘어 안방으로 들어갈 테니 너는 자지 말고 지켜 앉았다가 안에서 떠들썩하는 소리가 들리거든 내가 죽은 줄로 알고 도망을 치란 말야. 내가 들어간 뒤에 아무 일도 없이 조용하거든 그냥 안심하고 기다리고 있고… 알았지?"

귓전에 입을 대고 속삭이듯 하는 소리지만 놈은 벼락치는 소리같이 들려 흠칫 놀라면서 눈만 멀뚱거렸다.

"내 말을 알아들었지?"

다시 한번 다짐하고는 조심스럽게 마당으로 내려서 담모퉁이를 돌아서더니만 담을 껑충 뛰어 넘어섰다.

종놈은 어쩐 영문인지를 몰라 벌벌 떨고만 앉아 겁을 잔뜩 집어먹고 귀를 곤두세우며 안에서 무슨 소리가 들려오기만을 기다렸다.

담을 뛰어넘은 오생은 이마에 진땀이 차분히 고이며 다리가 천근이나 무거우리만큼 좀체 떨어지지 않았다.

어둠 속에 사방을 휘둘러 보며 귀를 기울였으나 인기척이 들리는 것 같지는 않고 별빛이 총총한 가운데 거무스름한 처마가 우뚝 솟아 어둠을 더해 주었다.

가슴을 바싹바싹 조이면서 힘껏 용기를 내어 한 발자국을 떼어 놓는데,

"컹 커컹 컹…."

개짖는 소리가 귓전을 때리어 자지러지게 몸을 움츠리며 풀썩 주저앉았다. 등골이 오싹하도록 겁에 질려 있는데 바싹 정신을 가다듬어 듣노라니 개짖는 소리는 담 너머 딴 집에서 들려오는 것이었다.

"휴우…."

가늘게 한숨을 내뿜으며 이마에 손을 문지르고 나서 다시 기운을 얻어 조용히 일어났다.

눈을 크게 뜨고 찬찬히 살펴보니 주위의 윤곽이 짐작되었다. 오른편에 나무 더미가 있고 왼편에는 장독대가 있는 것으로 보아 부엌 뒤쪽인 것 같았다.

발자국 소리를 죽이며 장독대를 끼고 돌아서니 안마당인데 안방에 불을 켜 놓아 창문이 환하였다. 주춤 서 버렸다. 문을 벌컥 열면서 누구냐고 소리를 지를 것만 같아 가슴 속이 걷잡을 수 없이 방망이질을 하였다.

기둥 옆에 기대어 오랫동안 기맥을 살펴보았으나 아무 소리도 들려오지 않아 살금살금 기다시피 하여 툇마루에 간신히 올라섰다.

불이 켜 있는 것으로 보아 방안에 사람이 있을 것은 분명한데 아무리 귀를 기울여 엿들어도 숨소리조차 들리지 않는 것이 미심쩍었다.

또 한번 주위를 둘러보았다. 만약 거치른 목소리가 들려오면 재빠르

게 담을 뛰어넘어 도망칠 것을 생각해 두었다.

"처벅… 호호호홍!"

오생은 몸을 홱 돌리며 깜짝 놀라 눈이 휘둥그레졌다.

마구간에서 말이 발을 들었다 놓으며 질러대는 소리였다. 강아지가 아닌 것만이 다행이었다.

비록 숨소리는 들려오지 않지만 아마도 불을 켜 놓은 채 여인이 잠이 든 모양이라고 여기어 오생은 일부러 발자국 소리를 쿵 내어 보았다.

여전히 고요할 뿐 좀 더 크게 움직여 보았으나 안에서는 아무런 반응도 없었다.

오생은 오히려 잘 되었다고 여겼다. 잠들어 있을 때 문을 살짝 열고 들어가 허리를 불끈 끌어안으면 꼼짝없이 안겨들 것이라 생각하였다.

한참 망설이던 끝에 침을 발라 문구멍을 뚫고 조심스럽게 안을 엿보았다. 웬일일까? 불빛만 영롱할 뿐 방안은 텅 비어 있었다.

오생이 문을 열어 살며시 방으로 들어가 방안을 살펴보니 아랫목에는 비단 이부자리가 반듯이 펴 있는데 빈 벼개만이 덩그라니 주인을 기다리고 있었다.

나중엔 어떻게 되든 부닥치는 대로 겪어 내기로 하고 오생은 웃옷을 입은 채 불을 끄고 이불 속에 들어가 누워 버렸다.

이제부터 닥쳐올 일을 생각해 보며 오생은 잠시도 긴장을 풀 수 없었다. 얼마쯤 누워 있노라니 발자국 소리가 들려왔다.

"응? 불이 어째 꺼졌을까? 기름은 아직 많이 있을 텐데…."

맑은 여인의 목소리, 짐짓 의아롭게 생각하는 음성이었다.

가련한 신세의 여인이었다. 남부럽지 않은 부잣집의 외동딸로 곱게 자라나 부모들이 정해준 인연으로 연지 찍고 족두리 쓰고 혼사 치루던 첫날 밤 미처 남편될 사람의 얼굴도 쳐다보기 전에 불행스럽게도 생과부의 신세가 되고만 것이다.

양반의 체면에 개가를 할 수도 없고 일단 한 사람을 위하여 바치게 된 몸이니 비록 하룻밤도 동방 화촉을 밝혀 보지는 못 하였을 망정 속담에 출가외인이라 언제까지고 친정에 있을 수도 없고 하여 텅빈 시집에서 고적한 시집살이를 하여 온 것이 며칠만 지나면 삼 년째였다.

남달리 재주가 뛰어나 인근 수십 리에서 신동神童이란 칭송이 자자하던 남편될 사람은 그 해 겨울 장가를 들고는 곧 과거를 보러 떠난다고 일부러 삼백 리 밖에서 잘 달리는 말까지 사다가 길러왔던 것이다.

지금도 마구간엔 한 번도 타 보지 못한 말이 살만 통통 쪄 가고 있어 여인은 말을 볼 적마다 남편이 타고 가려든 것이거니 여기어 유달리 애호하여 왔다. 시댁에는 친형제라고는 한 사람도 없고 사촌되는 노인과 사촌 형제가 셋이나 있는데 모두 기운이 장사요, 호협한 기질을 지니고 있어 농사를 하면서 사냥을 즐기고 있었다.

어제 저녁 꿈에 하도 뒤숭숭하고 야릇하여 아침부터 들뜬 마음을 걷잡을 사이없이 고독한 자기 몸에 장차 무슨 변화가 오려는가 싶어 두려우면서도 한편 기대하는 마음도 없지 않았다.

꿈이란 다른 것이 아니라 종 할멈과 더불어 마을 앞 개천에서 빨래를 하고 있는데 별안간 하늘이 흐려지는 듯하더니 오색 구름 속에 용이 꿈틀거리며 자기가 서 있는 곳을 향하여 오더니만 홀연히 초립동이로 변하여 당신을 맞으로 왔노라고 하면서 덥석 안으려 하는데, 너무도 놀래서 소스라쳐 깨었던 것이다.

그런 꿈은 난생 처음일 뿐더러 꾸고 나니 이상한 생각에 사로잡혀 잠시도 마음을 진정할 수 없었다.

아침을 먹는둥 마는둥 하고는 종 할멈더러 빨래를 가자고 하여 수양버들 숲에서 온 종일 시름에 겨운 시간을 보내고 있었는데 놀라웁게도 저녁 때가 되어 어떤 초립동이가 나귀를 타고 나타나는데 유심히 살펴보니 생김생김이 틀림없이 꿈 속에서 보던 그 얼굴이었다.

'무슨 일이 생기려는구나.'

생각하며 두근거리는 가슴을 안고 집으로 돌아와서는 저녁 후에 혼자 앉아 있기가 더럭 겁이 나서 방안에 등장불을 밝혀 놓은 채 시삼촌댁으로 가서 늦도록 앉아 있다가 돌아오는데 안마당에 들어서 보니 방의 불이 꺼졌음을 보고 여인은 가슴이 철렁 내려앉도록 깜짝 놀라 발을 멈추고 우뚝 서 버렸다.

어쩐 영문인가? 혹시 종 할멈이 들어와 보고 빈 방에 불이 켜 있으니까 일부러 끄고 간 것일까?

아니면…? 여러 가지로 궁금한 생각에 사로잡혔다.

조심스럽게 방문을 열고 들어서니 난데없이 부시럭하는 인기척이 들리어 더 한층 놀랐다.

"할멈이유?"

"접니다."

난데없는 사내의 음성에 여인은 하마터면 놀래어 그 자리에 쓰러질 뻔하였다.

오생은 등잔에 불을 켜며 옷깃을 여미고 조용히 꿇어앉았다. 여인은 어쩔 줄을 몰라 망설이다가 한쪽 구석에 쪼그리고 앉아 얼굴을 수그렸다. 얼굴이 홍당무처럼 빨개지며 가슴 속이 요란스럽게 방망이질을 하여 여인은 어찌할 바를 몰라 놀라고 겁난 눈으로 조심스럽게 기색만 살폈다.

큰 맘을 먹고 일을 저지르기는 하였으나 오생도 당황하여 사뭇 바늘 방석에 올라 앉은 것만 같았다. 먼저 잘못 됐노라는 인사를 차려야겠다는 무슨 말부터 꺼내야 좋을 지 몰랐다.

"누구시온데 밤중에 남의 안방을 침입하였습니까?"

여인이 먼저 힐책하는 말을 꺼냈다. 좀 더 표독스럽게 꾸짖지 못하는 것은 지난 밤 꿈을 생각해서였다.

"무례하고 당돌함을 용서해 주십시오. 이렇게 밤중에 뛰어든 것이 잘못인 줄 아오나 험한 마음을 먹고 나쁜 짓을 하러 들어온 것이 아니오니 널리 굽어 살펴주십시오."

"험심이 아니라면 어째서 혼자 있는 방안엘 들어오셨나요?"

처음엔 남자가 와락 달려들어 사나운 행투를 부릴 줄로 알고 겁을 집어먹었던 것인데 사내의 태도가 온순하고 말씨가 지극히 겸손하여 적이 안심되었다.

"이런 말씀을 드리기 실로 죄송하오나 낭자가 아니면 제 한 몸은 죽는 목숨이오니 허물을 용서하시고 저의 소원을 들어주십시오."

사뭇 애원하는 모습이었다. 오생은 무슨 짓을 하여서라도 오늘 저녁 여인을 설복하지 못하면 일생을 그르친다는 생각에 간청하지 않을 수 없었다.

"무슨 말씀이온지?"

여인은 영문을 모를 말에 눈을 크게 떴다.

오생은 옷깃을 가다듬으며 자기의 신세를 소상하게 말하였다. 과거를 보러 가는 길이라는 것과, 신복을 찾아보았더니 이러저러하게 일러주어 그 말을 믿고 무례한 행동을 하게 되었노라고 사실대로 말하였다.

조용히 듣고만 있던 여인은 후! 하고 한숨을 뿜으며 오랫동안 아무말도 없이 눈만 깜박거리며 무슨 생각에 잠기는 듯한 눈치였다.

"사실은 저도…."

한참만에 여인은 말문을 열었다. 지난 밤 이상스러운 꿈을 꾸어 일부러 시험해 보노라고 빨래터에 나갔노라는 것을 말하며,

"무슨 천생의 연분인지도 모릅지요. 내일 아침 무슨 일이 일어날지 모르오니 저 하라는 대로만 하십시오. 마구간에 말 한 필을 매어 뒀는데 지금 데리고 온 종을 시켜 말을 몰아 먼저 가도록 하시고 어디서 기다리도록만 이르신 다음 모른 척하고 마루에서 주무십시오. 그러면 내일 아침에 다소 욕은 보시더라도 놈에게 허물을 뒤집어 씌우면 별일 없겠습지요. 그 말은 천리마나 다름없습지요."

여인은 마음 속으로 장차 어떻게 하리라는 것을 단정하고는 이렇게 일러주며 침통한 얼굴로 오생을 바라보았다. 시들어가던 젊음이 새로운 희망을 얻기 위한 진통이었다.

오생은 덥석 여인의 손을 잡았다. 맥맥히 바라보는 눈동자는 불심지가 되어 활활 타오르는 듯하였고 온 몸은 불덩이처럼 화끈거렸다.

태도가 심상치 않음을 느낀 여인은 까닭 모를 웃음을 생긋 지으며 잡힌 손을 놓으라는 듯 가볍게 흔들었다.

"왜 이러세요?"

"여보!"

"네!"

오생은 열에 뜬 눈으로 뚫어질 듯 바라만 볼 뿐 잠시 말이 없었다.

"왜 그러세요?"

여인은 끝까지 침착하였다.

"여보!"

"말씀하세요."

오생은 입술이 타오르듯 한숨을 뿜으며 입만 오물거렸지 아무 말도 못하였다.

"그러지 마시고 빨리 서두르세요. 밤이 늦기 전에 사오십 리 밖에 가도록 하셔야지 자취를 밟히면 큰일납지요."

이렇게 타이르듯 하는 말에 오생은 정신이 들며 슬며시 잡은 손을 놓아 주었다. 타오르던 정욕의 불길이 식어진 것이다.

"그럼, 말을 어떻게 몰고 나가지?"

"그건 걱정 마시고 빨리 나가서 종에게 먼저 단단히 일러두세요. 내일 저녁 때쯤 어디서 기다리라고요."

황망히 일어서는 오생을 뒤따라 여인이 먼저 밖으로 나가 조심스럽게 대문을 열어주었다.

금방이라도 안에서 이놈 저놈 소리가 들려오는가 하여 짚신 감발을 단단히 하고 초조하게 기다리고 있던 종놈은 오생이 대문으로 나오는 것을 바라보고 어리둥절하였다.

어릴 적부터 두고 봐야 험한 장난 한 번 할 줄 모르고 언제나 얌전하기만 하던 도련님이 과거길을 오르다 말고 남의 집 담을 밤중에 뛰어넘는 것부터가 모를 일이거니와 들어갈 때 일러주던 말로서는 무슨 결심을 굳게 한 모양인데, 얼마 후에 아무 일도 없이 나타나는 것은 더욱 이상스럽기만 하여 놈은 영문을 몰라 빤히 바라보기만 하였다.

"너 혼자 지금 먼저 떠나야겠다. 이 댁에 잘 달리는 말이 한 필 있으니 그것을 타고 가."

"저 혼자요?"

"그래."

"도련님은요?"

"나중에 갈께."

"나귀는요?"

"그냥 두고…."

지금 떠나서 오십 리 밖 어느 주막에서 자기가 올 때까지 기다리라고 일러주면서 종놈을 데리고 대문을 들어서려는데 말이 앞발을 톡톡 차며 문간에 서 있었다.

종놈은 말을 타고 떠났다.

오생은 두근거리는 가슴으로 다시 대문 안으로 들어섰다.

여인은 벌써 방에 들어가고 방문만 열어 놓고 있었다. 오생은 발소리를 죽이며 방안으로 들어갔다.

불을 꺼 캄캄한 방안에서 여인의 떨리는 숨소리가 들려왔다.

"이리 오세요."

오생은 두근두근 뛰는 가슴으로 살그머니 기어갔다. 부드러운 요끝이 손에 닿자, 그 요보다도 더 부드러울 듯 싶은 손이 그의 손을 살며시 와서 잡았다.

"그런데 왜 종놈을 도망시켰소? 내일 아침 무슨 일이 있을지 모른다니 그게 무슨 뜻이요? 말해 주구료."

"자아, 누우세요. 누워서 말씀하세요."

여인의 목소리는 여전히 떨렸다. 오생은 떨리는 몸을 요 위로 눕혔다. 훈훈하고 부드러운 여인의 살결이 몸에 닿자 오생은 자기도 모르게 팔을 여인의 어깨 뒤로 돌려 꽉 얼싸안았다. 여인은 그 순간을 애타게 기다리고 있었거나 한듯이 품안으로 들어왔다.

어느 쪽에서 먼저 입술을 찾았는지 모른다. 여인도 오생도 입을 맞추는 법을 배운 바는 없지만 얼굴과 얼굴이 가까이 닿는 순간, 서로 상대방의 떨리는 숨소리를 감싸주기나 하려는 듯이 입술을 갖다댄 것이다.

입술로부터 번진 뜨거운 열기가 온몸에 돌자 오생은 어느 결에 여인의 저고리 앞섶을 헤치고 있었다. 불덩이처럼 달아오른 뭉클한 것이 손에 닿자 여인은 다시 한번 몸을 크게 떨고 꼿꼿이 굳어갔다. 그 굳은 몸을 풀어주기나 하려는 듯이 오생은,

"내일 아침 무슨 일이 있을지 모른다니 그것이 궁금하구료."

"아, 그거요. 삼촌되는 영감님이 계세요. 눈이 어찌나 날카로운지 보통 사람하고는 달라요. 만일에 도련님께서 출입하는 것을 알면 큰일 나잖아요. 가령 안마루에 흙이 묻어 있다든지, 담장에 뛰어넘은 흔적이 있다든지… 또 잠결에 사람이 출입하는 기척을 알아챈다든지, 꿈을 꾸고서 그 꿈을 믿고 그냥 밀고 나간다든지, 하여간 그럴 경우에 종이 말이 탐나서 훔쳐 가지고 달아났다고 하면 도련님은 종놈 대신 약간의 봉변을 당하시겠지만, 그래도 모든 것을 뒤집어 쓰시는 거와는 천양지차가 있지 않겠어요?"

오생은 영감도 영리하지만 이 여인도 무척 영리하다고 생각했다. 자

고로 출세한 많은 사람들은 현처의 내조가 크게 힘이 되었다고 했지 않은가. 신복의 말이 맞아떨어질 것 같은 기대에 가슴이 부풀었다.

오생은 그 기대와 함께 흥분을 이길 수 없어 들뜬 몸으로 여인의 앞가슴을 더욱 더듬으면서 흥분된 목소리로,

"이것이 다 천생연분이요. 우리가 죄를 짓고 있는 것은 아니지요. 자아…."

하며 손을 아래로 더듬어 내려갔다.

시집을 왔다고는 하나 첫날 밤, 신방의 달콤한 맛도 보기 전에 숨을 거두어 버린 남편인지라 실은 무르익을 대로 무르익은 숫처녀였다.

오생은 짜릿한 황홀경 속에서 여인을 비로소 참다운 여인으로 만들어 주었다.

여인은 행여나 기적이 밖으로 새어날까 그러는지 입술을 꼭 깨문 채 이제껏 고이 간직해 온 몸을 열었다. 환희의 고통이 여인의 전신을 감쌌다.

운우의 한때가 흐른 후 두 사람은 황홀감이 안개 사라지듯 서서히 사라지는 것을 느끼면서 꼭 부둥켜 안고 있었다.

"여보."

"예?"

"이제, 나는 틀림없이 이번 과거에 장원으로 급제할 것이요, 모든 것이 신복의 말대로 맞아떨어지고 있으니까. 그때는 남부럽지 않게 떳떳한 내외가 되어 살아갑시다."

"그래요. 부디 장원하시고 돌아올 때까지 기다리겠어요. 그런데 이번 과거에 무슨 시제詩題가 나올 지 아세요?"

"그것을 어찌 알겠소."

"외람된 말씀이오나 웃지 마시고 참고로 들어주세요. 이번엔 신정송
新政頌이란 과제가 나붙을 지 몰라요."

"음, 신정송이라…."

오생은 귀가 번쩍 뜨이는 듯했다.

어지러운 임금을 몰아내고 새 임금이 들어앉으시지 않았는가. 당연히
신정송이란 과제가 나붙을 것만 같았다. 첫째, 백성들에게 새나라님이
들어앉으셔서 어진 정사를 펴고 있다는 것을 알려야 한다. 그러려면 장
원한 과시科時만큼 그 선전의 효과가 큰 것은 없으리라.

"그리고 운자韻字는 떨어질 낙落자가 나붙지 않을까 싶어요."

"떨어질 낙이라…."

그것도 백 번 고개가 끄덕여지는 말이었다. 새로 나라님이 들어앉아
그 어진 정사와 태평성세를 칭송하는 시에 욱일승천旭日昇天의 기세와
는 정반대인 떨어질 낙자를 준다면, 웬만한 시제로는 힘들 거다.

"떨어질 낙자가 아니면 망할 망亡자가 나붙지 않을까요?"

하여간 그런 정반대의 글자가 나붙으리라.

오생은 그런 종류의 글자를 끝에 넣어 벌써 머리 속에 신정송의 칠언
싯귀七言詩句가 떠올랐다. 몇 개고 몇 개고—.

"맞았소, 그럴 거요."

"실은 시집 온 후, 그분이 뒷간 귀신이 되지만 않았더라도 나는 시제를
알려드리려고 했어요."

"그 때는 옛 임금님 시절이 아니었소?"

"예, 그러니까 어지러운 나라님이 좋아하실 싯귀가 있거든요. 말하자
면 성덕송聖德頌이라든지 하는 따위의 상감마마를 위주로 한 시 말이

에요."

"음— 과연 당신은 천하의 여재사구료."

"쥐꼬리만한 글재주를 너무 칭찬하시면 부끄러워요."

"쥐꼬리만한 재주라니. 장부로 태어났다면 능히 천하를 움직일 수 있을 재주요. 아깝기 짝이 없구료. 그러나 다 하늘이 나를 돌봐주시기 위해서 이런 연분을 만들어 주셨는지도 모르오. 이번 장원은 내 것이 아니라 당신 거요."

"어서 날이 새기 전에 나가셔야죠…."

그러나 오생은 선뜻 요 위에서 일어날 수가 없었다. 아쉽고 아쉬웠다. 그들은 다시 뜨겁게 안았다. 그리고 닭이 세 홰를 울 때까지 한껏 정을 나눴다.

오생은 세 홰를 우는 소리를 듣고 나서야 밖으로 나와 마루에 누워 깊은 잠에 빠졌다.

먼동이 터올 무렵 안에서 떠드는 소리가 들려왔다. 늙은 종과 여인의 주고 받는 말이었다. 얼마 후 대문이 삐걱 열리더니만 하인이 총총걸음으로 담모퉁이를 달려갔다.

'경을 치는구나.'

마음 속으로 다짐을 하는데 쿵쿵거리는 발자국 소리가 들리며,

"뭐, 말이 없어져?"

거치른 목소리와 함께 장정 너댓 놈과 노인이 달려와 안으로 들어가 한바탕 와자지껄하더니만 우르르 달려나와

"저놈이 수상한데."

소리와 함께 잠든 척 누워 있는 오생을 잡아끌어 마당에 꿇어 엎드려

놓고 종놈들은 장작개비를 들고 무섭게 덤볐다.

"제가 무슨 잘못을 하였기에… 왜들 이러십니까?"

오생은 짐짓 시치미를 떼고 당황한 빛을 보이며 까닭을 물었다.

"허, 이놈 보게. 아주 엉큼스러운데."

장정 한 놈이 오생의 목덜미를 누르면서 발길로 엉덩이를 툭 찼다.

"어쩐지 어제 저녁부터 좀 수상하더라 했지."

노인이 성난 눈초리로 노려보며 입을 비쭉거렸다.

"무엇 때문에 이러시는지?"

"이놈! 그래도 사실대로 실토하지 못해. 선비 차림을 하고 그 따위 버릇이 어딨어?"

"무슨 말씀이온지?"

"허, 그래도 몰라? 이놈아, 그 말이 어떤 말인 줄 알고 훔쳐 내는 거야? 삼 년 동안 한 번 타 보지도 않고 고이 길러오는 것인데."

"저더러 무엇을 훔쳤단 말씀이십니까?"

"여보게, 젊은 친구가 그래서는 못 쓰느니. 잘못이 있더라도 사실대로 말을 해야지."

노인이 말소리를 부드럽게 하며 타이르듯 말했다.

"이런 뻔뻔스런 도둑놈은 그냥 둬서는 안 됩니다. 정강이를 하나쯤 분질러 놔야지요."

장작개비를 들고 있던 장정놈이 팔을 걷어붙이며 다가서는 폼이 한 대후려 갈기려는 기세였다.

새벽부터 마음이 초조한 것은 여인이었다. 오생이 호되게 봉변을 당할 것만은 뻔한데 부디 몸이나 상하지 않았으면 하고 빌었다.

마당에서 오생을 꿇어앉히고 문초를 할 때부터 여인은 대문 뒤에 몸을 숨기고 몰래 문 틈으로 내다보면서 가슴을 태우다가 장작개비를 들고 달려들자 소름이 오싹 끼쳐 아예 눈을 감아버렸다.

"어, 그러진 말어. 수순히 타일러서 바른대로 말을 하도록 해야지. 사람을 쳐서야 쓰나."

"여보게, 그러지 말고 뻔히 아는 일이니 사실대로 말하게. 말을 훔쳐 내서 어쨌나?"

"말을 훔치다뇨?"

"우리집 마구간의 천리마가 밤 사이에 없어졌단 말야. 자네가 한 짓이 아니고 뭔가?"

노인의 말을 듣고 오생은 이상스럽다는 듯 주위를 두리번거리면서 몇 번이나 고개를 갸우뚱거렸다.

"제가 데리고 온 종놈은 어딜 갔습니까?"

"어? 참 그놈이 없네. 야, 요녀석 봐라."

노인도 사방을 휘둘러보았다.

"저는 피곤한 채 잠이 들어 아무 영문도 모르고 지금껏 자고만 있었습니다. 난데없이 그런 질책을 하시니 미처 영문을 모르겠습니다만, 댁에서 말을 잃으셨다면 혹시 제가 데리고 온 종놈이 한 짓이 아닌가 생각되옵니다. 제가 한 짓이라면 어째서 밤중에 도망 가지 않고 마루에서 자고만 있었겠습니까? 그러나 이유야 어떻든 일이 공교롭게 되어 제가 한 짓이 아니라도 죄송스럽게 되었습니다."

오생은 조금도 겁내는 기색이 없이 또렷이 말하였다.

모두 잠든 새벽에 종놈이 말을 도둑질하여 도망간 것으로 알게 되어 오생은 크게 욕을 보지 않게 되었다.

대문 뒤에 있던 여인은 비로소 안도의 숨을 내뿜었다.

오생은 마을을 떠나면서 몇 번이나 뒤를 돌아보았다. 혹시나 여인의 얼굴이 보이는가 하여. 과거를 보고 돌아오면 자연 만나게 될 것이라고 앞날을 굳게 맹세는 하였지만 허전하기 한이 없었다. 얼굴이라도 한 번 더 보았으면 하는 염원이 간절하였으나 헛된 생각이었다.

마을을 빠져나와 수양버들이 늘어져 있는 개천을 끼고서 내려가는데 눈에 띄는 얼굴이 있었다.

늙은 종 할멈과 함께 빨래터에 나와 서 있는 여인은, 한 번만 보았으면 하고 가슴 속에 그리던 얼굴이었다. 나귀를 타고 가는 자기를 눈여겨 바라보던 여인은 멀리서나마 눈이 서로 마주침을 깨닫자 머리를 다소곳이 수그리며 수줍어 하는 자세를 보이면서도 여전히 눈은 오생을 바라보았다. 오생은 달려가 손목을 부여잡고 통사정이라도 하고 싶은 간절한 심정이었으나 남녀가 유별한데 그럴 수도 없고 가슴 속만 답답하였다.

나귀등에서 내려 일부러 천천히 걸어가는 척하면서 발자국만 움직였지 한 군데 머물러 있는 거나 다름이 없었다.

이제는 어서 가라는 듯 여인은 몸을 돌려 등을 오생에게로 향하여 앉아 빨래를 헹구는 척하며 다시는 얼굴을 보여주지 않았다.

오생은 넋을 잃은 채 한참 동안 바라보다가 마지못하여 길을 떠나는데 발이 좀체로 떨어지질 않아 여인의 자태가 사라질 때까지 수없이 고개를 돌려 바라보곤 하였다.

그날 저녁 때 종놈에게 기다리라고 한 주막에 이르니 종놈은 마루 위에서 낮잠에 빠져 있었고 주위를 살펴보아야 말은 보이지 않았다.

종놈을 흔들어 깨우자 놈은 눈을 비비며 일어나 주인 도련님이 나타난 것을 무척 반기듯 씩 웃음을 지으며 마당으로 내려섰다.

"말은 어쨌니?"

"저기 숲속에 매어 두었습지요."

오십 리 길을 와서도 경계하는 눈치를 게을리하지 않는 종놈의 마음씨가 대견하게 생각되었다.

"도련님, 어쩐 일이십니까?"

"뭐가?"

"그런 일이 어디 있습니까?"

히죽거리며 사뭇 신기하다는 듯한 말투였다.

"에끼 녀석, 모른 척하고 있어."

구구하게 사연을 말하지 않고 가볍게 꾸짖었다.

오생은 그 길로 한양으로 올라가 과거에 장원급제를 하였다.

시골집에 다니러 내려오는 길에도 새로 급제한 장원이 행차를 한다고 하여 가는 곳마다 환영이 대단하였다.

어느 날 저녁, 한 마을 앞을 지나려는데 많은 사람이 길가에 마중 나와 오생에게 잠깐 들러갑시다 하며 마을의 큰 기와집으로 모셨다.

여인의 친정집이었다.

오생이 오기를 기다려 화촉을 밝히려고 모든 준비가 되어 있었다. 활활 타오르는 촛불 앞에 꿈이런 듯 마주앉은 오생과 여인은 피차 가슴 속으로 서려오는 감개가 무량하였다.

# 업화業火

돌연 광풍이 몰아치더니 비가 쏟아지기 시작했다. 숲이 울창한 고갯길이라 그러지 않아도 그냥 넘기가 으시시한데 영 기분이 언짢았다.

한낮인데도 하늘엔 검은 비구름이 덮여서 초저녁처럼 우중충해 다시 발길을 돌려 마을로 돌아갈까 생각했으나, 이미 너무나 멀리까지 왔고 옷은 젖을 대로 젖어 있고 바쁜 걸음이기도 하여 작정하고 고갯길을 넘기로 했다.

오름새가 급한 칠월 무성한 녹음 사이를 뚫고 올라가는데, 간헐적으로 바람이 몰려오자, 그것에 맞추어 나무들이 우는 것이 무시무시했다.

어디선가, 금방 요괴라도 나올 것 같았다. 귀신을 직접 보지는 못했지만 귀신에 관한 얘기는 무수히 들었고, 특히 비가 내리는 우중충한 날에는 더 잘 나온다고 하므로 구비를 돌 때마다 식은 땀이 젖은 등판을 더 적시는 것 같았다.

'젠장, 이런 날 돈을 받기로 약속했다니!'

개남이는 이런 불평을 하면서 빗속을 뚫고 자꾸 올라갔다.

그런데 중턱쯤 올라가자 비는 더 억수로 변했다. 빗줄기에 앞이 가로 막혀서 안 보였고 옷은 이내 물에 담근 듯이 돼버렸다.

'아, 다행이다. 저기 서낭당이 있구나.'

커다란 느티나무 밑에 다 낡은 서낭당이 눈에 들어왔다. 개남이는 빗줄기를 뚫고 서낭당 안으로 뛰어들었다.

제단에 곰팡이가 쓸은 음식이 얹혀 있었고 우중충한 천정엔 거미줄까지 쳐져 있었다. 무엇보다도 무섭게 쏟아지는 빗방울의 몰매를 맞지 않는 것만 해도 살 것 같았다.

"빨리 빗줄기가 가늘어져야 할 텐데…."

열어 놓은 문 밖으로 폭포수처럼 쏟아지는 빗줄기를 바라보면서 생각에 잠겨 있는데, 뒷쪽에서 무언가 갑자기 쑥 나타났다.

방심하고 있던 참이라 개남이는 너무나 놀라 숨이 콱 멎어버릴 것만 같았다. 그도 그럴 것이 머리칼이 우수수 흐트러지고 엷은 홑 여름옷이 비에 함빡 젖어 몸에 찰싹 달라붙은 여자였기 때문이다.

그것도 잠시 후에야 그렇다는 것을 알았지, 예고도 없이 나타난 그 순간에는 꼭 뿌연 안개에 감싸인 나녀裸女가 약간 산발을 하고 나타난 것으로 밖엔 보이지 않았다.

'아이쿠 귀신!'

하고 순간적으로 정신이 화끈한 것도 무리는 아니었다. 그런데 저쪽도 놀란 모양이었다. 문을 휙 돌아 서낭당 안으로 뛰어들려다가 웬 사나이가 떡 버티고 앉아 있어서 전신이 꼿꼿이 굳은 모양이었다. 억수 같은 빗속에서 장승이 되고 말았다.

'귀신이 아니구나.'

서로 그것을 확연히 인식할 때까지는 시간이 필요했다. 여인은 들어오지도 못하고 그렇다고 돌아서서 가지도 못하고 그냥 빗물을 줄줄 전신에 흘리면서 서 있었다.

개남은 시선을 돌렸다. 차마 바로 쳐다볼 수가 없었다. 엉성한 여름 홑모시 적삼, 치마는 몸에 찰싹 달라붙어 젖가슴의 살빛까지가 완연했고, 치마와 속옷은 아랫배와 허벅지에 찰싹 감겨서 사나이의 눈을 따갑게 쏘았기 때문이다.

고개를 돌린 개남은 이런 때에 자기가 먼저 말을 걸기 전에는 저쪽에서 어떻게 할 수 없다는 것을 잘 알았다.

"길 가는 부인네이신 모양인데, 이런 비니 어쩌겠소. 남녀유별이라지만, 누구 보는 사람도 없으니 들어와 비를 피하시오."

그래도 여인은 빗속에서 그냥 머뭇거리다가 두 번째의 말을 듣고서야 고개를 숙이고 안으로 들어왔다.

서낭당은 조그마해서 한 칸 정도였다. 자연히 가까운 거리에 다가앉아 있을 수밖에 없었다.

체온으로 빗물이 조금씩 증발하는 것일까. 유난히 서로의 체취가 코에 느껴졌다. 그것은 두 사람에게 견딜 수 없는 자극이었다. 서로의 얼굴에 자제를 하려는 고민이 엷게 떠올랐다.

비는 귀가 멍멍해질 정도로 점점 세차져서 한 발자국도 길을 못 걸을 지경이 되고 말았다. 서낭당 바로 앞의 고갯길조차 눈에 잘 들어오지 않았고 천지가 뒤집혀 엎어질 것만 같았으며, 두 사람은 이 세상에 자기 단둘이만 있다는 착각에 사로잡혔다. 게다가 번개가 번쩍번쩍 치고 천둥이 산을 산산히 부숴버릴 것만 같이 울었다. 멀리서 울 때는 그래도 괜찮았다.

바로 머리 위에서,

"콰르르 꽝!"

하면서 오장육부가 울리고 머릿골이 박살날 정도로 천둥이 울자 여인은 자기도 모르게

"어머나!"

하고 공포의 비명을 지르면서 개남이의 품으로 뛰어들고 말았다.

나이는 스물 여섯이나, 일곱쯤일까. 몸은 무르익을 대로 무르익어 이미 남자의 몸 구석구석으로 알고 있는 듯한 여인의 통통한 살결은 사나이의 몸에 훈훈한 탄력을 아낌없이 느끼게 했다.

그런 공포 속에서는 수줍음도 예의도 필요없었다. 서로 공포에서 해방되려는 간절한 염원뿐이었다. 그런데 일단 몸이 찰싹 붙어 상대방의 체온을 느낀 순간, 공포는 씻은 듯이 사라지고 이상한 흥분이 두 사람의 몸을 뚫고 흘렀다.

천둥소리가 멎자 여인은 얼굴을 새빨갛게 물들이면서,

"나 좀 봐, 이를 어쩌나."

하더니 기겁을 하고 물러나 앉았다. 물러나 앉았다지만 좁은 안이라 뜨거운 입김을 그냥 느낄 수 있었다.

어디서 어디까지 가는 길이냐는 둥, 어디 사는 누구냐는 둥 들뜬 마음을 감추기 위해 개남이는 이런 질문을 퍼부었다.

여인은 그 곳에서 삼십 리 되는 가실골에 산다고 했다. 친정에 급한 일이 있어서 친정이 있는 용매골까지 간다고 했다. 비는 멎을 줄을 모른다. 개남이는 힐끗힐끗 눈가로 들어오는 여인의 옷을 통한 속살빛에 자기의

사나이가 힘있게 자기를 괴롭히는 데는 어떻게 해볼 도리가 없었다.

'에라, 누가 알게 뭐야. 세상엔 그런 일이 얼마든지 있지 않나. 못 참겠는데…'

자기가 괴로와서 욕정을 풀지 않고서는 견딜 수 없어지자 대담해졌다. 시근시근 숨을 쉬다가 다짜고짜 여인을 와락 끌어당겼다. 정말 여인은 굉장히 잘 생긴 얼굴이었다. 그림 속의 미녀처럼 눈이 가물가물 할 정도였다.

"아이! 이를, 이를…."

여인의 말은 입 안에서 콱콱 막혔다. 개남이는 말이 필요없었다. 오로지 힘이었다. 여인의 탄력있는 풍요한 몸을 그대로 서낭당 바닥에 밀어서 쓰러뜨리고 비에 젖은 저고리를 헤쳤다. 여인은,

"안 돼요, 안 돼요. 난, 난, 주인이 있는 몸… 이… 에…요."

여인은 몸을 뒤틀면서 저항했으나 그것은 강한 저항이 아니었다. 충분히 저고리 앞섶을 헤칠 만한 여유를 둔 반항이었다. 아기가 있는 여인인지 유두는 크고 검붉었으며, 유방은 한 손으로 잡을 수 없을 만큼 탐스러웠다. 개남이는 그 가슴에 얼굴을 묻었다.

여인은 금세 형식적인 반항을 멈추었고 몸속 깊이 숨어 있는 욕정의 불길에 기름을 끼얹은 듯 확 타올랐다. 두 손을 개남의 목 뒤에 감고,

"몰라요. 몰라요!"

열에 들뜬 말을 하면서 저항이 아닌 흥분에 겨운 몸부림을 쳤다. 개남의 손은 대담해져서 다음 행동으로 옮기는 데 아무런 주저도 없었다. 여인은 막상 자기의 전부를 개남이가 침범하려고 하자 몸을 꼿꼿이 굳혔다. 굳히면서 떨었다. 개남이는 정신이 마비되어 있는 지라, 얼굴을 그

부인의 하복부께로 가져가는 데에 아무런 주저도 없었다.

여인의 입에서는 계속 꽈르르 꽝! 울어대는 천둥소리를 기화로 몸이 달아오르고 안타까운 대로 거침없이 신음을 했다.

얼마의 시각이 흐르자 여인은 더 견딜 수 없는 극한의 상태에 이르러 두 손으로 개남이의 어깨를 끌어올렸다. 두 사람은 천둥소리 속에서 미친 듯이 한몸이 되어 격동을 일으켰고 소리쳐도 들을 사람이 없는 곳에서 환희의 소리를 마음껏 질렀다.

이윽고 서로 몸이 떨어졌을 때, 여인은 아직도 정염으로 환희의 여진을 태우고 있는 선정적인 눈매로 사나이를 보면서 정을 담뿍 보냈다. 비는 계속되었다. 내내 계속되는 것을 보니 큰 장마라도 질 것 같았다. 끝내 캄캄해지는 밤까지 계속되었고, 그날 밤새껏 내렸다.

하룻밤— 그것은 그 두 사람에게는 엄청난 밤이었다. 몇 번이고 몇 번이나 입으로 몸으로 사랑을 나눠, 살도 녹고 뼈도 녹을 듯이 돼버렸다. 이튿날 새벽에는 어제의 비가 거짓말인 것처럼 깨끗이 개고 말았다. 싫든 좋든 서로 헤어져야만 했다. 부인은 개남이의 목에 두 손을 감고 매달려서,

"아이, 싫어요. 헤어지기 싫어요. 이대로 당신과 죽었으면….."

"나도 그래. 이대로 우리 둘이서 어디 멀리 도망 가 버릴까?"

사련에 미쳐 버린 두 사람에겐 자기 배우자도 자식도 눈에 들어오지 않는 모양이었다. 어젯밤과 같은 그러한 욕정 속에서 죽을 때까지 같이 지내고 싶었다.

"그래요."

여인은 제정신이 아니었다. 목에 감은 팔을 풀지 않고 그 풍만한 젖가

슴을 힘있게 밀어붙이면서 응해 왔다.

"나에게 돈도 좀 있소. 허리에 감고 있지. 어제 빌려 주었던 돈을 받으러 갔다 오는 길이요. 이 돈이면 살 수 있어."

두 사람은 그 길로, 그 곳에서 백 리 떨어진 치악산 기슭으로 도망쳐 가 버렸다.

한 서너 달 동안은 그야말로 음란한 지옥이었다. 돈은 있겠다, 서로 좋아하는 젊은 몸과 함께 있겠다, 밤이고 낮이고 없었다. 없는 형태까지 머리를 쥐어짜고 연구를 해 가면서 알몸으로 뒹굴었다.

서너 달이 되자 여자는 입덧이 나기 시작했고 배가 불룩해졌다.

"귀염둥이, 우리 씨앗."

개남은 여자의 배를 어루만지면서 봉긋이 솟아오른 그곳에다 몇 번이고 몇 번이고 입을 맞추었다. 한 해가 지났다. 여자는 딸아이를 낳았다. 둥글둥글한 얼굴과 태어나면서 까만 눈동자는 예쁘기 짝이 없었다.

하지만 돈에는 한도가 있었다. 논 서른 마지기를 팔아서 주었던 돈이라 한 해를 아쉽지 않게 살았지만, 예쁜이라는 이름을 지은 딸아이가 생글생글 웃고 고사리 같은 주먹을 쥘 때에는 동이나 버리고 말았다. 게다가 한 해 이상을 실컷 살아 속살은커녕 속의 속살의 좁쌀알 같은 변화까지도 알게 된 두 사람인지라 상대방의 육신에 아무런 새로운 감흥도 못 느끼게 되고 말았다.

생활고로 인한 싸움이 벌어졌다. 끝내는 쌀마저 떨어지게 되자 이웃집으로 꾸러 다니는 것이 예사가 됐고, 쌀을 꾸어올 때마다 예쁜이 어머니는 투정을 부렸다.

"쌍년! 시끄럿! 네년 때문에 여편네 자식 다 버리고 논 서른 마지기를 날려 버렸단 말이야. 쌀 몇 됫박 꾸어오는 것이 대수야? 엉? 쌍년!"

"누가 먼저 손을 댔지? 내가 먼저 그랬냐? 먼저 끌어안고 쓰러뜨리고 남의 앞가슴을 헤친 것이 누구야? 내 남편 버리고 도망 가자고 꾀어 내 신세를 이 꼴로 만든 게 누구야?"

늘 이런 말끝에 매질이 시작되곤 했다. 그런데 쌀을 꾸러 다닐 만큼 가난해지자 예쁜이 어머니의 그 아름다운 얼굴에 침을 삼키는 동네 사람이 생겨났다.

마침 그 동네의 박서방네 집 머슴이 사경을 몇 해 받은 돈이 있어 그것을 꾸어다 쓰자는 말이 나왔다.

"네년이 가서 꾸어 와. 내 재산 다 빨아 처먹고 이제 와서 날더러 머슴녀석에게 고개까지 숙이고 구구 사정을 하란 말이야, 엉?"

동네 사람들의 빚독촉은 심하고 하여 할 수 없이 여자가 박서방네 머슴방을 찾아갔다.

돈을 꾸러왔다는 얘기를 듣자 머슴놈은 응큼한 눈으로 여자를 아래 위로 훑어보면서 무엇으로 갚겠느냐고 따지고 들었다. 벌어서 갚고, 벌지 못하면 친정이라도 있으니 친정 재산이라도 갖다가 갚겠다고 했지만,

"그만한 큰 돈을 쉽게 벌 수도 없고 친정 재산이 있다는 말도 누가 믿수, 아주머니."

하고 거절했다. 여자는 구구 사정을 했다. 그러면서도 머슴의 눈이 자기 몸매를 아래위로 훑으면서 불룩한 젖가슴을 보고 치마에 가려진 아랫도리를 보고 하는 것에, 영리한 머리와 경험에 의해 그 속을 알아차리고 일부러 한쪽 다리는 눕히고 한쪽 다리는 세우고 앉아 그 사이를 대담하게 벌렸다. 그러나 그 자세로는 발목까지 밖엔 안 보이므로 여자는 음흉

한 꾀를 내어,

"아이구, 돈이 안 되면 나는 어쩔 건가! 당장 급한데 말야. 친정 갔다 올 사이도 없구, 이제 죽을 수밖에 없어."

하며 벌렁 자빠져 뒹굴면서 흑흑 흐느껴 울기 시작했다. 자빠져서 양 무릎을 세워서 마음껏 다리 사이를 벌리고 좌우로 몸을 틀어댔으므로 치마는 허벅지까지 미끄러져 내려왔고 하얀 허벅다리의 살갗이 머슴의 눈을 뻘겋게 충혈이 되게 했다.

그뿐이라면 그래도 또 모르겠는데, 가랭이 터진 속옷만 입고 있으므로 마음껏 벌린 다리 사이로 여자의 부끄러운 곳이 입을 벌리자, 머슴은 씨근씨근 황소같이 숨을 내뿜더니 와락 달려들어 덮쳤다.

"아이 망칙해라. 나를 어쩌자구."

"돈을 빌려드리죠. 돈을…."

헐떡거리면서 무지막하게 여자를 제것으로 만들려고 했다.

"아이, 급하긴. 그렇게 해서 어떻게…."

여자는 대담하게 두 다리를 벌리고 받아들였다. 본래 음탕한 피가 남달리 흐르고 있는 여자였다. 성욕을 억제 당해 온 머슴의 반 야수적인 태도에 흠뻑 새 정이 들고 말았다.

돈이 문제가 아니었다. 쌀을 꾸러 간다, 못 갚는다고 사정을 하러 간다, 뭐니뭐니 핑계를 대고서는 머슴과 비밀히 만나서 몸을 불태웠다. 그럴 때마다 예쁜이는 개남이가 보아야만 했다.

꼬리가 길면 밟힌다고 아무리 눈치가 둔해도 오래 계속되는 동안 못 알아챌 리가 없었다.

전신이 나른해져 들어와서는 아기를 받아 달랠 생각은 하지도 않고 벌렁 드러누워 쾌감이 스치고 간 육신을 쉬는 꼴이 아무래도 수상하게 비쳤다. 자기가 어쩌다가 생각이 나서 손을 대려고 하면 귀찮은 듯 뿌리치고서는 돌아누워 버린다.

"이 년이 샛서방을 만든 모양이로구나!"

하고 다그쳤으나 어느 바보라도 바로 댈 리가 없었다. 결국 파탄은 동네 가련이 오빠한테서 터져 나오고 말았다. 하필이면 낮에 뒷산에서 만나 아랫도리를 허옇게 드러내고 짐승처럼 뒹구는 광경을 들키고 말았다. 소문은 무서운 것이어서 삽시간에 온 치악골에 쫙 퍼지고 말았다.

그 소문을 귀에 들은 개남은 불 같은 질투가 일어나, 그러지 않아도 자포자기였던 터라 여자의 머리채를 감고 전신이 멍이 들도록 두들겨 팼다. 여자도 그리되니 악을 바락바락 썼다.

네놈하고 살고 싶어 사는 줄 아느냐! 세상에 어느 미친 년이 나올 돈이 없는 줄 알면서도 동네 방네 다니면서 쌀 비럭질을 해다가 사내를 먹여 살린다더냐, 내가 미쳐 죽을려고 환장을 한 년이지. 당장 헤지고 싶어도 이 더러운 씨알머리가 생겨나서 이 고생이라고 떠들어 대더니 예쁜이를 힘껏 때리면서,

"에라, 이 년아. 뒈지기나 해버려. 사람 속이나 편하게!'

하고 악을 썼다.

어머니는 아들한테 정이 가고, 아버지는 딸한데 정이 더 간다는 말이 맞는 것이어서 '나도 이렇게 예쁜 딸을 낳았구나' 하고 금처럼 애끼는 애를 그 지경으로 두들겨 패서 기가 콱콱 막혀 울지도 못하게 만들었으니 무사할 리가 없었다. 가뜩이나 환장할 정도였는지라 앞뒤 분별없이,

"내 새끼 내가 죽일 테니, 네 마음대로 해라. 이년!"

횅하니 부엌으로 달려가 칼을 집어다가는 딸을 찔렀다. 예쁜이는 뒹굴면서 울고 있었으므로 배를 겨누어 찌른 것이 그만 허벅지의 뿌리께, 그러니까 바로 여자다운 곳의 옆을 깊이 찔렀다. 두 번째로 찌르려고 할 때 머리맡에 앉아 있던 여편네가,

"어머! 이 양반이 제 딸 죽이네!"

외마디 소리를 지르면서 떼밀어서 이번에는 오른쪽 다리 무릎 위를 찔렀다.

"비켜! 못 비켜! 내 새끼 내가 죽인단 말이야."

개남은 정말 환장하고 말았다. 그러나 그래도 열 달 동안 제 배 아프면서 낳아 제 젖을 먹여 기른 앤데 가만히 있을 수가 없었다. 앞을 막아 앉으면서,

"나부터 죽이고 죽여라, 이 백정놈아!"

하고 악을 썼다.

"오냐. 그러지 않아도 죽이고 싶었던 건 네년이다."

눈알이 뒤집혀서 단숨에 가슴을 푹 찔렀다. 붉은 피가 솟아나 손등을 미적지근하게 물들이면서 비린내를 풍기자 그제서야 개남은 제 정신이 확 돌아왔다.

여편네는 심장을 정통으로 찔렀는지 비명도 제대로 지르지 못하고 뒤로 나자빠지더니 칼을 가슴에 꽂은 그대로 이내 꼼짝달싹도 하지 않게 되고 말았다.

제 정신이 들자 도망치고 싶은 것은 인간의 상정인지라, 여편네의 치맛자락에다 피묻은 손을 대강 쓱쓱 씻어버리고서는 횅하니 밖으로 나가 버렸다.

그 모양을 먼 발치로 이상히 본 동네 사람이 집안으로 쫓아들어가 보니 이미 여편네는 숨이 끊어져 버렸고 아기는 기가 넘어가는 듯한 울음소리를 내고 있었다. 아랫도리를 온통 피로 물들인 채….

개남은 그 길로 산 속으로 들어가 무서운 줄도 모르고 밤길을 걸어 남으로 남으로 내려갔다.

곧 원주 고을에 고소되었고, 원주 고을에서는 사방에 방을 내붙이고 서울로 연락하여 전국의 관아에다 방을 붙이도록 했다. 그러나 사진이 있을 때도 아니고 그 따위 호패야 위조가 대수롭지 않던 때라 개남은 용케 안 잡혔다.

이 고을 저 고을로 떠돌아 다니면서 막일도 하고 한두 해 머슴살이도 하면서 세상의 눈을 지웠다.

한 번 돈에 뼈저린 고통을 당해 본 개남인지라 머슴살이를 하거나 품팔이를 한 돈을 악착같이 모으고 쓰지 않았다. 스무 해 가까이 되니 탕진한 돈의 두 갑절을 모을 수 있었다. 살인범임을 감추기 위하여 착실한 사람으로 가장 하느라고 남보다 갑절의 일을 했으므로 돈은 늘었고, 이자놀이를 해서 점점 더 불어갔던 것이다.

논마지기나 장만하고 살 만한 살림집을 장만하여 서른 살밖에 안된 과부를 맞이해서 터를 잡은 곳은 안동 땅에서 이십 리 떨어진 시골이었다.

동네에서도 남부럽지 않게 살았다. 계속 이자놀이를 할 돈이 있었으므로 이틀이 멀다 하고 술집에 틀어박혀 쉰 살 고개의 인생을 즐겼다.

새 부인 서른 살짜리 과부는 몸이 작달막한 것이 살만은 푹신푹신하게 쪘으므로 밤에 잠자리의 재미도 그 음탕한 예쁜이 어머니에게 그리 뒤지지 않았다.

십 년을 수절하고 있던 터라 처녀처럼 수줍어 하면서 첫날밤을 보내고 난 후엔 잠자고 있던 욕정이 거리낌없이 피어올라 개남으로 하여금 가끔 보약까지 달여 먹어야만 하게 되었다. 그런데다가 마음이 어찌나 비단 결 같은 지 도무지 샘을 낼 줄 몰랐다. 서른 살이나 된 과부인 자기를 궁색한 살림을 모르게 호강시켜 주는 것을 그저 고맙게만 생각했다.

그래서 술집 출입을 하든 술집에서 자고 오든 군말 한 마디 없었고, 오히려 한낮쯤 돌아오면 해장국을 따끈하게 끓여주는 판이었다.

'세상에 하나님이 있긴 뭐가 있누, 악한 짓을 하면 천벌을 받기는 무슨 천벌을 받아.'

개남은 선행을 속으로 비웃었다. 조강지처와 자식을 버리고 남의 여편네와 밀통을 한 데가다 꿰어차고 도망쳤고 살인까지 한 후 남의 쌀과 돈을 떼어먹었는데도, 지금은 양반집 부럽지 않게 살고 있지 않은가. 천지신명이 밝다느니 다, 뭐 말라 빠진 거야 하고 생각할 만도 한 일이었다.


어느 날이었다. 우연히 안동성 밖 객주집에 연화라는 작부가 새로 와서 술손님을 받는데, 그 얼굴이 안동 고을을 통틀어도 그렇게 예쁜 여자는 없을 것이라는 소문이 나돌았다. 양귀비가 그렇게 예쁠 것이며, 서시 西施인들 그리 예뻤으랴는 것이었다.

개남이가 그 말을 듣고 가만히 있을 리가 없었다. 부랴부랴 돈을 장만해 가지고 안동성 밖을 찾아 나섰다. 그러한 여자니 값도 비싸려니 하여 돈도 푸짐하게 허리에 찼다.

아니나 다를까, 객주집에는 방마다 손님들이 득실득실 끓었는데 이 방저 방에서 연화를 들여보내라고 야단이었다. 연화라는 여자는 이 방에 잠깐, 저 방에 잠깐 얼굴을 비치면서 돌아다니기만 해도 버선발이 닳아 빠질 지경이었다.

그것을 본 개남은 대뜸 객주집 아낙네부터 불렀다. 우선 돈을 듬뿍 집어 쥐어주자 아낙네는 입을 크게 벌리고 놀랐다. 웬만한 한 자리의 술값은 실히 되는 돈이기 때문이다.

"연화를 어떻게 할 수 없겠나? 연화에게 옷벌값이야 물론이려니와 송아지 한 마리 값쯤은 줄 테고, 오늘밤 성사만 시켜준다면야 내일 주인에게도 서운치 않게 해줄 테니까."

"그야 내 말이면 그리 안 될 것도 없겠지만, 평양 감사도 제가 싫다면 그만이니 장담은 못합니다."

하고 물러갔다. 그러더니 얼마 후에 들어와서

"다른 방 손님에게는 아파서 누워 있다고 했으니까, 너무 소리는 내지 마시고 노시기 바랍니다."

하고 은근한 눈매로

"오늘밤 이 방이 연화의 신방이 될 줄이야 누가 알았노."

하면서 일이 성공했음을 알렸다.

술상이 들어오고 뒤이어 연화가 들어왔다. 정말 꽃같이 예뻤다. 똑바로 쳐다보기조차도 어려울 만큼 예쁘다면 좀 과장이지 모르지만, 하여간 어쩐지 송구스러울 정도로 신비로운 얼굴이었다.

'눈매는 어느 구석인가가, 그 예쁜이 어멈 같군. 예쁜이 어멈 눈이 저렇게 예뻤지.'

문득 옛 여자의 생각이 떠올랐다.

'저런 눈매의 여자가 사나이를 녹이더라.'

개남은 벌써부터 온 몸안이 근질근질한는 것 같았다. 날아갈 듯이 노랑 바탕의 삼회장 색저고리를 입고 빨강 꼬리치마를 입은 몸매와 가슴은 부풀어 있었고 허리는 버들가지 같았다.

사뿐히 들어와 절을 올리는 품이 꿈 속에서 꼭 선녀를 만난 듯한 기분이었다. 쥐기만 해도 사르르 녹을 것 같은 손의 감촉에 흠뻑 취하면서 어서 밤이 되기를 목이 늘어질 만큼 기다렸다. 해는 언제까지 질 줄 모르는 것처럼 개남의 속을 안타깝게 태웠지만, 그래도 흐르는 시각을 붙잡아 매는 것은 없는 법이어서 날은 어둡고 말았다.

연화가 병석에 누웠다는 바람에 술손님도 일찌감치 끊어져 버렸다. 조용한 집안에 단둘이 앉아 있는 듯한 느낌이었는데 주모는 병풍까지 들고 들어와서 둘러쳐주고 비단 이부자리까지 깔아주었다.

"연화야, 잘 모셔라."

하고 나갔다. 연화는 부끄러운 듯이 사리고 앉아서

"불을 끄오리까?"

나직하고 은근한 목소리로 물었다.

"아니다. 너의 그 양귀비보다도, 서시보다도 예쁜 얼굴을 보는 맛이 또한 좋으리라. 놔 둬라. 병풍으로 가렸으니 설사 못된 놈이 문에 침을 발라 구멍을 뚫는다 해도 어찌 감히 들여다보겠느냐."

연화는 불을 끄지 않고 개남이가 다음 행동을 취하기를 수줍은 듯 기다리고 있었다.

"자아 눕자꾸나."

얼마나 목이 늘어지게 기다렸는가. 한시가 급한 마음에 이 말 저 말 할 것 없이 눕고 말았다. 연화는 일어서서 저고리를 벗고 치마를 벗고 속치마 바람이 되어 살그머니 홑이불 속으로 몸을 밀어 넣었다. 여체의 향기가 코를 물씬물씬 풍겨 왔다.

모이고 모인 것은 터질 때, 그 모일 때 애를 먹은 만큼 급하고 강하게 터지는 법이다. 누운 연화를 어루만질 틈도 없이 속옷을 벗으라 하고서는 그 야들야들하면서 탄탄한 스무 살 가량의 몸 위로 자기의 몸을 이끌어 올렸다.

바로 눈 아래에 있는 그 예쁜 얼굴은 정말 하늘에서 내려온 선녀이면 선녀이지 사람은 아닌 것 같았는데 수줍은 듯 뺨을 물들인 품이 숫처녀 같은 느낌까지 주었다. 그러니 개남이의 흥취는 극상이었다.

연화의 전부를 갖는 그 순간 연화는 목에 매달려 오면서 입술을 개남의 가슴에 밀어붙이고 쾌감을 참는 듯한 신음 소리를 내뿜었다. 그 소리가 한층 더 환희의 즐거움을 더하게 하여 개남은 꿈인지 생시인지 모를 속에서 온몸의 관절이 녹고 머릿속이 안개처럼 피는 것을 느꼈다.

연화는 차차 신음 소리를 크게 질렀고, 그 소리가 높아짐에 따라서 개남은 점점 더 쾌감의 소용돌이 속으로 휘말려 들어갔다. 이윽고 나른한 여운을 맛보면서 연화의 옆에 누웠다. 그 후 얼마의 시각이 흘러갔다.

마음의 여유가 생긴 이번에는 젖가슴과 그리고 매끄럽게 다듬은 돌 같은 배를 어루만졌다. 그 손은 아래로 내려갔다. 그리고 연화의 모든 것을 어루만지다가 문득 살이 두드러진 것을 감촉했다. 그것은 바로 허벅다리가 하체에 붙은 부분이었다.

그러자 문득 옛일이 번개처럼 머리에 떠오르는 것을 느꼈다. 그 옛날 예쁜이를 첫 번 찔렀을 때가 바로 그 자리였다. 이 연화는 또 무슨 내력이 있어서 이런 곳에 이런 상처가 나 있는 것일까?

"너, 너. 묘한 곳에 상처가 있구나. 어찌된 거냐?"

"아이, 그런 건 묻지 마셔요."

"말해 보아라."

개남은 몇 번이고 캐물었다. 그러자 연화는,

"기가 막힌 사연이 있어요. 세상에 몹쓸 아버지 때문에…."

"뭐, 아버지?"

"예."

"아버지가 어찌 됐단 말이냐?"

"나를 데려다 길러준 어머니 말에 의하며, 글쎄 아버지가 나를 칼로 찔렀대요."

이미 그 말을 들을 때에는 개남의 손길은 옛 기억을 더듬어서 오른쪽 무릎 위를 만지고 있었다. 그 곳에도 상처로 인하여 살이 두드러진 자국이 있었다.

"음!"

개남은 자기도 모르게 신음을 했다.

"그래서?"

묻는 개남의 말은 제 목소리가 아니었다.

"나를 두 번 찌르고 어머니의 가슴을 찔러 죽이고는 도망 갔대요."

"치악골이냐?"

"아니, 치악골이라는 것을 어떻게 아시죠?"

연화는 깜짝 놀랐다. 아름답던 얼굴에 검은 구름이 확 피었다.

'어찌 눈매가, 눈매가 그년 같더라니….'

하고 속으로 말하면서 왜 그때 그런 생각을 못했는가 하고 뼈가 저려

오는 후회에 휩싸였다. 세상에 이럴 수가 있는가. 제 친딸을 애비가, 아무리 탕아라 해도 가슴이 빠개질 것만 같았다.

"어떻게 아셔요?"

연화는 벌떡 일어나 앉아서 쏘아보았다. 얼굴색은 창백해져 있었고 눈에서는 무서운 독기 같은 것이 내뻗치고 있었다.

"어떻게 아시느냔 말이에요?"

"아, 그런 얘기를 들은 생각이 나서 그런다. 장사를 다닐 때 치악골엘 몇 번 갔었거든. 못된 놈이라고 야단들이더군. 그 죽일 애비놈은 어디 가서 천벌을 맞아 죽었을 것이다."

그러나 허벅지를 더듬다가 무릎 위를 더듬어 본 그 손길의 급격한 이동을 연화가 눈치 못 챘을 리가 없었다. 게다가 여자란, 특히 작부란 하루에도 몇 번씩 거울을 들여다보는 지라 자기 얼굴의 특징을 누구보다도 잘 알았다. 개남의 얼굴을 쏘아보면서 관자놀이께와 입매가 어딘가 닮은 것 같은 구석을 알아보았다.

'아버지다! 그 악귀 같은 아버지다!'

연화는 속으로 부르짖었다. 철이 들면서 양엄마한테 얘기를 듣고 갈아 먹어도 시원치 않다고 생각한 아버지. 오늘 이 나이까지 밤마다 저주해 온 아버지. 그 아버지한테 내 몸을 맡기다니! 하늘도 무심하시지. 전생에 내가 무슨 죄를 지었길래. 이렇게 나를 이승의 지옥살이를 시키시나….

가슴을 누군가가 칼로 점점이 저며내는 것 같았다. 아버지도 아버지다와야 아버지다. 이건 인간의 탈을 쓴 악마다. 악마는, 악마는 저주를 받아야 한다. 연화의 속에는 모진 마음이 콱 들어박혔다.

"아아, 그러셔요. 난 하도 이상해서…."

양어머니가 여섯 살 때 세상을 떠난 후로 이 집 저 집 떠돌아다니다가 결국은 못된 놈한테 걸려서 삼패(창녀)로 팔렸고 술집 떠돌이가 돼 손님이 눈치를 보며 손님을 다루어 온지라 능청스럽게 자기의 속을 속일 수가 있었다.

"소문이란 발이 없이도 멀리 가는 법이다."

잠시 후 연화는 소피를 보러가는 척하고 방을 나섰다. 개남은 별로 의심하지 않았다. 얼마 후에 다시 돌아온 연화는 오른손을 몸 뒤쪽으로 돌려서 가리고 있었다. 개남도 바보는 아닌지라 그 때에야 '아차' 싶었다.

'네가 눈치를 챘구나, 이 못된 애비를 네 손으로 죽이려 하는구나.'

그러나 죽고 싶지 않았다. 몸을 일으키며,

"그 손에 든 것이 무엇이냐?"

하고 벽력같이 소리를 질렀다. 들킨 줄 안 연화는,

"이 악마야!"

되알진 소리를 내뱉으면서 식칼을 앞으로 뽑아들어 찔렀다.

개남은 엉겁결에 피하기는 했으나 비상砒霜보다도 모진 마음을 먹고 찌른 지라 칼은 용수의 아랫배에 꽂혔다. 배에 칼을 빗맞아서는 죽지 않았다.

"이년이, 이년이 사람 죽이네!"

소리치면서 머리채를 휘어 감아쥐고 미친 듯이 때렸는데, 그 때는 두 번째의 칼이 가슴을 찔러왔다. 첫 번째 찔렀을 때 죽음을 각오한 개남은 연화의 목을 조여대며,

"네년이, 네년이 둔갑한 여우지, 내 딸년이란 말이냐!"

소리쳤으나 가슴의 상처가 치명상이 되어 목을 조르던 손에 차차 힘이

빠져가면서 펄썩 주저 물러앉았다.

그 때에는 이 소동에 놀란 주인집 식구들이 문밖에 몰려 있었다.

'역시 하늘은 무심치 않구나. 아아, 정말 천벌이란 있는 것이구나. 예쁜 딸년이 태어난 건 나를 벌하기 위해서였구나.'

개남은 아득해지는 의식 속에서 이런 생각을 했다.

# 한국의 민담

2016년 1월 25일 초판인쇄
2016년 1월 30일 초판발행

**엮은이** | 이강래
**펴낸이** | 홍철부
**펴낸곳** | 문지사

**등록일** | 1978. 8. 11(제 3-50호)
　　　　　서울특별시 은평구 갈현로 312
**영업팀** | 02) 386-8451
**편집팀** | 02) 386-8452
**팩　스** | 02) 386-8453

값 15,000원